圖解 生活實用日語

腦中延伸的人事物

檸檬樹

出版前言

無邊無際的日文單字，如何有效歸納記憶？

【圖解生活實用日語】全系列三冊，
系統化整合龐雜大量的日文單字，分類為：

「眼睛所見」（具體事物）
「大腦所想」（抽象概念）
「種類構造」（生活經驗）

透過全版面的圖像元素，對應的單字具體呈現眼前；
達成「圖像化、視覺性、眼到、心到」的無負擔學習。

第 1 冊【舉目所及的人事物】：眼睛所見人事物的具體單字對應
第 2 冊【腦中延伸的人事物】：大腦所想人事物的具體單字對應
第 3 冊【人事物的種類構造】：生活所知人事物的具體單字對應

「各種主題」的「相關人事物」與「大腦所想」實境呼應，
將日語學習導入日常生活，體驗大腦創造的日文風景，

適合「循序自學」、「從情境反查單字」、「群組式串連記憶」。

觀賞「馬戲團表演」，你會看到……

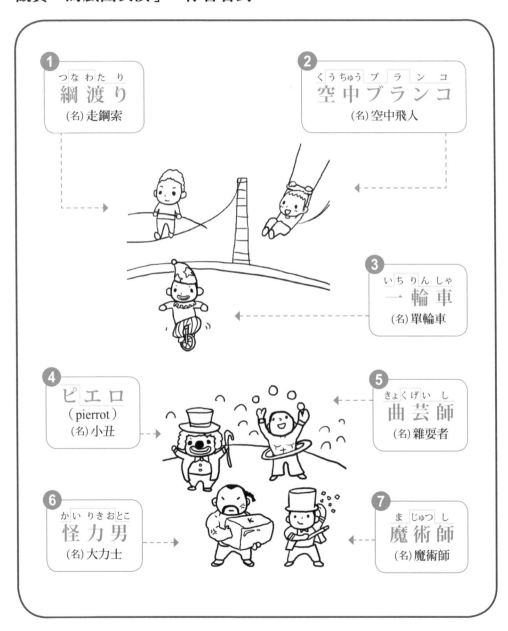

1
つなわたり
綱渡り
(名)走鋼索

2
くうちゅうブランコ
空中ブランコ
(名)空中飛人

3
いちりんしゃ
一輪車
(名)單輪車

4
ピエロ
（pierrot）
(名)小丑

5
きょくげいし
曲芸師
(名)雜耍者

6
かいりきおとこ
怪力男
(名)大力士

7
まじゅつし
魔術師
(名)魔術師

第 2 冊：大腦延伸的人事物
從這個主題，容易聯想到的日文單字。

從「學生百態」，可能聯想到……

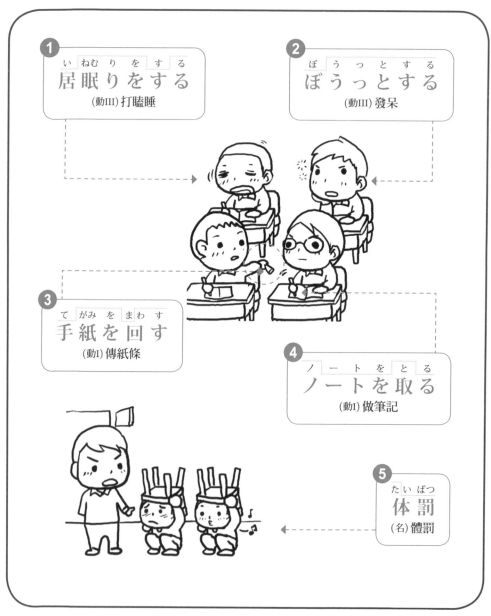

1
い ねむ り を す る
居眠りをする
(動III) 打瞌睡

2
ぼ う っ と す る
ぼうっとする
(動III) 發呆

3
て がみ を まわ す
手紙を回す
(動I) 傳紙條

4
ノ ー ト を と る
ノートを取る
(動I) 做筆記

5
たい ばつ
体罰
(名) 體罰

第 3 冊：人事物的種類構造

〔種類〕彙整「同種類、同類型事物」日文說法。

「奧運項目」的種類有……

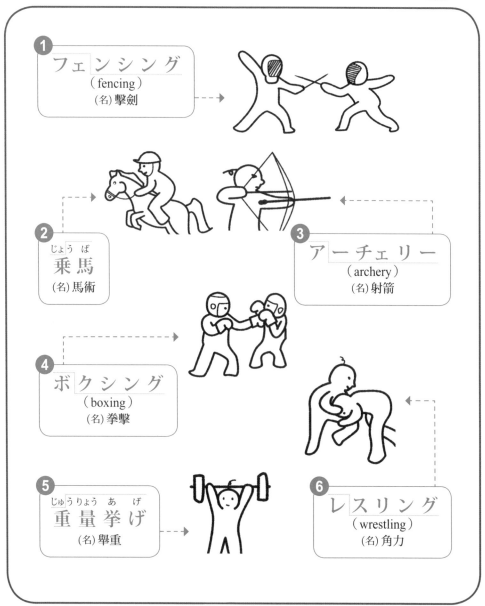

1 フェンシング
（fencing）
(名) 擊劍

2 じょうば
乗馬
(名) 馬術

3 アーチェリー
（archery）
(名) 射箭

4 ボクシング
（boxing）
(名) 拳擊

5 じゅうりょうあげ
重量挙げ
(名) 舉重

6 レスリング
（wrestling）
(名) 角力

〔構造〕細究「事物組成結構」日文說法。

「腳踏車」的構造有……

1 ハンドル
（handle）
(名)握把

2 ボトルケージ
（bottle cage）
(名)水壺架

3 サドル
（saddle）
(名)坐墊

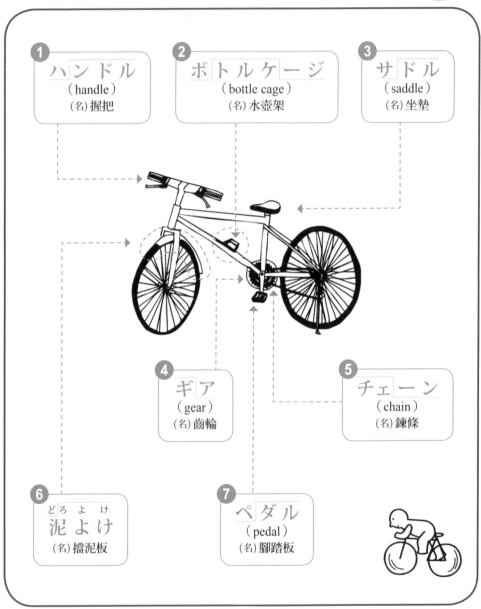

4 ギア
（gear）
(名)齒輪

5 チェーン
（chain）
(名)鍊條

6 泥よけ
<ruby>泥<rt>どろ</rt></ruby>よけ
(名)擋泥板

7 ペダル
（pedal）
(名)腳踏板

本書特色

【腦中延伸的人事物】：
「各種主題」的「小群組單字」，與大腦所想實境呼應！

◎ 以【畢業】（單元 012、013）相關插圖，對應學習單字：
畢業證書（卒業証書）、畢業典禮（卒業式）、學士服（学士ガウン）、
畢業論文（卒業論文）、畢業旅行（卒業旅行）。

◎ 以【看電影】（單元 091、092）相關插圖，對應學習單字：
上映日期（公開日）、電影分級（映画の年齢制限等級）、票房（興行収入）、
爛片（ワースト映画）、熱門鉅片（人気超大作）、片長（上映時間）。

◎ 以【敵對】（單元 036、037）相關插圖，對應學習單字：
惡意（悪意）、憎恨（恨み嫌う）、敵人（敵）、敵意（敵意）、談判（話
し合う）、對質（対決）。

各單元有「4區域學習板塊」，點線面延伸完備的「生活單字＋生活例句」！

「透過圖像」對應單字，「透過例句」掌握單字用法，就能將日文運用自如。
安排「4區域學習板塊」達成上述功能：

1. 【單字圖解區】：
   各單元約安排 5～7 個「具相關性的小群組單字」，以「全版面情境插圖」
   解說單字。

2. 【單字例句區】：
   各單字列舉例句，可掌握單字用法、培養閱讀力，並強化單字印象。

3. 【延伸學習區】：
   詳列例句「新單字、單字原形（字典呈現的形式）、文型接續原則、意
   義、詞性」。

4. 【中文釋義區】：
   安排在頁面最下方，扮演「輔助學習角色」，如不明瞭日文句義，再參考
   中譯。

採「全版面情境圖像」解說單字：
插圖清晰易懂，舉目所及的人事物，留下具體日文印象！

【單字圖解區】
全版面情境插圖，對應的「人、事、物」單字具體呈現眼前。

【學習單字框】
包含「單字、重音語調線、詞性、中譯」；並用虛線指引至插圖，不妨礙閱讀舒適度。

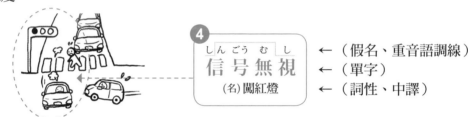

④
しんごうむし
信号無視   ←（假名、重音語調線）
　　　　　　←（單字）
(名)闖紅燈   ←（詞性、中譯）

【小圖示另安排放大圖】
讓圖像構造清楚呈現。

（單元 167：
選票放大圖）

⑦
ひょうをみせる
票を見せる
(動Ⅱ)亮票

【情境式畫面學習】
透過插圖強化視覺記憶，能減輕學習負擔，加深單字印象。

可以「從情境主題查詢單字」，任意發想的單字疑問，都能找到答案！

全書「217 個生活情境」，「蘊藏 217 種日文風景」。生活中想到的場景，都能透過查詢主題，「呈現該場景蘊藏的日文風景」。

最熟悉的生活百態，成為最實用的日語資源。

單字加註「重音語調線」，掌握日語「提高、持平、下降」的標準語感！

本書在每個單字加註「重音語調線」，可以看著「語調線」嘗試唸；或是搭配「日籍播音員」錄音的「東京標準音MP3」，檢驗自己的發音是否正確。跟唸幾個單字之後，就能掌握日語「提高、持平、下降」的語調特質。「記住發音＝記住單字」，讓每個單字以標準發音，停留在你的腦海中。

單字加註背景知識，同步累積生活知識，提升日語力，豐富知識庫！

受限於生活經驗，許多生活中所知的人事物，可能「只知名稱、不知背景知識與內涵」。本書透過圖解指引日文單字，對於常聽聞、卻未必了解本質的單字，加註背景知識，有助於閱讀時加深單字印象。同步累積生活知識，對於聽說讀寫，更有助力。

◎ 單元 054【用電】的【ショートする】（短路）：

燈不亮

兩極直接碰觸產生放電現象，引起火花及熱，造成電器損壞或失火。

◎ 單元 126【山難】的【高山病】（高山症）：

人體在高海拔狀態因為氧氣濃度降低，而出現耳鳴、頭痛、嘔吐、呼吸困難等症狀。

書末增列【全書單字附錄】：
詞性分類 × 50 音排序，清楚知道「從這本書學到了哪些單字」！

依循「詞性分類＋50 音排序」原則，將全書單字製作成「單字附錄總整理」。有別於本文的「情境式圖解」，「單字附錄」採取「規則性整理」，有助於學習者具體掌握「學了哪些單字、記住了哪些單字」。

<u>讓所經歷的學習過程並非蜻蜓點水，而是務實與確實的學習紀錄。</u>

目錄

※ 本書各單元 MP3 音軌 = 各單元序號

035	發言 (2)	<ruby>発言<rt>はつげん</rt></ruby>(2)
036	敵對 (1)	<ruby>敵対<rt>てきたい</rt></ruby>(1)
037	敵對 (2)	<ruby>敵対<rt>てきたい</rt></ruby>(2)
038	吵架 (1)	<ruby>喧嘩<rt>けんか</rt></ruby>(1)
039	吵架 (2)	<ruby>喧嘩<rt>けんか</rt></ruby>(2)
040	討論事情 (1)	<ruby>討論<rt>とうろん</rt></ruby>する(1)
041	討論事情 (2)	<ruby>討論<rt>とうろん</rt></ruby>する(2)
042	送禮 (1)	プレゼントを<ruby>送<rt>おく</rt></ruby>る(1)
043	送禮 (2)	プレゼントを<ruby>送<rt>おく</rt></ruby>る(2)
044	洗衣服	<ruby>洗濯<rt>せんたく</rt></ruby>
045	朋友 (1)	<ruby>友達<rt>ともだち</rt></ruby>(1)
046	朋友 (2)	<ruby>友達<rt>ともだち</rt></ruby>(2)
047	居家裝潢 (1)	<ruby>家<rt>いえ</rt></ruby>の<ruby>装飾<rt>そうしょく</rt></ruby> (1)
048	居家裝潢 (2)	<ruby>家<rt>いえ</rt></ruby>の<ruby>装飾<rt>そうしょく</rt></ruby> (2)
049	清潔環境 (1)	<ruby>掃除<rt>そうじ</rt></ruby>(1)
050	清潔環境 (2)	<ruby>掃除<rt>そうじ</rt></ruby>(2)

生活

051	睡眠 (1)	<ruby>睡眠<rt>すいみん</rt></ruby>(1)
052	睡眠 (2)	<ruby>睡眠<rt>すいみん</rt></ruby>(2)
053	睡眠 (3)	<ruby>睡眠<rt>すいみん</rt></ruby>(3)
054	用電 (1)	<ruby>電力<rt>でんりょく</rt></ruby>(1)
055	用電 (2)	<ruby>電力<rt>でんりょく</rt></ruby>(2)

056	美容保養 (1)	<ruby>美容美顔<rt>びようびがん</rt></ruby>(1)
057	美容保養 (2)	<ruby>美容美顔<rt>びようびがん</rt></ruby>(2)
058	盥洗 (1)	<ruby>清潔<rt>せいけつ</rt></ruby>にする(1)
059	盥洗 (2)	<ruby>清潔<rt>せいけつ</rt></ruby>にする(2)
060	個人衛生 (1)	<ruby>体<rt>からだ</rt></ruby>の<ruby>衛生<rt>えいせい</rt></ruby>(1)
061	個人衛生 (2)	<ruby>体<rt>からだ</rt></ruby>の<ruby>衛生<rt>えいせい</rt></ruby>(2)
062	禮儀 (1)	<ruby>礼儀<rt>れいぎ</rt></ruby>(1)
063	禮儀 (2)	<ruby>礼儀<rt>れいぎ</rt></ruby>(2)
064	起床 (1)	<ruby>起床<rt>きしょう</rt></ruby>(1)
065	起床 (2)	<ruby>起床<rt>きしょう</rt></ruby>(2)
066	寵物 (1)	ペット(1)
067	寵物 (2)	ペット(2)
068	寵物 (3)	ペット(3)
069	寒冷	<ruby>寒<rt>さむ</rt></ruby>い
070	炎熱	<ruby>暑<rt>あつ</rt></ruby>い
071	火 (1)	<ruby>火<rt>ひ</rt></ruby>(1)
072	火 (2)	<ruby>火<rt>ひ</rt></ruby>(2)

交通＆飲食

073	駕車 (1)	<ruby>運転<rt>うんてん</rt></ruby>(1)
074	駕車 (2)	<ruby>運転<rt>うんてん</rt></ruby>(2)
075	搭飛機 (1)	<ruby>飛行機<rt>ひこうき</rt></ruby>に<ruby>搭乗<rt>とうじょう</rt></ruby>する(1)
076	搭飛機 (2)	<ruby>飛行機<rt>ひこうき</rt></ruby>に<ruby>搭乗<rt>とうじょう</rt></ruby>する(2)
077	聚餐 (1)	<ruby>会食<rt>かいしょく</rt></ruby>(1)

122	颱風天 (2)	たいふう 台風(2)
123	颱風天 (3)	たいふう 台風(3)
124	火災 (1)	か さい 火災(1)
125	火災 (2)	か さい 火災(2)
126	山難 (1)	そうなん 遭難(1)
127	山難 (2)	そうなん 遭難(2)
128	環保 (1)	かんきょう ほ ご 環境保護(1)
129	環保 (2)	かんきょう ほ ご 環境保護(2)
130	環境汚染 (1)	かんきょう お せん 環境汚染(1)
131	環境汚染 (2)	かんきょう お せん 環境汚染(2)
132	地震 (1)	じ しん 地震(1)
133	地震 (2)	じ しん 地震(2)
134	戰爭 (1)	せんそう 戦争(1)
135	戰爭 (2)	せんそう 戦争(2)

身心狀態

136	懷孕 (1)	にんしん 妊娠(1)
137	懷孕 (2)	にんしん 妊娠(2)
138	減肥 (1)	ダイエット(1)
139	減肥 (2)	ダイエット(2)
140	健康 (1)	けんこう 健康(1)
141	健康 (2)	けんこう 健康(2)
142	不健康 (1)	ふ けんこう 不健康(1)
143	不健康 (2)	ふ けんこう 不健康(2)

144	眼睛 (1)	め 目(1)
145	眼睛 (2)	め 目(2)
146	血液 (1)	けつえき 血液(1)
147	血液 (2)	けつえき 血液(2)
148	看診 (1)	びょういん い 病院へ行く(1)
149	看診 (2)	びょういん い 病院へ行く(2)
150	心情不好 (1)	き ぶん わる 気分が悪い(1)
151	心情不好 (2)	き ぶん わる 気分が悪い(2)
152	感冒 (1)	か ぜ 風邪(1)
153	感冒 (2)	か ぜ 風邪(2)

球類＆運動

154	籃球賽 (1)	バスケットボールの試合(1)
155	籃球賽 (2)	バスケットボールの試合(2)
156	足球賽 (1)	し あい サッカーの試合(1)
157	足球賽 (2)	し あい サッカーの試合(2)
158	棒球場 (1)	や きゅうじょう 野球場(1)
159	棒球場 (2)	や きゅうじょう 野球場(2)
160	棒球選手	や きゅうせんしゅ 野球選手
161	運動 (1)	うんどう 運動(1)
162	運動 (2)	うんどう 運動(2)
163	游泳 (1)	すいえい 水泳(1)
164	游泳 (2)	すいえい 水泳(2)

203	寫作 (1)	<ruby>執筆<rt>しっぴつ</rt></ruby>(1)
204	寫作 (2)	<ruby>執筆<rt>しっぴつ</rt></ruby>(2)
205	聲音	<ruby>声<rt>こえ</rt></ruby>

特殊場合

206	萬聖節 (1)	ハロウィン(1)
207	萬聖節 (2)	ハロウィン(2)
208	農曆春節 (1)	<ruby>旧 正 月<rt>きゅうしょうがつ</rt></ruby>(1)
209	農曆春節 (2)	<ruby>旧 正 月<rt>きゅうしょうがつ</rt></ruby>(2)
210	占卜 (1)	<ruby>占<rt>うらな</rt></ruby>い(1)
211	占卜 (2)	<ruby>占<rt>うらな</rt></ruby>い(2)
212	婚禮 (1)	<ruby>結婚式<rt>けっこんしき</rt></ruby>(1)
213	婚禮 (2)	<ruby>結婚式<rt>けっこんしき</rt></ruby>(2)
214	幸運 (1)	<ruby>幸運<rt>こううん</rt></ruby>(1)
215	幸運 (2)	<ruby>幸運<rt>こううん</rt></ruby>(2)
216	夢想 (1)	<ruby>夢<rt>ゆめ</rt></ruby>(1)
217	夢想 (2)	<ruby>夢<rt>ゆめ</rt></ruby>(2)

本書「詞性・名稱」說明

【原形】＝ 字典裡呈現的形式

【　名　】＝ 名詞

【　招　】＝ 招呼語

【動Ｉ】＝ 第Ｉ類動詞（有些書稱為「五段動詞」）

字尾：u 段音	〔例〕：買う（か<u>う</u>）
字尾：a 段音＋る	〔例〕：頑張る（がん<u>ばる</u>）
字尾：u 段音＋る	〔例〕：作る（つ<u>くる</u>）
字尾：o 段音＋る	〔例〕：怒る（お<u>こる</u>）

【動Ⅱ】＝ 第Ⅱ類動詞（有些書稱為「上一段動詞」及「下一段動詞」）

字尾：i 段音＋る	〔例〕：起きる（お<u>きる</u>）　〈上一段動詞〉
字尾：e 段音＋る	〔例〕：食べる（た<u>べる</u>）　〈下一段動詞〉

【動Ⅲ】＝ 第Ⅲ類動詞（包含「サ行動詞」及「カ行動詞」）

する	〔例〕：する	〈サ行動詞〉
字尾：する	〔例〕：勉強する（べんきょう<u>する</u>）	〈サ行動詞〉
来る	〔例〕：来る（<u>くる</u>）	〈カ行動詞〉
字尾：くる	〔例〕：持ってくる（もって<u>くる</u>）	〈カ行動詞〉

【い形】＝ い形容詞

字尾：〜い	〔例〕：美味しい（おいし<u>い</u>）、高い（たか<u>い</u>）

【な形】＝ な形容詞

接續名詞要加「な」〔例〕：静か（しずか）、賑やか（にぎやか）

【補充說明】：

如果是「名詞＋助詞＋動詞」這種片語形式，標示詞性時，會根據「最後的動詞」來歸類詞性。

〔例〕：音を外す（走音）：最後是「外す」→ 歸類為【動Ｉ】（第Ｉ類動詞）
〔例〕：挨拶をする（寒暄）：最後是「する」→ 歸類為【動Ⅲ】（第Ⅲ類動詞）

001

學生百態

MP3 001

1
い ねむ り を す る
居眠りをする
(動Ⅲ) 打瞌睡

2
ぼ う っ と す る
ぼうっとする
(動Ⅲ) 發呆

3
て がみ を まわ す
手紙を回す
(動Ⅰ) 傳紙條

4
ノ ー ト を と る
ノートを取る
(動Ⅰ) 做筆記

5
たい ばつ
体罰
(名) 體罰

6
しゅうちゅう す る
集中する
(動Ⅲ) 專心

7
き が ち る
気が散る
(動Ⅰ) 不專心

❶ 授業（じゅぎょう）がつまらなくて、居眠りをします。

❷ 授業（じゅぎょう）中（ちゅう）ぼうっとすると、何（なに）も頭（あたま）に入（はい）りませんよ。

❸ 高校時代（こうこうじだい）、授業（じゅぎょう）中（ちゅう）に友達（ともだち）と手紙を回しました。

❹ 先生（せんせい）の話（はなし）を聞（き）いて、ちゃんとノートを取ります。

❺ 教師（きょうし）の行為（こうい）は、後（のち）に体罰（たいばつ）と判断（はんだん）されます。

❻ 暑（あつ）くて勉強（べんきょう）になかなか集中できません。

❼ 彼（かれ）の事（こと）を考（かんが）えると、気が散ってしまいます。

學更多

	例句出現的		原形／接續原則	意義	詞性
❶	つまらなくて	→	つまらない＋くて	因為很無聊	文型
❷	ぼうっとすると	→	動詞辭書形＋と	如果～的話，就～	文型
	頭に入りません	→	頭に入る	記住	動Ⅰ
❸	友達と	→	對象＋と	和～對象	文型
❹	聞いて	→	聞く	聽	動Ⅰ
❺	後に	→	後に	之後	副詞
	体罰と判断されます	→	名詞＋と判断される	被判斷為～	文型
	判断されます	→	判断される	被判斷	判斷する的被動形
❻	暑くて	→	暑い＋くて	因為很熱	文型
	なかなか集中できません	→	なかなか＋動詞否定形	不容易做～、一直不做～	文型
	集中できません	→	集中できる	可以專心	集中する的可能形
❼	考える	→	考える	想、考慮	動Ⅱ
	考えると	→	動詞辭書形＋と	一～，就～	文型
	気が散ってしまいます	→	動詞て形＋しまう	無法抵抗、無法控制	文型

中譯

❶ 上課很無聊，所以會打瞌睡。
❷ 如果上課時發呆，就會什麼都記不住喔。
❸ 高中時代，會在上課時和朋友傳紙條。
❹ 聽老師講課，認真做筆記。
❺ 教師的行為，在事後被判斷為體罰。
❻ 天氣太熱，所以一直無法專心念書。
❼ 一想到他，就會忍不住不專心。

上課時

MP3 002

1 しゅっせきをとる
出席を取る
(動Ⅰ)點名

2 ちこくする
遅刻する
(動Ⅲ)遲到

3 そうたいする
早退する
(動Ⅲ)早退

4 じゅぎょうをさぼる
授業をさぼる
(動Ⅰ)蹺課

5 しゅっせきする
出席する
(動Ⅲ)出席

6 けっせき
欠席
(名)缺席

❶ 朝一番に出席を取ります。

❷ 遅刻しないように、時間に余裕を持って登校します。

❸ 体調が悪かったので、早退しました。

❹ 授業をさぼる中高生が増えています。

❺ 明日のパーティーには、出席しますか？

❻ 風邪が流行っていて、欠席者が増えています。

例句出現的		原形／接續原則	意義	詞性
❶	一番に	→ 一番に	首先	副詞
❷	遅刻しないように	→ 動詞ない形＋ように	為了不要～	文型
	余裕を持って	→ 余裕を持つ	保持充裕、從容	動Ⅰ
	登校します	→ 登校する	上學	動Ⅲ
❸	体調	→ 体調	身體狀況	名詞
	悪かった	→ 悪い	不好的	い形
	悪かったので	→ い形容詞た形＋ので	因為～	文型
❹	増えて	→ 増える	增加	動Ⅱ
	増えています	→ 動詞て形＋いる	目前狀態	文型
❺	パーティー	→ パーティー	派對	名詞
❻	風邪	→ 風邪	感冒	名詞
	流行って	→ 流行る	流行	動Ⅰ
	流行っていて	→ 動詞て形＋いる	目前狀態	文型
	増えて	→ 増える	增加	動Ⅱ
	増えています	→ 動詞て形＋いる	目前狀態	文型

中譯

❶ 早上首先要做的事情是點名。
❷ 為了避免遲到，預留充足的時間去上學。
❸ 身體狀況不佳，所以早退了。
❹ 蹺課的國高中生逐漸增加。
❺ 會出席明天的派對嗎？
❻ 感冒正流行，缺席者逐漸增加。

003

學校生活

MP3 003

1
とうこうする
登校する
(動Ⅲ) 上學

2
ほうかご
放課後
(名) 放學

3
ひるやすみ
昼休み
(名) 午休時間

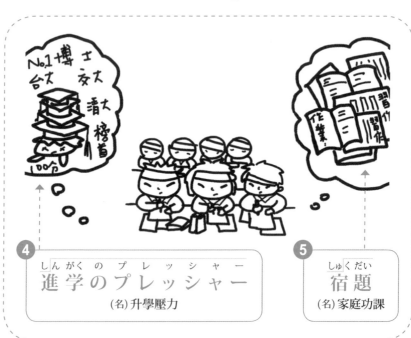

4
しんがく の プレッシャー
進学のプレッシャー
(名) 升學壓力

5
しゅくだい
宿題
(名) 家庭功課

❶ バスで登校します。

❷ 放課後何をしますか？

❸ 昼休みに、学食へ食べに行きます。

❹ 進学のプレッシャーに耐えられず、鬱病になってしまいました。

❺ 8月下旬だと言うのに、夏休みの宿題をまだ終えていません。

學更多

	例句出現的		原形／接續原則	意義	詞性
❶	バス	→	バス	公車	名詞
	バスで	→	交通工具＋で	搭乘～交通工具	文型
❷	します	→	する	做	動Ⅲ
❸	学食	→	学食	學生餐廳	名詞
	食べに行きます	→	食べに行く	去吃	動Ⅰ
❹	耐えられ	→	耐えられる	可以忍受	耐える的可能形
	耐えられず	→	動詞ない形＋ず	不～	文型
	鬱病	→	鬱病	憂鬱症	名詞
	鬱病になって	→	鬱病になる	得到憂鬱症	動Ⅰ
	なってしまいました	→	動詞て形＋しまいました	無法挽回的遺憾	文型
❺	8月下旬だと言うのに	→	名詞＋だ＋と言うのに	雖然說～，卻～	文型
	まだ	→	まだ	還	副詞
	終えて	→	終える	完成	動Ⅱ
	終えていません	→	動詞て形＋いる	目前狀態	文型

中譯

❶ 搭公車上學。
❷ 放學要做什麼？
❸ 在午休時間去學生餐廳吃飯。
❹ 無法忍受升學壓力，罹患了憂鬱症。
❺ 雖然是8月下旬了，暑假的家庭功課卻還沒做完。

學校行事

MP3 004

1 冬休み（ふゆやすみ）
(名)寒假

2 始業（し ぎょう）
(名)開學

3 夏休み（なつ やす み）
(名)暑假

4 登録する（とうろくする）
(動Ⅲ)註冊/登記

5 学費（がく ひ）
(名)學費

6 創立記念日（そうりつ き ねん び）
(名)校慶

7 陸上リレー（りくじょう リ レー）
(名)大隊接力

❶ 冬休みは、スキーに行くつもりです。

❷ 9月の始業式で、再び学校が始まります。

❸ アメリカの夏休みは、3ヶ月近くあります。

❹ 名簿に名前を登録します。

❺ 学費の納付期限は今日です。

❻ 創立記念日は、大学は休みです。

❼ 私たちのチームは、陸上リレーで優勝しました。

學更多

	例句出現的		原形／接續原則	意義	詞性
❶	スキーに行く	→	スキーに行く	去滑雪	動 I
	スキーに行くつもり	→	動詞辭書形＋つもり	打算做～	文型
❷	始業式で	→	場合＋で	在～場合	文型
	再び	→	再び	再度	副詞
	始まります	→	始まる	開始	動 I
❸	3ヶ月近く	→	數量詞＋近く	將近～數量	文型
	あります	→	ある	有（事或物）	動 I
❹	名簿	→	名簿	名冊	名詞
❺	納付期限	→	納付期限	繳納期限	名詞
❻	休み	→	休み	放假	名詞
❼	チーム	→	チーム	隊伍	名詞
	陸上リレーで	→	場合＋で	在～場合	文型
	優勝しました	→	優勝する	得到冠軍	動 III

中譯

❶ 寒假打算去滑雪。

❷ 在9月的開學典禮，又開始上課。

❸ 美國的暑假有將近3個月。

❹ 在名冊上登記名字。

❺ 學費的繳納期限是今天。

❻ 校慶當天，大學會放假。

❼ 我們的隊伍在大隊接力獲得冠軍。

讀書

MP3 005

1
<ruby>理<rt>り</rt></ruby><ruby>解<rt>かい</rt></ruby>
(名)理解

2
<ruby>暗<rt>あん</rt></ruby><ruby>記<rt>き</rt></ruby>
(名)背誦

3
ポイントの<ruby>部<rt>ぶ</rt></ruby><ruby>分<rt>ぶん</rt></ruby>に<ruby>印<rt>しるし</rt></ruby>を<ruby>付<rt>つ</rt></ruby>ける
(動II)畫重點

4
<ruby>学<rt>がく</rt></ruby><ruby>習<rt>しゅう</rt></ruby><ruby>計<rt>けい</rt></ruby><ruby>画<rt>かく</rt></ruby>
(名)讀書計劃

5
<ruby>が<rt>が</rt></ruby><ruby>り<rt>り</rt></ruby><ruby>勉<rt>べん</rt></ruby>
(名)書呆子

<ruby>本<rt>ほん</rt></ruby>が<ruby>好<rt>す</rt></ruby>きな<ruby>人<rt>ひと</rt></ruby>（喜歡看書的人）
沒有貶意，がり勉（書呆子）則
帶有貶意。

6
<ruby>一<rt>いっ</rt></ruby><ruby>生<rt>しょう</rt></ruby><ruby>懸<rt>けん</rt></ruby><ruby>命<rt>めい</rt></ruby><ruby>勉<rt>べん</rt></ruby><ruby>強<rt>きょう</rt></ruby>する
(動III)用功讀書

❶ 理解力を養うために、反復練習をします。

❷ 暗記ばかりでは、考える力はつきません。

❸ レポートでは、ポイントの部分に印を付けました。

❹ 学習計画を立てると、テスト勉強をしやすいです。

❺ 丸暗記のがり勉では、このような仕事はできません。

❻ 彼はいつも試験の前日になってから、やっと一生懸命勉強します。

學更多

	例句出現的		原形／接續原則	意義	詞性
❶	養う	→	養う	培養	動I
	養うために	→	動詞辭書形＋ために	為了～	文型
	反復練習をします	→	反復練習をする	反覆練習	動III
❷	暗記ばかりでは	→	名詞＋ばかりでは	光是～的話	文型
	つきません	→	つく	提升	動I
❸	レポート	→	レポート	報告	名詞
❹	立てる	→	立てる	擬定	動II
	立てると	→	動詞辭書形＋と	如果～的話，就～	文型
	テスト勉強をし	→	テスト勉強をする	準備考試	動III
	テスト勉強をしやすい	→	動詞ます形＋やすい	容易做～	文型
❺	丸暗記	→	丸暗記	死記硬背	名詞
	このような仕事	→	このような＋名詞	這樣的～	文型
	できません	→	できる	可以	動II
❻	なって	→	なる	變成	動I
	なってから	→	動詞て形＋から	做～之後，再～	文型
	やっと	→	やっと	才、好不容易	副詞

中譯

❶ 為了培養理解力，要反覆練習。
❷ 光靠背誦的話，思考力不會提升。
❸ 在報告上畫重點。
❹ 擬定讀書計劃的話，準備考試就會很容易。
❺ 死記硬背的書呆子，無法做這種工作。
❻ 他總是在考試前一天才用功讀書。

考試 (1)

MP3 006

① 問題用紙（もんだいようし）
(名) 考卷

② 答案用紙（とうあんようし）
(名) 答案紙

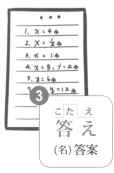

③ 答え（こたえ）
(名) 答案

④ 合格（ごうかく）
(名) 合格

⑤ 不合格（ふごうかく）
(名) 不合格

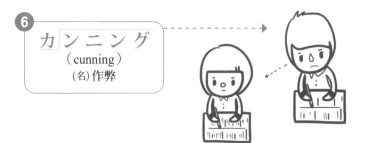

⑥ カンニング
（cunning）
(名) 作弊

⑦ 教科書ノート持ち込み（きょうかしょノートもちこみ）
(名) 可帶課本和筆記

❶ 問題用紙が配布されます。

❷ 答案用紙に名前を書きます。

❸ いくら考えても、答えが分かりませんでした。

❹ 神社に合格祈願に行きます。

❺ 大学受験が不合格になったら、浪人するしかありません。

❻ カンニングは、絶対に許されてはならない行為です。

❼ 教科書ノート持ち込みテストは、アメリカではよくあるらしいです。

學更多

	例句出現的		原形／接續原則	意義	詞性
❶	配布されます	→	配布される	被分發	配布する的被動形
❷	書きます	→	書く	寫	動Ⅰ
❸	考えて	→	考える	思考	動Ⅱ
	いくら考えても	→	いくら＋動詞て形＋も	無論怎麼～，也～	文型
	分かりませんでした	→	分かる	知道	動Ⅰ
❹	行きます	→	行く	去	動Ⅰ
❺	なった	→	なる	變成	動Ⅰ
	なったら	→	動詞た形＋ら	如果～的話	文型
	浪人する	→	浪人する	沒考上學校準備重考	動Ⅲ
	浪人するしかありません	→	動詞辭書形＋しかありません	只好做～	文型
❻	許されて	→	許される	被允許	許す的被動形
	許されてはならない	→	動詞て形＋はならない	不能做～	文型
❼	ある	→	ある	有（事或物）	動Ⅰ
	あるらしい	→	動詞辭書形＋らしい	好像～	文型

中譯

❶ 分發考卷。
❷ 在答案紙上寫名字。
❸ 不管怎麼想，也不知道答案。
❹ 去神社祈求考試合格。
❺ 如果大學的入學考試不合格，就只好重考。
❻ 作弊是絕對不允許的行為。
❼ 可帶課本和筆記的考試，在美國好像很常見。

考試(2)

MP3 007

1
せんたくもんだい
選択問題
(名)選擇題

2
あなうめもんだい
穴埋め問題
(名)填充題

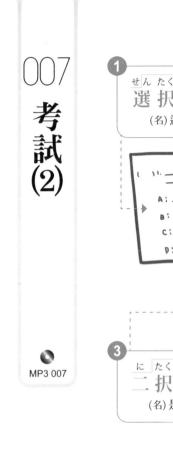
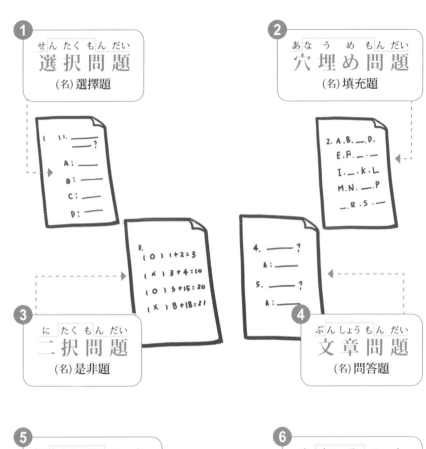

3
にたくもんだい
二択問題
(名)是非題

4
ぶんしょうもんだい
文章問題
(名)問答題

5
ちゅうかん テ ス ト
中間テスト
(名)期中考

6
き まつ テ ス ト
期末テスト
(名)期末考

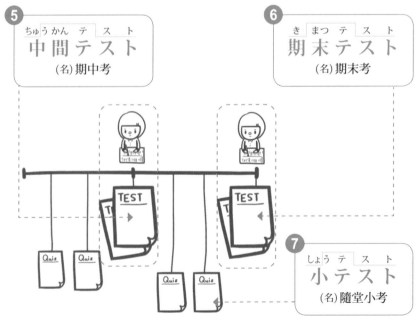

7
しょう テ ス ト
小テスト
(名)隨堂小考

030

❶ 選択問題では、簡単そうな方を選びました。

❷ 穴埋め問題は、得意な方です。

❸ 二択問題では、分からない所は適当に選びました。

❹ 文章問題は一番苦手です。

❺ 中間テストの結果が悪かったので、期末テストは頑張らないといけません。

❻ 期末テストが終われば、もうテストはありません。

❼ 週に一回英単語の小テストがあります。

	例句出現的		原形／接續原則	意義	詞性
❶	簡単そうな方	→	簡単＋そう＋な＋名詞	看起來簡單的～	文型
	選びました	→	選ぶ	選擇	動Ⅰ
❷	得意な方	→	得意＋な＋名詞	擅長的～	文型
❸	分からない	→	分かる	知道	動Ⅰ
	適当に	→	適当に	隨便	副詞
❹	一番	→	一番	最	副詞
	苦手	→	苦手	不擅長	な形
❺	悪かった	→	悪い	不好的	い形
	悪かったので	→	い形容詞た形＋ので	因為～	文型
	頑張らない	→	頑張る	努力	動Ⅲ
	頑張らないといけません	→	動詞ない形＋ないといけない	必須做～	文型
❻	終われば	→	終われば	如果結束的話，～	終わる的條件形
	ありません	→	ある	有（事或物）	動Ⅰ
❼	あります	→	ある	有（事或物）	動Ⅰ

❶ 做選擇題時，選擇看起來簡單的部分。
❷ 我算是很擅長做填充題的人。
❸ 做是非題時，不會的部分就隨便選。
❹ 問答題是最不擅長的題型。
❺ 期中考的成績很糟糕，所以期末考必須努力。
❻ 考完期末考的話，就沒有其他考試。
❼ 一星期有一次英文單字的隨堂小考。

008

成績優異(1)

🔊 MP3 008

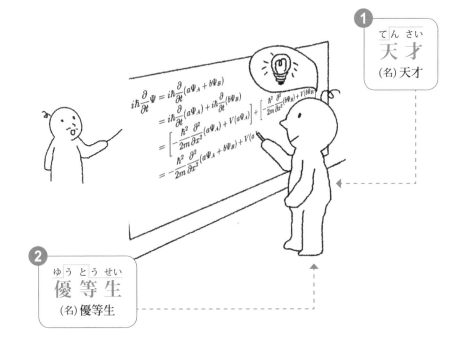

1
てん さい
天 才
(名)天才

2
ゆう とう せい
優 等 生
(名)優等生

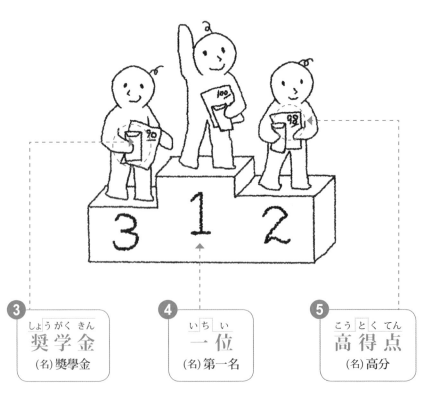

3
しょう がく きん
奨 学 金
(名)獎學金

4
いち い
一 位
(名)第一名

5
こう とく てん
高 得 点
(名)高分

❶ 弟は天才で、１５歳でもう大学を卒業しました。

❷ 彼は優等生ぶっているが、本当は面白い奴です。

❸ 私立大学の入学試験で高得点を取ると奨学金を授与してもらえることがあります。

❹ 勝ち続けて一位の座に居座り続けることは簡単ではありません。

❺ 彼は全国学力テストで高得点をマークし、全国で１０位以内に入りました。

學更多

	例句出現的		原形／接續原則	意義	詞性
❶	１５歳で	→	年齢＋で	在～年齡	文型
	もう	→	もう	已經	副詞
	卒業しました	→	卒業する	畢業	動Ⅲ
❷	優等生ぶって	→	名詞＋ぶる	假裝～的樣子	文型
	優等生ぶっている	→	動詞て形＋いる	目前狀態	文型
	面白い	→	面白い	有趣的	い形
❸	取る	→	取る	拿到	動Ⅰ
	取ると	→	動詞辭書形＋と	如果～的話，就～	文型
	授与して	→	授与する	授予	動Ⅲ
	授与してもらえる	→	動詞て形＋もらえる	可以請別人為我做～	文型
	授与してもらえることがあります	→	動詞可能形＋ことがある	有時有可以做～情況	文型
❹	勝ち続けて	→	勝ち続ける	不斷獲勝	動Ⅱ
	居座り続ける	→	居座り続ける	持續蟬連	動Ⅱ
	簡単ではありません	→	簡単	簡單	な形
❺	マークし	→	マークする	創造紀錄	動Ⅲ
	入りました	→	入る	進入	動Ⅰ

中譯

❶ 弟弟是個天才，１５歲就讀完大學。

❷ 雖然他裝成優等生的樣子，但其實是個有趣的人。

❸ 在私立大學的入學考試中，有時考高分就可以獲得獎學金。

❹ 不斷贏得勝利，持續蟬聯第一名寶座，並不是簡單的事情。

❺ 他在全國學力測驗中創下高分紀錄，進入全國前１０名。

009

成績優異(2)

MP3 009

1 きんべん（な）
勤勉（な）
（な形）勤奮

2 どりょく（する）
努力（する）
（名・動Ⅲ）努力

3 あたまがよい
頭がよい
（い形）聰明的

$$p > 1, \int_1^\infty \frac{1}{x^p} dx = ?$$

$$\frac{1}{p-1}$$

$$\pi = 3.14159265358979\\3238462643383279\\5028841971693993\\751058209794\ldots\ldots$$

4 べんきょうの ひけつ
勉強の秘訣
（名）唸書祕訣

5 せいせきゆうしゅう（な）
成績優秀（な）
（な形）成績優秀

6 かいがいしんがく する
海外進学する
（動Ⅲ）出國進修

❶ 勤勉な外国人労働者は歓迎されます。

❷ 努力しただけあって、今回のテストはよくできました。

❸ 彼が頭がよいのは親譲りでしょう。

❹ 勉強の秘訣を教えてください。

❺ 昔は大人しくて成績優秀な子でした。

❻ 裕福な彼は、海外進学するらしいです。

學更多

	例句出現的		原形／接續原則	意義	詞性
❶	歓迎されます	→	歓迎される	受歡迎	歓迎する的被動形
	労働者	→	労働者	勞工	名詞
❷	努力しただけあって	→	動詞た形＋だけあって	正因為～	文型
	テスト	→	テスト	考試	名詞
	よく	→	よい	好的	い形
	できました	→	できる	完成	動Ⅱ
❸	親譲り	→	親譲り	遺傳自父母	名詞
	親譲りでしょう	→	名詞＋でしょう	應該～吧	文型
❹	教えて	→	教える	告訴	動Ⅱ
	教えてください	→	動詞て形＋ください	請做～	文型
❺	大人しく	→	大人しい	穩重的	い形
	大人しくて	→	大人しい＋くて	穩重・而且～	文型
❻	裕福な彼	→	裕福＋な＋名詞	富裕的～	文型
	海外進学するらしい	→	動詞辭書形＋らしい	好像～	文型

中譯

❶ 勤奮的外國勞工很受歡迎。
❷ 正因為有努力，這次的考試考得很好。
❸ 他的聰明應該是遺傳自父母吧？
❹ 請告訴我唸書祕訣。
❺ 以前是個穩重、成績優秀的孩子。
❻ 家境富裕的他，好像要出國進修。

010

大學生活 (1)

🔘 MP3 010

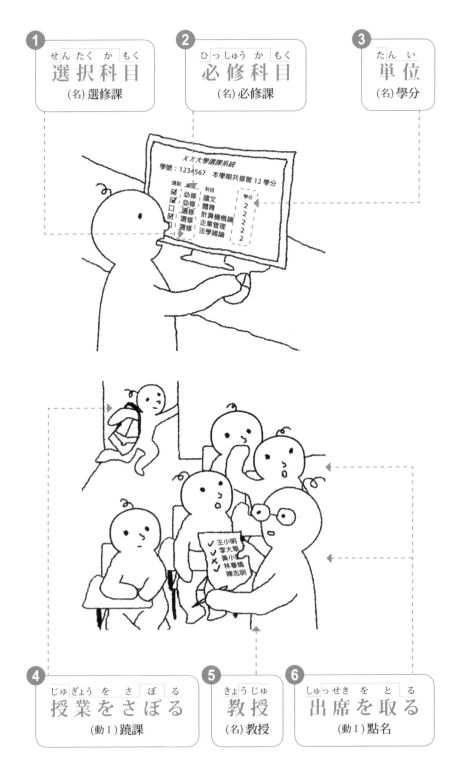

1 せんたくかもく
選択科目
(名)選修課

2 ひっしゅうかもく
必修科目
(名)必修課

3 たんい
単位
(名)學分

4 じゅぎょうをさぼる
授業をさぼる
(動Ⅰ)蹺課

5 きょうじゅ
教授
(名)教授

6 しゅっせきをとる
出席を取る
(動Ⅰ)點名

❶ 選択科目の授業には、楽しそうなものがたくさんあります。

❷ 必修科目の授業は、とりわけ重要です。

❸ 卒業単位まであと4つです。

❹ たまに、一般教養の授業をさぼることもあります。

❺ 教授になるためには、幾つもの論文を書いて、成果を出さねばなりません。

❻ 出席を取ってから、密かに講義室を出ました。

學更多

	例句出現的		原形／接續原則	意義	詞性
❶	楽しそうなもの	→	楽しい＋そうな＋名詞	好像很有趣的～	文型
	あります	→	ある	有（事或物）	動Ⅰ
❷	とりわけ	→	とりわけ	格外	副詞
❸	卒業単位まで	→	名詞＋まで	到～為止	文型
	あと4つ	→	あと＋数量詞	還有～數量	文型
❹	たまに	→	たまに	偶爾	副詞
	授業をさぼることもあります	→	動詞辞書形＋こともある	有時也會有～情況	文型
❺	なる	→	なる	成為	動Ⅰ
	なるために	→	動詞辞書形＋ために	為了～	文型
	幾つもの	→	幾つ＋もの	好幾個	文型
	書いて	→	書く	寫	動Ⅰ
	出さねば	→	出す	提出	動Ⅰ
	出さねばなりません	→	動詞ない形＋ねばならない	必須做～	文型
❻	出席を取ってから	→	動詞て形＋から	做～之後・再～	文型
	密かに	→	密かに	偷偷地	副詞
	出ました	→	出る	離開	動Ⅱ

中譯

❶ 選修課有很多看起來很有趣的課程。

❷ 必修課的課程格外重要。

❸ 畢業學分還差四個。

❹ 有時通識課會蹺課。

❺ 要成為教授，就必須寫好幾篇論文，發表研究成果。

❻ 點名之後，悄悄地溜出教室。

1 サークル
（circle）
（名）社團

2 コンパ
（company）
（名）聯誼活動

3 アルバイト
（Arbeit（德））
（名）打工

4 じっしゅう
実習
（名）實習

5 きゅうがく する
休学する
（動Ⅲ）休學

6 たいがく する
退学する
（動Ⅲ）退學

❶ サークルには、どんな人が所属していますか？

❷ 彼は若者のノリについて行けず、コンパに行っても楽しめない
そうです。

❸ アルバイトで得た収入で、ギターを買います。

❹ 教育学部の学生は、卒業前に教育実習をします。

❺ 家の経済的な理由で、来学期から休学せざるを得なくなりました。

❻ 大学が楽しくなくて、退学することにしました。

	例句出現的		原形／接續原則	意義	詞性
❶	所属して	→	所属する	參加	動Ⅲ
	所属しています	→	動詞て形＋いる	目前狀態	文型
❷	ノリ	→	ノリ	步調	名詞
	ついて行け	→	ついて行ける	可以跟上	ついて行く的可能形
	ついて行けず	→	動詞ない形＋ず	不～	文型
	行って	→	行く	去	動Ⅰ
	行っても	→	動詞て形＋も	即使～，也～	文型
	楽しめない	→	楽しめる	可以享受	楽しむ的可能形
	楽しめないそう	→	楽しめない＋そう	聽說無法享受	文型
❸	得た	→	得る	得到	動Ⅱ
❹	教育実習をします	→	教育実習をする	做教育實習	動Ⅲ
❺	経済的な理由で	→	名詞＋で	因為～	文型
	休学せざるを得なく	→	休学しない＋せ＋ざるを得ない	不得不休學	文型
	休学せざるを得なくなりました	→	休学せざるを得ない＋くなりました	變成不得不休學	文型
❻	楽しく	→	楽しい	快樂的	い形
	楽しくなくて	→	楽しい＋くない＋くて	因為不快樂	文型
	退学することにしました	→	動詞辞書形＋ことにしました	決定做～了	文型

中譯

❶ 社團有什麼樣的人參加？

❷ 他跟不上年輕人的步調，聽說即使參加聯誼活動也無法享受樂趣。

❸ 用打工拿到的收入去買吉他。

❹ 教育系的學生，在畢業之前要做教育實習。

❺ 因為家裡經濟的關係，下學期開始不得不休學。

❻ 大學生活不開心，所以決定退學。

1
そつぎょうしょうしょ
卒業証書
(名)畢業證書

2
そつぎょうしき
卒業式
(名)畢業典禮

3
がくしガウン
学士ガウン
(名)學士服

4
そつぎょうろんぶん
卒業論文
(名)畢業論文

5
そつぎょうりょこう
卒業旅行
(名)畢業旅行

6
そつぎょうしけん
卒業試験
(名)畢業考

❶ 卒業式で、卒業証書を授与されます。

❷ 両親が卒業式に来てくれました。

❸ 学士ガウンを着て、記念撮影します。

❹ 卒業論文の執筆にとりかかります。

❺ 卒業旅行は、クラスメイトと海外に行きます。

❻ 卒業試験に通らないと、卒業できません。

	例句出現的		原形／接續原則	意義	詞性
❶	卒業式で	→	場合＋で	在～場合	文型
	授与されます	→	授与される	被授予	授与する的被動形
❷	来て	→	来る	來	動Ⅲ
	来てくれました	→	動詞て形＋くれました	別人為我做了～	文型
❸	着て	→	着る	穿	動Ⅱ
	記念撮影します	→	記念撮影する	拍紀念照	動Ⅲ
❹	とりかかります	→	とりかかる	開始	動Ⅰ
❺	クラスメイト	→	クラスメイト	同班同學	名詞
	クラスメイトと	→	對象＋と	和～對象	文型
	行きます	→	行く	去	動Ⅰ
❻	通らない	→	通る	通過	動Ⅰ
	通らないと	→	動詞ない形＋と	如果不～的話，就～	文型
	卒業できません	→	卒業できる	可以畢業	卒業的可能形

中譯

❶ 在畢業典禮上，獲頒畢業證書。
❷ 父母來參加我的畢業典禮。
❸ 穿著學士服拍紀念照。
❹ 開始執筆撰寫畢業論文。
❺ 和同班同學到國外畢業旅行。
❻ 如果沒有通過畢業考，就無法畢業。

畢業(2)

MP3 013

1 卒業写真
（名）畢業照

2 卒業アルバム
（名）畢業紀念冊

3 仕事を探す
（動Ⅰ）找工作

4 就職相談
（名）就業諮詢

5 人生計画
（名）生涯規劃

6 新社会人
（名）社會新鮮人

❶ 卒業写真の中の彼の写真が好きです。

❷ 卒業アルバムを見ると、懐かしい気持ちになります。

❸ 大学卒業後は、仕事を探します。

❹ なかなか仕事が見つからないので、就職相談に行きます。

❺ 人生計画を間違ったかもしれません。

❻ 新社会人は、見ていて初々しいです。

	例句出現的		原形／接續原則	意義	詞性
❶	好き	→	好き	喜歡	な形
❷	見る	→	見る	看	動II
	見ると	→	動詞辭書形＋と	一～・就～	文型
	懐かしい	→	懐かしい	懷念的	い形
	なります	→	なる	變成	動I
❸	大学卒業後	→	名詞＋後	～之後	文型
❹	なかなか	→	なかなか＋動詞否定形	不容易做～、一直不做～	文型
	見つからない	→	見つかる	找到	動I
	見つからないので	→	動詞ない形＋ので	因為不～	文型
	行きます	→	行く	去	動I
❺	間違った	→	間違う	弄錯	動I
	間違ったかもしれません	→	動詞た形＋かもしれない	也許～	文型
❻	見て	→	見る	看	動II
	見ていて	→	動詞て形＋いる	目前狀態	文型
	初々しい	→	初々しい	純真的	い形

中譯

❶ 我喜歡畢業照上的他。
❷ 看到畢業紀念冊，就會覺得很懷念。
❸ 大學畢業後要找工作。
❹ 一直找不到工作，所以要去做就業諮詢。
❺ 也許弄錯生涯規畫了。
❻ 看著社會新鮮人，覺得他們很純真。

MP3 014

①
こう かん りゅう がく せい
交換留学生
(名) 交換學生

②
し どう きょう じゅ
指導教授
(名) 指導教授

③
こと ば の かべ
言葉の壁
(名) 語言隔閡

⑤
じん しゅ さ べつ
人種差別
(名) 種族歧視

④
カルチャーショック
(culture shock)
(名) 文化衝擊

⑥
ホームシック
(homesickness)
(名) 想家

⑦
(き こう ふう ど に) な じ め ない
(気候風土に)馴染めない
(動 II) 水土不服

① 海外の姉妹校からの交換留学生が、やって来ました。

② 卒業論文の指導教授を、見つけなければいけません。

③ 海外に来て、言葉の壁は厚いと強く感じました。

④ カルチャー.ショックのあまり言葉が出ませんでした。

⑤ 以前よりはましになったものの、人種差別が根強く残ります。

⑥ 親元を離れた経験がないので、ホームシックになってしまいました。

⑦ 彼女は寒い国の出身なので、暑さの厳しい気候に馴染めていないようです。

學更多

	例句出現的		原形／接續原則	意義	詞性
❶	やって来ました	→	やって来る	到來	動Ⅲ
❷	見つけなければ	→	見つける	找到	動Ⅱ
	見つけなければいけません	→	動詞ない形＋なければいけない	必須做～	文型
❸	厚いと強く感じました	→	い形容詞＋と強く感じました	強烈感覺到～	文型
❹	出ませんでした	→	出る	出來	動Ⅱ
❺	ましになった	→	ましになる	變好	動Ⅰ
	ましになったものの	→	動詞た形＋ものの	雖然～，但是～	文型
	根強く	→	根強い	根深蒂固的	い形
❻	離れた	→	離れる	離開	動Ⅱ
	なって	→	なる	變成	動Ⅰ
	なってしまいました	→	動詞て形＋しまいました	無法挽回的遺憾	文型
❼	馴染めない	→	馴染める	可以適應	馴染む的可能形
	馴染めて	→	馴染める	可以適應	馴染む的可能形
	馴染めていない	→	動詞て形＋いる	目前狀態	文型
	馴染めていないよう	→	馴染めていない＋よう	好像不適應	文型

中譯

① 來自國到外姊妹校的交換學生到了。

② 必須找到畢業論文的指導教授。

③ 來到國外，強烈地感覺到語言隔閡的障礙之大。

④ 過度的文化衝擊讓人說不出話來。

⑤ 雖然情況比以前好多了，但種族岐視還是深植人心。

⑥ 因為沒有離開過父母，所以有想家的情況。

⑦ 她來自寒冷的國家，所以對炎熱的氣候好像水土不服。

015 作文(1)

MP3 015

1 構成（こうせい）
(名) 結構

【起承轉合】指「作文的章法」、「文章的佈局」。

2 承（しょう）
(名) 承（承接並申述）

【承】：文章的承接。承接「起」並加以論述。

3 起（き）
(名) 起（開端）

【起】：文章的開頭。在起頭處提出自己的主張和看法。

4 論点（ろんてん）
(名) 論點

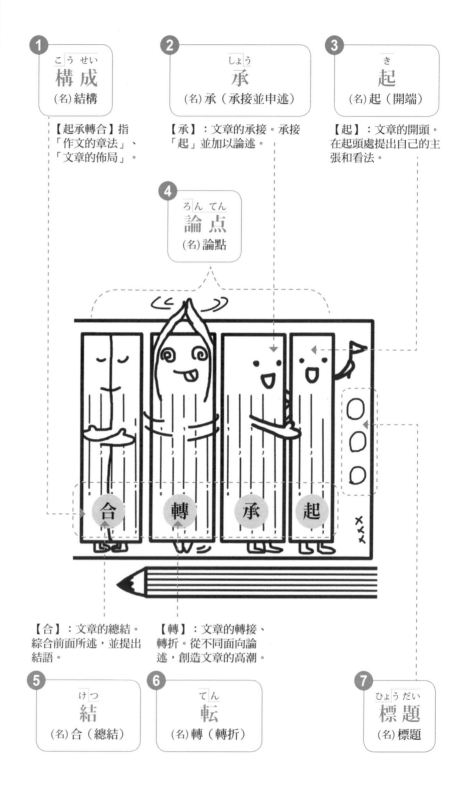

【合】：文章的總結。綜合前面所述，並提出結語。

【轉】：文章的轉接、轉折。從不同面向論述，創造文章的高潮。

5 結（けつ）
(名) 合（總結）

6 転（てん）
(名) 轉（轉折）

7 標題（ひょうだい）
(名) 標題

❶ 完璧な論文を書くためには、しっかりした構成が必要です。

❷ 承は、起と転を結ぶ部分です。

❸ 起とは、物語の導入部です。

❹ 作文では、論点を正確に述べる能力が重要です。

❺ 結とは、前章で説明された事柄をまとめたものです。「結論」とも言います。

❻ 転とは、物語の核となる部分です。

❼ 標題は、人の興味を引くようなものにするといいです。

學更多

	例句出現的		原形／接續原則	意義	詞性
❶	書く	→	書く	寫	動Ⅰ
	書くために	→	動詞辭書形＋ために	為了～	文型
❷	結ぶ	→	結ぶ	連結	動Ⅰ
❸	起とは	→	名詞＋とは	所謂的～	文型
❹	正確に	→	正確	準確	な形
	述べる	→	述べる	陳述	動Ⅱ
❺	説明された	→	説明される	被説明	説明する的被動形
	まとめた	→	まとめる	總結	動Ⅱ
	結論とも言います	→	名詞＋とも言う	也稱為～	文型
❻	核となる	→	名詞＋となる	成為～、作為～	文型
❼	引く	→	引く	吸引	動Ⅰ
	引くようなもの	→	動詞辭書形＋ようなもの	像～一樣的東西	文型
	ものにする	→	名詞＋にする	做成～	文型
	するといい	→	動詞辭書形＋といい	還是做～的好	文型

中譯

❶ 要寫作一篇完整的論文，必須具備紮實的結構。

❷ 「承」是連結「起」和「轉」的部分。

❸ 所謂的「起」，是故事的引言部分。

❹ 寫作文時，正確陳述論點的能力是很重要的。

❺ 所謂的「合」，是把前面章節所說的話做出總結，也稱為「結論」。

❻ 所謂的「轉」，是故事的核心部分。

❼ 標題最好要能引起別人的興趣。

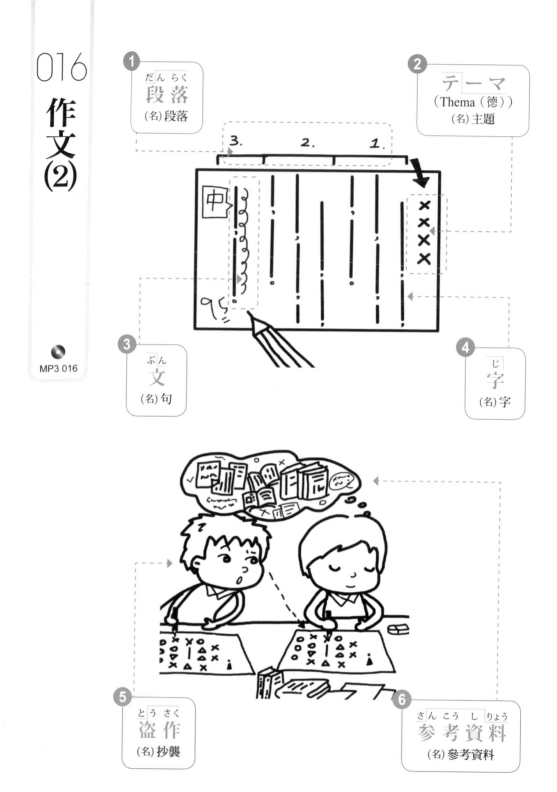

1 段落
だんらく
(名)段落

2 テーマ
（Thema（徳））
(名)主題

3 文
ぶん
(名)句

4 字
じ
(名)字

5 盗作
とうさく
(名)抄襲

6 参考資料
さんこうしりょう
(名)参考資料

❶ 日本語の作文で、段落を変える際には一文字あけます。

❷ テーマを絞って文章を書きます。

❸ 新しく習った単語で文を作ります。

❹ 字が綺麗な人が羨ましいです。

❺ どんな理由があろうと、盗作はあってはなりません。

❻ 参考資料に、過去の研究論文を使いました。

	例句出現的		原形／接續原則	意義	詞性
❶	変える	→	変える	改變	動Ⅱ
	変える際	→	動詞辭書形＋際	～的時候	文型
	あけます	→	あける	空開	動Ⅱ
❷	絞って	→	絞る	集中、鎖定	動Ⅰ
❸	新しく	→	新しい	新的	い形
	習った	→	習う	學習	動Ⅰ
	単語で	→	名詞＋で	利用～	文型
	作ります	→	作る	創作	動Ⅰ
❹	綺麗な人	→	綺麗＋な＋名詞	漂亮的～	文型
	羨ましい	→	羨ましい	羨慕的	い形
❺	どんな	→	どんな	什麼樣的	な形
	あろう	→	ある	有（事或物）	動Ⅰ
	あろうと	→	動詞意向形＋と	不管～	文型
	あって	→	ある	有（事或物）	動Ⅰ
	あってはなりません	→	動詞て形＋はならない	不能做～	文型
❻	使いました	→	使う	使用	動Ⅰ

中譯

❶ 日文作文在換段落時，要空一個字。
❷ 鎖定主題寫文章。
❸ 用新學到的單字寫句子。
❹ 羨慕字寫得漂亮的人。
❺ 不管是基於什麼理由，都不可以抄襲。
❻ 用過去的研究論文做為參考資料。

MP3 017

1 さくしゃ 作者 (名)作者

2 やくしゃ 訳者 (名)譯者

3 しゅっぱんしゃ 出版社 (名)出版社

4 へんしゅう 編集 (名)編輯

作者　Meihaha
譯者　小田音
出版　檸檬樹
編輯

排版　○○○
校對　○○○
美術設計　○○○

5 レイアウト （layout） (名)排版

6 びじゅつデザイン 美術デザイン (名)美術設計

7 こうせい 校正 (名)校對

❶ 作者の言わんとしていることは、一体何なのか分かりません。

❷ 洋書の売れ行きは、訳者の実力次第と言ってもいいです。

❸ 彼は以前、大手出版社に勤務していました。

❹ 編集の仕事では、コンピューターのスキルが重要となります。

❺ 広告のレイアウトを決めます。

❻ 美術デザインは、有名デザイナーが手がけています。

❼ 彼女の職務は、主に編集・校正の仕事です。

學更多

	例句出現的		原形／接續原則	意義	詞性
❶	言わ	→	言う	說	動Ⅰ
	言わんとしている	→	動詞ない形＋んとしている	想要做～	文型
	一体	→	一体	到底	副詞
	分かりません	→	分かる	知道	動Ⅰ
❷	実力次第	→	名詞＋次第	根據～而定	文型
	言って	→	言う	說	動Ⅰ
	言っても	→	動詞て形＋もいい	可以做～	文型
❸	勤務して	→	勤務する	工作	動Ⅲ
	勤務していました	→	動詞て形＋いました	過去維持的狀態	文型
❹	重要となります	→	な形容詞＋となる	成為～	文型
❺	決めます	→	決める	決定	動Ⅱ
❻	手がけて	→	手がける	親自動手	動Ⅱ
	手がけています	→	動詞て形＋いる	目前狀態	文型
❼	主に	→	主に	主要	副詞

中譯

❶ 搞不懂作者到底想表達什麼。

❷ 外文書的銷路，可說是取決於譯者的實力好壞。

❸ 他以前在大型出版社工作。

❹ 編輯的工作中，電腦的操作技能很重要。

❺ 決定廣告的排版。

❻ 美術設計是由知名設計師親自操刀。

❼ 她的職務主要是編輯和校對的工作。

MP3 018

1
いんさつ（する）
印刷（する）
（名・動Ⅲ）印刷

2
せいほん（する）
製本（する）
（名・動Ⅲ）装訂

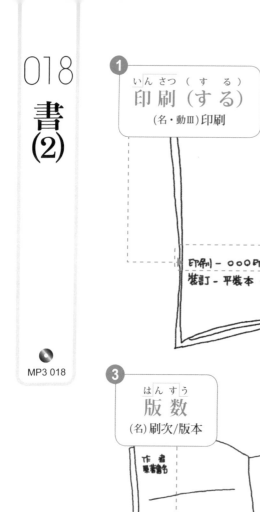

3
はんすう
版数
（名）刷次/版本

4
ふるほん
古本
（名）二手書

5
ぜっぱん
絶版
（名）絶版

❶ この会社のパンフレットは私の会社が印刷したものです。

❷ 製本するのに、多大なコストがかかります。

❸ 本が好評だったため、版数を増やしました。

❹ 同じ絵本でも、古本だと半額以下で買えます。

❺ 読みたい本が絶版で手に入らないため、図書館に行って探して
みました。

	例句出現的		原形／接續原則	意義	詞性
❶	パンフレット	→	パンフレット	宣傳手冊	名詞
❷	製本するのに	→	動詞辭書形＋のに	在～方面	文型
	多大なコスト	→	多大＋な＋名詞	巨大的～	文型
	かかります	→	かかる	花費	動Ⅰ
❸	好評だったため	→	名詞た形＋ため	因為～	文型
	増やしました	→	増やす	增加	動Ⅰ
❹	同じ	→	同じ	相同的	な形
	絵本でも	→	名詞＋でも	即使～，也～	文型
	古本だと	→	名詞＋だ＋と	如果～的話，就～	文型
	買えます	→	買える	可以買	買う的可能形
❺	読み	→	読む	讀	動Ⅰ
	読みたい	→	動詞ます形＋たい	想要做～	文型
	手に入らない	→	手に入る	得到	動Ⅰ
	手に入らないため	→	動詞ない形＋ため	因為不～	文型
	行って	→	行く	去	動Ⅰ
	探して	→	探す	尋找	動Ⅰ
	探してみました	→	動詞て形＋みました	做～看看了	文型

中譯

❶ 這家公司的宣傳手冊是我們公司印刷的。

❷ 裝訂需要花費很大的成本。

❸ 書籍獲得好評，所以增加刷次。

❹ 即使是同樣的畫冊，如果是二手書就可以用半價以下的價格買到。

❺ 想看的書已經絕版買不到，所以到圖書館去找找看。

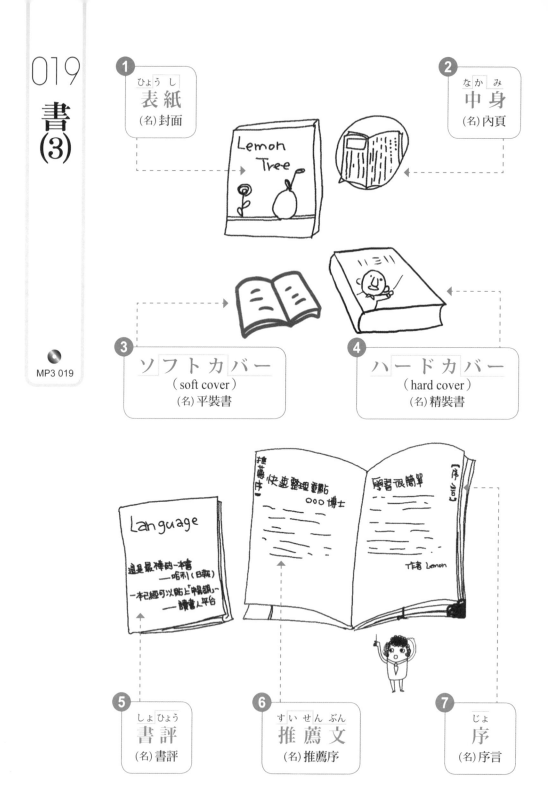

1 ひょうし
表紙
(名)封面

2 なかみ
中身
(名)內頁

3 ソフトカバー
(soft cover)
(名)平裝書

4 ハードカバー
(hard cover)
(名)精裝書

5 しょひょう
書評
(名)書評

6 すいせんぶん
推薦文
(名)推薦序

7 じょ
序
(名)序言

❶ ただ表紙だけを見て本の良し悪しを判断してはいけません。

❷ 書店で実際に本を手にとって、中身を見てみます。

❸ ソフトカバーの方が、軽くて持ち運びしやすいです。

❹ お気に入りの本は、やっぱりハードカバーのものを買いたいです。

❺ この作家の書く書評は大変興味深く、本を買う時の参考にできます。

❻ この本の推薦文は、直木賞作家が書いています。

❼ 序の部分で、既に感動しました。

	例句出現的		原形／接續原則	意義	詞性
❶	判断して	→	判断する	判斷	動Ⅲ
	判断してはいけません	→	動詞て形＋はいけない	不可以做～	文型
❷	手にとって	→	手にとる	拿起來	動Ⅰ
	見てみます	→	動詞て形＋みる	做～看看	文型
❸	ソフトカバーの方が	→	名詞＋の＋方が	～比較	文型
	軽くて	→	軽い＋くて	因為很輕	文型
	持ち運びし	→	持ち運びする	搬運	動Ⅲ
	持ち運びしやすい	→	動詞ます形＋やすい	容易做～	文型
❹	買い	→	買う	買	動Ⅰ
	買いたい	→	動詞ます形＋たい	想要做～	文型
❺	興味深く	→	興味深い	有趣的	い形
	できる	→	できる	可以	動Ⅱ
❻	書いて	→	書く	寫	動Ⅰ
❼	感動しました	→	感動する	感動	動Ⅲ

❶ 不可以光看封面來評判一本書的好壞。

❷ 到書店實際拿起書本看看內頁。

❸ 平裝書比較輕，方便攜帶。

❹ 喜歡的書還是會想買精裝書。

❺ 這個作家寫的書評非常有意思，可以做為買書的參考。

❻ 這本書的推薦序是直木獎作家寫的。

❼ 序言的部分就已經讓人感動了。

020 初次見面(1)

MP3 020

1 あくしゅ する
握手する
(動Ⅲ) 握手

2 じ こ しょうかい
自己紹介
(名) 自我介紹

3 めい し
名刺
(名) 名片

4 あい さつ
挨拶
(名) 寒暄

5 ちん もく を やぶ る
沈黙を破る
(動Ⅰ) 打破沈默

❶ 西洋では、初めて会った時に握手するのが一般的です。

❷ まずは、皆さん自己紹介をしてください。

❸ 挨拶をして、名刺を交換します。

❹ 彼女とは、挨拶をする程度の仲にすぎません。

❺ 困った時は、笑いネタで沈黙を破ります。

學更多

	例句出現的		原形／接續原則	意義	詞性
❶	初めて	→	初めて	第一次	副詞
	会った	→	会う	碰面	動Ⅰ
	会った時	→	動詞た形＋時	～的時候	文型
	一般的	→	一般的	一般、通常	な形
❷	まず	→	まず	首先	副詞
	自己紹介をして	→	自己紹介をする	做自我介紹	動Ⅲ
	自己紹介をしてください	→	動詞て形＋ください	請做～	文型
❸	挨拶をして	→	挨拶をする	寒暄	動Ⅲ
	交換します	→	交換する	交換	動Ⅲ
❹	彼女とは	→	對象＋とは	和～對象	文型
	挨拶をする	→	挨拶をする	寒暄	動Ⅲ
	仲	→	仲	交情	名詞
	仲にすぎません	→	名詞＋にすぎない	只不過是～	文型
❺	困った	→	困る	困窘	動Ⅰ
	笑いネタで	→	名詞＋で	利用～	文型

中譯

❶ 在西方，第一次見面時通常會握手。
❷ 首先，請大家做自我介紹。
❸ 寒暄之後交換名片。
❹ 跟她的交情，不過是會互相寒暄的程度而已。
❺ 感到困窘的時候，用笑話來打破沈默。

021

初次見面(2)

MP3 021

1 以前 会ったことが あるような
(な形) 似曽相識

2 知らない人
(名) 陌生人

3 しらける
(動Ⅱ) 冷場

4 気が合う
(動Ⅰ) 合得來

5 気が合わない
(動Ⅰ) 不對盤

❶ 彼女と以前会ったことがあるような気がしますが、思い出せません。

❷ 駅で知らない人に呼び止められましたが、無視しました。

❸ 面白い話だと思って話したのに、受けなくてしらけてしまいました。

❹ 年齢、性別に関係なく、気が合う人はいるものです。

❺ 気が合わない人とは、一緒にいても楽しくありません。

學更多

	例句出現的		原形／接續原則	意義	詞性
❶	気がします	→	気がする	覺得	動Ⅲ
	思い出せません	→	思い出せる	可以想起來	思い出す的可能形
❷	呼び止められました	→	呼び止められる	被叫住	呼び止める的被動形
	無視しました	→	無視する	無視	動Ⅲ
❸	面白い	→	面白い	有趣的	い形
	思って	→	思う	覺得	動Ⅰ
	話した	→	話す	說	動Ⅰ
	話したのに	→	動詞た形＋のに	明明～，卻～	文型
	受けなくて	→	受けない＋くて	因為不受歡迎	文型
	しらけてしまいました	→	動詞て形＋しまいました	無法挽回的遺憾	文型
❹	性別に関係なく	→	名詞＋に関係ない	和～無關	文型
	いる	→	いる	有（人或動物）	動Ⅱ
	いるものです	→	動詞辭書形＋ものです	本來就～	文型
❺	気が合わない人とは	→	對象＋とは	和～對象	文型
	一緒に	→	一緒に	一起	副詞
	いて	→	いる	在、有（人或動物）	動Ⅱ
	いても	→	動詞て形＋も	即使～，也～	文型
	楽しくありません	→	楽しい	快樂的	い形

中譯

❶ 覺得她似曾相識，但就是想不起來。

❷ 在車站被陌生人叫住，但沒有理會對方。

❸ 覺得是有趣的話題而提出，卻因為不受歡迎造成冷場。

❹ 與年齡及性別無關，本來就會有合得來的人。

❺ 跟不對盤的人在一起也不會快樂。

022

初次見面(3)

MP3 022

1 第一印象
（名）第一印象

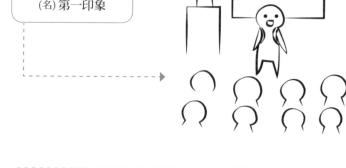

2 好感
（名）好感

3 反感
（名）反感

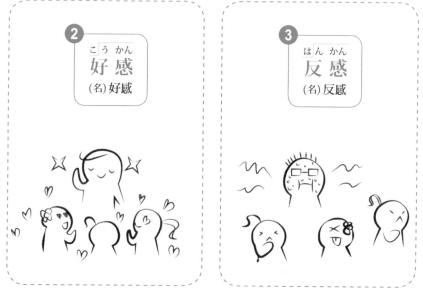

4 警戒心
（名）戒心

5 緊張
（名）緊張

❶ 第一印象で、感じのいい人だなと思いました。

❷ 一目見た時から、何故か彼女には好感を持っていました。

❸ 年配の教師のやり方に、反感を持ちました。

❹ 父の知り合いだと知って、警戒心が取れます。

❺ 子供の笑顔で、場の緊張が一気にほぐれました。

學更多

	例句出現的		原形／接續原則	意義	詞性
❶	第一印象で	→	範圍＋で	在～範圍	文型
	いい	→	いい	好的	い形
	いい人だなと思いました	→	名詞＋だ＋な＋と思いました	覺得～（な表示感嘆）	文型
❷	見た	→	見る	看	動Ⅱ
	見た時から	→	時點＋から	從～時點開始	文型
	何故か	→	何故か	不知道為什麼	副詞
	持って	→	持つ	抱持	動Ⅰ
	持っていました	→	動詞て形＋いました	過去維持的狀態	文型
❸	年配	→	年配	年長	名詞
	やり方	→	やり方	做法	名詞
	持ちました	→	持つ	抱持	動Ⅰ
❹	知り合いだと知って	→	名詞＋だ＋と知る	知道是～	文型
	知って	→	知る	知道	動Ⅰ
	取れます	→	取れる	解除	動Ⅱ
❺	笑顔で	→	名詞＋で	因為～	文型
	一気に	→	一気に	一下子、一口氣	副詞
	ほぐれました	→	ほぐれる	舒緩	動Ⅱ

中譯

❶ 在第一印象中，覺得他是個不錯的人。

❷ 不知道為什麼，第一眼看到時就對她產生了好感。

❸ 對年長教師的作法產生反感。

❹ 知道是父親的舊識，就會解除戒心。

❺ 因為孩子的笑容，現場的緊張氣氛一下子就舒緩了。

023 生日 (1)

MP3 023

1 バースデーソング
（ birthday song ）
(名) 生日快樂歌

2 パーティー
（ party ）
(名) 派對

Happy Birthday to You...

3 おどろ き よろこ ぶ
驚 き 喜 ぶ
(動Ⅰ) 驚喜

4 ろ う そ く
蝋 燭
(名) 蠟燭

5 が ん を か け る
願 を か け る
(動Ⅱ) 許願

6 バースデーケーキ
（ birthday cake ）
(名) 生日蛋糕

❶ 彼が、バースデーソングをギターで弾き語りしてくれました。

❷ 新築祝いのパーティーをしますので、是非来てください。

❸ 彼女は、スタッフの用意してくれたバースデーケーキに、驚き喜びました。

❹ 蝋燭は、年の数だけ立てるのが普通です。

❺ 蝋燭を消す時に、願をかけるといいですよ。

❻ 作る時間がないので、バースデーケーキは注文することにしました。

	例句出現的		原形／接續原則	意義	詞性
❶	弾き語りして	→	弾き語りする	自彈自唱	動Ⅲ
	弾き語りしてくれました	→	動詞て形＋くれました	別人為我做了～	文型
❷	します	→	する	舉辦	動Ⅲ
	しますので	→	動詞ます形＋ので	因為～	文型
	来て	→	来る	來	動Ⅲ
	来てください	→	動詞て形＋ください	請做～	文型
❸	用意して	→	用意する	準備	動Ⅲ
	用意してくれた	→	動詞て形＋くれる	別人為我做～	文型
❹	立てる	→	立てる	豎立	動Ⅱ
❺	消す	→	消す	熄滅	動Ⅰ
	願をかけるといい	→	動詞辭書形＋といい	還是做～的好	文型
❻	作る	→	作る	製作	動Ⅰ
	ない	→	ない	沒有	い形
	ないので	→	い形容詞＋ので	因為～	文型
	注文する	→	注文する	訂購	動Ⅲ
	注文することにしました	→	動詞辭書形＋ことにしました	決定做～了	文型

中譯

❶ 他用吉他自彈自唱生日快樂歌。

❷ 要舉辦慶祝新居落成的派對，所以請務必來參加。

❸ 工作人員準備的生日蛋糕，讓她感到驚喜。

❹ 一般而言，蠟燭只插與年紀相符的數量。

❺ 吹蠟燭時，可以許願喔。

❻ 沒有時間做蛋糕，所以生日蛋糕決定用訂購的。

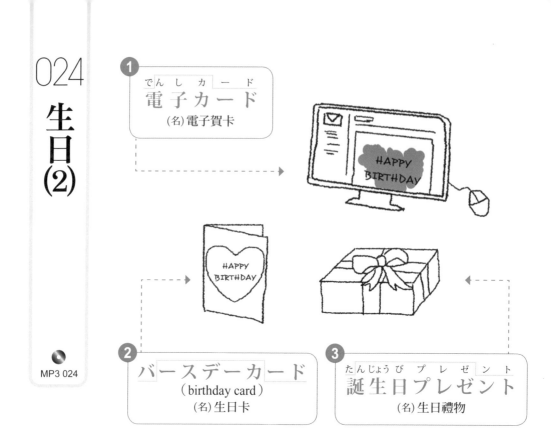

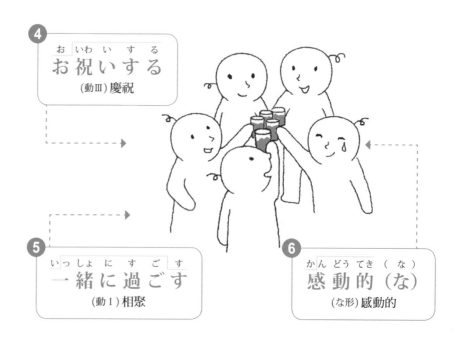

024

生日
(2)

MP3 024

1
でんし カード
電子カード
(名)電子賀卡

2
バースデーカード
（birthday card）
(名)生日卡

3
たんじょうび プレゼント
誕生日プレゼント
(名)生日禮物

4
お いわい する
お祝いする
(動Ⅲ)慶祝

5
いっしょ に すごす
一緒に過ごす
(動Ⅰ)相聚

6
かんどうてき（な）
感動的（な）
(な形)感動的

064

❶ 手書きのカードは間に合わないので、電子カードを送ることに
しました。

❷ 友達からバースデーカードが届き、嬉しかったです。

❸ 誕生日プレゼントは、何がいいですか？

❹ 一緒に誕生日をお祝いさせてください。

❺ 幼い頃から誕生日は、家族で一緒に過ごすことにしています。

❻ 出産は、赤ちゃんとの感動的な対面です。

	例句出現的		原形／接續原則	意義	詞性
❶	間に合わない	→	間に合う	趕上	動Ⅰ
	間に合わないので	→	動詞ない形＋ので	因為不〜	文型
	送る	→	送る	寄送	動Ⅰ
	送ることにしました	→	動詞辭書形＋ことにしました	決定做〜了	文型
❷	友達から	→	對象＋から	從〜對象	文型
	届き	→	届く	收到	動Ⅰ
	嬉しかった	→	嬉しい	高興的	い形
❸	いい	→	いい	好的	い形
❹	一緒に	→	一緒に	一起	副詞
	お祝いさせて	→	お祝いさせる	讓〜慶祝	お祝いする的使役形
	お祝いさせてください	→	お祝いさせて＋ください	請讓〜慶祝	文型
❺	幼い頃	→	幼い頃	小時候	名詞
	幼い頃から	→	時點＋から	從〜時點開始	文型
	一緒に過ごすことにしています	→	動詞辭書形＋ことにしている	習慣做〜	文型
❻	赤ちゃんと	→	對象＋と	和〜對象	文型
	対面	→	対面	見面	名詞

❶ 來不及寫卡片，所以決定送電子賀卡。
❷ 收到朋友寄來的生日卡，覺得很高興。
❸ 生日禮物送什麼好呢？
❹ 請讓我一起慶祝生日。
❺ 從小就會和家人一起相聚過生日。
❻ 生產，就是和嬰兒感動的見面時刻。

025

打
電
話
(1)

MP3 025

1 でんわをかける
電話をかける
(動Ⅱ) 撥號

2 つうわきろく
通話記録
(名) 通話紀錄

3 まちがいでんわ
間違い電話
(名) 打錯電話

4 メッセージをのこす
メッセージを残す
(動Ⅰ) 留話

5 ふざいででんわにでない
不在で電話に出ない
(動Ⅱ) 無人接聽

6 さぎでんわ
詐欺電話
(名) 詐騙電話

7 さぎ
詐欺
(名) 詐騙

❶ 携帯電話で、すぐに彼に電話をかけます。

❷ 彼の携帯電話に残っている通話記録を、内緒で見てしまいました。

❸ 間違い電話で、すぐに切れてしまいました。

❹ とりあえず、留守番電話にメッセージを残すことにしました。

❺ 彼は忙しいのか、いつも不在で電話に出ません。

❻ 最近、お年寄りをターゲットにした詐欺電話が増えています。

❼ 結婚詐欺に遭ってしまいます。

	例句出現的		原形／接續原則	意義	詞性
❶	携帯電話で	→	名詞＋で	利用～	文型
❷	残って	→	残る	殘留	動Ⅰ
	残っている	→	動詞て形＋いる	目前狀態	文型
	内緒で	→	内緒＋で	私下、秘密	文型
	見て	→	見る	看	動Ⅱ
	見てしまいました	→	動詞て形＋しまいました	無法抵抗、無法控制	文型
❸	切れて	→	切れる	中斷	動Ⅱ
	切れてしまいました	→	動詞て形＋しまいました	動作快速完成	文型
❹	残すことにしました	→	動詞辭書形＋ことにしました	決定做～了	文型
❺	忙しい	→	忙しい	忙碌的	い形
❻	お年寄りをターゲットにした	→	名詞＋をターゲットにする	以～為目標	文型
	増えて	→	増える	增加	動Ⅱ
	増えています	→	動詞て形＋いる	目前狀態	文型
❼	遭って	→	遭う	遭遇	動Ⅰ

中譯

❶ 立刻用手機撥號給他。
❷ 私下看了留在他手機上的通話記錄。
❸ 打錯電話，立刻掛斷。
❹ 決定暫時先在語音信箱裡留話。
❺ 不知道他是不是在忙，電話一直無人接聽。
❻ 最近鎖定年長者為目標的詐騙電話越來越多。
❼ 遇到結婚詐欺。

026

打電話(2)

MP3 026

1 応答 (おうとう)
(名) 接聽

2 オペレーター
(operator)
(名) 總機

3 内線 (ないせん)
(名) 分機

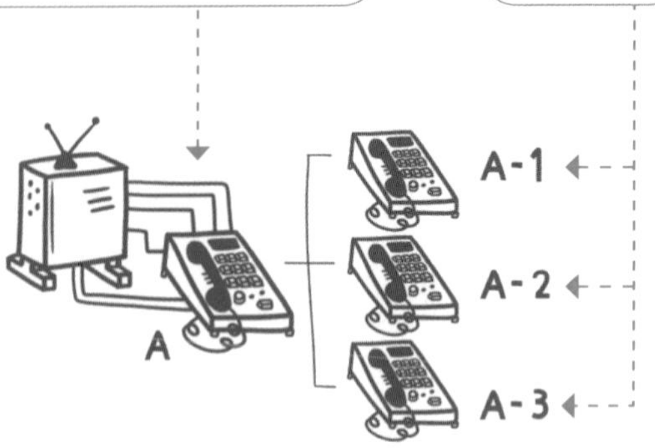

A-1 ←
A-2 ←
A-3 ←
A

4 (〜に) 繋ぐ (〜に つなぐ)
(動I) 轉接

5 話し中 (はなしちゅう)
(名) 忙線中

6 電話が入る (でんわがはいる)
(動I) 來電

7 折り返し電話をする (おりかえしでんわをする)
(動III) 回電話

❶ もう、三日間も応答がありません。

❷ オペレーターに頼めば、内線に繋いでもらえますよ。

❸ 内線番号は何番ですか？

❹ 営業部の山田部長に繋いでください。

❺ もう１時間も話し中の音がしています。

❻ 電話が入ったので、一旦切ります。

❼ さっきの電話に出られなかったので、折り返し電話をしました。

學更多

	例句出現的		原形／接續原則	意義	詞性
❶	もう	→	もう	已經	副詞
	三日間も	→	数量詞＋も	多達～數量	文型
	ありません	→	ある	有（事或物）	動Ⅰ
❷	頼めば	→	頼めば	如果拜託的話，～	頼む的條件形
	繋いで	→	繋ぐ	連接	動Ⅰ
	繋いでもらえます	→	動詞て形＋もらえる	可以請別人為我做～	文型
❸	番号	→	番号	號碼	名詞
❹	繋いでください	→	動詞て形＋ください	請做～	文型
❺	音がして	→	音がする	發出聲音	動Ⅲ
	音がしています	→	動詞て形＋いる	目前狀態	文型
❻	入ったので	→	動詞た形＋ので	因為～	文型
	切ります	→	切る	掛斷	動Ⅰ
❼	出られなかった	→	出られる	可以接聽（電話）	出る的可能形
	出られなかったので	→	出られなかった＋ので	因為無法接聽（電話）	文型

中譯

❶ 已經三天都沒有接聽電話。

❷ 拜託總機的話，就可以轉接內線喔。

❸ 分機號碼是幾號？

❹ 請幫我轉接營業部門的山田部長。

❺ 忙線中的聲音，已經持續一個小時之久。

❻ 有來電，所以要暫時掛斷。

❼ 剛才沒辦法接電話，所以現在回電話。

MP3 027

1 デート
(date)
(名)約會

2 ロマンチック（な）
(な形)浪漫

玫瑰，是愛情的浪漫元素。

3 キス
(kiss)
(名)親吻

4 手を繋ぐ
(動I)牽手

5 恋人
(名)情人

6 二股をかける
(動II)劈腿

5 恋人
(名)情人

❶ 初めてのデートの事は、今でもよく覚えています。

❷ 観覧車に乗って夜景を見るなんて、とてもロマンチックですね。

❸ ファーストキスはいつですか？

❹ 子供と手を繋いで歩きます。

❺ 彼と彼女は、友達以上 恋人未満です。

❻ 全くタイプの違う彼氏が二人いて、二股をかけています。

	例句出現的		原形／接續原則	意義	詞性
❶	初めて	→	初めて	第一次	副詞
	今でも	→	名詞＋でも	即使～，也～	文型
	覚えて	→	覚える	記得	動Ⅱ
	覚えています	→	動詞て形＋いる	目前狀態	文型
❷	乗って	→	乗る	搭乘	動Ⅰ
	見る	→	見る	看	動Ⅱ
	見るなんて	→	動詞辭書形＋なんて	表示舉例	文型
	とても	→	とても	非常	副詞
❸	ファーストキス	→	ファーストキス	初吻	名詞
❹	子供と	→	對象＋と	和～對象	文型
	歩きます	→	歩く	走路	動Ⅰ
❺	彼と彼女	→	名詞Ａ＋と＋名詞Ｂ	名詞Ａ和名詞Ｂ	文型
❻	全く	→	全く	完全	副詞
	違う	→	違う	不一樣	動Ⅰ
	いて	→	いる	有（人或動物）	動Ⅱ
	二股をかけています	→	動詞て形＋いる	目前狀態	文型

中譯

❶ 到現在都還清楚記得第一次約會的情形。
❷ 搭乘摩天輪觀賞夜景，非常浪漫啊。
❸ 初吻在什麼時候？
❹ 和孩子牽手一起走路。
❺ 他和她是朋友以上，情人未滿的關係。
❻ 同時劈腿兩個完全不同類型的男朋友。

1 ひとめぼれ
一目惚れ
(名) 一見鍾情

2 あいよくにおぼれる
愛欲に溺れる
(動II) 墜入愛河

3 どうせいする
同棲する
(動III) 同居

4 やくそく
約束
(名) 承諾

一生相守，是愛情的最終承諾。

5 きねんび
記念日
(名) 紀念日

❶ 私は性格重視で、一目惚れはしない方です。

❷ 愛欲に溺れて、仕事が手につかなくなってしまいます。

❸ 相手を見極めるためには、結婚前に同棲した方がいいです。

❹ 私は、約束は必ず守る人間です。

❺ 彼は、記念日を忘れたことはありません。

	例句出現的		原形／接續原則	意義	詞性
❶	性格重視で	→	名詞＋で	因為～	文型
	しない	→	する	做	動Ⅲ
❷	手につかなく	→	手につかない	無法專心	慣用語
	手につかなくなって	→	手につかない＋くなる	變成無法專心	文型
	手につかなくなってしまいます	→	動詞て形＋しまう	無法挽回的遺憾	文型
❸	見極める	→	見極める	看透	動Ⅱ
	見極めるためには	→	動詞辭書形＋ためには	為了～	文型
	結婚前	→	結婚前	結婚前	名詞
	結婚前に	→	時點＋に	在～時點	文型
	同棲した方がいい	→	動詞た形＋方がいい	做～比較好	文型
❹	必ず	→	必ず	一定	副詞
	守る	→	守る	遵守	動Ⅰ
❺	忘れた	→	忘れる	忘記	動Ⅱ
	忘れたことはありません	→	動詞た形＋ことはない	沒有做過～	文型

中譯

❶ 我重視一個人的性格，不會對人一見鍾情。

❷ 墜入愛河，無法專心於工作。

❸ 為了要看清對方的真實面目，在婚前先同居比較好。

❹ 我是一個信守承諾的人。

❺ 他從來沒有忘記過紀念日。

029

戀愛(3)

MP3 029

1 求める（もとめる）
(動Ⅱ) 追求

2 チョコレート
（chocolate）
(名) 巧克力

3 バラ
(名) 玫瑰

4 ラブレター
（love letter）
(名) 情書

5 嫉妬（しっと）
(名) 嫉妒

❶ 一体何を求めているんですか？

❷ アメリカでは、バレンタインにチョコレートを贈り合います。

❸ 頂いたバラは、ドライフラワーにしようと思います。

❹ ラブレターって、どうやって書けばいいんだろう…

❺ 彼女の旦那さんは、非常に嫉妬深いです。

學更多

	例句出現的		原形／接續原則	意義	詞性
❶	一体	→	一体	到底	副詞
	求めている	→	動詞て形＋いる	目前狀態	文型
	求めているんですか	→	動詞ている形＋んですか	關心好奇、期待回答	文型
❷	アメリカ	→	アメリカ	美國	名詞
	バレンタイン	→	バレンタイン	情人節	名詞
	贈り合います	→	贈り合う	互相贈送	動Ⅰ
❸	頂いた	→	頂く	收到	動Ⅰ
	ドライフラワー	→	ドライフラワー	乾燥花	名詞
	しよう	→	する	做	動Ⅲ
	しようと思います	→	動詞意向形＋と思う	打算做～	文型
❹	ラブレターって	→	ラブレター＋って	表示主題	文型
	どうやって	→	どうやって	如何、怎麼樣	接續詞
	書けば	→	書けば	如果寫的話，～	書く的條件形
	書けばいい	→	動詞條件形＋いい	做～的話，就可以	文型
	いいんだろう	→	い形容詞＋んだろう	關心好奇、期待回答	文型
❺	非常に	→	非常に	非常地	副詞
	嫉妬深い	→	嫉妬深い	嫉妒心強烈	い形

中譯

❶ 到底在追求什麼呢？
❷ 在美國，情人節時大家會互送巧克力。
❸ 我打算把收到的玫瑰做成乾燥花。
❹ 情書要怎麼寫才好呢…
❺ 她先生的嫉妒心很強。

030

搬家(1)

MP3 030

1 トラック
（truck）
(名)卡車

2 ひっこしぎょうしゃ
引越業者
(名)搬家公司

3 ひっこし さ ぎょういん
引越作業員
(名)搬家工人

4 に もつ
荷物
(名)行李

5 はこ づ め する
箱詰めする
(動Ⅲ)打包裝箱

6 ダ ン ボ ー ル ばこ
ダンボール箱
(名)厚紙箱

7 か ぐ
家具
(名)家具

❶ トラック運転手の仕事は、楽ではありません。

❷ 引越業者に、見積もりをお願いします。

❸ 自分たちだけで引越しはできないので、引越作業員を雇いました。

❹ 母は怒って、荷物をまとめて出て行きました。

❺ 割れ物を丁寧に箱詰めします。

❻ スーパーで、ダンボール箱を分けてもらいます。

❼ 家具は、引越し前に売ることにしました。

學更多

	例句出現的		原形／接續原則	意義	詞性
❶	楽ではありません	→	楽	輕鬆	な形
❷	見積もり	→	見積もり	估價	名詞
	お願いします	→	お願する	拜託	動Ⅲ
❸	できない	→	できる	可以	動Ⅱ
	できないので	→	動詞ない形＋ので	因為不～	文型
	雇いました	→	雇う	雇用	動Ⅰ
❹	怒って	→	怒る	生氣	動Ⅰ
	まとめて	→	まとめる	收拾	動Ⅱ
	出て行きました	→	出て行く	離開	動Ⅰ
❺	割れ物	→	割れ物	易碎物品	名詞
❻	分けて	→	分ける	分配、分享	動Ⅱ
	分けてもらいます	→	動詞て形＋もらう	請別人為我做～	文型
❼	売る	→	売る	賣	動Ⅰ
	売ることにしました	→	動詞辭書形＋ことにしました	決定做～了	文型

中譯

❶ 卡車司機的工作並不輕鬆。

❷ 請搬家公司估價。

❸ 沒辦法只靠自己的人手搬家，所以雇用搬家工人。

❹ 媽媽很生氣，收拾行李離開了。

❺ 易碎物品要小心地打包裝箱。

❻ 到超市去要厚紙箱。

❼ 決定在搬家前把家具賣掉。

031

搬家(2)

MP3 031

1 てんこう する
転校 する
(動III) 轉學

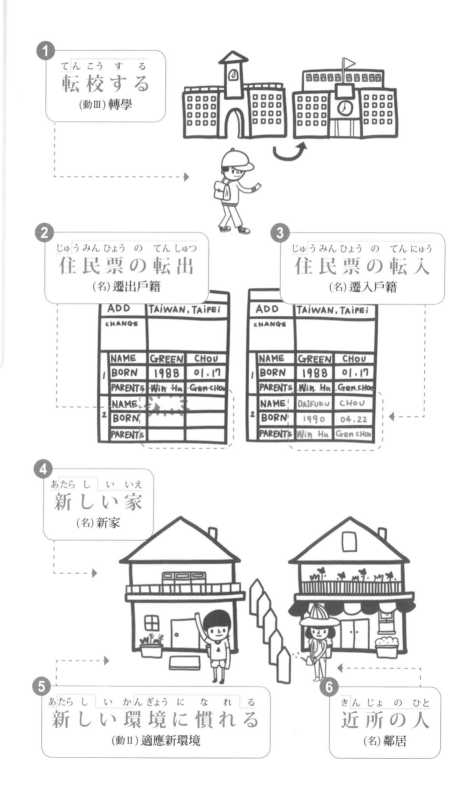

2 じゅうみんひょう の てんしゅつ
住民票 の 転出
(名) 遷出戶籍

ADD	TAIWAN, TAIPEI	
CHANGE		
NAME	GREEN	CHOU
1 BORN	1988	01.17
PARENTS	Win Hu	Gen CHOU
2 NAME		
BORN		
PARENTS		

3 じゅうみんひょう の てんにゅう
住民票 の 転入
(名) 遷入戶籍

ADD	TAIWAN, TAIPEI	
CHANGE		
NAME	GREEN	CHOU
1 BORN	1988	01.17
PARENTS	Win Hu	Gen CHOU
2 NAME	DAIFUKU	CHOU
BORN	1990	04.22
PARENTS	Win Hu	Gen CHOU

4 あたらしい いえ
新しい 家
(名) 新家

5 あたらしい かんぎょうに なれる
新しい 環境に 慣れる
(動II) 適應新環境

6 きんじょ の ひと
近所 の 人
(名) 鄰居

❶ 子供は、引越し後転校しなければなりません。

❷ 住民票の転出届を出します。

❸ 住民票の転入の手続きをしてください。

❹ 新しい家に引っ越したら、遊びに来てくださいね！

❺ 新学期が始まってしばらく経ち、新しい環境に慣れました。

❻ 近所の人が、親切に手伝ってくれました。

學更多

	例句出現的		原形／接續原則	意義	詞性
❶	引越し後	→	引越し後	搬家後	名詞
	転校しなければなりません	→	動詞ない形+なければならない	必須做～	文型
❷	住民票の転出届	→	住民票の転出届	遷出戶籍申請書	名詞
	出します	→	出す	提交	動Ⅰ
❸	して	→	する	做	動Ⅲ
	してください	→	動詞て形+ください	請做～	文型
❹	引っ越した	→	引っ越す	搬家	動Ⅰ
	引っ越したら	→	動詞た形+ら	做～之後	文型
	遊びに来て	→	遊びに来る	來玩	動Ⅲ
	遊びに来てください	→	動詞て形+ください	請做～	文型
❺	始まって	→	始まる	開始	動Ⅰ
	しばらく	→	しばらく	不久、一會兒	副詞
	経ち	→	経つ	經過	動Ⅰ
❻	親切に	→	親切	親切	な形
	手伝って	→	手伝う	幫忙	動Ⅰ
	手伝ってくれました	→	動詞て形+くれました	別人為我做了～	文型

中譯

❶ 搬家後，孩子必須轉學。

❷ 提交遷出戶籍申請書。

❸ 請辦理遷入戶籍的手續。

❹ 等我搬到新家後，要過來玩喔！

❺ 新學期開始不久就適應新環境。

❻ 鄰居很親切地來幫忙。

MP3 032

1 話すスピード（名）說話速度

2 語調（名）語調

3 会話（名）對話

你記得那個人嗎？他就是…

4 早口で話す（動Ⅰ）說話急促

我…好…像…

5 ゆっくり話す（動Ⅰ）說話緩慢

揮棒落空！

飛棒落空！

「口齒清晰」是「言葉がはっきりしている」。

6 言葉がはっきりしない（動Ⅲ）口齒不清

❶ おっとりした彼女は、話すスピードも遅いです。

❷ 語調で、大体相手の気持ちが分かります。

❸ お年寄りと会話を楽しみます。

❹ どちらかと言うと、早口で話す方です。

❺ のんびりした彼は、いつもゆっくり話します。

❻ 言葉がはっきりしないと、相手にも伝わりません。

	例句出現的		原形／接續原則	意義	詞性
❶	おっとりした	→	おっとりする	穩重	動Ⅲ
	話すスピードも	→	名詞＋も	～也	文型
	遅い	→	遅い	慢的	い形
❷	語調で	→	名詞＋で	利用～	文型
	大体	→	大体	大致上	副詞
	相手	→	相手	對方	名詞
	気持ち	→	気持ち	心情	名詞
	分かります	→	分かる	知道	動Ⅰ
❸	お年寄り	→	お年寄り	年長者	名詞
	お年寄りと	→	對象＋と	和～對象	文型
	楽しみます	→	楽しむ	享受	動Ⅰ
❹	どちらかと言うと	→	どちらか＋と言うと	要說起來的話	文型
❺	のんびりした	→	のんびりする	悠閒自在	動Ⅲ
	いつも	→	いつも	總是	副詞
❻	言葉がはっきりしないと	→	動詞ない形＋と	如果不～的話・就～	文型
	伝わりません	→	伝わる	傳達	動Ⅰ

❶ 個性沉穩的她，說話速度也很慢。
❷ 透過語調就大致可以察覺出對方的心情。
❸ 享受和年長者對話的樂趣。
❹ 要說起來的話，我算是說話急促的人。
❺ 個性悠哉的他，一向說話緩慢。
❻ 口齒不清的話，就不能將訊息傳達給對方。

033

説話(2)

MP3 033

1 独り言
（名）自言自語

2 でまかせを言う
（動I）胡言亂語

3 内緒話をする
（動Ⅲ）說悄悄話

4 どもる
（動I）口吃

什、什麼事

好想說…

先聽我說…

5 口を挟む
（動I）插嘴

5 口を挟む
（動I）插嘴

❶ 独り言を言いながら、買い物をします。

❷ 彼は酒を飲むとでまかせを言います。

❸ 女の子同士で、内緒話をします。

❹ その話題になると、なぜかどもってしまいました。

❺ 親の喧嘩に口を挟みます。

	例句出現的		原形／接續原則	意義	詞性
❶	言い	→	言う	說	動 I
	言いながら	→	動詞ます形＋ながら	一邊～，一邊～	文型
	買い物をします	→	買い物をする	購物	動Ⅲ
❷	飲む	→	飲む	喝	動 I
	飲むと	→	動詞辭書形＋と	一～，就～	文型
❸	女の子同士	→	名詞＋同士	～同伴	文型
	女の子同士で	→	行動單位＋で	以～行動單位	文型
❹	なる	→	なる	變成	動 I
	なると	→	動詞辭書形＋と	一～，就～	文型
	なぜか	→	なぜか	不知道為什麼	副詞
	どもってしまいました	→	動詞て形＋しまいました	無法抵抗、無法控制	文型
❺	親	→	親	父母親	名詞
	喧嘩	→	喧嘩	吵架	名詞

中譯

❶ 一邊自言自語，一邊購物。
❷ 他一喝酒就會胡言亂語。
❸ 女孩子們一起說悄悄話。
❹ 不知道為什麼，一談到那個話題就會口吃。
❺ 在父母親吵架時插嘴。

034

發言
(1)

MP3 034

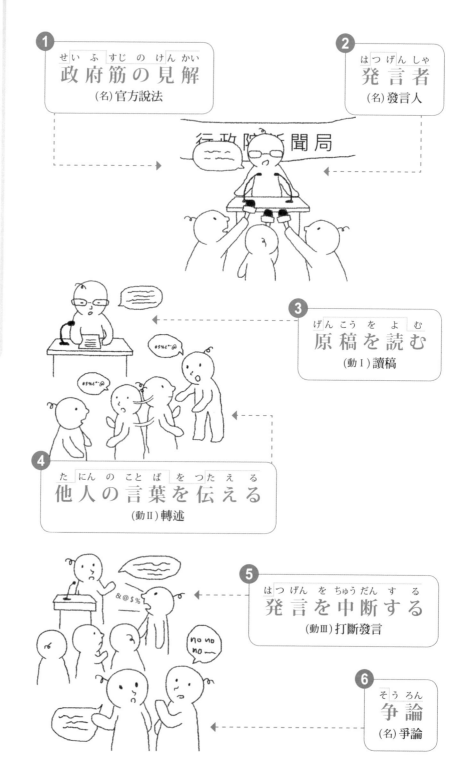

1 せいふすじのけんかい
政府筋の見解
(名)官方說法

2 はつげんしゃ
発言者
(名)發言人

3 げんこうをよむ
原稿を読む
(動I)讀稿

4 たにんのことばをつたえる
他人の言葉を伝える
(動II)轉述

5 はつげんをちゅうだんする
発言を中断する
(動III)打斷發言

6 そうろん
争論
(名)爭論

❶ 政府筋の見解について、解説をお願いします。

❷ 発言者の本当の意図を探ります。

❸ 原稿を読むだけでは、スピーチとは言えません。

❹ 他人の言葉を伝えるのは、容易な事ではありません。

❺ 地震が発生し、発言を中断しました。

❻ 議会で争論が絶えません。

	例句出現的		原形／接續原則	意義	詞性
❶	政府筋の見解について	→	名詞＋について	關於～	文型
	お願いします	→	お願いする	拜託	文型
❷	本当	→	本当	真正	名詞
	意図	→	意図	意圖、企圖	名詞
	探ります	→	探る	試探	動Ⅰ
❸	原稿を読むだけでは	→	動詞辭書形＋だけでは	光是做～的話	文型
	スピーチ	→	スピーチ	演說	名詞
	スピーチとは言えません	→	名詞＋とは言えない	不能說是～	文型
❹	他人の言葉を伝えるのは	→	動詞辭書形＋のは	～這件事	文型
	容易な	→	容易	容易	な形
	容易な事	→	容易＋な＋名詞	容易的～	文型
❺	発生し	→	発生する	發生	動Ⅲ
❻	議会で	→	地點＋で	在～地點	文型
	絶えません	→	絶える	停止	動Ⅱ

❶ 請針對官方說法做講解。
❷ 試探發言人真正的意圖。
❸ 光是讀稿，不能算是演說。
❹ 轉述並不是一件容易的事情。
❺ 發生地震，打斷了發言。
❻ 議會裡爭論不休。

035 發言(2)

MP3 035

1 けいよう
形容
(名)形容

2 つたえる
伝える
(動II)表達

3 のべる
述べる
(動II)陳述

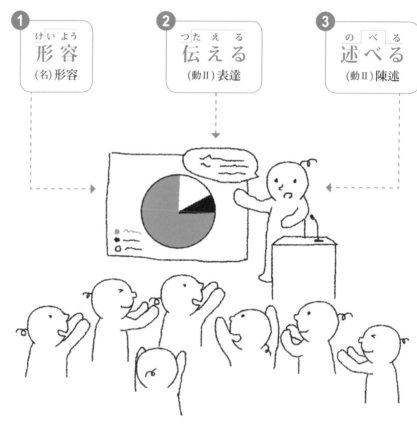

4 コミュニケーション
(communication)
(名)溝通

5 かいしゃく
解釈
(名)解釋

因為…所以…

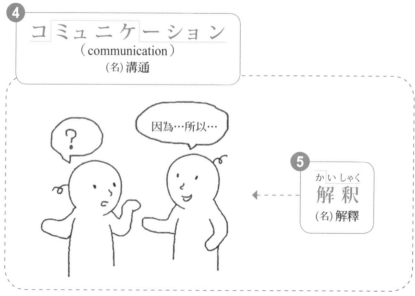

❶ 現地で食べた料理は、どれも形容のし難い味付けでした。

❷ 相手に気持ちを伝えます。

❸ 自分の意見を率直に述べます。

❹ コミュニケーションは、キャッチボールと同じです。

❺ 言っている事がいまいち分からず、解釈に悩みます。

	例句出現的		原形／接續原則	意義	詞性
❶	現地で	→	地點＋で	在～地點	文型
	食べた	→	食べる	吃	動Ⅱ
	どれも	→	どれ＋も	每一個都～	文型
	し	→	する	做	動Ⅲ
	し難い	→	動詞ます形＋難い	不容易做～	文型
	味付け	→	味付け	調味	名詞
❷	相手	→	相手	對方	名詞
❸	率直に	→	率直	直率	な形
❹	キャッチボール	→	キャッチボール	投接球	名詞
	キャッチボールと	→	名詞＋と	和～	文型
	同じ	→	同じ	相同的	な形
❺	言って	→	言う	說	動Ⅰ
	言っている	→	動詞て形＋いる	正在做	文型
	いまいち	→	いまいち	還差一點	副詞
	分から	→	分かる	知道	動Ⅰ
	分からず	→	動詞ない形＋ず	不～	文型
	悩みます	→	悩む	煩惱	動Ⅰ

❶ 在當地吃到的每一道料理，都有難以形容的調味。

❷ 向對方表達心情。

❸ 坦率地陳述自己的意見。

❹ 溝通和投接球是一樣的道理。

❺ 對方說出的話讓人有點無法理解，不知該如何解釋。

敵對(1)

MP3 036

1
りっぷく する
立腹する
(動III) 盛怒

2
おお ごえ で さけ ぶ
大声で叫ぶ
(動I) 吼叫

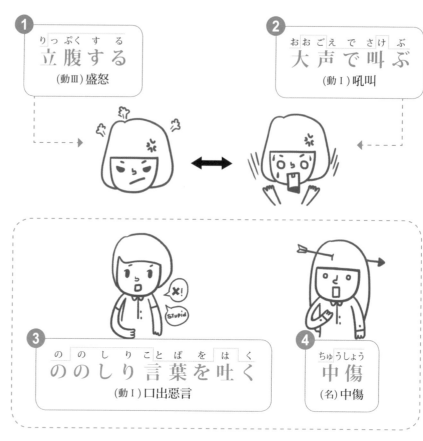

3
の の しり こと ば を は く
ののしり言葉を吐く
(動I) 口出惡言

4
ちゅうしょう
中傷
(名) 中傷

左　　　　中立　　　　右

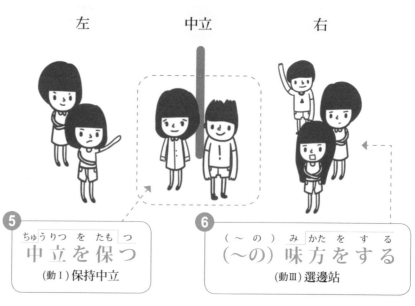

5
ちゅうりつ を たも つ
中立を保つ
(動I) 保持中立

6
（～の）み かた を する
（～の）味方をする
(動III) 選邊站

❶ 社長は、今回の事件に随分とご立腹されたようです。

❷ 2、3才の子供は、気に入らないことがあると、大声で叫ぶことがあります。

❸ 路上でののしり言葉を吐く夫婦を見て、驚きました。

❹ 互いに中傷をし合っていても、何も始まりません。

❺ 私は争いや揉め事は嫌いなので、中立を保ちます。

❻ どんな事があっても、私は彼の味方をします。

學更多

例句出現的		原形／接續原則	意義	詞性
❶ 随分と	→	随分と	相當	副詞
立腹された	→	立腹される	盛怒	立腹する的尊敬形
立腹されたよう	→	立腹された＋よう	好像盛怒了	文型
❷ 気に入らない	→	気に入る	喜歡	動I
ある	→	ある	有（事或物）	動I
あると	→	動詞辭書形＋と	如果～的話，就～	文型
❸ 見て	→	見る	看	動II
驚きました	→	驚く	驚訝	動I
❹ し合って	→	し合う	互相做	動I
し合っていて	→	動詞て形＋いる	目前狀態	文型
し合っていても	→	動詞ている形＋も	即使～，也～	文型
始まりません	→	始まる	開始	動I
❺ 揉め事	→	揉め事	爭執	名詞
嫌いなので	→	な形容詞＋な＋ので	因為～	文型
❻ あって	→	ある	有（事或物）	動I
あっても	→	動詞て形＋も	即使～，也～	文型

中譯

❶ 社長好像對這次的事件感到相當盛怒。

❷ 2、3歲的孩子有不喜歡的事，就會出現吼叫的情況。

❸ 在路上看到有對夫妻口出惡言，覺得很驚訝。

❹ 彼此中傷也不會有任何進展。

❺ 我不喜歡爭論或爭執，所以保持中立。

❻ 即使發生任何事，我都會選邊站在他這邊。

敵對(2)

1
あくい
悪意
(名)惡意

2
うら み きら う
恨み嫌う
(動I)憎恨

導致

3
てき
敵
(名)敵人

4
てき い
敵意
(名)敵意

5
たい けつ
対決
(名)對質

6
はな し あ う
話し合う
(動I)談判

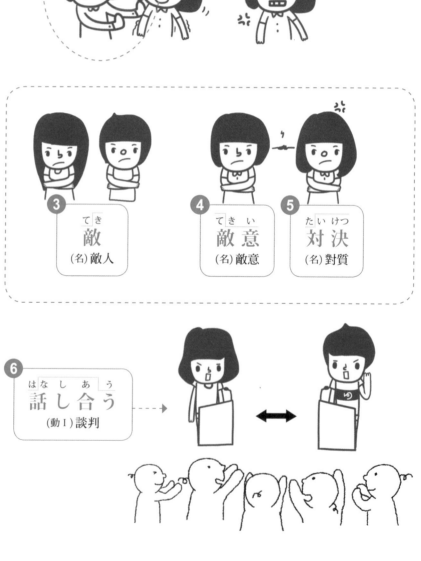

❶ 悪意はなかったと言っているが、本当の所は分かりません。

❷ この国を恨み嫌う国は、たくさんあります。

❸ あの人は、敵をも味方につける魅力を持っています。

❹ 彼はいつしか、父に敵意を持つようになりました。

❺ 裁判官が原告と被告に対し対決を求めました。

❻ 離婚する前に、十分に話し合います。

	例句出現的		原形／接續原則	意義	詞性
❶	なかった	→	ない	沒有	い形
	なかったと言っているが	→	なかった＋と言っているが	雖說沒有，但是～	文型
	分かりません	→	分かる	知道	動Ⅰ
❷	たくさん	→	たくさん	許多	副詞
	あります	→	ある	有（事或物）	動Ⅰ
❸	味方につける	→	味方につける	使～成為同伴	動Ⅱ
	持って	→	持つ	擁有	動Ⅰ
	持っています	→	動詞て形＋いる	目前狀態	文型
❹	いつしか	→	いつしか	不知不覺	副詞
	持つ	→	持つ	擁有	動Ⅰ
	持つようになりました	→	動詞辭書形＋ようになりました	逐漸變成～了	文型
❺	対し	→	対する	面對面	動Ⅲ
	求めました	→	求める	要求	動Ⅱ
❻	離婚する	→	離婚する	離婚	動Ⅲ
	離婚する前に	→	動詞辭書形＋前に	做～之前	文型
	十分に	→	十分	充分的	な形

中譯

❶ 雖說沒有惡意，但事實如何不得而知。

❷ 有很多國家都憎恨這個國家。

❸ 那個人具有讓敵人也成為同伴的魅力。

❹ 不知不覺中，他對父親開始有了敵意。

❺ 法官要求原告和被告對質。

❻ 離婚前，要徹底談判。

吵架(1)

MP3 038

1 れいせん
冷戦
(名)冷戦

2 ぜっこうする
絶交する
(動Ⅲ)絶交

3 くちげんかをする
口喧嘩をする
(動Ⅲ)口角

4 もんくをいう
文句を言う
(動Ⅰ)抱怨

5 いいあらそう
言い争う
(動Ⅰ)争辯/争吵

6 ひなんする
非難する
(動Ⅲ)指責

7 ののしる
罵る
(動Ⅰ)咒罵

❶ 冷戦時代は終わったのに、核開発はいまだに続いています。

❷ 絶対に許せません。もう絶交します。

❸ 口喧嘩をするのは、仲のいい証拠です。

❹ 文句を言うだけでなく、やるべき事はきちんとしてください。

❺ 隣の夫婦は、いつも言い争っています。

❻ 国民が、一丸となって政治家を非難します。

❼ 人前で相手を罵るのは、みっともないと思います。

學更多

	例句出現的		原形／接續原則	意義	詞性
❶	終わった	→	終わる	結束	動Ⅰ
	終わったのに	→	動詞た形＋のに	明明〜，卻〜	文型
	続いて	→	続く	持續	動Ⅰ
❷	許せません	→	許せる	可以原諒	許す的可能形
❸	口喧嘩をするのは	→	動詞辭書形＋のは	〜這件事	文型
❹	文句を言うだけでなく	→	動詞辭書形＋だけでなく	不只是〜，而是〜	文型
	やる	→	やる	做	動Ⅰ
	やるべき	→	動詞辭書形＋べき	應該做〜	文型
	して	→	する	做	動Ⅲ
	してください	→	動詞て形＋ください	請做〜	文型
❺	言い争っています	→	動詞て形＋いる	目前狀態	文型
❻	一丸となって	→	一丸となる	集中在一起	動Ⅰ
❼	みっともない	→	みっともない	不得體	い形
	みっともないと思います	→	い形容詞＋と思う	覺得〜	文型

中譯

❶ 冷戰時代明明結束了，核能開發卻仍然持續進行著。

❷ 絕對無法原諒，我要絕交。

❸ 爆發口角是感情很好的證據。

❹ 不要只知道抱怨，請做好該做的事。

❺ 隔壁的夫妻總是在爭吵。

❻ 國民團結一致指責政客。

❼ 我覺得當眾咒罵對方，是很不得體的事情。

1 大声で叫ぶ
おおごえ で さけ ぶ
（動Ⅰ）吼叫

2 怒る
おこる
（動Ⅰ）憤怒

3 正気でなくなる
しょう き で な く な る
（動Ⅰ）情緒失控

4 泣く
な く
（動Ⅰ）哭泣

5 謝る
あやまる
（動Ⅰ）道歉

6 仲直りする
なか なお り する
（動Ⅲ）和好

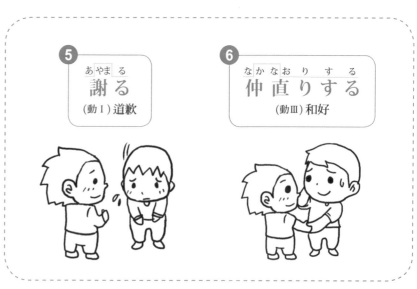

❶ 泣いて大声で叫んでいる子供がいました。

❷ 彼は普段は優しいが、怒ると怖いです。

❸ 彼女は大切な人を亡くしてから、正気でなくなってしまいました。

❹ 赤ちゃんは、泣くのが仕事のようなものです。

❺ これは、謝って済む問題ではありません。

❻ 二人は、喧嘩してもすぐ仲直りします。

學更多

	例句出現的		原形／接續原則	意義	詞性
❶	泣いて	→	泣く	哭泣	動Ⅰ
	大声で叫んでいる	→	動詞て形＋いる	目前狀態	文型
	いました	→	いる	有（人或動物）	動Ⅱ
❷	普段	→	普段	平常	副詞
	優しい	→	優しい	溫柔的	い形
	優しいが	→	い形容詞＋が	雖然～，但是～	文型
	怒ると	→	動詞辭書形＋と	一～，就～	文型
	怖い	→	怖い	可怕的	い形
❸	大切な人	→	大切＋な＋名詞	重要的～	文型
	亡くして	→	亡くす	死去	動Ⅰ
	亡くしてから	→	動詞て形＋から	做～之後，再～	文型
	正気でなくなってしまいました	→	動詞て形＋しまいました	無法挽回的遺憾	文型
❹	仕事のようなもの	→	名詞＋の＋ようなもの	像～一樣的東西	文型
❺	済む	→	済む	解決	動Ⅰ
❻	喧嘩して	→	喧嘩する	吵架	動Ⅲ
	喧嘩しても	→	動詞て形＋も	即使～，也～	文型

中譯

❶ 有一個孩子邊哭邊吼叫。

❷ 他平常個性溫和，但是一憤怒起來就很可怕。

❸ 她失去了重要的人之後，整個人情緒失控。

❹ 對嬰兒而言，哭泣就像是工作一樣。

❺ 這不是道歉就可以解決的問題。

❻ 兩個人即使吵架，也會馬上和好。

討論事情(1)

MP3 040

1
そうろん
争論
(名)爭論

2
ゆずらない
譲らない
(動Ⅰ)爭執

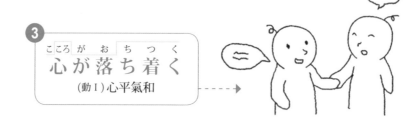

3
こころがおちつく
心が落ち着く
(動Ⅰ)心平氣和

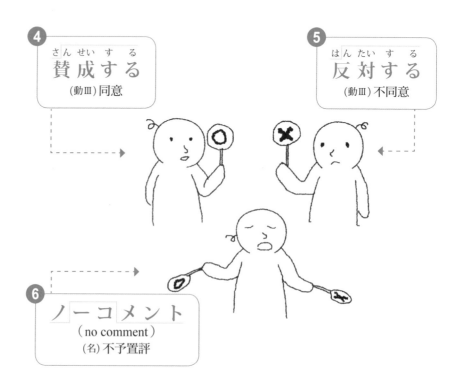

4
さんせいする
賛成する
(動Ⅲ)同意

5
はんたいする
反対する
(動Ⅲ)不同意

6
ノーコメント
(no comment)
(名)不予置評

❶ あの家^{いえ}では争論^たが絶えません。

❷ 父^{ちち}は頑固^{がんこ}で、絶対^{ぜったい}に譲らない性格^{せいかく}です。

❸ 仏様^{ほとけさま}の顔^{かお}を見^みると、心が落ち着きます。

❹ 両親^{りょうしん}は、私^{わたし}の留学^{りゅうがく}に、なかなか賛成してくれませんでした。

❺ 結婚^{けっこん}に反対していた両親^{りょうしん}も、彼^{かれ}に実際^{じっさい}に会^あったら変^かわりました。

❻ その件^{けん}については、ノーコメントです。

學更多

	例句出現的		原形／接續原則	意義	詞性
❶	あの家では	→	地點＋では	在～地點	文型
	絶えません	→	絶える	停止	動II
❷	頑固	→	頑固	固執	な形
	絶対に	→	絶対に	絕對	副詞
❸	仏様	→	仏様	佛祖、佛像	名詞
	見る	→	見る	看	動II
	見ると	→	動詞辭書形＋と	如果～的話，就～	文型
❹	なかなか	→	なかなか＋動詞否定形	不容易做～、一直不做～	文型
	賛成してくれませんでした	→	動詞て形＋くれませんでした	別人不為我做～	文型
❺	反対していた	→	動詞て形＋いた	過去維持的狀態	文型
	両親も	→	名詞＋も	～也	文型
	実際に	→	実際に	實際、親自	副詞
	会った	→	会う	見面	動I
	会ったら	→	動詞た形＋ら	做～之後	文型
	変わりました	→	変わる	改變	動I
❻	その件については	→	名詞＋については	關於～	文型

中譯

❶ 那戶人家總是爭論不休。

❷ 父親是個性固執，絕對會爭執到底的人。

❸ 看到佛像的臉，就會心平氣和。

❹ 父母一直不同意我去留學。

❺ 本來不同意我們結婚的父母，實際和他見面後也有了改變。

❻ 對這件事情不予置評。

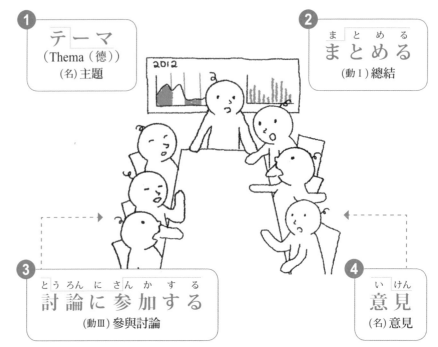

1 テーマ
（Thema（德））
（名）主題

2 まとめる
（動Ⅰ）總結

3 討論に参加する
（動Ⅲ）參與討論

4 意見
（名）意見

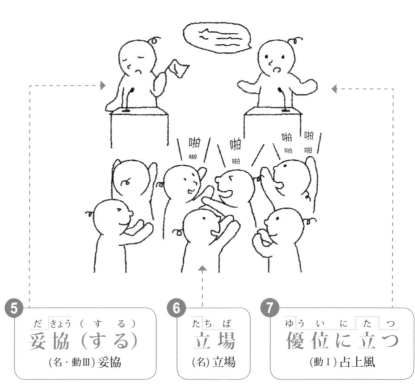

5 妥協（する）
（名・動Ⅲ）妥協

6 立場
（名）立場

7 優位に立つ
（動Ⅰ）占上風

❶ 論文のテーマを決めなければなりません。

❷ みんなの意見をまとめて、文章にします。

❸ 会議の時は積極的に討論に参加するのがベストで、自分のことをしてはいけません。

❹ 控えめな彼女は、自分の意見をあまり言いません。

❺ 互いに譲歩、妥協しなければ、結婚生活はしていけません。

❻ 上司の立場を考えて、自分もできる限り頑張ります。

❼ 次第に立場が逆転して、彼が優位に立つようになりました。

學更多

	例句出現的		原形／接續原則	意義	詞性
❶	決めなければ	→	決める	決定	動Ⅱ
	決めなければなりません	→	動詞ない形＋なければならない	必須做～	文型
❷	文章にします	→	名詞＋にする	做成～	文型
❸	して	→	する	做	動Ⅲ
	してはいけません	→	動詞て形＋はいけない	不可以做～	文型
❹	控えめな彼女	→	控えめ＋な＋名詞	拘謹的～	名詞
	言いません	→	言う	說	動Ⅰ
❺	妥協しなければ	→	妥協しない＋ければ	如果沒有妥協	文型
	して	→	する	做	動Ⅲ
	していけません	→	動詞て形＋いけない	無法做～下去	文型
❻	できる限り	→	できる限り	盡全力	副詞
	頑張ります	→	頑張る	努力	動Ⅲ
❼	逆転して	→	逆転する	逆轉	動Ⅲ
	優位に立つようになりました	→	動詞辭書形＋ようになりました	逐漸變成～了	文型

中譯

❶ 必須決定論文的主題。
❷ 總結大家的意見，寫成文章。
❸ 開會時最好積極參與討論，不要做自己的事情。
❹ 拘謹的她，不太表達自己的意見。
❺ 如果沒有彼此讓步和妥協，就無法過婚姻生活。
❻ 考量到上司的立場，自己也盡力而為。
❼ 立場漸漸地逆轉過來，他開始占上風。

送禮(1)

1 ギフトショップ
（gift shop）
(名) 禮品店

2 ぜんい
善意
(名) 善意

3 てきせつ（な）
適切（な）
(な形) 得體

4 タブー
（taboo）
(名) 禁忌

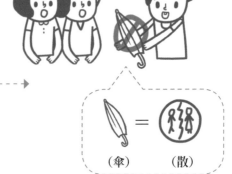

（傘）　（散）

5 おせじをいう
お世辞を言う
(動I) 討好/阿諛奉承

❶ ギフトショップで、プレゼントを選びます。

❷ 善意でやったつもりでしたが、かえって彼女に迷惑をかけてしまいました。

❸ この中国語は、どう訳すのが適切ですか？

❹ 宗教や政治の話をするのは、タブーだと思います。

❺ 出世するために、上司に常にお世辞を言います。

學更多

	例句出現的		原形／接續原則	意義	詞性
❶	ギフトショップで	→	地點＋で	在～地點	文型
	プレゼント	→	プレゼント	禮物	名詞
	選びます	→	選ぶ	選擇	動Ⅰ
❷	やった	→	やる	做	動Ⅰ
	やったつもり	→	動詞た形＋つもり	當作～	文型
	やったつもりでしたが	→	やったつもりでした＋が	雖然當作～，但是～	文型
	かえって	→	かえって	反而	副詞
	迷惑をかけて	→	迷惑をかける	造成麻煩	動Ⅱ
	迷惑をかけてしまいました	→	動詞て形＋しまいました	無法挽回的遺憾	文型
❸	訳す	→	訳す	翻譯	動Ⅰ
❹	宗教や政治	→	名詞Ａ＋や＋名詞Ｂ	名詞Ａ或名詞Ｂ	文型
	話をする	→	話をする	討論	動Ⅲ
	話をするのは	→	動詞辭書形＋のは	～這件事	文型
	タブーだと思います	→	名詞＋だ＋と思う	覺得～	文型
❺	出世する	→	出世する	出人頭地	動Ⅲ
	出世するために	→	動詞辭書形＋ために	為了～	文型
	常に	→	常に	總是	副詞

中譯

❶ 在禮品店選購禮物。
❷ 本來是出於善意，但是反而造成她的困擾。
❸ 這句中文要如何翻譯比較得體？
❹ 我覺得討論宗教或政治的話題，是一種禁忌。
❺ 為了出人頭地，總是對上司阿諛奉承。

送禮(2)

MP3 043

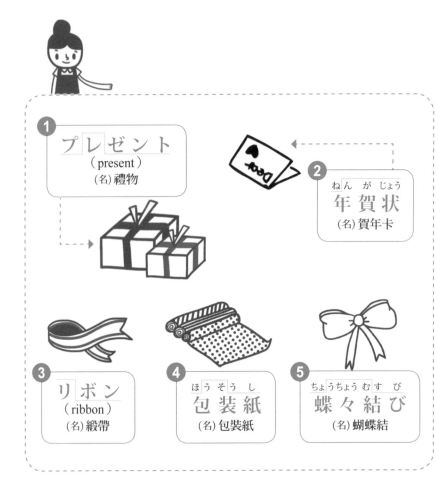

1 プレゼント
（present）
(名)禮物

2 年賀状（ねんがじょう）
(名)賀年卡

3 リボン
（ribbon）
(名)緞帶

4 包装紙（ほうそうし）
(名)包裝紙

5 蝶々結び（ちょうちょうむすび）
(名)蝴蝶結

6 プレゼント交換（プレゼントこうかん）
(名)交換禮物

7 開ける（あける）
(動Ⅱ)拆開（包裝）

❶ 誕生日のプレゼントを用意します。

❷ 年賀状を書くのが面倒なので、印刷することにしました。

❸ プレゼントに、リボンを付けてもらいます。

❹ 包装紙でプレゼントを包みます。

❺ リボンを蝶々結びにします。

❻ 今年も、会社のクリスマス恒例のプレゼント交換が楽しみです。

❼ もらったプレゼントを早速開けます。

學更多

	例句出現的		原形／接續原則	意義	詞性
❶	用意します	→	用意する	準備	動Ⅲ
❷	書く	→	書く	寫	動Ⅰ
	面倒な	→	面倒	麻煩	な形
	面倒なので	→	な形容詞＋な＋ので	因為～	文型
	印刷する	→	印刷する	印刷	動Ⅲ
	印刷することにしました	→	動詞辭書形＋ことにしました	決定做～了	文型
❸	付けて	→	付ける	繫上	動Ⅱ
	付けてもらいます	→	動詞て形＋もらう	請別人為我做～	文型
❹	包装紙で	→	名詞＋で	利用～	文型
	包みます	→	包む	包	動Ⅰ
❺	蝶々結びにします	→	名詞＋にします	做成～	文型
❻	楽しみ	→	楽しみ	期待	名詞
❼	もらった	→	もらう	得到	動Ⅰ
	早速	→	早速	迅速	副詞

中譯

❶ 準備生日禮物。
❷ 寫賀年卡太麻煩了，所以決定用印的。
❸ 請對方幫我在禮物上繫上緞帶。
❹ 用包裝紙將禮物包起來。
❺ 把緞帶綁成蝴蝶結。
❻ 今年也很期待公司慣例的聖誕節交換禮物活動。
❼ 迅速拆開收到的禮物。

1 せんたくひょうじ
洗濯表示
(名) 洗滌標示

2 てあらいする
手洗いする
(動Ⅲ) 手洗

3 ひょうはくする
漂白する
(動Ⅲ) 漂白

4 ドライクリーニング
（dry cleaning）
(名) 乾洗

5 けだま
毛玉
(名)（衣服的）毛球

6 いろあせる
色褪せる
(動Ⅱ) 褪色

7 ちぢむ
縮む
(動Ⅰ) 縮水

❶ 洗濯表示にドライクリーニングと書_かいてあります。

❷ この服_{ふく}は手洗いしてください。

❸ この衣類_{いるい}は漂白しないでください。

❹ シルクは、ドライクリーニングにすべきです。

❺ セーターにできた毛玉_とを取ります。

❻ 日_ひに焼_やけて、布_{ぬの}が色褪せてしまいました。

❼ 乾燥機_{かんそうき}をあまり高温_{こうおん}にすると、衣類_{いるい}が縮む場合_{ばあい}があります。

學更多

	例句出現的		原形／接續原則	意義	詞性
❶	ドライクリーニングと書いて	→	名詞＋と書いて	寫～	文型
	書いて	→	書く	寫	動Ⅰ
	書いてあります	→	動詞て形＋ある	有目的的存在狀態	文型
❷	手洗いしてください	→	動詞て形＋ください	請做～	文型
❸	漂白しないでください	→	動詞ない形＋でください	請不要做～	文型
❹	す	→	する	做	動Ⅲ
	すべき	→	する＋べき	應該做	文型
❺	できた	→	できる	產生	動Ⅱ
	取ります	→	取る	去除	動Ⅰ
❻	日に焼けて	→	日に焼ける	日曬變色	動Ⅱ
	色褪せてしまいました	→	動詞て形＋しまいました	無法挽回的遺憾	文型
❼	高温にする	→	高温にする	使～變成高溫	動Ⅲ
	高温にすると	→	動詞辭書形＋と	如果～的話，就～	文型
	縮む場合	→	動詞辭書形＋場合	～的情況	文型

中譯

❶ 洗滌標示上寫著要乾洗。
❷ 這件衣服請用手洗。
❸ 這件衣服請不要漂白。
❹ 絲質衣物應該要用乾洗。
❺ 去除毛衣上起的毛球。
❻ 曝曬在太陽下，布料褪色了。
❼ 烘乾機調得太高溫，有時會使衣服縮水。

朋友 (1)

MP3 045

1
ゆうじょう
友情
(名) 友誼

2
よ き ともだち
良き友達
(名) 好友

3
あいさつ ともだち
挨拶友達
(名) 點頭之交

4
ふ つう の ともだち
普通の友達
(名) 普通朋友

5
の み ともだち
飲み友達
(名) 酒友/酒肉朋友

6
おさな な じみ
幼馴染
(名) 童年好友

7
ネ ッ ト なかま
ネット仲間
(名) 網友

❶ 僕_{ぼく}たちの友情がいつまでも続_{つづ}くことを、願_{ねが}います。

❷ 母_{はは}は私_{わたし}の良き友達でもあります。

❸ 彼_{かれ}は単_{たん}なる挨拶友達です。

❹ 特_{とく}に仲_{なか}がよい訳_{わけ}でも悪_{わる}い訳_{わけ}でもない、普通の友達です。

❺ ビアガーデンに、飲み友達が集_{あつ}まってきました。

❻ 私_{わたし}の初恋_{はつこい}の相手_{あいて}は、幼馴染の男_{おとこ}の子_こでした。

❼ オンラインの掲示板_{けいじばん}で、ネット仲間ができました。

學更多

	例句出現的		原形／接續原則	意義	詞性
❶	いつまでも	→	いつまでも	永遠	副詞
	続く	→	続く	持續	動I
	願います	→	願う	希望	動I
❷	良き友達でもあります	→	名詞＋でもある	也是～	文型
❸	単なる	→	単なる	僅僅	連體詞
❹	特に	→	特に	特別	副詞
	仲がよい	→	仲がよい	交情好的	い形
	悪い	→	悪い	不好的	い形
	悪い訳でもない	→	い形容詞＋訳でもない	也並不是～	文型
❺	ビアガーデン	→	ビアガーデン	露天啤酒花園	名詞
	集まって	→	集まる	聚集	動I
	集まってきました	→	動詞て形＋きました	～過來	文型
❻	相手	→	相手	對象	名詞
❼	できました	→	できる	結交到（朋友）	動II

中譯

❶ 希望我們能友誼長存。

❷ 母親也是我的好友。

❸ 跟他只是點頭之交。

❹ 交情不是特別好、也不是特別壞的普通朋友。

❺ 酒友聚集在露天啤酒花園。

❻ 我的初戀對象，是我童年好友的男生。

❼ 透過網路論壇可以結交到網友。

MP3 046

1 なか よ し
仲良し
(名) 親密

2 しん らい（ す る）
信頼（する）
(名・動Ⅲ) 信頼

3 た よ る
頼る
(動Ⅰ) 依靠

4 き が あ う
気が合う
(動Ⅰ) 性情相投

5 よ き し で あ り とも
良き師であり友
(名) 良師益友

6 ぜっ こう
絶交
(名) 絶交

❶ 同い年の子供達は、初対面でもすぐ仲良しになります。

❷ 相手と信頼関係を築くのは、難しいです。

❸ 災害で家を無くし、今後は親戚を頼ることにしました。

❹ 父と母は、とても気が合う夫婦だと思います。

❺ 私のライバルは、良き師であり友です。

❻ 彼とは、絶交とまでは行かないが、口をきかなくなりました。

學更多

	例句出現的		原形／接續原則	意義	詞性
❶	同い年	→	同い年	同年齡	名詞
	初対面でも	→	名詞＋でも	即使～，也～	文型
	なります	→	なる	變成	動I
❷	築く	→	築く	建立	動I
	築くのは	→	動詞辭書形＋のは	～這件事	文型
	難しい	→	難しい	困難的	い形
❸	災害で	→	名詞＋で	因為～	文型
	無くし	→	無くす	失去	動I
	頼ることにしました	→	動詞辭書形＋ことにしました	決定做～了	文型
❹	夫婦だと思います	→	名詞＋だ＋と思う	覺得～	文型
❺	ライバル	→	ライバル	勁敵	名詞
❻	彼とは	→	對象＋とは	和～對象	文型
	絶交とまでは	→	名詞＋とまでは	到～的地步	文型
	行かない	→	行く	進展	動I
	口をきかなく	→	口をきく	交談、說話	動I
	口をきかなくなりました	→	口をきかない＋くなりました	變成不說話	文型

中譯

❶ 同年紀的孩子們，即使是初次見面，也會很快就變親密。
❷ 要和對方建立起信賴關係，是很困難的。
❸ 因為災害失去了房子，決定今後要依靠親戚。
❹ 我覺得父親和母親是非常性情相投的夫妻。
❺ 我的勁敵是我的良師益友。
❻ 雖然還不到絕交的地步，但是不再跟他交談了。

1 インテリアデザイナー
（interior designer）
（名）室內設計師

2 青写真（あおじゃしん）
（名）藍圖

3 デザイン
（design）
（名）設計

4 装飾（そうしょく）
（名）裝潢

5 内装（ないそう）
（名）室內陳設

6 採光（さいこう）
（名）採光

7 仕切り（しきり）
（名）隔間

❶ インテリアデザイナーになるには、専門学校へ行かなければなりません。

❷ 都市計画の青写真が、出来上がりました。

❸ 昔から、インテリアのデザインが苦手です。

❹ 少し部屋に装飾を施すだけで、雰囲気がガラリと変わります。

❺ 内装デザインを、試行錯誤して考えます。

❻ 採光に配慮した窓が、取り付けられています。

❼ オフィスの机と机の間に、仕切りを設けます。

	例句出現的		原形／接續原則	意義	詞性
❶	なる	→	なる	成為	動 I
	行かなければ	→	行く	去	動 I
	行かなければなりません	→	動詞ない形＋なければならない	必須做～	文型
❷	出来上がりました	→	出来上がる	做好、做完	動 I
❸	苦手	→	苦手	不擅長	な形
❹	施す	→	施す	施行	動 I
	施すだけで	→	動詞辭書形＋だけで	只是～	文型
	ガラリと	→	ガラリと	突然改變	副詞
	変わります	→	変わる	改變	動 I
❺	試行錯誤して	→	試行錯誤する	反覆嘗試	動 III
	考えます	→	考える	考慮	動 II
❻	配慮した	→	配慮する	考慮	動 III
	取り付けられて	→	取り付けられる	被安裝	取り付ける的被動形
	取り付けられています	→	動詞て形＋いる	目前狀態	文型
❼	設けます	→	設ける	設置	動 II

中譯

❶ 要成為室內設計師，必須去念專門學校。

❷ 都市計畫的藍圖完成了。

❸ 一直很不擅長室內裝潢的設計。

❹ 房間只是稍微做了裝潢，氣氛就忽然不一樣了。

❺ 室內陳設設計經過反覆試驗後再斟酌考慮。

❻ 安裝了考慮過採光問題的窗戶。

❼ 在辦公室的桌子之間，設置隔間。

居家裝潢(2)

1
しゅうちく
修築
(名) 整修

2
うけおい メーカー
請負メーカー
(名) 承包商

3
しろ ぬ りする
白塗りする
(動III) 粉刷

4
だい く
大工
(名) 木匠

5
こう じ
工事
(名) 施工

6
かべ がみ
壁紙
(名) 壁紙

7
けん ざい
建材
(名) 建材

❶ 浴室の修築を頼みます。

❷ 請負メーカーの工事入札が始まりました。

❸ 壁をペンキで白塗りします。

❹ 大工の親方に、弟子入りをします。

❺ 工事費は、全部でいくらになりますか？

❻ トイレの壁紙の色を決めます。

❼ 建材の値上がりのため、住宅価格が高騰しました。

	例句出現的		原形／接續原則	意義	詞性
❶	頼みます	→	頼む	委託	動Ⅰ
❷	入札	→	入札	投標	名詞
	始まりました	→	始まる	開始	動Ⅰ
❸	ペンキ	→	ペンキ	油漆	名詞
	ペンキで	→	名詞＋で	利用～	文型
❹	親方	→	親方	師父	名詞
	弟子入りをします	→	弟子入りをする	拜師學藝	動Ⅲ
❺	全部で	→	全部＋で	總共	文型
	なります	→	なる	變成	動Ⅰ
❻	トイレ	→	トイレ	廁所	名詞
	決めます	→	決める	決定	動Ⅱ
❼	値上がり	→	値上がり	漲價	名詞
	値上がりのため	→	名詞＋のため	因為～	文型
	高騰しました	→	高騰する	上漲	動Ⅲ

中譯

❶ 委託浴室的整修工程。
❷ 承包商的工程投標開始了。
❸ 用油漆粉刷牆壁。
❹ 向木匠師父拜師學藝。
❺ 施工費用一共是多少錢？
❻ 決定廁所的壁紙顏色。
❼ 因為建材漲價，住宅價格上漲了。

049

清潔環境(1)

MP3 049

1 家庭の衛生
か てい の えい せい
(名) 居家衛生

2 掃き掃除をする
は き そう じ を する
(動Ⅲ) 掃地

3 埃
ほこり
(名) 灰塵

4 モップがけをする
モ ッ プ が け を する
(動Ⅲ) 拖地

5 ワックスをかける
ワ ッ ク ス を か ける
(動Ⅱ) 打蠟

6 クモの巣
ク モ の す
(名) 蜘蛛網

7 殺虫剤をまく
さっちゅうざい を まく
(動Ⅰ) 噴殺蟲劑

❶ 小さな子供がいるので、家庭の衛生に 心 がけます。

❷ まず簡単に、床の掃き掃除をします。

❸ 埃によるアレルギーになってしまったらしいです。

❹ その後、床のモップがけをし、ワックスをかけます。

❺ 仕上げに、床にワックスをかけます。

❻ クモの巣に、蝶 々 が捕まっています。

❼ 虫が大 量 発生したので、殺虫剤をまきます。

學更多

	例句出現的		原形／接續原則	意義	詞性
❶	いる	→	いる	有（人或動物）	動Ⅱ
	いるので	→	動詞辭書形＋ので	因為～	文型
	心がけます	→	心がける	注意	動Ⅱ
❷	まず	→	まず	首先	副詞
❸	埃による	→	名詞＋による	由於～	文型
	アレルギー	→	アレルギー	過敏	名詞
	なって	→	なる	變成	動Ⅰ
	なってしまった	→	動詞て形＋しまう	無法挽回的遺憾	文型
	なってしまったらしい	→	動詞た形＋らしい	好像～	文型
❹	その後	→	その後	然後	副詞
❺	仕上げ	→	仕上げ	最後一道工程	名詞
❻	捕まって	→	捕まる	被抓住	動Ⅰ
	捕まっています	→	動詞て形＋いる	目前狀態	文型
❼	発生した	→	発生する	孳生	動Ⅲ
	発生したので	→	動詞た形＋ので	因為～	文型

中譯

❶ 家裡有小孩子，所以要注意居家衛生。
❷ 先簡單地掃地。
❸ 好像因為灰塵而過敏了。
❹ 然後拖地，再上蠟。
❺ 最後一道工程，是在地上打蠟。
❻ 蝴蝶被蜘蛛網困住了。
❼ 孳生大量昆蟲，所以噴殺蟲劑。

050

清潔環境(2)

🔘 MP3 050

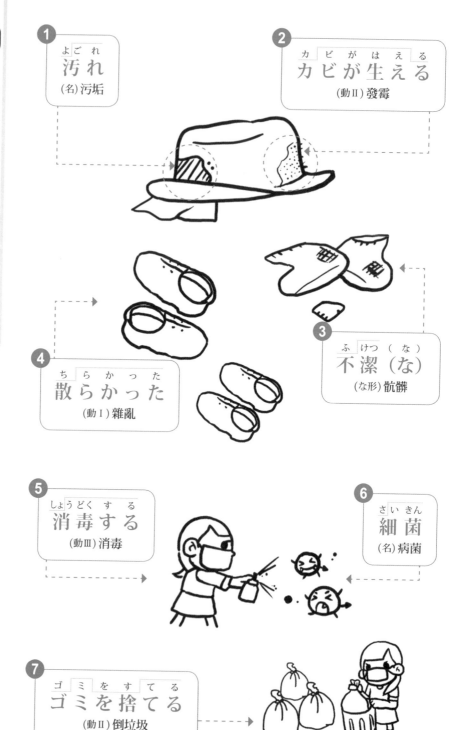

1
よごれ
汚れ
(名)污垢

2
カ ビ が は え る
カビが生える
(動II)發霉

3
ふ けつ （ な ）
不潔（な）
(な形)骯髒

4
ち ら か っ た
散らかった
(動I)雜亂

5
しょうどく す る
消毒する
(動III)消毒

6
さ い きん
細菌
(名)病菌

7
ゴ ミ を す て る
ゴミを捨てる
(動II)倒垃圾

① 窓の汚れを全部落とします。

② 野菜果物にカビが生えます。

③ 彼はとても不潔で、めったに頭を洗いません。

④ すみません、散らかった部屋ですけどどうぞ！

⑤ 早く消毒しないと！怪我が化膿したら大変ですよ！

⑥ 細菌は至る所にいるので、手洗いを忘れずに！

⑦ ゴミ捨て場にゴミを捨てます。

學更多

	例句出現的		原形／接續原則	意義	詞性
①	落とします	→	落とす	去除	動I
②	果物	→	果物	水果	名詞
③	めったに	→	めったに＋動詞否定形	很少～、不常～	文型
	洗いません	→	洗う	清洗	動I
④	散らかった部屋ですけど	→	名詞＋ですけど	雖然～，但是～	文型
⑤	早く	→	早く	趕快	副詞
	消毒しないと	→	動詞ない形＋と	如果不～的話，就～	文型
	化膿した	→	化膿する	化膿	動III
	化膿したら	→	動詞た形＋ら	如果～的話	文型
⑥	至る所	→	至る所	到處	名詞
	いる	→	いる	有（人或動物）	動II
	いるので	→	動詞辭書形＋ので	因為～	文型
	忘れ	→	忘れる	忘記	動II
	忘れずに	→	動詞ない形＋ずに	不要～	文型
⑦	ゴミ捨て場	→	ゴミ捨て場	垃圾場	名詞

中譯

① 把窗戶的污垢全部清除掉。

② 蔬菜水果發霉。

③ 他很骯髒，很少洗頭。

④ 抱歉，房間很雜亂，請進！

⑤ 不趕快消毒的話，傷口化膿就糟糕囉！

⑥ 到處都有病菌，所以不要忘了洗手！

⑦ 到垃圾場去倒垃圾。

睡眠(1)

MP3 051

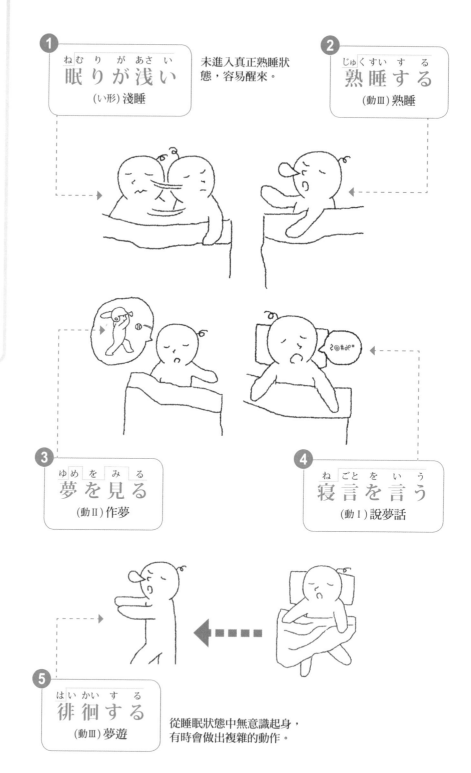

1 眠りが浅い
（い形）淺睡

未進入真正熟睡狀態，容易醒來。

2 熟睡する
（動Ⅲ）熟睡

3 夢を見る
（動Ⅱ）作夢

4 寝言を言う
（動Ⅰ）說夢話

5 徘徊する
（動Ⅲ）夢遊

從睡眠狀態中無意識起身，有時會做出複雜的動作。

❶ 眠りが浅かったので、あまり寝た気がしません。

❷ 疲れていたので、昨夜は熟睡しました。

❸ 今日は良い夢を見よう！

❹ 寝言を言う我が子を見て、可愛いなと思います。

❺ 認知症の祖父が、徘徊するようになってしまいました。

學更多

	例句出現的		原形／接續原則	意義	詞性
❶	眠りが浅かったので	→	い形容詞た形＋ので	因為～	文型
	あまり寝た気がしません	→	あまり＋動詞否定形	不太～	文型
	寝た	→	寝る	睡覺	動Ⅱ
	気がしません	→	気がする	覺得	動Ⅲ
❷	疲れて	→	疲れる	疲累	動Ⅱ
	疲れていた	→	動詞て形＋いた	過去維持的狀態	文型
	疲れていたので	→	動詞た形＋ので	因為～	文型
❸	良い夢を見よう	→	良い夢を見る	作個好夢	動Ⅱ
❹	我が子	→	我が子	我的孩子	名詞
	見て	→	見る	看	動Ⅱ
	可愛い	→	可愛い	可愛的	い形
	可愛いなと思います	→	い形容詞＋な＋と思う	覺得～（な表示感嘆）	文型
❺	認知症	→	認知症	失智症	名詞
	徘徊するようになって	→	動詞辭書形＋ようになる	逐漸變成～	文型
	徘徊するようになってしまいました	→	動詞て形＋しまいました	無法挽回的遺憾	文型

中譯

❶ 因為淺睡，不太有睡著的感覺。

❷ 因為太累了，昨天晚上睡得很熟。

❸ 今天作個好夢吧！

❹ 看到自己的孩子說夢話，覺得好可愛。

❺ 有失智症的祖父開始夢遊了。

MP3 052

1
ふみん
不眠
(名) 失眠

2
ひつじ を かぞ える
羊を数える
(動Ⅱ) 數羊

3
すいみんやく
睡眠薬
(名) 安眠藥

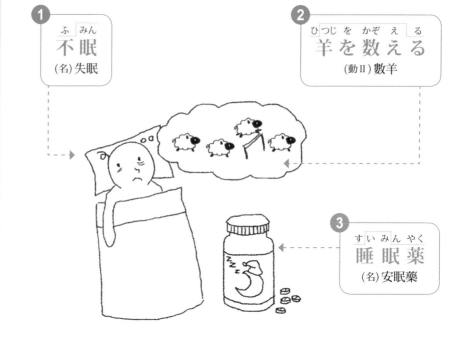

4
ね ぼう す る
寝坊する
(動Ⅲ) 睡過頭

5
い ねむ り を する
居眠りをする
(動Ⅲ) 打瞌睡

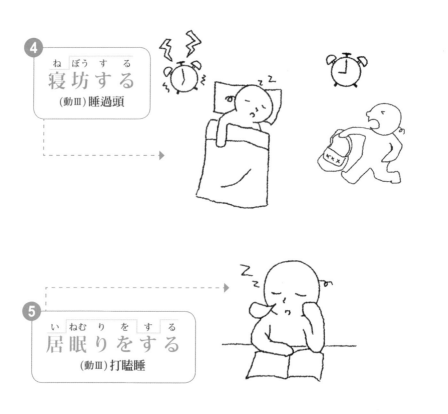

❶ 原因不明の不眠に悩まされます。

❷ 眠れない時には、頭の中で羊を数えるといいです。

❸ 睡眠薬を常用すると、それに慣れてしまいます。

❹ しまった！寝坊してしまった！

❺ ついつい居眠りをしてしまいました。

例句出現的	原形／接續原則	意義	詞性
❶ 悩まされます	→ 悩まされる	因某事而被迫煩惱	悩む的使役被動形
❷ 眠れない	→ 眠れる	可以睡著	眠る的可能形
眠れない時	→ 眠れない＋時	睡不著的時候	文型
頭の中	→ 頭の中	腦海中	名詞
頭の中で	→ 地點＋で	在～地點	文型
羊を数えるといい	→ 動詞辭書形＋といい	還是做～的好	文型
❸ 常用する	→ 常用する	經常使用	動Ⅲ
常用すると	→ 動詞辭書形＋と	如果～的話，就～	文型
慣れて	→ 慣れる	習慣	動Ⅱ
慣れてしまいます	→ 動詞て形＋しまう	無法挽回的遺憾	文型
❹ しまった	→ しまった	糟糕	感嘆詞
寝坊してしまった	→ 動詞て形＋しまう	無法挽回的遺憾	文型
❺ ついつい	→ ついつい	不知不覺	副詞
居眠りをしてしまいました	→ 動詞て形＋しまいました	無法抵抗、無法控制	文型

中譯

❶ 為原因不明的失眠苦惱。
❷ 睡不著時，可以在腦海中數羊。
❸ 經常服用安眠藥的話，就會變成習慣。
❹ 糟糕，不小心睡過頭了！
❺ 不知不覺就打瞌睡了。

1
ねがえり
寝返り
(名)翻身

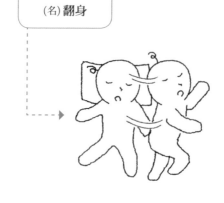

2
いびき
いびき
(名)打呼

3
はぎしり
歯軋り
(名)磨牙

4
ねぞう
寝相
(名)睡姿

5
うつぶせでねる
うつ伏せで寝る
(動Ⅱ)趴睡

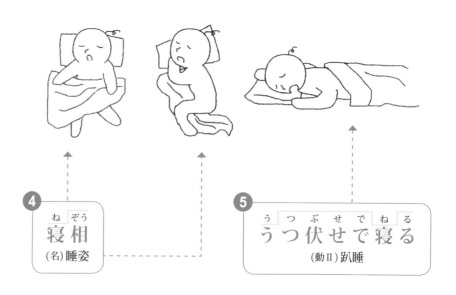

❶ 人は一回の睡眠で、相当寝返りを打つらしいです。

❷ いびきは、骨格の歪みによるものだと聞きました。

❸ 寝る時に歯軋りの癖がある人もいるようです。

❹ 寝相が悪いと、健康に影響しますよ。

❺ うつ伏せで寝て、マッサージしてもらいます。

	例句出現的		原形／接續原則	意義	詞性
❶	一回の睡眠で	→	範圍＋で	在～範圍	文型
	相当	→	相当	相當、頗	副詞
	寝返りを打つ	→	寝返りを打つ	翻身	動Ⅰ
	寝返りを打つらしい	→	動詞辭書形＋らしい	好像～	文型
❷	歪み	→	歪み	歪斜	名詞
	骨格の歪みによる	→	名詞＋による	由於～	文型
	ものだと聞きました	→	名詞＋だ＋と聞きました	聽說是～	文型
	聞きました	→	聞く	聽	動Ⅰ
❸	寝る	→	寝る	睡覺	動Ⅱ
	ある	→	ある	有（事或物）	動Ⅰ
	いる	→	いる	有（人或動物）	動Ⅱ
	いるよう	→	動詞辭書形＋よう	好像～	文型
❹	悪い	→	悪い	不好的	い形
	悪いと	→	い形容詞＋と	如果～的話，就～	文型
	影響します	→	影響する	影響	動Ⅲ
❺	マッサージして	→	マッサージする	按摩	動Ⅲ
	マッサージしてもらいます	→	動詞て形＋もらう	請別人為我做～	文型

❶ 人在一次的睡眠中，好像會翻身很多次。

❷ 聽說打呼是骨骼歪斜造成的。

❸ 有些人睡覺好像會有磨牙的習慣。

❹ 如果睡姿不良，就會對健康造成影響喔。

❺ 趴睡著，讓人幫我按摩。

1 かんでんする
感電する
(動Ⅲ) 觸電

2 ろうでん
漏電
(名) 漏電

燈不亮

3 でんせん
電線
(名) 電線

兩極直接碰觸產生放電現象，引起火花及熱，造成電器損壞或失火。

4 ショートする
ショートする
(動Ⅲ) 短路

5 しようでんりょくオーバー
使用電力オーバー
(名) 電量超載

6 じゅうでんする
充電する
(動Ⅲ) 充電

7 へんあつき
変圧器
(名) 變壓器

❶ 切れた電線に触ると、感電する恐れがあります。

❷ 漏電を防ぐ対策を考えます。

❸ 危険ですから、切れた電線には触れないでください。

❹ 電線がショートして、送電が止まりました。

❺ 使用電力オーバーになり、ヒューズが飛びました。

❻ 携帯電話を充電します。

❼ 海外では、変圧器を使った方がいいです。

	例句出現的		原形／接續原則	意義	詞性
❶	切れた	→	切れる	斷掉	動Ⅱ
	触る	→	触る	觸摸	動Ⅰ
	触ると	→	動詞辭書形＋と	如果～的話，就～	文型
	感電する恐れがあります	→	動詞辭書形＋恐れがある	可能會～	文型
❷	防ぐ	→	防ぐ	預防	動Ⅰ
	考えます	→	考える	思考	動Ⅱ
❸	危険ですから	→	な形容詞＋ですから	因為～	文型
	触れない	→	触れる	觸碰	動Ⅱ
	触れないでください	→	動詞ない形＋でください	請不要做～	文型
❹	止まりました	→	止まる	停止	動Ⅰ
❺	なり	→	なる	變成	動Ⅰ
	ヒューズが飛びました	→	ヒューズが飛ぶ	保險絲斷掉	動Ⅰ
❻	携帯電話	→	携帯電話	手機	名詞
❼	使った	→	使う	使用	動Ⅰ
	使った方がいい	→	動詞た形＋方がいい	做～比較好	文型

中譯

❶ 如果觸碰斷掉的電線，可能會觸電。

❷ 思考預防漏電的對策。

❸ 因為很危險，請不要觸碰斷掉的電線。

❹ 電線短路，供電中斷。

❺ 電量超載，保險絲燒掉了。

❻ 為手機充電。

❼ 在國外時，使用變壓器比較好。

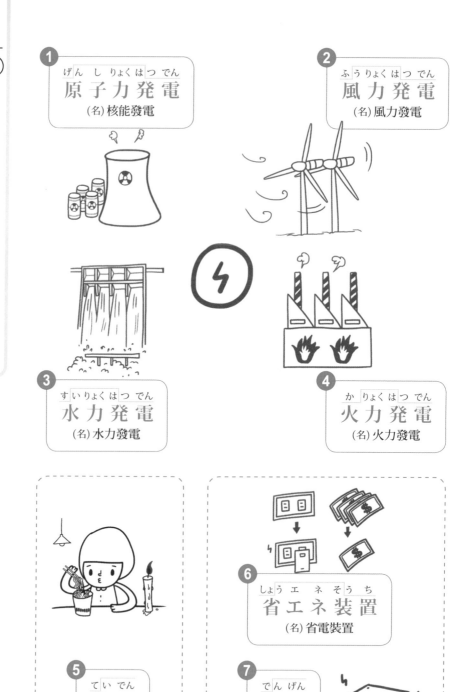

1 げん し りょく はつ でん
原子力発電
(名)核能發電

2 ふう りょく はつ でん
風力発電
(名)風力發電

3 すい りょく はつ でん
水力発電
(名)水力發電

4 か りょく はつ でん
火力発電
(名)火力發電

5 てい でん
停電
(名)停電

6 しょう エ ネ そう ち
省エネ装置
(名)省電裝置

7 でん げん
電源
(名)電源

❶ 今回の事故で、原子力発電に対する 考 えが変わりました。

❷ 風力発電は、安全なエネルギーです。

❸ 水力発電所は、年々減っています。

❹ 火力発電は、資源のないわが国にとっては、コストがかかります。

❺ 台風の影 響 で停電が続きました。

❻ 電気代を節約するため、省エネ装置を取り付けました。

❼ 野外では、どうやって電源を確保するかが問題です。

學更多

	例句出現的		原形／接續原則	意義	詞性
❶	今回の事故で	→	名詞＋で	因為～	文型
	原子力発電に対する	→	名詞＋に対する	對於～	文型
	変わりました	→	変わる	改變	動I
❷	安全なエネルギー	→	安全＋な＋名詞	安全的～	文型
❸	減って	→	減る	減少	動I
	減っています	→	動詞て形＋いる	目前狀態	文型
❹	ない	→	ない	沒有	い形
	わが国にとっては	→	名詞＋にとっては	對～而言	文型
	かかります	→	かかる	花費	動I
❺	続きました	→	続く	持續	動I
❻	節約する	→	節約する	節省	動III
	節約するため	→	動詞辭書形＋ため	為了～	文型
	取り付けました	→	取り付ける	安裝	動II
❼	どうやって	→	どうやって	怎麼做	接續詞
	確保する	→	確保する	確保	動III

中譯

❶ 因為這次的事故，人們對核能發電的想法改變了。

❷ 風力發電是很安全的能源。

❸ 水力發電廠每年減少中。

❹ 對沒有天然資源的我國而言，火力發電會花費成本。

❺ 因為颱風的影響而持續停電。

❻ 為了節省電費，安裝了省電裝置。

❼ 在野外，要如何確保電源是一大問題。

美容保養 (1)

MP3 056

1 クレンジング
（cleansing）
(名)卸妝

2 角質除去
(名)去角質

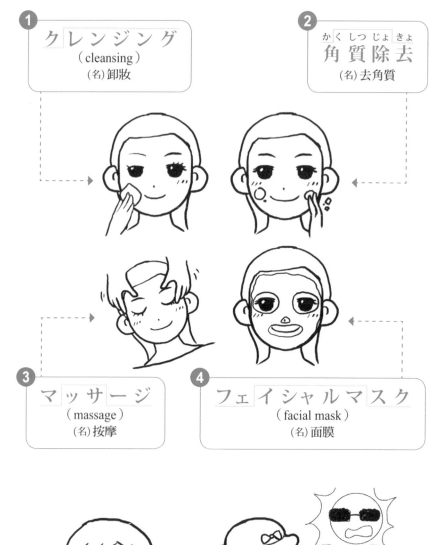

3 マッサージ
（massage）
(名)按摩

4 フェイシャルマスク
（facial mask）
(名)面膜

5 美白
(名)美白

6 日焼け止め
(名)防曬用品

❶ クレンジングは、泡立ちのいいものを選びましょう。

❷ 角質除去には、フルーツピーリングがお勧めです。

❸ マッサージをして、皺防止を心がけます。

❹ エステで、フェイシャルマスクをしてもらいました。

❺ 美白効果のある食べ物を教えてください。

❻ 外出の際は、必ず日焼け止めを塗りましょう。

學更多

	例句出現的		原形／接續原則	意義	詞性
❶	泡立ち	→	泡立ち	起泡沫	名詞
	いい	→	いい	好的	い形
	選びましょう	→	選ぶ	選擇	動Ⅰ
❷	フルーツピーリング	→	フルーツピーリング	果酸換膚	名詞
	お勧め	→	お勧め	建議、推薦	名詞
❸	マッサージをして	→	マッサージをする	按摩	動Ⅲ
	心がけます	→	心がける	注意、小心	動Ⅱ
❹	エステ	→	エステ	美容院	名詞
	フェイシャルマスクをして	→	フェイシャルマスクをする	敷面膜	動Ⅲ
	してもらいました	→	動詞て形＋もらいました	請別人為我做了～	文型
❺	ある	→	ある	有（事或物）	動Ⅰ
	教えて	→	教える	告訴	動Ⅱ
	教えてください	→	動詞て形＋ください	請做～	文型
❻	外出の際	→	名詞＋の際	～的時候	文型
	必ず	→	必ず	一定	副詞
	塗りましょう	→	塗る	塗抹	動Ⅰ

中譯

❶ 選擇起泡力良好的東西來卸妝吧。

❷ 在去角質方面，建議採用果酸換膚。

❸ 仔細按摩，小心預防皺紋產生。

❹ 在美容院，請人幫忙敷面膜。

❺ 請告訴我哪些食物具有美白效果。

❻ 外出時，一定要塗上防曬用品。

1 ディープクレンジングする
ディープクレンジングする
(動Ⅲ)深層清潔

2 オイルコントロール
(oil control)
(名)控油

3 アンチエイジング
(antiageing)
(名)抗老

4 しみ
(名)黑斑

5 毛穴の黒ずみ
(名)粉刺

6 毛穴
(名)毛孔

7 ニキビ
(名)面皰

❶ 毛穴の汚れが気になるので、ディープクレンジングします。

❷ オイルコントロール効果のある乳液を塗ります。

❸ アンチエイジング関連の商品が、売れています。

❹ 顔にしみができてしまいました。

❺ 毛穴の黒ずみを除去するため、パックをしました。

❻ 年齢とともに、毛穴のくすみが気になるようになりました。

❼ 中高生の頃、ニキビがたくさんできました。

學更多

	例句出現的		原形／接續原則	意義	詞性
❶	気になる	→	気になる	在意	動Ⅰ
	気になるので	→	動詞辭書形＋ので	因為～	文型
❷	塗ります	→	塗る	塗抹	動Ⅰ
❸	売れて	→	売れる	暢銷	動Ⅱ
	売れています	→	動詞て形＋いる	目前狀態	文型
❹	できて	→	できる	產生、長	動Ⅱ
	できてしまいました	→	動詞て形＋しまいました	無法挽回的遺憾	文型
❺	除去する	→	除去する	去除	動Ⅲ
	除去するため	→	動詞辭書形＋ため	為了～	文型
	パックをしました	→	パックをする	敷面膜	動Ⅲ
❻	年齢とともに	→	名詞＋とともに	伴隨著～	文型
	くすみ	→	くすみ	（肌膚）暗沉	名詞
	気になる	→	気になる	在意	動Ⅰ
	気になるようになりました	→	動詞辭書形＋ようになりました	逐漸變成～了	文型
❼	できました	→	できる	產生、長	動Ⅱ

中譯

❶ 很在意毛孔的污垢，所以要深層清潔。

❷ 塗抹具有控油效果的乳液。

❸ 和抗老相關的商品很暢銷。

❹ 臉上長出黑斑。

❺ 為了去除粉刺而敷臉。

❻ 隨著年齡增長，開始在意毛孔暗沉。

❼ 唸國中和高中時，長了很多面皰。

058

盥洗(1)

1 うがい (名) 漱口

2 歯磨きする (動Ⅲ) 刷牙

🔘 MP3 058

3 洗顔する (動Ⅲ) 洗臉

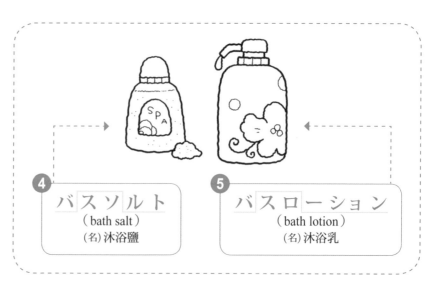

4 バスソルト (bath salt) (名) 沐浴鹽

5 バスローション (bath lotion) (名) 沐浴乳

❶ 家に帰ったら、うがいをして風邪を予防します。

❷ 食事の後、必ず歯磨きしましょう。

❸ 朝起きたら洗顔します。

❹ ラベンダーの香りのバスソルトを入れます。

❺ このバスローションの香りが好きです。

學更多

	例句出現的		原形／接續原則	意義	詞性
❶	帰った	→	帰る	回去	動Ⅰ
	帰ったら	→	動詞た形＋ら	做~之後	文型
	うがいをして	→	うがいをする	漱口	動Ⅲ
	風邪	→	風邪	感冒	名詞
	予防します	→	予防する	預防	動Ⅲ
❷	食事	→	食事	用餐	名詞
	食事の後	→	名詞＋の後	~之後	文型
	必ず	→	必ず	一定	副詞
❸	起きた	→	起きる	起床	動Ⅱ
	起きたら	→	動詞た形＋ら	做~之後	文型
❹	ラベンダー	→	ラベンダー	薰衣草	名詞
	香り	→	香り	香味	名詞
	入れます	→	入れる	放入	動Ⅱ
❺	香り	→	香り	香味	名詞
	好き	→	好き	喜歡	な形

中譯

❶ 回家後，要漱口預防感冒。
❷ 用餐後一定要刷牙。
❸ 早上起床後要洗臉。
❹ 倒入有薰衣草香味的沐浴鹽。
❺ 我喜歡這瓶沐浴乳的香味。

MP3 059

① <ruby>温<rt>おん</rt></ruby> <ruby>水<rt>すい</rt></ruby> <ruby>器<rt>き</rt></ruby>
(名)熱水器

② バスタブに浸かる
(動 I)泡澡

③ シャワーヘッド
（shower head）
(名)蓮蓬頭

④ シャワー
（shower）
(名)淋浴

⑤ シャンプー
（shampoo）
(名)洗頭

❶ 温水器が壊れてしまい、お湯が出ません。

❷ バスタブに浸かると、気持ちよくてリラックスできます。

❸ シャワーヘッドが壊れたので、取り替えます。

❹ 水泳の後シャワーを浴びます。

❺ シャンプーは、無添加のものを使っています。

學更多

	例句出現的		原形／接續原則	意義	詞性
❶	壊れて	→	壊れる	壞掉	動Ⅱ
	壊れてしまい	→	動詞て形＋しまう	無法挽回的遺憾	文型
	お湯	→	お湯	熱水	名詞
	出ません	→	出る	出來	動Ⅱ
❷	浸かると	→	動詞辭書形＋と	如果～的話，就～	文型
	気持ち	→	気持ち	心情	名詞
	よくて	→	よい＋くて	因為很好	文型
	リラックスできます	→	リラックスできる	可以放鬆	リラックスする的可能形
❸	壊れた	→	壊れる	壞掉	動Ⅱ
	壊れたので	→	動詞た形＋ので	因為～	文型
	取り替えます	→	取り替える	換新的	動Ⅱ
❹	水泳	→	水泳	游泳	名詞
	水泳の後	→	名詞＋の後	～之後	文型
	シャワーを浴びます	→	シャワーを浴びる	淋浴	動Ⅱ
❺	使って	→	使う	使用	動Ⅰ
	使っています	→	動詞て形＋いる	習慣做～	文型

中譯

❶ 熱水器壞了，熱水沒有流出來。
❷ 在浴缸裡泡澡會覺得很舒服，可以放鬆全身。
❸ 蓮蓬頭壞了，所以要換成新的。
❹ 游泳後去淋浴。
❺ 洗頭時，習慣使用無添加物的洗髮精。

個人衛生 (1)

🔘 MP3 060

1 ふ えい せい （ な）
不 衛 生（な）
(な形)骯髒

2 えい せい （ な）
衛 生（な）
(な形)衛生

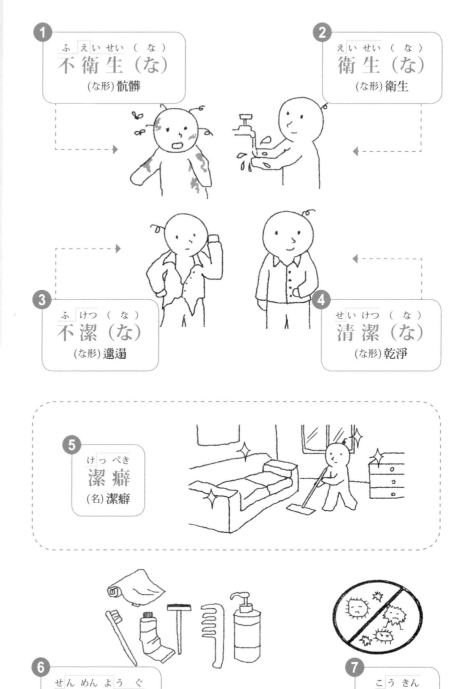

3 ふ けつ （ な）
不 潔（な）
(な形)邋遢

4 せい けつ （ な）
清 潔（な）
(な形)乾淨

5 けっ ぺき
潔 癖
(名)潔癖

6 せん めん よう ぐ
洗 面 用 具
(名)盥洗用具

7 こう きん
抗 菌
(名)抗菌

❶ 口の中が不衛生だと、虫歯になります。

❷ 衛生管理を怠ると、病気になります。

❸ 不潔な人は嫌いです。

❹ 体を清潔に保ちます。

❺ 潔癖症の彼の家には、埃一つありません。

❻ ホテルに洗面用具は付いています。

❼ 抗菌の素材を使用した寝具が、売れています。

學更多

	例句出現的		原形／接續原則	意義	詞性
❶	不衛生だと	→	な形容詞＋だ＋と	如果～的話・就～	文型
	虫歯になります	→	虫歯になる	蛀牙	動Ⅰ
❷	怠る	→	怠る	疏忽	動Ⅰ
	怠ると	→	動詞辭書形＋と	如果～的話・就～	文型
	病気になります	→	病気になる	生病	動Ⅰ
❸	嫌い	→	嫌い	討厭	な形
❹	保ちます	→	保つ	保持	動Ⅰ
❺	埃	→	埃	灰塵	名詞
	ありません	→	ある	有（事或物）	動Ⅰ
❻	付いて	→	付く	附有	動Ⅰ
	付いています	→	動詞て形＋いる	目前狀態	文型
❼	使用した	→	使用する	使用	動Ⅲ
	売れて	→	売れる	暢銷	動Ⅱ
	売れています	→	動詞て形＋いる	目前狀態	文型

中譯

❶ 口腔骯髒就會蛀牙。

❷ 疏忽衛生管理的話就會生病。

❸ 討厭邋遢的人。

❹ 保持身體乾淨。

❺ 有潔癖的他，家裡一塵不染。

❻ 飯店有提供盥洗用具。

❼ 使用抗菌素材的寢具很暢銷。

061

個人衛生(2)

MP3 061

1
こうしゅう
口臭
(名)口臭

2
デオドラント
（deodorant）
(名)制汗劑

3
たいしゅう
体臭
(名)體味/體臭

4
でんせんびょう
伝染病
(名)傳染病

5
めんえきりょく
免疫力
(名)免疫力

6
きせいちゅう
寄生虫
(名)寄生蟲

7
ひふびょう
皮膚病
(名)皮膚病

❶ 口臭予防に、マウスウォッシュを使います。

❷ デオドラントを使えば、体臭が予防できます。

❸ 体臭のある人の中には、自分で気付いていない人もいます。

❹ 過去に多くの伝染病が流行しました。

❺ 日頃の疲れで、免疫力が落ちています。

❻ 腸内に寄生虫が見つかりました。

❼ 犬が皮膚病になります。

	例句出現的		原形／接續原則	意義	詞性
❶	マウスウォッシュ	→	マウスウォッシュ	漱口水	名詞
	使います	→	使う	使用	動Ⅰ
❷	使えば	→	使えば	如果使用的話，～	使う的條件形
	予防できます	→	予防できる	可以預防	予防する的可能形
❸	ある	→	ある	有（事或物）	動Ⅰ
	気付いて	→	気付く	注意、察覺	動Ⅰ
	気付いていない	→	動詞て形＋いる	目前狀態	文型
	います	→	いる	有（人或動物）	動Ⅰ
❹	流行しました	→	流行する	流行	動Ⅲ
❺	日頃の疲れで	→	名詞＋で	因為～	文型
	落ちて	→	落ちる	降低	動Ⅱ
	落ちています	→	動詞て形＋いる	目前狀態	文型
❻	見つかりました	→	見つかる	找到	動Ⅰ
❼	皮膚病になります	→	皮膚病になる	得到皮膚病	動Ⅰ

中譯

❶ 用漱口水預防口臭。

❷ 使用制汗劑，就可以預防體臭。

❸ 有些有體味的人，自己並沒有察覺到。

❹ 以前有許多傳染病大為流行。

❺ 平日的疲累，會降低免疫力。

❻ 在腸道內發現寄生蟲。

❼ 狗染上皮膚病。

062

禮儀(1)

MP3 062

1 ありがとう
(招) 謝謝

2 どうぞ
(招) 請

3 ごめんなさい
(招) 對不起

4 人との距離
(名) 人我距離

5 プライバシー
（privacy）
(名) 隱私

6 関係がうまく行く
(動I) 熱絡

❶ 何かもらったら、ありがとうと言いましょう。

❷ どうぞこちらへ。

❸ 悪いことをしたので、ごめんなさいと言って謝りました。

❹ 人との距離を縮めるには、自分から心を開くべきです。

❺ プライバシー保護のため、個人情報はお教えできません。

❻ 性格が違う相手との方が、関係がうまく行きます。

學更多

	例句出現的		原形／接續原則	意義	詞性
❶	もらった	→	もらう	得到	動Ⅰ
	もらったら	→	動詞た形＋ら	如果～的話	文型
	ありがとうと言いましょう	→	ありがとう＋と言いましょう	要說謝謝	文型
❷	こちらへ	→	地點＋へ	往～地點	文型
❸	した	→	する	做	動Ⅲ
	したので	→	動詞た形＋ので	因為～	文型
	ごめんなさいと言って	→	ごめんなさい＋と言う	說對不起	文型
	言って	→	言う	說	動Ⅰ
	謝りました	→	謝る	道歉	動Ⅰ
❹	縮める	→	縮める	縮短	動Ⅱ
	開く	→	開く	打開	動Ⅰ
	開くべき	→	動詞辭書形＋べき	應該做～	文型
❺	プライバシー保護のため	→	名詞＋のため	為了～	文型
	お教え	→	教える	告訴	動Ⅱ
	お教えできません	→	お＋動詞ます形＋できません	（動作涉及對方的）不可以做～	文型
❻	違う	→	違う	不一樣	動Ⅰ
	違う相手との方が	→	違う相手＋と＋の方が	和不同的對象比較～	文型

中譯

❶ 收到什麼東西都要說謝謝。

❷ 請到這邊來。

❸ 做了不好的事，所以說對不起道歉。

❹ 要縮短人我距離，應該要先打開自己的心房。

❺ 為了保護隱私，不能告知個人情資。

❻ 和性格不同的對象比較熱絡。

禮儀(2)

1
れいぎただしい
礼儀正しい
(い形)有禮貌

2
れいぎをしらない
礼儀を知らない
(動I)沒禮貌

3
おじぎをする
お辞儀をする
(動III)鞠躬

4
そんけい
尊敬
(名)尊敬

5
かんじのよい
感じの良い
(い形)彬彬有禮

6
ぶれい(な)
無礼(な)
(名・な形)粗魯

❶ 祖父は非常に礼儀正しい人でした。

❷ 礼儀を知らない若者が増えて、残念です。

❸ 近所の人とすれ違い、お辞儀をします。

❹ 誰もが彼に、尊敬の眼差しを向けます。

❺ 第一印象で、感じの良い人だなあと思いました。

❻ 無礼をお許しください。

學更多

	例句出現的		原形／接續原則	意義	詞性
❶	非常に	→	非常に	非常	副詞
❷	増えて	→	増える	增加	動Ⅱ
	残念	→	残念	遺憾	な形
❸	近所の人	→	近所の人	鄰居	名詞
	近所の人と	→	對象＋と	和～對象	文型
	すれ違い	→	すれ違う	擦身而過	動Ⅰ
❹	誰も	→	誰＋も	每個人都～	文型
	眼差し	→	眼差し	眼神	名詞
	向けます	→	向ける	把～指向	動Ⅱ
❺	第一印象で	→	範圍＋で	在～範圍	文型
	感じの良い人だなあと思いました	→	名詞＋だ＋なあ＋と思いました	覺得～（なあ表示感嘆）	文型
❻	お許し	→	許す	原諒	動Ⅰ
	お許しください	→	お＋動詞ます形＋ください	請您做～	文型

中譯

❶ 祖父是一個非常有禮貌的人。

❷ 沒禮貌的年輕人越來越多，真遺憾。

❸ 和鄰居擦身而過，鞠躬打招呼。

❹ 每個人都對他投以尊敬的眼神。

❺ 第一印象中，覺得是個彬彬有禮的人。

❻ 請您原諒我的粗魯。

起床(1)

MP3 064

1 目が覚める
（動Ⅱ）醒來

2 早起きする
（動Ⅲ）早起

3 寝坊する
（動Ⅲ）晩起

4 あくび
（名）呵欠

5 背伸びする
（動Ⅲ）伸懶腰

6 ゴロゴロして起きない
（動Ⅱ）賴床

7 おはようございます
（招）早安

❶ 赤ちゃんは、ようやく目が覚めたようです。

❷ 早起きすると、いいことがたくさんあります。

❸ しまった。今日も寝坊してしまった！

❹ あくびをする姿が可愛いです。

❺ 赤ちゃんが、一生懸命起きようとして背伸びします。

❻ 寝るのが大好きな彼は、いつもベッドでゴロゴロして起きません。

❼ 「おはようございます」と声をかけます。

學更多

	例句出現的		原形／接續原則	意義	詞性
❶	目が覚めたよう	→	動詞た形＋よう	好像～	文型
❷	早起きすると	→	動詞辭書形＋と	如果～的話，就～	文型
	あります	→	ある	有（事或物）	動Ｉ
❸	しまった	→	しまった	糟糕	感嘆詞
	今日も	→	名詞＋も	～也	文型
	寝坊してしまった	→	動詞て形＋しまった	無法挽回的遺憾	文型
❹	あくびをする	→	あくびをする	打哈欠	動Ⅲ
	可愛い	→	可愛い	可愛的	い形
❺	一生懸命	→	一生懸命	拼命	な形
	起きよう	→	起きる	坐起來	動Ⅱ
	起きようとして	→	動詞意向形＋とする	想要做～	文型
❻	寝る	→	寝る	睡覺	動Ⅱ
	ベッドで	→	地點＋で	在～地點	文型
❼	声をかけます	→	声をかける	打招呼	動Ⅱ

中譯

❶ 嬰兒好像終於醒來了。
❷ 早起就會有很多好事。
❸ 糟糕了，今天又晚起了！
❹ 打呵欠的姿態好可愛。
❺ 嬰兒伸懶腰，拼命地想坐起來。
❻ 很喜歡睡覺的他總是在床上賴床。
❼ 打招呼說「早安」。

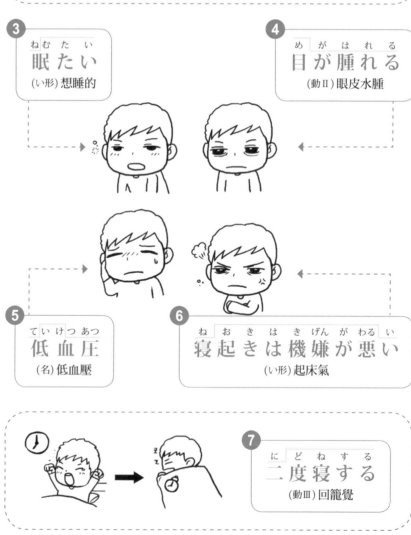

1 目覚まし時計
（名）鬧鐘

2 寝過ごす
（動Ⅰ）睡過頭

3 眠たい
（い形）想睡的

4 目が腫れる
（動Ⅱ）眼皮水腫

5 低血圧
（名）低血壓

6 寝起きは機嫌が悪い
（い形）起床氣

7 二度寝する
（動Ⅲ）回籠覺

❶ 目覚まし時計をセットしておいたのに、寝坊しました。

❷ 寝過ごして下車するはずの駅を通り過ぎてしまいました。

❸ 眠たい目を擦りながら、電車に乗ります。

❹ 泣きすぎて目が腫れます。

❺ 低血圧なのか、なかなか朝起きられません。

❻ 父親譲りで、寝起きは機嫌が悪いです。

❼ 今日は会社が休みなので、二度寝しました。

	例句出現的		原形／接續原則	意義	詞性
❶	セットして	→	セットする	設定	動Ⅲ
	セットしておいた	→	動詞て形＋おく	妥善處理	文型
	セットしておいたのに	→	動詞た形＋のに	明明～・卻～	文型
	寝坊しました	→	寝坊する	晚起	動Ⅲ
❷	下車する	→	下車する	下車	動Ⅲ
	下車するはず	→	動詞辭書形＋はず	應該～	文型
	通り過ぎて	→	通り過ぎる	經過、越過	動Ⅱ
	通り過ぎてしまいました	→	動詞て形＋しまいました	無法挽回的遺憾	文型
❸	擦り	→	擦る	搓揉	動Ⅰ
	擦りながら	→	動詞ます形＋ながら	一邊～・一邊～	文型
❹	泣きすぎて	→	泣きすぎる	哭得太厲害	動Ⅱ
❺	なかなか朝起きられません	→	なかなか＋動詞否定形	不容易做～、一直不做～	文型
	起きられません	→	起きられる	可以起床	起きる的可能形
❻	父親譲り	→	父親譲り	遺傳自父親	名詞
❼	休みなので	→	名詞＋な＋ので	因為～	文型

中譯

❶ 明明設定了鬧鐘，卻還是睡太晚。

❷ 睡過頭，錯過了應該要下車的車站。

❸ 一邊揉著想睡的眼睛，一邊搭電車。

❹ 哭得太厲害，眼皮水腫。

❺ 是低血壓的關係吧？早上很難起床。

❻ 遺傳自父親，起床時有起床氣。

❼ 今天公司放假，所以睡回籠覺。

066

寵物(1)

MP3 066

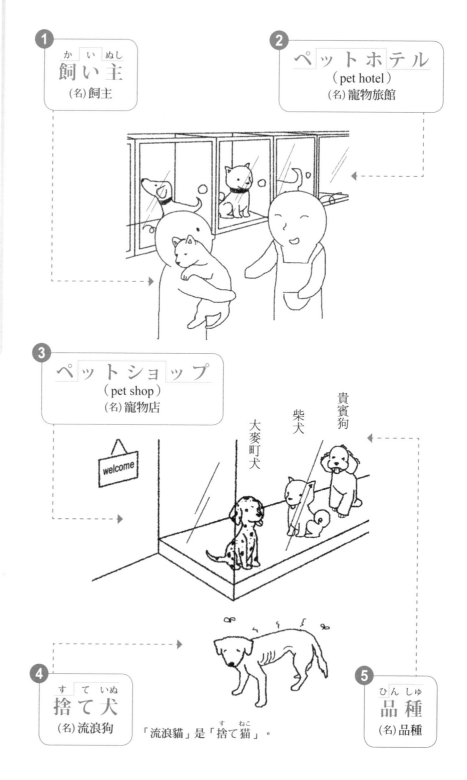

1 飼い主
かいぬし
(名) 飼主

2 ペットホテル
(pet hotel)
(名) 寵物旅館

3 ペットショップ
(pet shop)
(名) 寵物店

貴賓狗

柴犬

大麥町犬

welcome

4 捨て犬
すていぬ
(名) 流浪狗

「流浪貓」是「捨て猫」。
ねこ
す

5 品種
ひんしゅ
(名) 品種

❶ ペットは、飼い主に一番懐きます。

❷ ペットホテルの宿泊費は、安くないです。

❸ 動物好きの娘は、将来ペットショップで働きたいと言っています。

❹ 保健所には、捨て犬が溢れていました。

❺ 家畜の品種について勉強します。

學更多

	例句出現的		原形／接續原則	意義	詞性
❶	ペット	→	ペット	寵物	名詞
	一番	→	一番	最	副詞
	懐きます	→	懐く	親近、喜歡	動Ⅰ
❷	宿泊費	→	宿泊費	住宿費用	名詞
	安くない	→	安い	便宜的	い形
❸	娘	→	娘	女兒	名詞
	ペットショップ	→	地點＋で	在～地點	文型
	働き	→	働く	工作	動Ⅰ
	働きたい	→	動詞ます形＋たい	想要做～	文型
	働きたいと言っています	→	働きたい＋と言っている	說想要工作	文型
❹	保健所	→	保健所	收容所	名詞
	溢れて	→	溢れる	充滿	動Ⅱ
	溢れていました	→	動詞て形＋いました	過去維持的狀態	文型
❺	品種について	→	名詞＋について	關於～	文型
	勉強します	→	勉強する	學習	動Ⅲ

中譯

❶ 寵物最親近飼主。
❷ 寵物旅館的住宿費不便宜。
❸ 喜歡動物的女兒說將來想在寵物店工作。
❹ 收容所擠滿了流浪狗。
❺ 學習認識家畜的品種。

067

寵物(2)

MP3 067

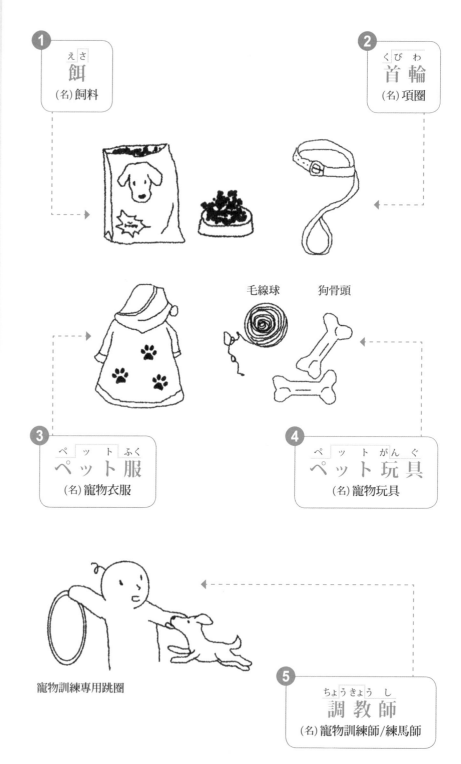

1 えさ
餌
(名)飼料

2 くびわ
首輪
(名)項圈

毛線球　　狗骨頭

3 ペットふく
ペット服
(名)寵物衣服

4 ペットがんぐ
ペット玩具
(名)寵物玩具

寵物訓練專用跳圈

5 ちょうきょうし
調教師
(名)寵物訓練師/練馬師

❶ 毎日３回餌を与えます。

❷ 雌ネコなので、首輪はピンクにしました。

❸ 最近のペット服には、可愛いものがたくさんあります。

❹ ペット玩具は、どこに売っていますか？

❺ 将来馬の調教師になりたいです。

	例句出現的		原形／接續原則	意義	詞性
❶	与えます	→	与える	給予	動Ⅱ
❷	雌ネコ	→	雌ネコ	母貓	名詞
	雌ネコなので	→	名詞＋な＋ので	因為～	文型
	ピンク	→	ピンク	粉紅色	名詞
	ピンクにしました	→	名詞＋にしました	決定成～了	文型
❸	可愛い	→	可愛い	可愛的	い形
	たくさん	→	たくさん	許多	副詞
	あります	→	ある	有（事或物）	動Ⅰ
❹	どこ	→	どこ	哪裡	疑問詞
	売って	→	売る	賣	動Ⅰ
	売っています	→	動詞て形＋いる	目前狀態	文型
❺	なり	→	なる	成為	動Ⅰ
	なりたい	→	動詞ます形＋たい	想要做～	文型

中譯

❶ 每天餵三次飼料。
❷ 因為是母貓，所以決定用粉紅色的項圈。
❸ 最近有很多可愛的寵物衣服。
❹ 哪裡有賣寵物玩具？
❺ 將來想成為訓練馬的練馬師。

068

寵物(3)

MP3 068

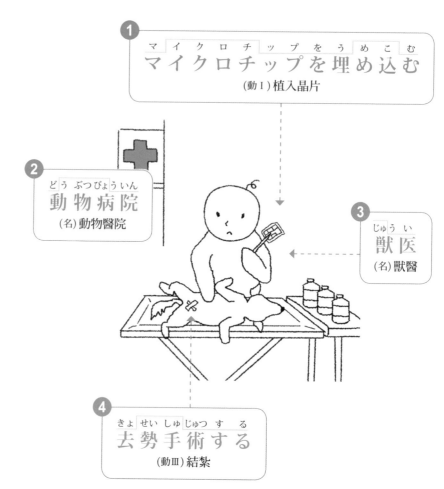

1 マイクロチップを埋め込む
(動Ⅰ) 植入晶片

2 動物病院
(名) 動物醫院

3 獣医
(名) 獸醫

4 去勢手術する
(動Ⅲ) 結紮

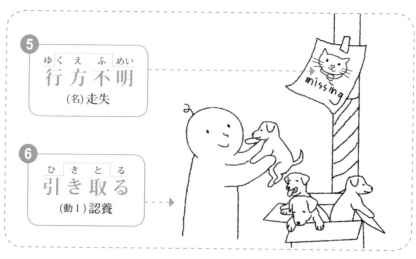

5 行方不明
(名) 走失

6 引き取る
(動Ⅰ) 認養

❶ ネコがどこかに行ってしまった時のために、マイクロチップを埋め込みます。

❷ ペットの様子がおかしいので、動物病院に連れて行きました。

❸ 動物好きな娘は、将来獣医になりたいと言っています。

❹ 生まれて少し経ったら、すぐに去勢手術するのが一般的です。

❺ ペット行方不明のポスターを見ました。

❻ 捨て犬を引き取ります。

學更多

	例句出現的		原形／接續原則	意義	詞性
❶	行って	→	行く	去	動 I
	行ってしまった	→	動詞て形＋しまった	無法挽回的遺憾	文型
	行ってしまった時のために	→	名詞＋のために	為了～	文型
❷	おかしい	→	おかしい	奇怪的	い形
	おかしいので	→	い形容詞＋ので	因為～	文型
	連れて行きました	→	連れて行く	帶～去	動 I
❸	なり	→	なる	成為	動 I
	なりたい	→	動詞ます形＋たい	想要做～	文型
	なりたいと言っています	→	なりたい＋と言っている	說想要成為	文型
❹	生まれて	→	生まれる	出生	動 II
	経った	→	経つ	經過	動 I
	経ったら	→	動詞た形＋ら	做～之後	文型
	一般的	→	一般的	一般的	な形
❺	ポスター	→	ポスター	海報	名詞
	見ました	→	見る	看	動 II
❻	捨て犬	→	捨て犬	流浪犬	名詞

中譯

❶ 為了防範貓不小心跑到某個地方，要在牠身上植入晶片。
❷ 寵物的狀況不太對勁，所以帶去動物醫院看醫生。
❸ 喜歡動物的女兒說將來想要成為獸醫。
❹ 一般而言，會在出生不久後立刻結紮。
❺ 看到寵物走失的海報。
❻ 認養流浪犬。

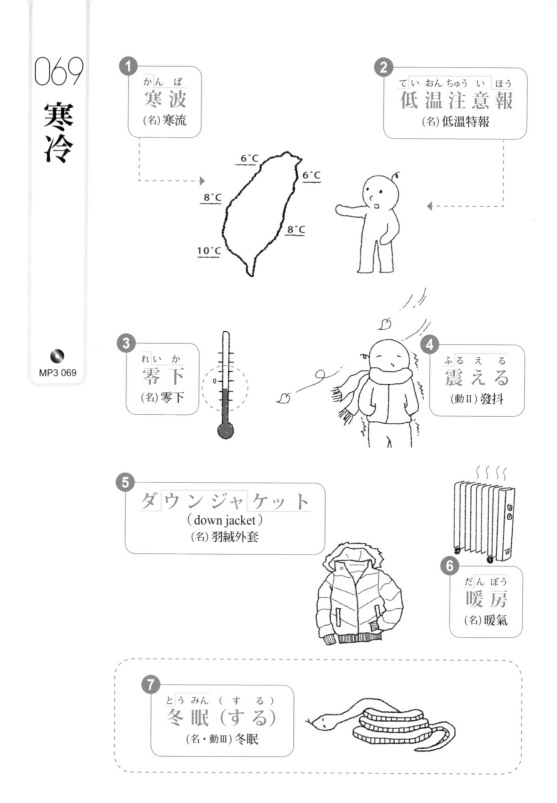

1 かんぱ 寒波 (名)寒流

2 ていおんちゅういほう 低温注意報 (名)低溫特報

3 れいか 零下 (名)零下

4 ふるえる 震える (動Ⅱ)發抖

5 ダウンジャケット (down jacket) (名)羽絨外套

6 だんぼう 暖房 (名)暖氣

7 とうみん (する) 冬眠 (する) (名・動Ⅲ)冬眠

154

❶ 明日から寒波が来るそうです。

❷ ここの所、毎日低温注意報が出ていて、農作物への被害が心配されます。

❸ 今朝は零下5度でした。

❹ 子供が、寒くてぶるぶる震えます。

❺ ダウンジャケットを着ていないと、とても寒くて耐えられません。

❻ 寒いので、暖房を付けて部屋を暖めます。

❼ 山の動物達は、冬の間冬眠します。

學更多

	例句出現的		原形／接續原則	意義	詞性
❶	来る	→	来る	來	動Ⅲ
	来るそう	→	動詞辭書形＋そう	聽說～	文型
❷	出て	→	出る	發出	動Ⅱ
	出ていて	→	動詞て形＋いる	目前狀態	文型
	心配されます	→	心配される	被擔心	心配する的被動形
❸	今朝	→	今朝	今天早上	名詞
❹	寒くて	→	寒い＋くて	因為很冷	文型
	ぶるぶる	→	ぶるぶる	發抖	副詞
❺	着て	→	着る	穿	動Ⅱ
	着ていない	→	動詞て形＋いる	目前狀態	文型
	着ていないと	→	着ていない＋と	如果沒穿的話，就～	文型
	耐えられません	→	耐えられる	可以忍耐	耐える的可能形
❻	寒いので	→	い形容詞＋ので	因為～	文型
	付けて	→	付ける	打開	動Ⅱ
	暖めます	→	暖める	溫暖	動Ⅱ
❼	冬の間	→	冬の間	冬季	名詞

中譯

❶ 聽說明天開始有寒流要來。
❷ 這陣子每天都發出低溫特報，對農作物造成的損害令人擔心。
❸ 今天早上的氣溫是零下五度。
❹ 孩子冷得發抖。
❺ 如果沒穿羽絨外套，就會因為太冷而受不了。
❻ 因為天氣很冷，所以開暖氣讓房間溫暖點。
❼ 山裡的動物們，會在冬季冬眠。

070

炎熱

MP3 070

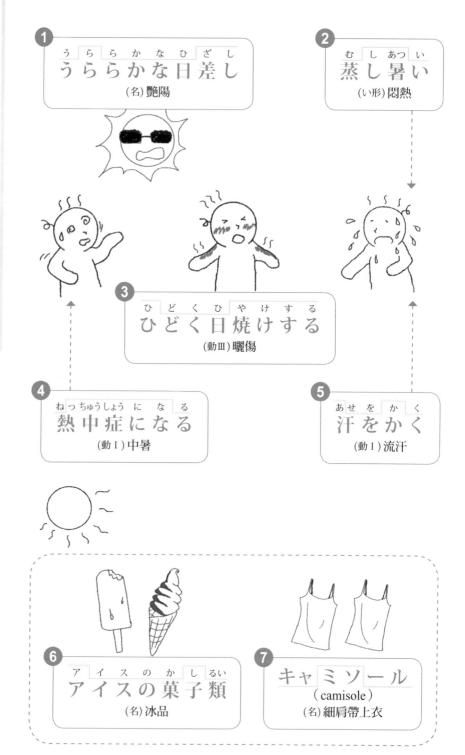

1 うららかな日差し
(名) 艷陽

2 蒸し暑い
(い形) 悶熱

3 ひどく日焼けする
(動Ⅲ) 曬傷

4 熱中症になる
(動Ⅰ) 中暑

5 汗をかく
(動Ⅰ) 流汗

6 アイスの菓子類
(名) 冰品

7 キャミソール
(camisole)
(名) 細肩帶上衣

❶ うららかな日差しが、窓から差し込みます。

❷ 日本の夏は、本当に蒸し暑いです。

❸ 海で日焼け止めクリームを塗っていないと、ひどく日焼けします。

❹ 真夏は、室内にいても、熱中症になる恐れがあります。

❺ 暑くてたくさん汗をかきます。

❻ 暑い夏は、冷たいアイスの菓子類が食べたくなります。

❼ 暑いので、家では大体キャミソール一枚で過ごしています。

學更多

	例句出現的		原形／接續原則	意義	詞性
❶	差し込みます	→	差し込む	照進來	動 I
❷	本当に	→	本当に	真的	副詞
❸	塗って	→	塗る	塗抹	動 I
	塗っていないと	→	塗っていない＋と	如果沒有塗抹，就～	文型
❹	いて	→	いる	在	動 II
	いても	→	動詞て形＋も	即使～，也～	文型
	熱中症になる恐れがあります	→	動詞辭書形＋恐れがある	可能會～	文型
❺	暑くて	→	暑い＋くて	因為很熱	文型
❻	冷たい	→	冷たい	冷的	い形
	食べ	→	食べる	吃	動 II
	食べたく	→	動詞ます形＋たい	想要做～	文型
	食べたくなります	→	食べたい＋くなる	變得想吃	文型
❼	暑いので	→	い形容詞＋ので	因為～	文型
	過ごして	→	過ごす	度過	動 I
	過ごしています	→	動詞て形＋いる	習慣做～	文型

中譯

❶ 艷陽從窗戶照射進來。

❷ 日本的夏天真的很悶熱。

❸ 在海邊，如果沒有塗防曬乳，就會曬傷。

❹ 酷夏時，即使在室內也可能會中暑。

❺ 天氣太熱，所以大量流汗。

❻ 在炎熱的夏天會很想吃冰冷的冰品。

❼ 因為天氣很熱，在家裡通常只穿一件細肩帶上衣。

071

火 (1)

MP3 071

1
<ruby>火<rt>か</rt></ruby><ruby>災<rt>さい</rt></ruby>
(名) 火災

2
<ruby>放<rt>ほう</rt></ruby><ruby>火<rt>か</rt></ruby><ruby>犯<rt>はん</rt></ruby>
(名) 縱火者

3
<ruby>出<rt>しゅっ</rt></ruby><ruby>火<rt>か</rt></ruby><ruby>場<rt>ば</rt></ruby><ruby>所<rt>しょ</rt></ruby>
(名) 起火點

4
<ruby>や<rt></rt></ruby><ruby>け<rt></rt></ruby><ruby>ど<rt></rt></ruby>
やけど
(名) 燒傷

5
<ruby>蝋<rt>ろう</rt></ruby><ruby>燭<rt>そく</rt></ruby>
(名) 蠟燭

6
<ruby>焼<rt>や</rt></ruby>き<ruby>払<rt>はら</rt></ruby>う
(動 I) 焚燒

❶ 市内の閑静な 住 宅街で、大きな火災が起こりました。

❷ 防犯カメラに写った放火犯は、まだ捕まっていません。

❸ あのビル火災の出火場所は、２階と３階の 間 の階段だったそうです。

❹ やけどの跡が、痛々しく残っています。

❺ バースデーケーキの蝋燭に火を灯します。

❻ 怒った農民が、地主の家を焼き払いました。

學更多

	例句出現的		原形／接續原則	意義	詞性
❶	閑静な	→	閑静	安靜	な形
	閑静な住宅街	→	閑静＋な＋名詞	安靜的～	文型
	閑静な住宅街で	→	地點＋で	在～地點	文型
	大きな	→	大きな	大的	連體詞
	起こりました	→	起こる	發生	動I
❷	防犯カメラ	→	防犯カメラ	監視器	名詞
	写った	→	写る	留下影像、映現	動I
	まだ	→	まだ	還	副詞
	捕まって	→	捕まる	被抓住	動I
	捕まっていません	→	動詞て形＋いる	目前狀態	文型
❸	階段だったそう	→	名詞た形＋そう	聽說～	文型
❹	痛々しく	→	痛々しい	心痛的	い形
	残って	→	残る	殘留	動I
	残っています	→	動詞て形＋いる	目前狀態	文型
❺	灯します	→	灯す	點燃	動I
❻	怒った	→	怒る	生氣	動I

中譯

❶ 市內安靜的住宅區，發生了嚴重的火災。

❷ 監視器拍到的縱火者，還沒有抓到。

❸ 聽說那個大樓火災的起火點，是二、三樓之間的樓梯。

❹ 留下了令人心痛的燒傷疤痕。

❺ 在生日蛋糕的蠟燭上點火。

❻ 生氣的農民焚燒地主的家。

072

火
(2)

MP3 072

① <ruby>炎<rt>ほのお</rt></ruby>
(名)火焰

② キャンプファイアー
(campfire)
(名)營火

③ <ruby>着<rt>ちゃっ</rt></ruby><ruby>火<rt>か</rt></ruby><ruby>材<rt>ざい</rt></ruby>
(名)助燃物

④ <ruby>燃<rt>ねんりょう</rt></ruby>料
(名)燃料

⑤ <ruby>木<rt>もく</rt></ruby><ruby>材<rt>ざい</rt></ruby>
(名)木材

⑥ <ruby>森<rt>しん</rt></ruby><ruby>林<rt>りん</rt></ruby><ruby>火<rt>か</rt></ruby><ruby>災<rt>さい</rt></ruby>
(名)森林大火

❶ まるで炎のように赤い花です。

❷ キャンプファイアーを囲みながら歌を歌います。

❸ 炭に火をつける時、着火材を使うと便利です。

❹ 航空券を買う時に燃料費が加算されるようになりました。

❺ 大事な木材が、一気に燃えてしまいました。

❻ カリフォルニアでは、森林火災がよく起こります。

	例句出現的		原形／接續原則	意義	詞性
❶	まるで炎のように	→	まるで＋名詞＋の＋ように	好像～一樣地	文型
❷	囲み	→	囲む	圍繞	動Ⅰ
	囲みながら	→	動詞ます形＋ながら	一邊～，一邊～	文型
	歌います	→	歌う	唱歌	動Ⅰ
❸	つける	→	つける	點燃	動Ⅱ
	使う	→	使う	使用	動Ⅰ
	使うと	→	動詞辭書形＋と	如果～的話，就～	動Ⅰ
❹	買う	→	買う	買	動Ⅰ
	加算される	→	加算される	被附加	加算する的被動形
	加算されるようになりました	→	加算される＋ようになりました	逐漸變成被附加了	文型
❺	大事な木材	→	大事＋な＋名詞	重要的～	文型
	一気に	→	一気に	一口氣	副詞
	燃えて	→	燃える	燃燒	動Ⅱ
	燃えてしまいました	→	動詞て形＋しまいました	動作快速完成	文型
❻	よく	→	よく	經常	副詞
	起こります	→	起こる	發生	動Ⅰ

❶ 好像火燄般鮮紅的花。

❷ 圍繞著營火唱歌。

❸ 在木炭上點火時，用助燃物會比較方便。

❹ 買機票時，開始加收燃料費了。

❺ 重要的木材一口氣燒掉了。

❻ 加州經常發生森林大火。

073

駕車 (1)

MP3 073

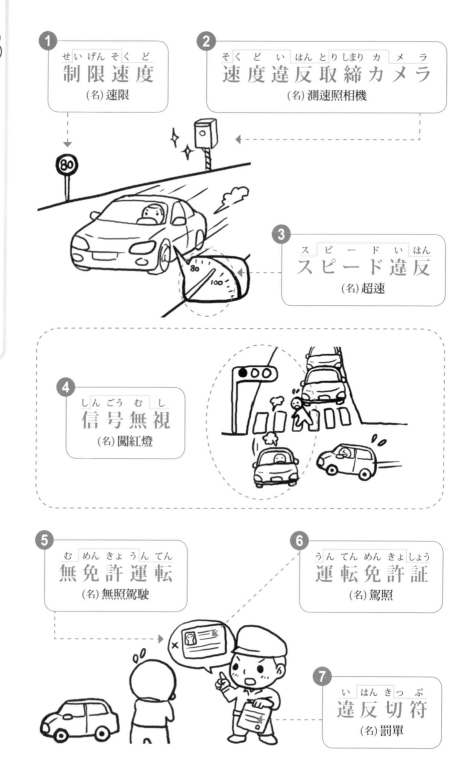

1 せいげんそくど
制限速度
(名) 速限

2 そくどいはんとりしまりカメラ
速度違反取締カメラ
(名) 測速照相機

3 スピードいはん
スピード違反
(名) 超速

4 しんごうむし
信号無視
(名) 闖紅燈

5 むめんきょうんてん
無免許運転
(名) 無照駕駛

6 うんてんめんきょしょう
運転免許証
(名) 駕照

7 いはんきっぷ
違反切符
(名) 罰單

❶ 制限速度を守って運転しましょう。

❷ 速度違反取締カメラが光りました。

❸ スピード違反で、罰金を支払います。

❹ 信号無視の罰金は高いです。

❺ 無免許運転で捕まります。

❻ 運転免許証を更新します。

❼ 警察に違反切符を切られてしまいました。

	例句出現的		原形／接續原則	意義	詞性
❶	守って	→	守る	遵守	動Ⅰ
	運転しましょう	→	運転する	駕駛	動Ⅲ
❷	光りました	→	光る	發光	動Ⅰ
❸	スピード違反で	→	名詞＋で	因為～	文型
	罰金	→	罰金	罰金	名詞
	支払います	→	支払う	支付	動Ⅰ
❹	高い	→	高い	高的	い形
❺	無免許運転で	→	名詞＋で	因為～	文型
	捕まります	→	捕まる	被抓	動Ⅰ
❻	更新します	→	更新する	更新	動Ⅲ
❼	切られて	→	切られる	被開（罰單）	切る的被動形
	切られてしまいました	→	動詞て形＋しまいました	無法挽回的遺憾	文型

中譯

❶ 要遵守速限開車。
❷ 測速照相機閃了一下拍下照片。
❸ 因為超速，要支付罰款。
❹ 闖紅燈的罰金很高。
❺ 因為無照駕駛被抓。
❻ 更新駕照。
❼ 被警察開罰單。

1
しゃ どう を へん こう す る
車道を変更する
(動Ⅲ) 變換車道

2
ユ ー タ ー ン す る
ユーターンする
(動Ⅲ) 回轉

3
じゅう たい
渋滞
(名) 塞車

4
カーナビ
（car navigation system）
(名) 衛星導航

5
あ ん ぜ ん な しゃ かん きょ り
安全な車間距離
(名) 安全距離

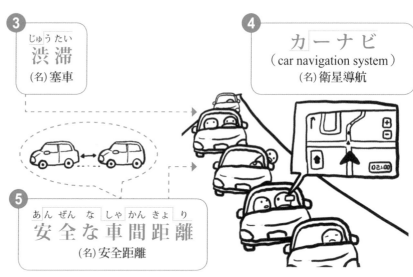

6
いん しゅ うん てん
飲酒運転
(名) 酒駕

7
ア ル コ ー ル けん さ
アルコール検査
(名) 酒測

❶ 交通量が多く、車道を変更するのは容易ではありません。

❷ 道を間違えたので、ユーターンして戻ります。

❸ 朝の渋滞に巻き込まれてしまいます。

❹ カーナビがないと、目的地に行けません。

❺ 高速道路では、安全な車間距離を保って運転するようにしましょう。

❻ 飲酒運転は、法律で禁止されています。

❼ アルコール検査で、アルコールが検出されました。

學更多

	例句出現的		原形／接續原則	意義	詞性
❶	変更するのは	→	動詞辭書形＋のは	～這件事	文型
	容易ではありません	→	容易	容易、簡單	な形
❷	間違えた	→	間違える	弄錯	動Ⅱ
	間違えたので	→	動詞た形＋ので	因為～	文型
	戻ります	→	戻る	返回	動Ⅰ
❸	巻き込まれて	→	巻き込まれる	被捲入	巻き込む的被動形
	巻き込まれてしまいます	→	動詞て形＋しまう	無法挽回的遺憾	文型
❹	ないと	→	い形容詞＋と	如果～的話，就～	文型
	行けません	→	行ける	可以去	行く的可能形
❺	保って	→	保つ	保持	動Ⅰ
	運転する	→	運転する	駕駛	動Ⅲ
	運転するようにしましょう	→	動詞辭書形＋ようにしましょう	盡量做～	文型
❻	禁止されて	→	禁止される	被禁止	禁止する的被動形
❼	検出されました	→	検出される	被檢驗出	検出する的被動形

中譯

❶ 交通流量大，要變換車道並不容易。

❷ 走錯路，所以回轉繞回去。

❸ 被卡在早上的塞車潮中。

❹ 如果沒有衛星導航，就無法抵達目的地。

❺ 在高速公路上開車時，要保持安全距離。

❻ 法律禁止酒駕。

❼ 酒測時，被測出酒精成分。

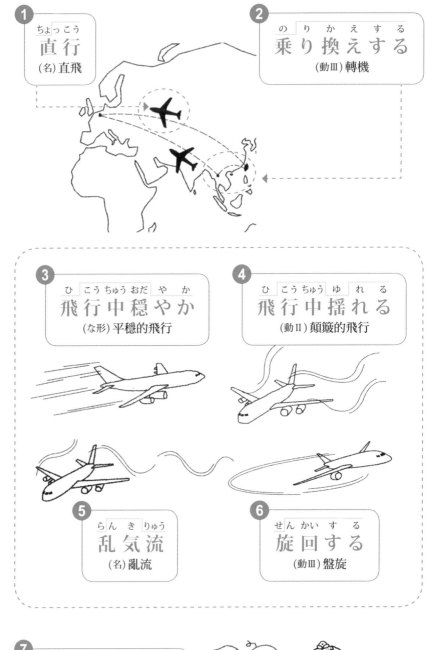

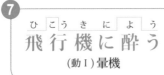

搭飛機(1)

MP3 075

1 ちょっこう
直行
(名)直飛

2 のりかえする
乗り換えする
(動Ⅲ)轉機

3 ひこうちゅうおだやか
飛行中穏やか
(な形)平穩的飛行

4 ひこうちゅうゆれる
飛行中揺れる
(動Ⅱ)顛簸的飛行

5 らんきりゅう
乱気流
(名)亂流

6 せんかいする
旋回する
(動Ⅲ)盤旋

7 ひこうきによう
飛行機に酔う
(動Ⅰ)暈機

❶ 直行便があると便利なのに…。

❷ 米国国内で乗り換えしないと、目的地に着けません。

❸ 天候も良く、飛行中穏やかでした。

❹ 飛行中揺れることがございますので、ご注意ください。

❺ 乱気流に入ると、機体が揺れます。

❻ 滑走路が混雑しているらしく、空港上空を旋回しています。

❼ 飛行機に酔うタイプなので、上空でアルコールは避けています。

學更多

	例句出現的		原形／接續原則	意義	詞性
❶	あると	→	動詞辭書形＋と	如果～的話，就～	文型
	便利なのに	→	な形容詞＋な＋のに	明明～，卻～	文型
❷	乗り換えしないと	→	動詞ない形＋と	如果不～的話，就～	文型
	着けません	→	着ける	可以抵達	着く的可能形
❸	良く	→	良い	好的	い形
❹	ございます	→	ござる	有（「ある」的尊敬語）	動Ⅰ
	ございますので	→	動詞ます形＋ので	因為～	文型
	ご注意ください	→	ご＋動作性名詞＋ください	請您做～	文型
❺	乱気流に入る	→	乱気流に入る	碰上亂流	動Ⅰ
	乱気流に入ると	→	動詞辭書形＋と	一～，就～	文型
❻	混雑して	→	混雑する	混雜	動Ⅲ
	混雑している	→	動詞て形＋いる	目前狀態	文型
	混雑しているらしく	→	動詞ている形＋らしい	好像～	文型
❼	タイプなので	→	名詞＋な＋ので	因為～	文型
	避けて	→	避ける	避免	動Ⅱ

中譯

❶ 如果有直飛班機，就會很方便，卻…。

❷ 如果不在美國境內轉機，就無法抵達目的地。

❸ 天候佳且平穩的飛行。

❹ 飛行期間會有顛簸的飛行，請您注意。

❺ 一碰上亂流，機體就會搖晃。

❻ 跑道好像很擁擠，飛機在機場上空盤旋。

❼ 因為會暈機，所以飛機在高空飛行時會避免喝酒。

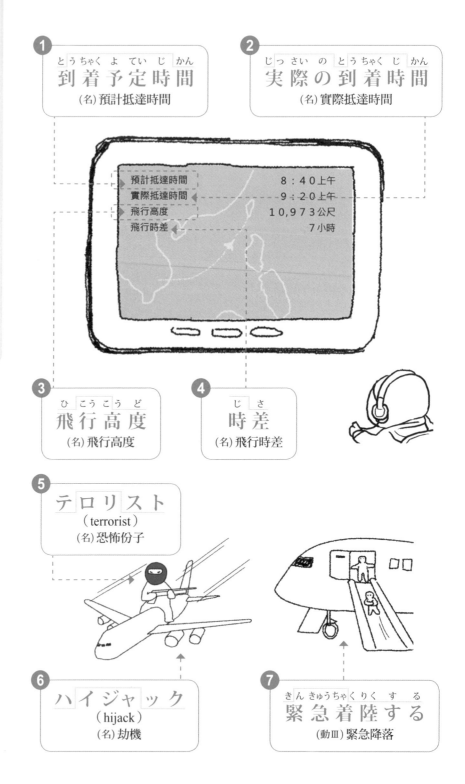

1 とうちゃくよていじかん
到着予定時間
(名)預計抵達時間

2 じっさい の とうちゃく じ かん
実際の到着時間
(名)實際抵達時間

預計抵達時間　　　　　　8：40上午
實際抵達時間　　　　　　9：20上午
飛行高度　　　　　10,973公尺
飛行時差　　　　　　　　7小時

3 ひこうこうど
飛行高度
(名)飛行高度

4 じ さ
時差
(名)飛行時差

5 テロリスト
（terrorist）
(名)恐怖份子

6 ハイジャック
（hijack）
(名)劫機

7 きんきゅうちゃくりくする
緊急着陸する
(動Ⅲ)緊急降落

❶ 到着予定時間を1時間過ぎても、まだ到着しません。

❷ 実際の到着時間は、予定時間を2時間過ぎた頃でした。

❸ 飛行高度が10000フィートに達しました。

❹ 東京とニューヨーク間の時差を教えてください。

❺ テロリスト対策は未だ不十分です。

❻ ハイジャックを防止するため、空港のセキュリティーを強化します。

❼ エンジントラブルのため、最寄の空港に緊急着陸しました。

	例句出現的		原形／接續原則	意義	詞性
❶	過ぎて	→	過ぎる	經過	動II
	過ぎても	→	動詞て形＋も	即使～，也～	文型
	到着しません	→	到着する	抵達	動III
❷	過ぎた	→	過ぎる	經過	動II
❸	達しました	→	達する	達到	動III
❹	教えて	→	教える	告訴	動II
	教えてください	→	動詞て形＋ください	請做～	文型
❺	不十分	→	不十分	不完善	な形
❻	防止する	→	防止する	防止	動III
	防止するため	→	動詞辭書形＋ため	為了～	文型
	強化します	→	強化する	強化	動III
❼	エンジントラブル	→	エンジントラブル	引擎故障	名詞
	エンジントラブルのため	→	名詞＋のため	因為～	文型
	最寄	→	最寄	附近	名詞

中譯

❶ 預計抵達時間都過了1個小時，仍然還沒抵達。

❷ 實際抵達時間比預定時間晚了2個小時。

❸ 飛行高度達到10000英呎。

❹ 請告訴我東京和紐約之間的飛行時差。

❺ 針對恐怖份子的對策還不完善。

❻ 為了預防劫機，強化機場的安全措施。

❼ 因為引擎故障，所以緊急降落在附近的機場。

077 聚餐(1)

MP3 077

1 よやく
予約
(名)預訂

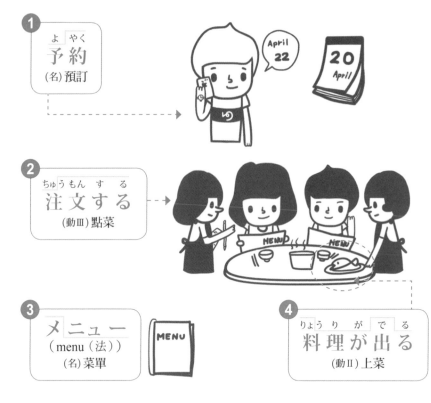

2 ちゅうもん する
注文する
(動III)點菜

3 メニュー
（menu（法））
(名)菜單

MENU

4 りょうり が でる
料理が出る
(動II)上菜

5 よ いつぶれる
酔いつぶれる
(動II)酩酊大醉

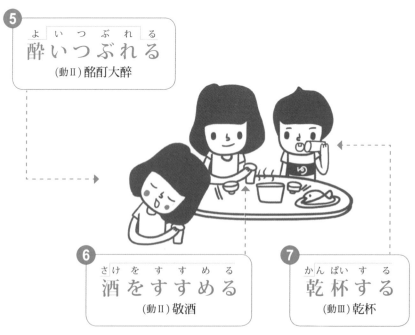

6 さけ を すすめる
酒をすすめる
(動II)敬酒

7 かんぱい する
乾杯する
(動III)乾杯

170

❶ レストランに電話して、ディナーの予約をします。

❷ 彼女に替わって注文します。

❸ メニューには載っていない今日のスペシャルランチを聞きます。

❹ 注文してから待つこと１５分、やっと料理が出てきました。

❺ 今日は、とことん酔いつぶれるまで飲むぞ！

❻ 相手にもボトルを差し出して、酒をすすめます。

❼ グラスを持って、みんなで乾杯しました。

	例句出現的		原形／接續原則	意義	詞性
❶	電話して	→	電話する	打電話	動Ⅲ
	予約をします	→	予約をする	預訂	動Ⅲ
❷	彼女に替わって	→	對象＋に替わって	代替～對象	文型
❸	載って	→	載る	記載	動Ⅰ
	載っていない	→	動詞て形＋いる	目前狀態	文型
	聞きます	→	聞く	詢問	動Ⅰ
❹	注文して	→	注文する	點餐	動Ⅲ
	注文してから	→	動詞て形＋から	做～之後，再～	文型
	待つ	→	待つ	等待	動Ⅰ
	出てきました	→	動詞て形＋きました	～過來了	文型
❺	とことん	→	とことん	徹底	副詞
	酔いつぶれるまで	→	動詞辭書形＋まで	到～為止	文型
	飲む	→	飲む	喝	動Ⅰ
❻	差し出して	→	差し出す	遞出	動Ⅰ
❼	持って	→	持つ	拿	動Ⅰ

中譯

❶ 打電話給餐廳，預訂晚餐時段。

❷ 代替她點菜。

❸ 詢問不在菜單上的今日特餐。

❹ 點菜後等了１５分鐘，終於上菜了。

❺ 今天就徹底喝到酩酊大醉吧！

❻ 把酒瓶遞給對方後敬酒。

❼ 大家拿著杯子乾杯。

1 気分がいい
（い形）心情好

2 食事会
（名）聚會

3 美味しい
（い形）美味

4 持ち帰る
（動I）打包

5 現金で支払う
（動I）付現

6 割り勘にする
（動III）分攤費用

7 カードで支払う
（動I）刷卡

❶ 昇給したので、今日はとても気分がいいです。

❷ 食事会のため、レストランを貸し切ります。

❸ これ本当に美味しいですね、もう少しいただいてもいいですか?

❹ 料理が全部食べ切れなかったので、残して持ち帰ることにしました。

❺ 現金で支払うと、5％の割引が適用されます。

❻ 友達同士食事に行く場合は、大抵割り勘にします。

❼ ポイントを貯めたいので、カードで支払います。

學更多

	例句出現的		原形／接續原則	意義	詞性
❶	昇給した	→	昇給する	加薪	動Ⅲ
	昇給したので	→	動詞た形＋ので	因為～	文型
❷	食事会のため	→	名詞＋のため	為了～	文型
	貸し切ります	→	貸し切る	包租	動Ⅰ
❸	いただいて	→	いただく	吃	動Ⅰ
	いただいてもいいですか	→	動詞て形＋もいいですか	可以做～嗎?	文型
❹	食べ切れなかった	→	食べ切れる	可以吃完	食べ切る的可能形
	残して	→	残す	剩下	動Ⅰ
	持ち帰ることにしました	→	動詞辭書形＋ことにしました	決定做～了	文型
❺	支払うと	→	動詞辭書形＋と	如果～的話，就～	文型
	適用されます	→	適用される	被適用	適用する的被動形
❻	食事に行く	→	食事に行く	去吃飯	動Ⅰ
❼	貯め	→	貯める	累積	動Ⅱ
	貯めたい	→	動詞ます形＋たい	想要做～	文型
	貯めたいので	→	貯めたい＋ので	因為想要累積～	文型

中譯

❶ 因為加薪，今天心情好得很。

❷ 為了舉辦聚會，把餐廳包下來。

❸ 這個真的很美味，可以再給我吃一些嗎?

❹ 料理沒辦法全部吃完，所以決定剩下來再打包。

❺ 付現的話可以有5％的折扣。

❻ 和朋友一起吃飯時，大都分攤費用。

❼ 因為想累積點數，所以刷卡。

1 美味しい（おいしい）
（い形）美味的

2 凝った料理（こったりょうり）
（名）精緻餐點

3 異国料理（いこくりょうり）
（名）異國料理

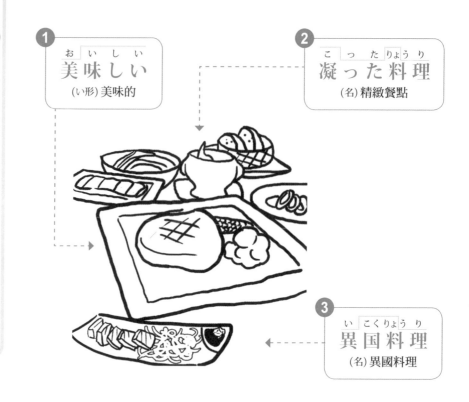

4 食欲旺盛（な）（しょくよくおうせい）
（な形）食慾大振

5 企業秘密（きぎょうひみつ）
（名）獨家祕方

6 ソース（sauce）
（名）醬汁

❶ たまには、外食で美味しい物を食べて楽しみたいです。

❷ 忙しくて、凝った料理を作る時間など、全くありません。

❸ アジアの異国料理は、どれも美味しくて好きです。

❹ 食欲旺盛な育ち盛りの子供がいるので、料理はたくさん作ります。

❺ 自家製ソースのレシピは、企業秘密らしいです。

❻ 最後にソースを絡めたら、完成です。

學更多

	例句出現的		原形／接續原則	意義	詞性
❶	食べて	→	食べる	吃	動Ⅱ
	楽しみ	→	楽しむ	享受	動Ⅰ
	楽しみたい	→	動詞ます形＋たい	想要做～	文型
❷	忙しくて	→	忙しい＋くて	因為很忙碌	い形
	作る	→	作る	製作	動Ⅰ
	全く	→	全く	完全	副詞
	ありません	→	ある	有（事或物）	動Ⅰ
❸	美味しくて	→	美味しい＋くて	因為很美味	い形
❹	育ち盛り	→	育ち盛り	生長發育期	名詞
	いる	→	いる	有（人或動物）	動Ⅱ
	いるので	→	動詞辭書形＋ので	因為～	文型
	作ります	→	作る	製作	動Ⅰ
❺	ソース	→	ソース	醬汁	名詞
	レシピ	→	レシピ	配方、食譜	名詞
	企業秘密らしい	→	名詞＋らしい	好像～	文型
❻	絡めた	→	絡める	淋上	動Ⅱ
	絡めたら	→	動詞た形＋ら	做～之後	文型

中譯

❶ 偶爾也想吃外食，享受美味的餐點。

❷ 因為很忙，完全沒有時間製作精緻餐點。

❸ 亞洲的異國料理都很好吃，我很喜歡。

❹ 因為有食慾大振、正值成長期的孩子，所以做了很多料理。

❺ 自家製的醬汁配方，好像是獨家秘方。

❻ 最後淋上醬汁，就完成了。

1 美食家（び しょく か）(名)饕客

2 グルメ（gourmet（法））(名)美食家

3 レストラン（restaurant（法））(名)餐廳

4 ランク（rank）(名)等級

5 現地のB級グルメ（げん ち の ビーきゅう グ ル メ）(名)當地小吃

❶ 不景気（ふけいき）で、レストランに来（く）る美食家たちは、随分（ずいぶん）減（へ）ってしまいました。

❷ ここが、グルメたちの間（あいだ）で話題（わだい）のレストランです。

❸ 将来（しょうらい）レストランを経営（けいえい）するのが夢（ゆめ）です。

❹ このレストランは、五（いつ）つ星（ぼし）のランクに位置（いち）づけられています。

❺ 屋台（やたい）で、現地のＢ級グルメを試（ため）してみます。

學更多

例句出現的		原形／接續原則	意義	詞性
❶ 不景気で	→	名詞＋で	因為～	文型
来る	→	来る	來	動Ⅲ
随分	→	随分	相當	副詞
減って	→	減る	減少	動Ⅰ
減ってしまいました	→	動詞て形＋しまいました	無法挽回的遺憾	文型
❷ グルメたちの間で	→	名詞＋の間で	在～之間	文型
❸ 経営する	→	経営する	經營	動Ⅲ
夢	→	夢	夢想	名詞
❹ 位置づけられて	→	位置づけられる	被賦予～地位	位置づける的被動形
位置づけられています	→	動詞て形＋いる	目前狀態	文型
❺ 屋台	→	屋台	路邊攤	名詞
屋台で	→	地點＋で	在～地點	文型
試して	→	試す	嘗試	動Ⅰ
試してみます	→	動詞て形＋みる	做～看看	文型

中譯

❶ 因為經濟不景氣，來餐廳的饕客們減少了許多。
❷ 這裡是在美食家之間掀起話題的餐廳。
❸ 將來的夢想是經營餐廳。
❹ 這家餐廳被定位為五星等級。
❺ 在路邊攤試吃當地小吃。

烹調

MP3 081

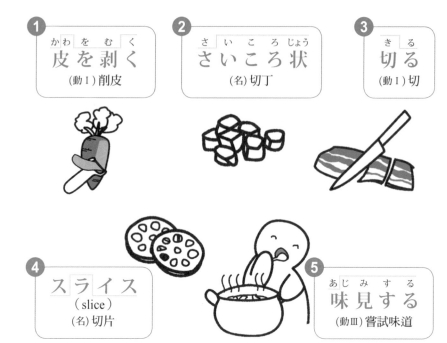

1 かわ を む く
皮を剥く
（動 I）削皮

2 さ い こ ろ じょう
さいころ状
（名）切丁

3 き る
切る
（動 I）切

4
スライス
（slice）
（名）切片

5 あじ み する
味見する
（動 III）嘗試味道

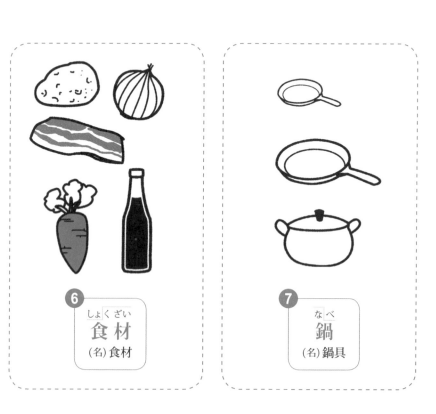

6 しょく ざい
食材
（名）食材

7 な べ
鍋
（名）鍋具

❶ リンゴの皮を剥きます。

❷ さいころ状にニンジンを切ります。

❸ まずは下準備として、野菜を切ります。

❹ スライスにする時は、スライサーを使うと便利です。

❺ 煮物の味付けを確かめるために、味見します。

❻ 新鮮な食材を手に入れます。

❼ あの店には、色々な鍋が売っています。

	例句出現的		原形／接續原則	意義	詞性
❶	リンゴ	→	リンゴ	蘋果	名詞
❷	切ります	→	切る	切	動Ⅰ
❸	下準備	→	下準備	事前準備	名詞
	下準備として	→	名詞＋として	作為〜	文型
❹	スライスにする	→	名詞＋にする	做成〜	文型
	スライスにする時	→	動詞辭書形＋時	在〜的時候	文型
	スライサー	→	スライサー	切片器	名詞
	使う	→	使う	使用	動Ⅰ
	使うと	→	動詞辭書形＋と	如果〜的話，就〜	文型
❺	煮物	→	煮物	燉菜	名詞
	確かめる	→	確かめる	弄清楚、確認	動Ⅱ
	確かめるために	→	動詞辭書形＋ために	為了〜	文型
❻	手に入れます	→	手に入れる	得到	動Ⅱ
❼	売って	→	売る	賣	動Ⅰ
	売っています	→	動詞て形＋いる	目前狀態	文型

中譯

❶ 把蘋果削皮。

❷ 把胡蘿蔔切成切丁。

❸ 先切蔬菜做準備工作。

❹ 切片時，使用切片器比較方便。

❺ 為了確認燉菜的調味而嘗試味道。

❻ 拿到新鮮的食材。

❼ 那家店有賣各式各樣的鍋具。

1 アルコール飲料
(名)酒精性飲料

2 アルコール度数
(名)酒精濃度

3 乾杯
(名)乾杯

4 酒をすすめる
(動Ⅱ)敬酒

5 顔が赤くなる
(動Ⅰ)面紅耳赤

6 グラス
(glass)
(名)酒杯

❶ アルコール飲料は有料（ゆうりょう）です。

❷ カクテルのアルコール度数は、意外（いがい）に高（たか）いです。

❸ 乾杯の音頭（おんど）をとります。

❹ 上司（じょうし）に酒をすすめます。

❺ お酒（さけ）に弱（よわ）く、飲（の）むとすぐ顔が赤くなります。

❻ お洒落（しゃれ）なグラスでワインを飲（の）むと更（さら）に美味（おい）しいです。

	例句出現的		原形／接續原則	意義	詞性
❶	有料	→	有料	收費	名詞
❷	カクテル	→	カクテル	雞尾酒	名詞
	意外に	→	意外	出乎意料的	な形
	高い	→	高い	高的	い形
❸	音頭をとります	→	音頭をとる	帶頭	動Ⅰ
❹	上司	→	上司	上司	名詞
❺	弱く	→	弱い	不擅長的	い形
	飲む	→	飲む	喝	動Ⅰ
	飲むと	→	動詞辭書形＋と	一～，就～	文型
❻	お洒落なグラス	→	お洒落＋な＋グラス	漂亮的～	文型
	グラスで	→	名詞＋で	利用～	文型
	飲む	→	飲む	喝	動Ⅰ
	飲むと	→	動詞辭書形＋と	一～，就～	文型
	更に	→	更に	更加	副詞
	美味しい	→	美味しい	好喝的	い形

❶ 酒精性飲料需要收費。
❷ 雞尾酒的酒精濃度，出乎意料的高。
❸ 帶頭乾杯。
❹ 向上司敬酒。
❺ 酒量不好，一喝酒就馬上面紅耳赤。
❻ 用漂亮的酒杯喝葡萄酒的話，就會更加可口。

飲酒⑵

MP3 083

1 でまかせを言う
(動I) 胡言亂語

2 ふらふらする
(動III) 天旋地轉

3 吐く
(動I) 嘔吐

4 酩酊する
(動III) 爛醉

5 大酒飲み
(名) 酗酒

6 アルコール中毒
(名) 酒精中毒

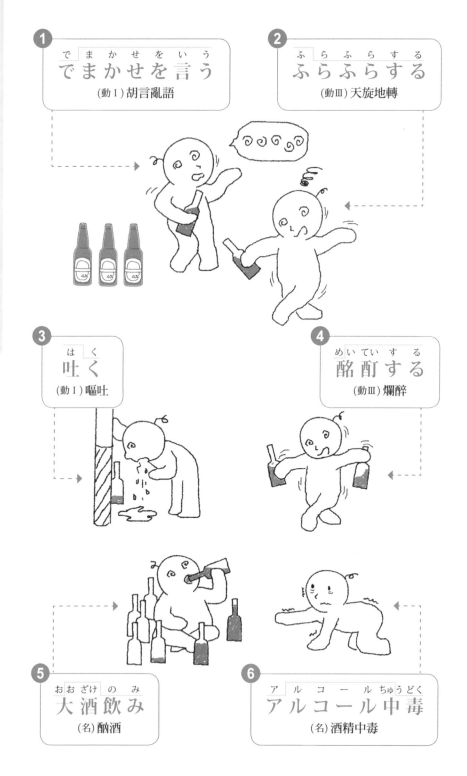

❶ 彼は性質が悪く、酔うとでまかせを言います。

❷ 飲みすぎたのか、何だかふらふらします。

❸ 気分が悪くなって、路上で吐きます。

❹ 彼は飲みすぎで、もう酩酊しています。

❺ 祖父は、大酒飲みの家系に育ちました。

❻ 母が、アルコール中毒症と診断されました。

	例句出現的		原形／接續原則	意義	詞性
❶	性質	→	性質	性格、脾氣	名詞
	悪く	→	悪い	不好的	い形
	酔う	→	酔う	喝醉	動Ⅰ
	酔うと	→	動詞辭書形+と	一～，就～	文型
❷	飲みすぎた	→	飲みすぎる	喝太多	動Ⅱ
	飲みすぎたのか	→	動詞た形+のか	是～嗎？	文型
	何だか	→	何だか	總覺得	副詞
❸	気分が悪くなって	→	気分が悪くなる	感覺不舒服	動Ⅰ
	路上で	→	地點+で	在～地點	文型
❹	飲みすぎ	→	飲みすぎ	喝太多	名詞
	飲みすぎで	→	名詞+で	因為～	文型
	酩酊しています	→	動詞て形+いる	目前狀態	文型
❺	家系	→	家系	家世、血統	名詞
	育ちました	→	育つ	成長	動Ⅰ
❻	診断されました	→	診断される	被診斷	診断する的被動形

❶ 他脾氣不好，一喝醉就胡言亂語。

❷ 是喝太多嗎？總覺得天旋地轉。

❸ 覺得不舒服，在路上嘔吐。

❹ 他喝太多，已經喝到爛醉。

❺ 祖父在酗酒的家族裡長大。

❻ 母親被診斷出酒精中毒症狀。

1
へんしょく
偏食
(名)挑食

2
えいようしっちょう
栄養失調
(名)營養失調

3
しょくもつ　ア　レ　ル　ギ　ー
食物アレルギー
(名)食物過敏

4
しょくじ　の　じかんが　おそ　す　ぎ　る
食事の時間が遅すぎる
(動Ⅱ)攝食時間過晚

21:00

07:00　16:00
10:00　18:00
14:00　19:00

5
えいようぶそく
栄養不足
(名)營養不足

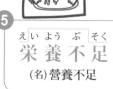

6
しょうりょうを　なん　ど　か　た　べ　る
少量を何度か食べる
(動Ⅱ)少量多餐

❶ 子供の偏食を、何とかしたいです。

❷ 発展途上国には、まだまだ栄養失調で苦しむ子供達がいます。

❸ 食物アレルギーを克服する方法を、教えてください。

❹ ヨーロッパは、食事の時間が遅すぎると思います。

❺ 子供が偏食で、栄養不足に悩まされています。

❻ 彼女は少量を何度か食べる方法で、ダイエットに成功しました。

學更多

	例句出現的		原形／接續原則	意義	詞性
❶	何とかし	→	何とかする	想辦法	動Ⅲ
	何とかしたい	→	動詞ます形＋たい	想要做〜	文型
❷	発展途上国	→	発展途上国	開發中國家	名詞
	まだまだ	→	まだまだ	還、尚	副詞
	栄養失調で	→	名詞＋で	因為〜	文型
	苦しむ	→	苦しむ	受折磨	動Ⅰ
	います	→	いる	有（人或動物）	動Ⅱ
❸	克服する	→	克服する	克服	動Ⅲ
	教えて	→	教える	告訴	動Ⅱ
	教えてください	→	動詞て形＋ください	請做〜	文型
❹	遅すぎると思います	→	動詞辞書形＋と思う	覺得〜	文型
❺	偏食で	→	名詞＋で	因為〜	文型
	悩まされて	→	悩まされる	因某事而被迫煩惱	悩む的使役被動形
	悩まされています	→	動詞て形＋いる	目前狀態	文型
❻	少量を何度か食べる方法で	→	名詞＋で	利用〜	文型
	成功しました	→	成功する	成功	動Ⅲ

中譯

❶ 想要設法改善小孩的挑食問題。

❷ 開發中的國家，還有因為營養失調而受折磨的孩子。

❸ 請告訴我克服食物過敏的方法。

❹ 我覺得歐洲國家的攝食時間過晚。

❺ 小孩很挑食，為他們營養不足感到苦惱。

❻ 她利用少量多餐的方法，減重成功了。

飲食習慣(2)

① よく噛んで食べる
（動Ⅱ）細嚼慢嚥

② 暴飲暴食
（名）暴飲暴食

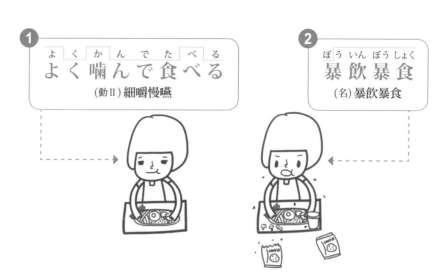

③ あっさりした
（動Ⅲ）清淡

④ 脂っこい
（い形）油膩

⑤ 塩辛い
（い形）過鹹

⑥ 辛い
（い形）過辣

⑦ ジャンクフード
（junk food）
（名）垃圾食物

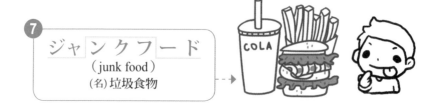

① 食事は、ゆっくりとよく噛んで食べるようにしています。

② 暴飲暴食を繰り返した結果、病気になりました。

③ どちらかと言うと、あっさりした味付けが好みです。

④ 脂っこい物は苦手です。

⑤ 塩辛い食べ物は、胃に良くありません。

⑥ この国の人は、一般的に辛い物を好んで食べます。

⑦ ジャンクフードに、栄養はほとんどありません。

學更多

	例句出現的		原形／接續原則	意義	詞性
①	ゆっくり	→	ゆっくり	慢慢地	副詞
	食べるようにしています	→	動詞辭書形+ようにしている	盡量有在做～	文型
②	繰り返した	→	繰り返す	反覆	動I
	繰り返した結果	→	動詞た形+結果	做～的結果	文型
	病気になりました	→	病気になる	生病	動I
③	どちらかと言うと	→	どちらか+と言うと	要說起來的話	文型
	好み	→	好み	愛好	名詞
④	苦手	→	苦手	不擅長	な形
⑤	良くありません	→	良い	好的	い形
⑥	好んで	→	好む	喜歡	動I
	食べます	→	食べる	吃	動II
⑦	ほとんど	→	ほとんど	幾乎	副詞
	ありません	→	ある	有（事或物）	動I

中譯

① 吃飯時，盡量慢慢地細嚼慢嚥。
② 反覆的暴飲暴食，結果生病了。
③ 要說起來的話，我喜歡清淡的調味。
④ 我害怕油膩的食物。
⑤ 過鹹的食物對胃不好。
⑥ 這個國家的人，一般都愛吃過辣的食物。
⑦ 垃圾食物幾乎沒有營養。

MP3 086

1
しんせん（な）
新鮮（な）
(な形) 新鮮

2
くさる
腐る
(動I) 腐敗

3
しょうみ きげんぎれ
賞味期限切れ
(名) 過期

4
しょうみ きげんない
賞味期限内
(名) 未過期

5
しょうみ きげん
賞味期限
(名) 有効日期

今天

6
のこりもの
残り物
(名) 未吃完的食物

7
みっぷう クリップ
密封クリップ
(名) 封口夾

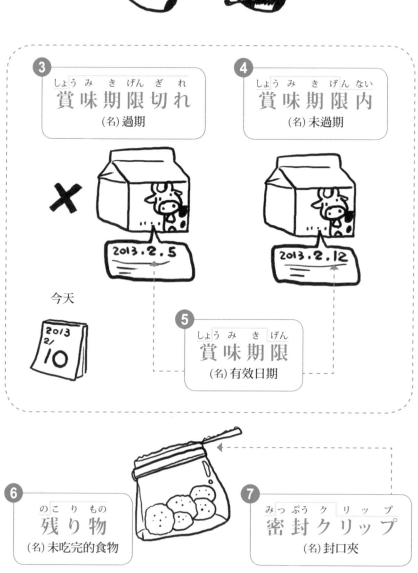

❶ 新鮮な 魚（さかな）が手（て）に入（はい）ったので、刺身（さしみ）にしました。
❷ 冷蔵庫（れいぞうこ）に入（い）れるのを忘（わす）れたので、腐（くさ）ってしまいました。
❸ 変（へん）な味（あじ）がしたのでよく見（み）たら、賞味期限切れでした。
❹ 冷蔵庫（れいぞうこ）に入（い）れなくても、賞味期限内なら心配（しんぱい）ありません。
❺ 賞味期限を確認（かくにん）してから 食品（しょくひん）を買（か）うようにしましょう。
❻ 今日（きょう）の 昼食（ちゅうしょく）は残（のこ）り物でした。
❼ 密封クリップを使（つか）って、しっかり密封保存（みっぷうほぞん）します。

	例句出現的		原形／接續原則	意義	詞性
❶	手に入った	→	手に入る	得到	動 I
	手に入ったので	→	動詞た形＋ので	因為～	文型
	刺身にしました	→	名詞＋にしました	做成～了	文型
❷	入れる	→	入れる	放入	動 II
	忘れた	→	忘れる	忘記	動 II
	腐ってしまいました	→	動詞て形＋しまいました	無法挽回的遺憾	文型
❸	変な味がした	→	変な味がする	有奇怪的味道	動 III
	見たら	→	動詞た形＋ら	做～・結果～	文型
❹	入れなくても	→	入れない＋くても	即使不放進去・也～	文型
	賞味期限内なら	→	名詞＋なら	如果～的話	文型
❺	確認してから	→	動詞て形＋から	做～之後，再～	文型
	買うようにしましょう	→	動詞辭書形＋ようにしましょう	盡量做～	文型
❻	昼食	→	昼食	午餐	名詞
❼	使って	→	使う	使用	動 I
	密封保存します	→	密封保存する	密封保存	動 III

中譯

❶ 拿到新鮮的魚，所以做成生魚片。
❷ 忘記放進冰箱，所以腐敗了。
❸ 覺得味道怪怪的，仔細一看，已經過期了。
❹ 即使沒有放進冰箱冷藏，如果未過期，就不用擔心。
❺ 購買食品時，要先確認有效日期再購買。
❻ 今天的午餐，是之前未吃完的食物。
❼ 使用封口夾，緊緊地密封保存。

087

食物保存(2)

MP3 087

1
ちょくしゃにっこうをさける
直射日光を避ける
(動II) 避免日曬

2
しょくちゅうどく
食中毒
(名) 食物中毒

3
カビがはえる
カビが生える
(動II) 發霉

4
ほぞんりょう
保存料
(名) 防腐劑

5
さいきん
細菌
(名) 細菌

6
こうおんさっきん
高温殺菌
(名) 高溫殺菌

❶ 直射日光を避けて保存_{ほぞん}するようにしてください。

❷ 夏_{なつ}には食中毒には気_きをつけてください。

❸ パンにカビが生えます。

❹ 保存料を一切_{いっさい}使用_{しよう}していないため、日持_{ひ も}ちしません。

❺ 衛生管理_{えいせいかんり}を怠_{おこた}ると、細菌が繁殖_{はんしょく}します。

❻ まな板_{いた}を高温殺菌するといいです。

	例句出現的		原形／接續原則	意義	詞性
❶	保存する	→	保存する	存放	動Ⅲ
	保存するようにして	→	動詞辭書形＋ようにする	盡量做～	文型
	保存するようにしてください	→	動詞て形＋ください	請做～	文型
❷	気をつけて	→	気をつける	注意	動Ⅱ
	気をつけてください	→	動詞て形＋ください	請做～	文型
❸	パン	→	パン	麵包	名詞
❹	一切	→	一切	完全	副詞
	使用して	→	使用する	使用	動Ⅲ
	使用していない	→	動詞て形＋いる	目前狀態	文型
	使用していないため	→	使用していない＋ため	因為沒有使用	文型
	日持ちしません	→	日持ちする	耐放	動Ⅲ
❺	怠る	→	怠る	疏忽	動Ⅰ
	繁殖します	→	繁殖する	繁殖、孳生	動Ⅲ
❻	まな板	→	まな板	砧板	名詞
	高温殺菌するといい	→	動詞辭書形＋といい	還是做～的好	文型

中譯

❶ 保存時，請盡量避免日曬。
❷ 夏天時，請小心食物中毒。
❸ 麵包發霉。
❹ 因為完全沒有使用防腐劑，所以不能放很久。
❺ 一旦疏忽衛生管理，就會滋生細菌。
❻ 最好把砧板做高溫殺菌。

088

咖啡(1)

MP3 088

1
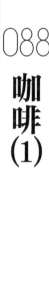

きっさてん
喫茶店
(名)咖啡廳

2
コーヒーをいれる
コーヒーを淹れる
(動II)煮咖啡

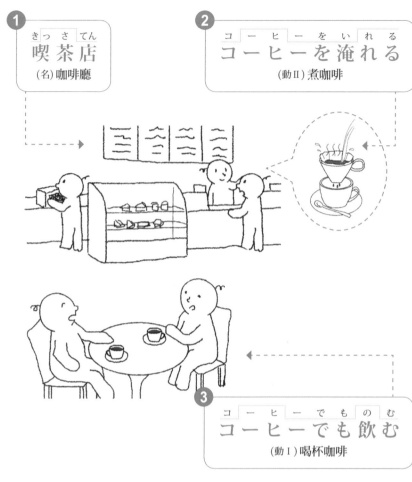

3
コーヒーでものむ
コーヒーでも飲む
(動I)喝杯咖啡

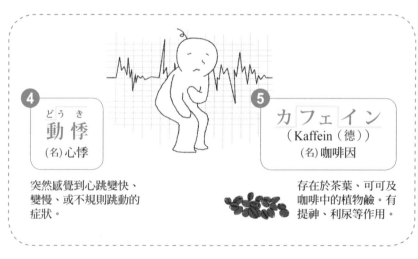

4
どうき
動悸
(名)心悸

突然感覺到心跳變快、
變慢、或不規則跳動的
症狀。

5
カフェイン
(Kaffein(德))
(名)咖啡因

存在於茶葉、可可及
咖啡中的植物鹼。有
提神、利尿等作用。

① 喫茶店で友達と会います。

② お客さんが来たので、コーヒーを淹れます。

③ いっしょにコーヒーでも飲みませんか。

④ カフェインやアルコールを摂取すると、動悸がします。

⑤ 妊娠しているので、カフェインを摂らないようにします。

	例句出現的		原形／接續原則	意義	詞性
❶	喫茶店で	→	地點＋で	在～地點	文型
	友達と	→	對象＋と	和～對象	文型
	会います	→	会う	見面	動Ⅰ
❷	来た	→	来る	來	動Ⅲ
	来たので	→	動詞た形＋ので	因為～	文型
❸	いっしょに	→	いっしょに	一起	副詞
	コーヒーでも	→	名詞＋でも	～之類的	文型
	飲みません	→	飲む	喝	動Ⅰ
❹	カフェインやアルコール	→	名詞Ａ＋や＋名詞Ｂ	名詞Ａ和名詞Ｂ	文型
	アルコール	→	アルコール	酒精	名詞
	摂取する	→	摂取する	攝取	動Ⅲ
	摂取すると	→	動詞辞書形＋と	一～，就～	文型
	動悸がします	→	動悸がする	產生心悸	動Ⅲ
❺	妊娠して	→	妊娠する	懷孕	動Ⅲ
	妊娠している	→	動詞て形＋いる	目前狀態	文型
	妊娠しているので	→	動詞ている形＋ので	因為～	文型
	摂らない	→	摂る	攝取	動Ⅰ
	摂らないようにします	→	動詞ない形＋ようにする	盡量不要做～	文型

① 在咖啡廳和朋友見面。
② 有客人來，所以要煮咖啡。
③ 要不要一起喝杯咖啡？
④ 一旦攝取咖啡因和酒精，就會產生心悸。
⑤ 因為懷孕了，所以盡量不攝取咖啡因。

089

咖啡(2)

MP3 089

1 インスタントコーヒー
（instant coffee）
(名)即溶咖啡

將牛奶打發成綿密狀，加在咖啡上可增添口感。

2 ミルクフォーム
（milk foam）
(名)奶泡

3 アイスコーヒー
（ice coffee）
(名)冰咖啡

4 ホットコーヒー
（hot coffee）
(名)熱咖啡

5 エス サイズ
S サイズ
(名)小杯

6 エム サイズ
M サイズ
(名)中杯

7 エル サイズ
L サイズ
(名)大杯

❶ インスタントコーヒーは便利だが、味は落ちます。

❷ カプチーノに浮かぶミルクフォームに、ハートを描きます。

❸ アイスコーヒーは暑い夏に最適です。

❹ ホットコーヒーはいかがですか？

❺ コーヒーＳサイズください。

❻ カフェラテＭサイズください。

❼ カフェオレをＬサイズに変更してください。

學更多

	例句出現的	原形／接續原則	意義	詞性
❶	便利だ	→ 便利	方便	な形
	便利だが	→ 便利＋だ＋が	雖然方便，但是～	文型
	落ちます	→ 落ちる	（質量）下滑	動Ⅱ
❷	カプチーノ	→ カプチーノ	卡布其諾	名詞
	浮かぶ	→ 浮かぶ	漂浮	動Ⅰ
	ハート	→ ハート	心	名詞
	描きます	→ 描く	描繪	動Ⅰ
❸	最適	→ 最適	最適合	な形
❹	いかが	→ いかが	如何、怎麼樣	副詞
❺	コーヒー	→ コーヒー	咖啡	名詞
	Ｓサイズください	→ 名詞＋ください	請給我～	文型
❻	カフェラテ	→ カフェラテ	拿鐵	名詞
	Ｍサイズください	→ 名詞＋ください	請給我～	文型
❼	カフェオレ	→ カフェオレ	咖啡歐蕾	名詞
	変更して	→ 変更する	更換	動Ⅲ
	変更してください	→ 動詞て形＋ください	請做～	文型

中譯

❶ 即溶咖啡很方便，但失去了原有的味道。

❷ 在卡布其諾的奶泡上，畫出心型圖案。

❸ 冰咖啡最適合在炎熱的夏天飲用。

❹ 喝熱咖啡好嗎？

❺ 我要小杯咖啡。

❻ 我要中杯的拿鐵。

❼ 請換成大杯的咖啡歐蕾。

1
コーヒー豆 (コーヒーまめ)
(名) 咖啡豆

2
コーヒーミル
（coffee mill）
(名) 磨豆機

3
濾紙 (ろし)
(名) 濾紙

咖啡渣含豐富的抗氧化物及生物鹼，經曝曬乾燥後可用於吸附異味、除濕、或放置土壤作為肥料。

4
コーヒーかす
(名) 咖啡渣

5
焙煎する (ばいせんする)
(動Ⅲ) 烘焙

❶ 高いコーヒー豆を選びます。

❷ 電動のコーヒーミルを買って、豆を挽きます。

❸ コーヒー用濾紙を買います。

❹ コーヒーかすを園芸に利用します。

❺ 焙煎された豆は、すぐに味や香りが低下します。

	例句出現的		原形／接續原則	意義	詞性
❶	高い	→	高い	貴的	い形
	選びます	→	選ぶ	選擇	動I
❷	買って	→	買う	買	動I
	挽きます	→	挽く	研磨	動I
❸	コーヒー用	→	コーヒー用	咖啡專用	名詞
	買います	→	買う	買	動I
❹	利用します	→	利用する	利用	動III
❺	焙煎された	→	焙煎される	被烘培	焙煎する的被動形
	すぐに	→	すぐに	立刻	副詞
	味や香り	→	名詞A＋や＋名詞B	名詞A和名詞B	文型
	香り	→	香り	香味	名詞
	低下します	→	低下する	下降	動III

中譯

❶ 選購昂貴的咖啡豆。

❷ 購買電動磨豆機來研磨咖啡豆。

❸ 購買咖啡用的濾紙。

❹ 把咖啡渣拿去做園藝。

❺ 烘焙過的咖啡豆，味道和香氣會立刻打折扣。

看電影(1)

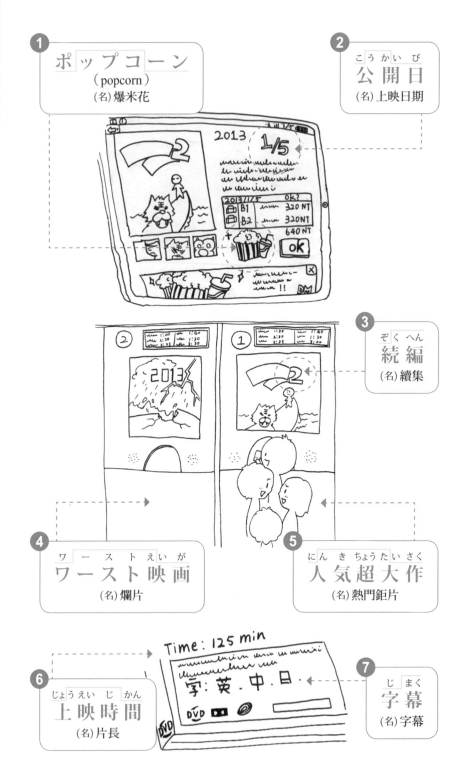

① ポップコーン
(popcorn)
(名)爆米花

② こうかいび
公開日
(名)上映日期

③ ぞくへん
続編
(名)續集

④ ワーストえいが
ワースト映画
(名)爛片

⑤ にんきちょうたいさく
人気超大作
(名)熱門鉅片

⑥ じょうえいじかん
上映時間
(名)片長

⑦ じまく
字幕
(名)字幕

❶ ポップコーンを食べ<ruby>た</ruby>ながら映画を見<ruby>み</ruby>ます。

❷ 新聞<ruby>しんぶん</ruby>で公開日<ruby>かくにん</ruby>を確認します。

❸ この映画<ruby>えいが</ruby>の続編<ruby>ぜひつく</ruby>を是非作ってほしいです。

❹ この作品<ruby>さくひん</ruby>は今年<ruby>ことし</ruby>のワースト映画です。

❺ ７０年代<ruby>ななじゅうねんだい</ruby>の人気超大作が、リメイクされることになりました。

❻ 上映時間は大体<ruby>だいたい</ruby>２時間<ruby>にじかん</ruby>です。

❼ 吹<ruby>ふ</ruby>き替<ruby>か</ruby>えよりも、字幕<ruby>えいが</ruby>映画の方<ruby>ほう</ruby>が好<ruby>す</ruby>きです。

學更多

	例句出現的		原形／接續原則	意義	詞性
❶	食べ	→	食べる	吃	動Ⅱ
	食べながら	→	動詞ます形＋ながら	一邊～，一邊～	文型
	見ます	→	見る	看	動Ⅱ
❷	新聞で	→	名詞＋で	利用～	文型
	確認します	→	確認する	確認	動Ⅲ
❸	是非	→	是非	務必	副詞
	作って	→	作る	製作	動Ⅰ
	作ってほしい	→	動詞て形＋ほしい	希望別人做～	文型
❹	作品	→	作品	作品	名詞
❺	リメイクされる	→	リメイクされる	被翻拍	リメイクする的被動形
	リメイクされることになりました	→	リメイクされる＋ことになりました	（非自己一個人）決定翻拍了	文型
❻	大体	→	大体	大致上	副詞
❼	吹き替えよりも	→	名詞＋よりも	和～相比	文型
	字幕映画の方が	→	名詞＋の方が	～比較	文型
	好き	→	好き	喜歡	な形

中譯

❶ 一邊吃爆米花，一邊看電影。

❷ 透過報紙確認上映日期。

❸ 強烈希望這部電影拍攝續集。

❹ 這部作品是今年的爛片。

❺ ７０年代的熱門鉅片決定要重拍了。

❻ 片長大約２個小時。

❼ 和配音相比，我比較喜歡有字幕的電影。

092

看電影(2)

MP3 092

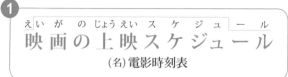

① 映画の上映スケジュール
えいが の じょうえい スケジュール
(名)電影時刻表

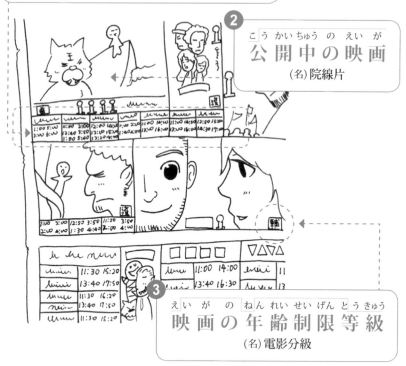

② 公開中の映画
こうかいちゅう の えいが
(名)院線片

③ 映画の年齢制限等級
えいが の ねんれい せいげん とうきゅう
(名)電影分級

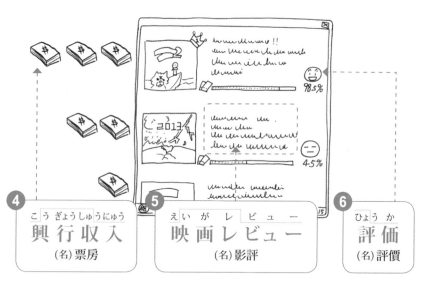

④ 興行収入
こうぎょうしゅうにゅう
(名)票房

⑤ 映画レビュー
えいが レビュー
(名)影評

⑥ 評価
ひょうか
(名)評價

❶ 映画の上映スケジュールをインターネットで確認します。

❷ 公開中の映画なので、ＤＶＤ（ディーブイディー）はまだ発売されていません。

❸ 子供（こども）が見（み）てもいい映画（えいが）なのか、映画の年齢制限等級を確認（かくにん）します。

❹ この映画（えいが）の興行収入（さんじゅうおくげん）は３０億元（こ）を超えました。

❺ 映画レビューを参考（さんこう）にして、見（み）る映画（えいが）を決（き）めます。

❻ 新聞（しんぶん）はこの映画（えいが）に四（よっ）つ星（ぼし）の評価を与（あた）えました。

	例句出現的	原形／接續原則	意義	詞性
❶	インターネット	→ インターネット	網路	名詞
	インターネットで	→ 名詞＋で	利用～	文型
	確認します	→ 確認する	確認	動Ⅲ
❷	公開中の映画なので	→ 名詞＋な＋ので	因為～	文型
	まだ	→ まだ	還	副詞
	発売されて	→ 発売される	被販賣	発売する的被動形
	発売されていません	→ 動詞て形＋いる	目前狀態	文型
❸	見て	→ 見る	看	動Ⅱ
	見てもいい	→ 動詞て形＋もいい	可以做～	文型
	見てもいい映画なのか	→ 名詞＋な＋のか	是～嗎	文型
	確認します	→ 確認する	確認	動Ⅲ
❹	超えました	→ 超える	超過	動Ⅱ
❺	参考にして	→ 参考にする	做為參考	動Ⅲ
	見る	→ 見る	看	動Ⅱ
	決めます	→ 決める	決定	動Ⅱ
❻	与えました	→ 与える	給予	動Ⅱ

❶ 利用網路確認電影時刻表。
❷ 因為是院線片，所以ＤＶＤ還沒發售。
❸ 要確認電影分級，才知道是不是孩童可以觀賞的電影。
❹ 這部電影的票房超過３０億元。
❺ 參考影評，決定要看的電影。
❻ 報紙給這部電影四顆星的評價。

093

看電視(1)

🔊 MP3 093

1 チャンネルを変える
チャンネルをかえる
(動II) 轉台

2 チャンネル
(channel)
(名) 頻道

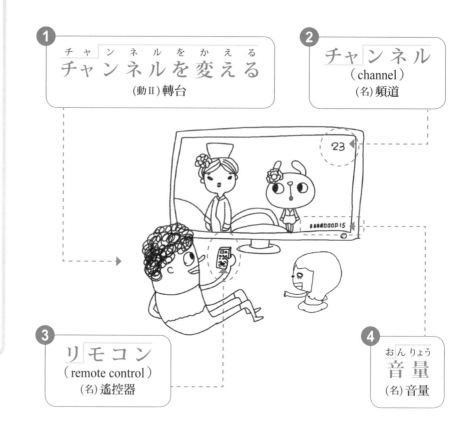

3 リモコン
(remote control)
(名) 遙控器

4 音量
おんりょう
(名) 音量

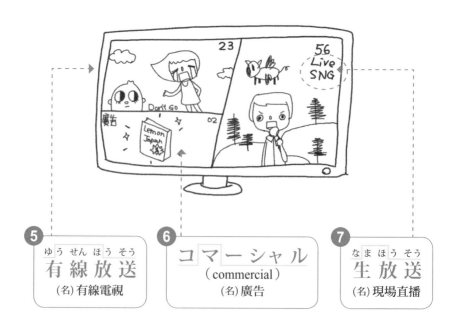

5 有線放送
ゆうせんほうそう
(名) 有線電視

6 コマーシャル
(commercial)
(名) 廣告

7 生放送
なまほうそう
(名) 現場直播

❶ チャンネルを変えてください。

❷ 番組表でチャンネルを確認します。
（ばんぐみひょう）（かくにん）

❸ リモコンが見つかりません。
（み）

❹ 音が聞こえないので、音量を大きくしてくれませんか？
（おと）（き）（おお）

❺ 有線放送を解約します。
（かいやく）

❻ コマーシャルが多すぎて、イライラします。
（おお）

❼ 野球の試合を生放送で見ます。
（やきゅう）（しあい）（み）

	例句出現的		原形／接續原則	意義	詞性
❶	変えてください	→	動詞て形＋ください	請做～	文型
❷	番組表で	→	名詞＋で	利用～	文型
	確認します	→	確認する	確認	動Ⅲ
❸	見つかりません	→	見つかる	找到	動Ⅰ
❹	聞こえない	→	聞こえる	聽得到	動Ⅱ
	聞こえないので	→	動詞ない形＋ので	因為不～	文型
	大きくして	→	大きくする	使～變大	動Ⅲ
	大きくしてくれませんか	→	動詞て形＋くれませんか	可以為我做～嗎	文型
❺	解約します	→	解約する	解約	動Ⅲ
❻	多すぎて	→	多すぎる	太多	動Ⅱ
	イライラします	→	イライラする	焦躁	動Ⅲ
❼	試合	→	試合	比賽	名詞
	生放送で	→	名詞＋で	利用～	文型
	見ます	→	見る	看	動Ⅱ

中譯

❶ 請轉台。

❷ 透過節目表確認頻道。

❸ 找不到遙控器。

❹ 聽不到聲音，能不能把音量調大？

❺ 將有線電視解約。

❻ 廣告太多，讓人很煩躁。

❼ 透過現場直播觀看棒球比賽。

094

看電視(2)

MP3 094

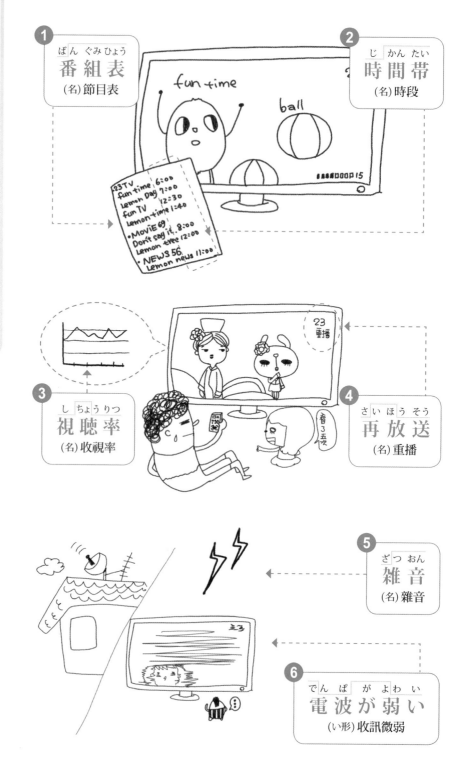

1 番組表（ばんぐみひょう）(名)節目表

2 時間帯（じかんたい）(名)時段

3 視聴率（しちょうりつ）(名)收視率

4 再放送（さいほうそう）(名)重播

5 雑音（ざつおん）(名)雜音

6 電波が弱い（でんぱがよわい）(い形)收訊微弱

❶ 番組表をネットで確認します。

❷ 見たい番組があっても、いつも時間帯が悪くて見られません。

❸ 彼女が出ると、視聴率が良くなるらしいです。

❹ 番組を見逃したので、再放送を見ます。

❺ 雑音で、何を言っているのか分かりません。

❻ 電波が弱いせいか、ラジオの音が聞こえません。

學更多

	例句出現的		原形／接續原則	意義	詞性
❶	ネットで	→	名詞＋で	利用～	文型
❷	見	→	見る	看	動Ⅱ
	見たい	→	動詞ます形＋たい	想要做～	文型
	あって	→	ある	有（事或物）	動Ⅰ
	あっても	→	動詞て形＋も	即使～，也～	文型
	悪くて	→	悪い＋くて	因為不好	文型
	見られません	→	見られる	可以看見	見る的可能形
❸	出ると	→	動詞辭書形＋と	一～，就～	文型
	良くなる	→	良い＋くなる	變好	文型
	良くなるらしい	→	動詞辭書形＋らしい	好像～	文型
❹	見逃した	→	見逃す	錯過	動Ⅰ
	見逃したので	→	動詞た形＋ので	因為～	文型
❺	言って	→	言う	說	動Ⅰ
	言っている	→	動詞て形＋いる	目前狀態	文型
	分かりません	→	分かる	知道	動Ⅰ
❻	弱いせいか	→	い形容詞＋せいか	可能因為～	文型
	聞こえません	→	聞こえる	聽得到	動Ⅱ

中譯

❶ 利用網路確認節目表。

❷ 雖然有想看的節目，但時段總是不佳，所以無法收看。

❸ 她一出場，收視率好像就會變好。

❹ 錯過了節目，所以看重播。

❺ 因為有雜音，所以不知道在說什麼。

❻ 可能是收訊微弱的關係，聽不到收音機的聲音。

095

電視新聞(1)

MP3 095

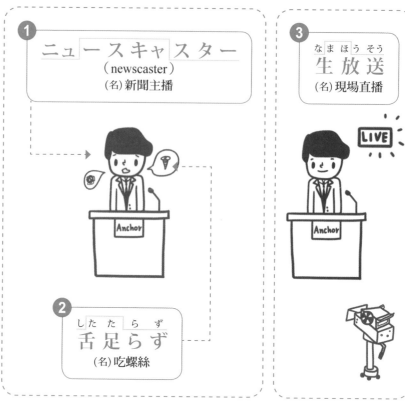

1 ニュースキャスター
（newscaster）
(名) 新聞主播

2 舌足らず
(名) 吃螺絲

3 生放送
(名) 現場直播

4 ニュース速報
(名) 新聞快報

5 ニュースのテロップ
(名) 新聞跑馬燈

❶ この番組のニュースキャスターは、男性と女性の二名から成ります。

❷ あのアナウンサーは舌足らずです。

❸ 多くのニュース番組が、生放送で放送しています。

❹ また地震のニュース速報が入りました。

❺ お父さんはテレビの画面下に流れるニュースのテロップが嫌いです。

例句出現的		原形／接續原則	意義	詞性
❶ 男性と女性	→	名詞A＋と＋名詞B	名詞A和名詞B	文型
二名から成ります	→	名詞＋から成る	由～組成	文型
❷ アナウンサー	→	アナウンサー	播報員	名詞
❸ 多く	→	多く	多數	名詞
ニュース番組	→	ニュース番組	新聞節目	名詞
生放送で	→	名詞＋で	利用～	文型
放送して	→	放送する	播放	動Ⅲ
放送しています	→	動詞て形＋いる	目前狀態	文型
❹ また	→	また	又	副詞
入りました	→	入る	進入	動Ⅰ
❺ テレビ	→	テレビ	電視	名詞
流れる	→	流れる	流動	動Ⅱ
嫌い	→	嫌い	討厭	な形

中譯

❶ 這個節目的新聞主播是由一男一女組成。
❷ 那個播報員講話吃螺絲。
❸ 很多新聞節目，都是採取現場直播的方式播放。
❹ 又有地震的新聞快報了。
❺ 爸爸討厭看到電視螢幕下方的新聞跑馬燈。

MP3 096

1 タイムニュース
（time news）
(名) 整點新聞

2 独占スクープ
（名）獨家

3 インタビュー
（interview）
(名) 採訪

4 偏った
(動Ⅰ) 偏頗

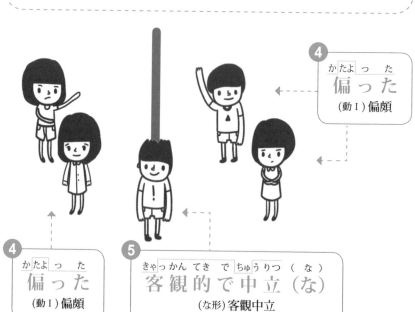

4 偏った
(動Ⅰ) 偏頗

5 客観的で中立（な）
(な形) 客觀中立

❶ 出勤前に、6時のタイムニュースを必ず見ます。

❷ このニュースは独占スクープらしく、他局は報道していません。

❸ 有名女優のインタビューを見ます。

❹ 最近、偏った思想の記事が目立ちます。

❺ このニュースキャスターは、客観的で中立です。

學更多

	例句出現的		原形／接續原則	意義	詞性
❶	出勤前	→	出勤前	上班前	名詞
	必ず	→	必ず	一定	副詞
	見ます	→	見る	看	動 II
❷	ニュース	→	ニュース	新聞	名詞
	独占スクープらしく	→	名詞＋らしい	好像～	文型
	他局	→	他局	其他電視台	名詞
	報道して	→	報道する	報導	動 III
	報道していません	→	動詞て形＋いる	目前狀態	文型
❸	女優	→	女優	女演員	名詞
	見ます	→	見る	看	動 II
❹	記事	→	記事	報導	名詞
	目立ちます	→	目立つ	引人注目	動 I
❺	ニュースキャスター	→	ニュースキャスター	新聞主播	名詞

中譯

❶ 上班前一定會看六點的整點新聞。
❷ 這則新聞好像是獨家，其他電視台沒有報導。
❸ 觀看知名女演員的採訪。
❹ 最近思想偏頗的報導很引人注目。
❺ 這位新聞主播的立場是客觀中立的。

097

旅行(1)

MP3 097

1 ホテル
（hotel）
(名)飯店

2 バックパッカー
（backpacker）
(名)背包客

3 フリープラン
（free plan）
(名)自由行

4 道に迷う
（みちにまよう）
(動I)迷路

5 道を尋ねる
（みちをたずねる）
(動II)問路

❶ 旅行に出かける前に、ホテルの予約をします。

❷ ここには、バックパッカーを対象とした安宿が立ち並びます。

❸ フリープランだからと言って、必ずしも安い訳ではありません。

❹ 私はよく道に迷うので、携帯電話は手放せません。

❺ 通りすがりの人に、英語で道を尋ねます。

學更多

	例句出現的		原形／接續原則	意義	詞性
❶	出かける	→	出かける	外出	動 II
	出かける前に	→	動詞辭書形＋前に	做~之前	文型
	予約をします	→	予約をする	預約	動 III
❷	バックパッカーを対象とした	→	名詞＋を対象とする	以~為對象	文型
	安宿	→	安宿	便宜的旅館	名詞
	立ち並びます	→	立ち並ぶ	林立	動 I
❸	フリープランだからと言って	→	名詞＋だからと言って	雖說~，但~	文型
	必ずしも	→	必ずしも	不一定	副詞
	安い	→	安い	便宜的	い形
	安い訳ではありません	→	い形容詞＋訳ではない	並非~	文型
❹	よく	→	よく	經常	副詞
	道に迷うので	→	動詞辭書形＋ので	因為~	文型
	携帯電話	→	携帯電話	手機	名詞
	手放せません	→	手放せる	離開（身邊）	動 II
❺	通りすがり	→	通りすがり	路過	名詞
	英語で	→	名詞＋で	利用~	文型

中譯

❶ 外出旅行前，要預約飯店。

❷ 這一帶，以背包客為對象的便宜旅館櫛比鱗次。

❸ 雖說是自由行，但也未必就比較便宜。

❹ 我經常迷路，所以手機會隨身攜帶著。

❺ 用英語向路人問路。

1 げんち の ひと
現地の人
(名)當地人

2 ガイド
(guide)
(名)導遊

3 じ もと の ガ イ ド
地元のガイド
(名)地陪

4 かん こう きゃく
観光客
(名)遊客

5 ワーキングホリデー
(working holiday)
(名)打工遊學

TAIWAN

❶ 旅行中は、現地の人に案内してもらいました。

❷ 博物館を回る時に、ガイドをお願いしました。

❸ 現地の遺跡を見に連れて行ってくれる、地元のガイドを雇おうかと考え中です。

❹ イベントには、観光客も多くやって来ます。

❺ オーストラリアで、1年間ワーキングホリデーをすることにしました。

	例句出現的		原形／接續原則	意義	詞性
❶	案内して	→	案内する	導覽	動Ⅲ
	案内してもらいました	→	動詞て形＋もらいました	請別人為我做了～	文型
❷	回る	→	回る	周遊、遊歷	動Ⅰ
	お願いしました	→	お願いする	拜託	動Ⅲ
❸	現地	→	現地	當地	名詞
	見に連れて行って	→	見に連れて行く	帶～去參觀	動Ⅰ
	見に連れて行ってくれる	→	動詞て形＋くれる	別人為我做～	文型
	雇おう	→	雇う	雇用	動Ⅰ
	雇おうか	→	動詞意向形＋か	打算要不要做～	文型
	雇おうかと考え中	→	雇おうか＋と考え中	正在考慮要不要雇用	文型
❹	イベント	→	イベント	活動	名詞
	やって来ます	→	やって来る	到來	動Ⅲ
❺	オーストラリアで	→	地點＋で	在～地點	文型
	ワーキングホリデーをする	→	ワーキングホリデーをする	進行打工遊學	動Ⅲ
	することにしました	→	動詞辭書形＋ことにしました	決定做～了	文型

中譯

❶ 旅行時，請當地人為我們導覽。
❷ 去逛博物館時，拜託導遊導覽。
❸ 正在考慮雇用地陪，帶我們參觀當地古蹟。
❹ 也有很多遊客來參加活動。
❺ 決定到澳洲進行為期1年的打工遊學。

099

藝人(1)

MP3 099

1 はいゆう
俳優
(名)演員

2 バラエティーばんぐみ
バラエティー番組
(名)綜藝節目

3 プロダクション
(production)
(名)經紀公司

4 マネージャー
(manager)
(名)經紀人

5 けいやく
契約
(名)合約

6 プロモーションきかん
プロモーション期間
(名)宣傳期

❶ 好^{この}みの俳優は誰^{だれ}ですか？

❷ 最近^{さいきん}は、バラエティー番組にお笑^{わら}い芸人^{げいにん}がよく出^でてきます。

❸ プロダクションと契約^{けいやく}してモデルになります。

❹ 芸能人^{げいのうじん}のマネージャーの仕事^{しごと}は大変^{たいへん}です。

❺ 契約内容^{ないよう}について確認^{かくにん}します。

❻ 現在^{げんざい}プロモーション期間中^{ちゅう}です。

學更多

	例句出現的		原形／接續原則	意義	詞性
❶	好み	→	好み	愛好	名詞
❷	お笑い芸人	→	お笑い芸人	搞笑藝人	名詞
	よく	→	よく	經常	副詞
	出てきます	→	出てくる	出現	動Ⅲ
❸	プロダクションと	→	對象＋と	和～對象	文型
	契約して	→	契約する	簽約	動Ⅲ
	モデル	→	モデル	模特兒	名詞
	なります	→	なる	成為	動Ⅰ
❹	芸能人	→	芸能人	藝人	名詞
	大変	→	大変	辛苦	な形
❺	契約内容について	→	名詞＋について	關於～	文型
	確認します	→	確認する	確認	動Ⅲ
❻	プロモーション期間中	→	名詞＋中	正值～、正在～	文型

中譯

❶ 你喜歡的演員是誰？
❷ 最近的綜藝節目，經常出現搞笑藝人。
❸ 和經紀公司簽約，成為模特兒。
❹ 擔任藝人經紀人的工作很辛苦。
❺ 確認合約的相關內容。
❻ 現在正值宣傳期。

100

藝人(2)

🔊 MP3 100

1 パパラッチ
（paparazzi（義））
(名) 狗仔隊

2 うわさ
噂
(名) 八卦

3 アイドル
（idol）
(名) 偶像

4 ファン
（fan）
(名) 粉絲

5 か しゅ
歌手
(名) 歌手

6 コンサートツアー
（concert tour）
(名) 巡迴演唱會

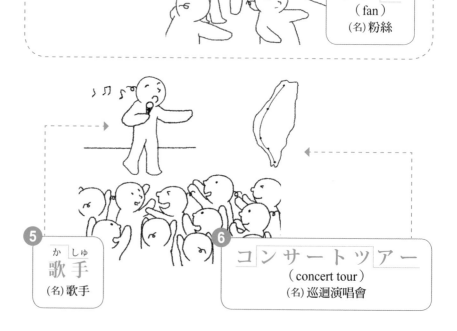

❶ ハリウッドスターは、常にパパラッチに監視されています。

❷ 彼は、芸能界の噂話に詳しいです。

❸ 今は大女優の彼女は、元は売れないアイドルグループの出身です。

❹ 彼女の美しさに、一目でファンになりました。

❺ 好きな女性歌手は誰ですか？

❻ バンドのコンサートツアーが、今年もまた始まります。

	例句出現的		原形／接續原則	意義	詞性
❶	ハリウッドスター	→	ハリウッドスター	好萊塢明星	名詞
	監視されて	→	監視される	被監視	監視する的被動形
	監視されています	→	動詞て形＋いる	目前狀態	文型
❷	芸能界	→	芸能界	演藝圈	名詞
	噂話	→	噂話	八卦謠言	名詞
	詳しい	→	詳しい	熟悉的	い形
❸	元	→	元	以前	名詞
	売れない	→	売れる	暢銷	動Ⅱ
	グループ	→	グループ	團體	名詞
	アイドルグループの出身	→	名詞＋の＋出身	來自～	文型
❹	美しさ	→	美しさ	美貌	名詞
	一目	→	一目	一眼	名詞
	一目で	→	範圍＋で	在～範圍	文型
	なりました	→	なる	成為	動Ⅰ
❺	好きな女性歌手	→	好き＋な＋名詞	喜歡的～	文型
❻	バンド	→	バンド	樂隊	名詞
	始まります	→	始まる	開始	動Ⅰ

❶ 好萊塢明星經常被狗仔隊監視。

❷ 他很熟悉演藝圈的八卦謠言。

❸ 現在身為大牌女演員的她，以前隸屬於一個不紅的偶像團體。

❹ 因為她的美貌，讓人看一眼就成為她的粉絲。

❺ 你喜歡的女歌手是誰？

❻ 今年的樂隊巡迴演唱會又要開始了。

1 セール
（sale）
(名) 促銷

透過減價、贈品等方法，刺激消費欲，提高產品的銷售量。

2 クリアランス
（clearance）
(名) 清倉拍賣

出清存貨的拍賣方式。

3 ショッピングバッグ
（shopping bag）
(名) 購物袋

4 ね び き す る
値引きする
(動III) 打折

5 ふ りょう ひん
不良品
(名) 瑕疵品

6 へん ぴん （ す る）
返品（する）
(名・動III) 退貨

❶ セールの商品を返品することはできません。

❷ この店の商品は高いので、クリアランスの物しか買いません。

❸ ショッピングバッグをたくさん下げて、電車に乗ります。

❹ 赤札の商品は、更に値引きいたします。

❺ 不良品を店に返品します。

❻ 使った後は、原則的に返品できません。

學更多

例句出現的		原形／接續原則	意義	詞性
❶ 返品する	→	返品する	退貨	動Ⅲ
できません	→	できる	可以	動Ⅱ
❷ 高い	→	高い	貴的	い形
高いので	→	い形容詞＋ので	因為～	文型
クリアランスの物しか買いません	→	名詞＋しか＋買いません	只買～	文型
❸ たくさん	→	たくさん	很多	副詞
下げて	→	下げる	提	動Ⅱ
乗ります	→	乗る	搭乘	動Ⅰ
❹ 赤札の商品	→	赤札の商品	紅標商品、折扣商品	名詞
更に	→	更に	更加	副詞
値引きいたします	→	値引きいたす	打折（謙讓語）	動Ⅰ
❺ 返品します	→	返品する	退貨	動Ⅲ
❻ 使った	→	使う	使用	動Ⅰ
使った後	→	動詞た形＋後	做～之後	文型
原則的に	→	原則的に	原則上	副詞
返品できません	→	返品できる	可以退貨	返品する的可能形

中譯

❶ 促銷商品無法退貨。
❷ 這家店的商品很貴，所以只買清倉拍賣的東西。
❸ 提很多購物袋搭乘電車。
❹ 紅標商品有再打折。
❺ 把瑕疵品退還給店家。
❻ 原則上，使用後就無法退貨。

MP3 102

1 ショッピングセンター
（shopping center）
(名)購物中心

2 値段（ねだん）
(名)價位

3 ショッピング
（shopping）
(名)購物

4 ウインドウショッピング
（window shopping）
(名)逛街（只看不買）

5 ブティック
（boutique（法））
(名)精品店

6 贅沢（な）（ぜいたく（な））
(な形)奢華的

7 ブランド
（brand）
(名)名牌

❶ 大型のショッピングセンターが、次々とオープンします。

❷ 一定の値段までは出せますが、それ以上は夫と相談しなければなりません。

❸ 今日は、久しぶりに週末のショッピングを楽しもうと思います。

❹ クリスマス前のウインドウショッピングを楽しみます。

❺ ブティックのショーウインドウを見て、うっとりします。

❻ 贅沢な買い物をしてしまいました。

❼ 姉は有名ブランドのバッグしか買いません。

	例句出現的		原形／接續原則	意義	詞性
❶	オープンします	→	オープンする	開張	動Ⅲ
❷	値段まで	→	名詞＋まで	到～為止	文型
	出せます	→	出せる	可以提出	出す的可能形
	相談しなければ	→	相談する	商量	動Ⅲ
	相談しなければなりません	→	動詞ない形＋なければならない	必須做～	文型
❸	楽しもう	→	楽しむ	享受	動Ⅰ
	楽しもうと思います	→	動詞意向形＋と思います	打算做～	文型
❹	楽しみます	→	楽しむ	享受	動Ⅰ
❺	ショーウインドウ	→	ショーウインドウ	櫥窗	名詞
	見て	→	見る	看	動Ⅱ
	うっとりします	→	うっとりする	入迷	動Ⅲ
❻	買い物をして	→	買い物をする	購物	動Ⅲ
	買い物をしてしまいました	→	動詞て形＋しまいました	無法抵抗、無法控制	文型
❼	バッグしか買いません	→	名詞＋しか＋買いません	只買～	文型

❶ 大型的購物中心陸續開幕。

❷ 可以出價到一定的價位，但是再高就必須和丈夫商量。

❸ 今天我打算享受久違的週末購物樂趣。

❹ 享受在聖誕節之前的逛街樂趣。

❺ 看精品店的櫥窗看到入迷。

❻ 忍不住買了奢華的東西。

❼ 姊姊只買有名的名牌包包。

1 ライブコンサート
（live concert）
(名)現場演唱會

2 ネット上の音楽
(名)線上音樂

3 ラジオ放送局
(名)電台

4 パーソナリティー
（personality）
(名)電台主持人

5 鑑賞する
(動Ⅲ)聆聽

一種黑色圓盤膠片，利用
盤面的凹凸坑紋記錄聲
音。須用唱盤機播放。

6 レコード
（record）
(名)黑膠唱片

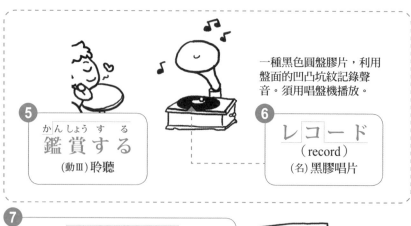

7 ミュージックビデオ
（music video）
(名)音樂錄影帶

222

❶ 有名ギタリストのライブコンサートに行きます。

❷ 最近は、ネット上の音楽を中心に利用し、ＣＤは買わなくなりました。

❸ アナウンサーとして、地元のラジオ放送局に勤務します。

❹ このラジオのパーソナリティーの声が好きです。

❺ 書斎で一人で読書をしながら、音楽を鑑賞します。

❻ 彼は、趣味で古いレコードを集めています。

❼ 好きな歌手のミュージックビデオを見ます。

學更多

	例句出現的		原形／接續原則	意義	詞性
❶	行きます	→	行く	去	動Ⅰ
❷	音楽を中心に	→	名詞＋を中心に	以～為中心	文型
	利用し	→	利用する	利用	動Ⅲ
	買わなく	→	買う	買	動Ⅰ
	買わなくなりました	→	買わない＋くなりました	變成不買了	文型
❸	アナウンサーとして	→	名詞＋として	作為～	文型
	勤務します	→	勤務する	工作	動Ⅲ
❹	好き	→	好き	喜歡	な形
❺	読書をし	→	読書をする	看書	動Ⅲ
	読書をしながら	→	動詞ます形＋ながら	一邊～，一邊～	文型
❻	集めて	→	集める	收集	動Ⅱ
	集めています	→	動詞て形＋いる	目前狀態	文型
❼	好きな歌手	→	好き＋な＋名詞	喜歡的～	文型
	見ます	→	見る	看	動Ⅱ

中譯

❶ 去參加知名吉他手的現場演唱會。

❷ 最近大家主要都聽線上音樂，不買ＣＤ了。

❸ 擔任播音員，在當地的電台工作。

❹ 我喜歡這個廣播節目的電台主持人的聲音。

❺ 在書房裡，一個人邊看書邊聆聽音樂。

❻ 他的興趣是收藏舊的黑膠唱片。

❼ 觀看喜歡的歌手的音樂錄影帶。

聽音樂(2)

MP3 104

1 し ちょうよう プレーヤー
視聴用プレーヤー
(名)試聽機

2 イヤホン
（earphone）
(名)耳機

3 バックミュージック
（back music）
(名)背景音樂

4 メロディー
（melody）
(名)旋律

5 エム ピースリープ レーヤー
ＭＰ３プレーヤー
(名)MP3播放器

6 おと を はずす
音を外す
(動Ⅰ)走音

7 き いて ここ ち よい
聞いて心地良い
(い形)悅耳

❶ ＣＤを買う前に、視聴用プレーヤーで聴いてみます。

❷ 性能の良いイヤホンは、音漏れがしません。

❸ いつも番組のバックミュージックとして流れる曲の曲名が、知りたいです。

❹ この曲のメロディーが好きです。

❺ ＭＰ３プレーヤーがあると、安くて手軽に音楽を楽しむことができます。

❻ この歌手は、歌う時よく音を外します。

❼ ジャズは、聞いて心地良いです。

學更多

	例句出現的		原形／接續原則	意義	詞性
❶	買う	→	買う	買	動Ⅰ
	視聴用プレーヤーで	→	名詞＋で	利用～	文型
	聴いて	→	聴く	聽	動Ⅰ
	聴いてみます	→	動詞て形＋みる	做～看看	文型
❷	音漏れ	→	音漏れ	聲音外漏	名詞
❸	バックミュージックとして	→	名詞＋として	作為～	文型
	流れる	→	流れる	播放	動Ⅱ
	知り	→	知る	知道	動Ⅰ
	知りたい	→	動詞ます形＋たい	想要做～	文型
❹	好き	→	好き	喜歡	な形
❺	あると	→	動詞辭書形＋と	如果～的話，就～	文型
	安くて	→	安い＋くて	便宜，而且～	文型
	楽しむことができます	→	動詞辭書形＋ことができる	可以做～	文型
❻	歌う	→	歌う	唱歌	動Ⅰ
❼	ジャズ	→	ジャズ	爵士樂	名詞

中譯

❶ 買CD前，用試聽機聽聽看。

❷ 性能佳的耳機，聲音是不會外漏的。

❸ 我想知道經常在節目中播放的背景音樂的曲名。

❹ 我喜歡這首曲子的旋律。

❺ 如果有ＭＰ３播放器，就可以便宜且輕易地聆聽音樂。

❻ 這個歌手唱歌時，經常走音。

❼ 爵士樂很悅耳。

105

歌曲(1)

MP3 105

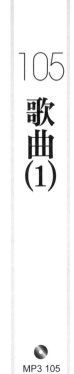

1 歌詞（か　し）
(名) 歌詞

2 編曲する（へんきょく　す　る）
(動Ⅲ) 編曲

3 メロディー（melody）
(名) 旋律

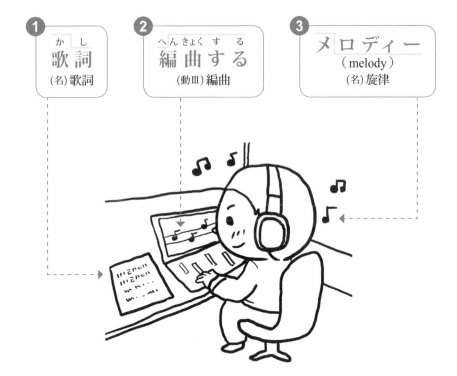

4 リズム（rhythm）
(名) 節奏

5 リフレイン（refrain）
(名) 副歌

6 Ａメロ（エー　メ　ロ）
(名) 主歌

❶ 英語の歌詞の意味を教えてください。

❷ この曲は、有名なミュージシャンがジャズ風に編曲しています。

❸ あの曲は難しくて、メロディーだけを鼻で歌うことしかできません。

❹ 民族音楽は、リズムを取るのが非常に困難です。

❺ 日本の音楽には、リフレイン形式がよく見られます。

❻ この曲は、Ａメロの部分しか知りません。

學更多

	例句出現的		原形／接續原則	意義	詞性
❶	教えて	→	教える	告訴	動II
	教えてください	→	動詞て形＋ください	請做～	文型
❷	ミュージシャン	→	ミュージシャン	音樂家	名詞
	ジャズ風	→	ジャズ風	爵士風格	名詞
	編曲しています	→	動詞て形＋いる	目前狀態	文型
❸	難しくて	→	難しい＋くて	因為很難	文型
	メロディーだけ	→	名詞＋だけ	只有～	文型
	鼻で	→	名詞＋で	利用～	文型
	歌う	→	歌う	唱歌	動I
	歌うことしかできません	→	歌うこと＋しか＋できません	只會唱歌	文型
❹	取る	→	取る	掌握	動II
❺	よく	→	よく	經常	副詞
	見られます	→	見られる	可以看見	見る的可能形
❻	Ａメロの部分しか知りません	→	Ａメロの部分＋しか＋知りません	只知道主歌部份	文型

中譯

❶ 請告訴我英語歌詞的意思。
❷ 這首曲子，是知名音樂家編曲成爵士風的。
❸ 那首曲子太難了，我只會哼旋律。
❹ 要掌握民族音樂的節奏，是非常困難的。
❺ 日本的音樂形式，常常會有副歌。
❻ 這首曲子我只知道主歌部份。

MP3 106

① アルバム
（album）
(名)專輯

② メインソング
（main song）
(名)主打歌

③ 発行
はっこう
(名)發行

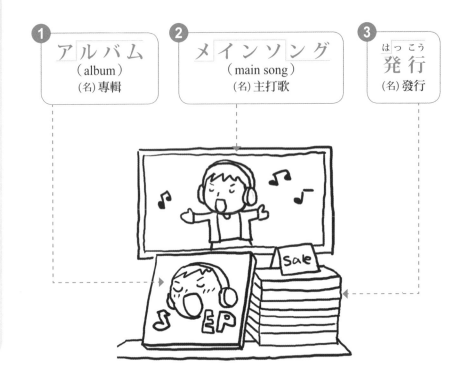

④ オリコンチャート
（oricon chart）
(名)公信榜

⑤ 曲名
きょくめい
(名)歌名

⑥ シングル
（single）
(名)單曲

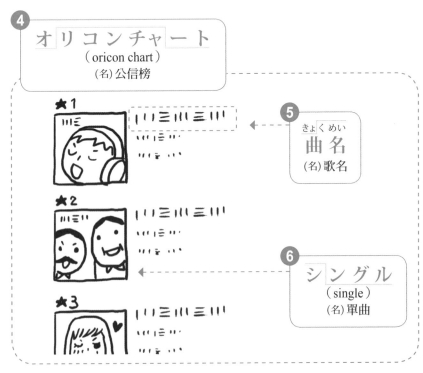

❶ 彼女の名前は、アルバムのタイトルにもなっています。

❷ 彼のこのアルバムのメインソングはこれまでの曲風からがらりと変わりました。

❸ 今回のＣＤの発行部数は、これまで彼が出したヒット曲のそれを超えました。

❹ 初登場で、いきなりオリコンチャート１位を獲得しました。

❺ 是非曲名を教えてください。

❻ これまで発売されたシングルは、計２０枚以上あります。

	例句出現的		原形／接續原則	意義	詞性
❶	タイトル	→	タイトル	名稱	名詞
	なって	→	なる	成為	動Ⅰ
	なっています	→	動詞て形＋いる	目前狀態	文型
❷	これまで	→	これまで	以往、到目前為止	名詞
	がらりと	→	がらりと	完全改變、突然改變	副詞
	変わりました	→	変わる	改變	動Ⅰ
❸	部数	→	部数	份數	名詞
	ヒット曲	→	ヒット曲	暢銷歌曲	名詞
	超えました	→	超える	超過	動Ⅱ
❹	初登場	→	初登場	第一次上榜	名詞
	初登場で	→	場合＋で	在～場合	文型
	いきなり	→	いきなり	立刻、突然	副詞
❺	是非	→	是非	務必	副詞
	教えて	→	教える	告訴	動Ⅱ
	教えてください	→	動詞て形＋ください	請做～	文型
❻	発売された	→	発売される	被發售	発売する的被動形
	あります	→	ある	有（事或物）	動Ⅰ

❶ 她的名字也被拿來當成專輯名稱。

❷ 他這張專輯的主打歌和以往的曲風差異很大。

❸ 這次的ＣＤ發行量，超越了他以前所出的暢銷歌曲數量。

❹ 第一次上榜，就立刻拿下公信榜的冠軍。

❺ 請務必告訴我歌名。

❻ 到目前為止，發售的單曲一共有２０張以上。

MP3 107

1 ブランド
（brand）
(名) 名牌

2 りゅうこう
流行
(名) 潮流

3 ファッション雑誌
(名) 時尚雑誌

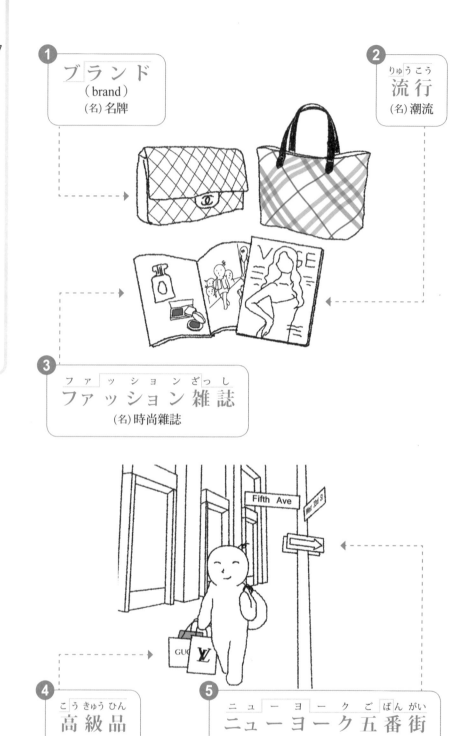

4 こうきゅうひん
高級品
(名) 奢華精品

5 ニューヨーク五番街
(名) 紐約第五大道

230

❶ ブランド物には、全く興味がありません。

❷ 今年の流行アイテムは何ですか？

❸ 彼は、ファッション雑誌の表紙を飾る程の人気です。

❹ ブティックには、高級品ばかりが並んでいます。

❺ ニューヨーク五番街の有名宝石店で、結婚指輪を買います。

學更多

	例句出現的		原形／接續原則	意義	詞性
❶	ブランド物	→	ブランド物	名牌商品	名詞
	全く	→	全く	完全	副詞
	ありません	→	ありません	有（事或物）	動 I
❷	アイテム	→	アイテム	物品	名詞
❸	表紙	→	表紙	封面	名詞
	飾る	→	飾る	裝飾	動 I
	飾る程	→	動詞辭書形＋程	～的程度	文型
	人気	→	人気	受歡迎	名詞
❹	ブティックには	→	地點＋には	在～地點	文型
	高級品ばかり	→	名詞＋ばかり	光～、只～	文型
	並ぶ	→	並ぶ	排列	動 I
	並んでいます	→	動詞て形＋いる	目前狀態	文型
❺	宝石店で	→	地點＋で	在～地點	文型
	結婚指輪	→	結婚指輪	結婚戒指	名詞
	買います	→	買う	買	動 I

中譯

❶ 我對名牌商品完全沒興趣。

❷ 今年的潮流商品是什麼？

❸ 他受歡迎到登上時尚雜誌封面。

❹ 精品專賣店裡，只陳列奢華精品。

❺ 在紐約第五大道的知名珠寶店，購買結婚戒指。

時尚(2)

MP3 108

1 モデル
（model）
(名) 模特兒

2 ファッションショー
（fashion show）
(名) 時裝秀

3 ウォーキング
（walking）
(名) 走秀

4 キャットウォーク / ランウェイ
（catwalk / runway）
(名) 伸展台

兩個單字都是「伸展台」。

5 ファッションデザイナー
（fashion designer）
(名) 時裝設計師

❶ 運動して、モデルのような体型を維持します。

❷ 彼女はモデルになり、今回初めてファッションショーに出ます。

❸ モデルが、ウォーキングの練習をします。

❹ キャットウォーク（ランウェイ）で、スポットライトを浴びます。

❺ 幼い頃は、ファッションデザイナーになるのが夢でした。

學更多

	例句出現的		原形／接續原則	意義	詞性
❶	運動して	→	運動する	運動	動Ⅲ
	モデルのような体型	→	名詞＋の＋ような体型	像～一樣的體型	文型
	体型	→	体型	體型	名詞
	維持します	→	維持する	維持	動Ⅲ
❷	モデルになり	→	名詞＋になる	成為～	文型
	今回	→	今回	這次	名詞
	初めて	→	初めて	第一次	副詞
	出ます	→	出る	參加、出場	動Ⅱ
❸	練習をします	→	練習をする	練習	動Ⅲ
❹	キャットウォークで	→	地點＋で	在～地點	文型
	スポットライト	→	スポットライト	聚光燈	名詞
	浴びます	→	浴びる	沐浴、籠罩	動Ⅱ
❺	幼い頃	→	幼い頃	兒時、小時候	名詞
	ファッションデザイナーになる	→	名詞＋になる	成為～	文型

中譯

❶ 做運動，維持像模特兒一樣的體型。

❷ 她當上模特兒，這次將首度參與時裝秀的演出。

❸ 模特兒練習走秀。

❹ 在伸展台上，現身在聚光燈下。

❺ 兒時的夢想是成為時裝設計師。

109

唱歌(1)

MP3 109

1 がっしょう
合唱
(名)合唱

2 バックミュージック
(back music)
(名)背景音樂

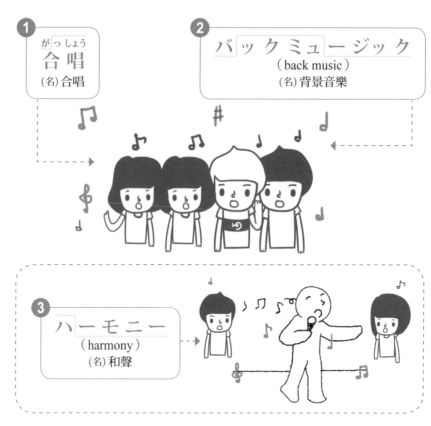

3 ハーモニー
(harmony)
(名)和聲

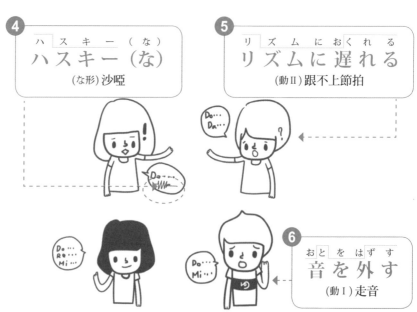

4 ハ ス キ ー (な)
ハスキー(な)
(な形)沙啞

5 リ ズ ム に お く れ る
リズムに遅れる
(動Ⅱ)跟不上節拍

6 おと を はず す
音を外す
(動Ⅰ)走音

❶ 合唱団に入って、歌の特訓をします。

❷ バックミュージックに合わせて踊ります。

❸ みんなと一緒に歌って作り出すハーモニーは、すばらしいです。

❹ 彼女のハスキーボイスの歌は、とても魅力的です。

❺ リズム感の悪い彼は、いつもリズムに遅れます。

❻ 合唱の際、彼だけいつも音を外します。

	例句出現的		原形／接續原則	意義	詞性
❶	合唱団	→	合唱団	合唱團	名詞
	入って	→	入る	加入	動Ⅰ
	特訓をします	→	特訓をする	特訓	動Ⅲ
❷	合わせて	→	合わせる	配合	動Ⅱ
	踊ります	→	踊る	跳舞	動Ⅰ
❸	みんなと	→	對象＋と	和~對象	文型
	歌って	→	歌う	唱歌	動Ⅰ
	作り出す	→	作り出す	創作	動Ⅰ
	すばらしい	→	すばらしい	美妙的	い形
❹	ボイス	→	ボイス	聲音	名詞
	とても	→	とても	非常	副詞
	魅力的	→	魅力的	有魅力的	な形
❺	リズム感	→	リズム感	節奏感	名詞
	悪い	→	悪い	不好的	い形
	いつも	→	いつも	總是	副詞
❻	合唱の際	→	名詞＋の際	~的時候	文型
	彼だけ	→	名詞＋だけ	只有~	文型

❶ 加入合唱團，進行歌唱特訓。

❷ 配合背景音樂跳舞。

❸ 和大家一起唱歌、創作出來的和聲非常美妙。

❹ 她沙啞嗓音唱出來的歌聲，非常有魅力。

❺ 節奏感不佳的他，總是跟不上節拍。

❻ 合唱時，只有他總是走音。

110

唱歌(2)

🔘 MP3 110

1 発声練習
はっ せい れん しゅう
(名)發聲練習

Do ⋯
Re ⋯
Mi ⋯
Fa ⋯

2 楽譜
がく ふ
(名)樂譜

3 マイク
(microphone)
(名)麥克風

4 音量
おん りょう
(名)音量

5 前奏
ぜん そう
(名)前奏

Song
●●●●
123 Do

6 間奏
かん そう
(名)間奏

Do ⋯
(interlude)

7 伴奏
ばん そう
(名)伴奏

❶ 今日もいつも通り、発声練習から始めます。

❷ 楽譜の読み方が分からなくて、苦労しました。

❸ マイクをスピーカーと接続します。

❹ 声に音量がないので、人前で歌うにはマイクが要ります。

❺ いよいよ 曲 の前奏が始まりました。

❻ 間奏はギターのソロです。

❼ ピアノの伴奏をお願いします。

學更多

	例句出現的		原形／接續原則	意義	詞性
❶	いつも通り	→	いつも＋通り	跟往常一樣	文型
	始めます	→	始める	開始	動Ⅱ
❷	読み方	→	読み方	讀法	名詞
	分からなくて	→	分からない＋くて	因為不知道～	文型
	苦労しました	→	苦労する	辛苦	動Ⅲ
❸	スピーカー	→	スピーカー	擴音器	名詞
	接続します	→	接続する	連接	動Ⅲ
❹	人前	→	人前	眾人面前	名詞
	歌う	→	歌う	唱歌	動Ⅰ
	要ります	→	要る	需要	動Ⅰ
❺	いよいよ	→	いよいよ	終於	副詞
	始まりました	→	始まる	開始	動Ⅰ
❻	ソロ	→	ソロ	獨奏	名詞
❼	お願いします	→	お願いする	拜託	動Ⅲ

中譯

❶ 今天也跟往常一樣，從發聲練習開始。
❷ 看不懂樂譜，所以非常辛苦。
❸ 把麥克風連上擴音器。
❹ 聲音音量不夠，所以當眾唱歌時需要麥克風。
❺ 曲子的前奏終於要開始了。
❻ 間奏部分是吉他獨奏。
❼ 請幫忙鋼琴伴奏。

111 線上購物(1)

MP3 111

1 値段（ね だん）
(名) 價錢

2 オンラインカタログ
（online catalogue）
(名) 線上型錄

3 ネットショップ
（net shop）
(名) 網路商店

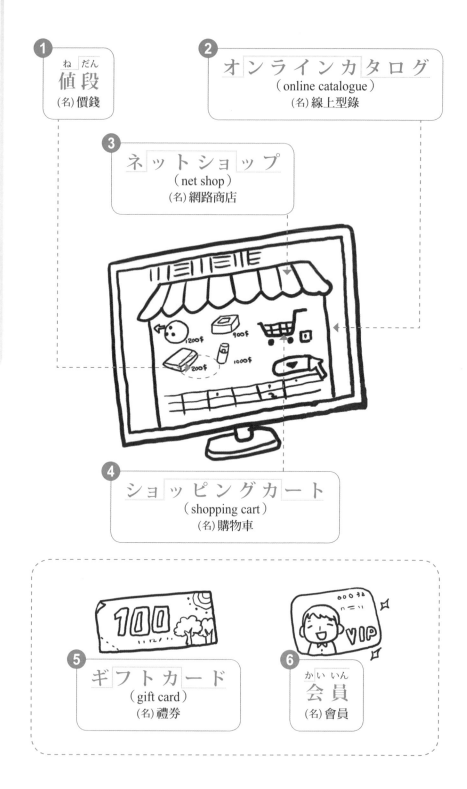

4 ショッピングカート
（shopping cart）
(名) 購物車

5 ギフトカード
（gift card）
(名) 禮券

6 会員（かい いん）
(名) 會員

❶ 思ったよりも、値段が高かったです。

❷ ＰＤＦ形式のオンラインカタログを、送ってもらいます。

❸ ネットショップで商品を購入します。

❹ ショッピングカートに、購入する商品を入れます。

❺ お世話になった人に、ギフトカードを送ります。

❻ オークションに参加するには会員となる必要があります。

例句出現的		原形／接續原則	意義	詞性
❶ 思った	→	思う	想像	動Ⅰ
思ったよりも	→	思った＋よりも	比想像中還～	文型
高かった	→	高い	貴的	い形
❷ 送って	→	送る	寄送	動Ⅰ
送ってもらいます	→	動詞て形＋もらう	請別人為我做～	文型
❸ 購入します	→	購入する	購買	動Ⅲ
❹ 購入する	→	購入する	購買	動Ⅲ
入れます	→	入れる	放入	動Ⅱ
❺ お世話になった	→	お世話になる	承蒙照顧	動Ⅰ
送ります	→	送る	贈送	動Ⅰ
❻ オークション	→	オークション	拍賣	名詞
参加する	→	参加する	參加	動Ⅲ
参加するには	→	動詞辭書形＋には	在～方面	文型
会員となる	→	名詞＋となる	成為～	文型
あります	→	ある	有（事或物）	動Ⅰ

中譯

❶ 價錢比想像中還要高。
❷ 請對方寄送ＰＤＦ形式的線上型錄。
❸ 在網路商店購買商品。
❹ 把要買的商品，放進購物車裡。
❺ 送禮券給照顧我的人。
❻ 參加拍賣必須成為會員。

線上購物(2)

MP3 112

1 ちゃくばらい
着払い
(名)貨到付款

2 そうりょう
送料
(名)運費

3 ぎんこうふりこみ
銀行振込
(名)匯款

4 オンラインけっさい
オンライン決済
(名)線上刷卡

5 みせでしょうひんをうけとる
店で商品を受け取る
(動Ⅰ)來店取貨

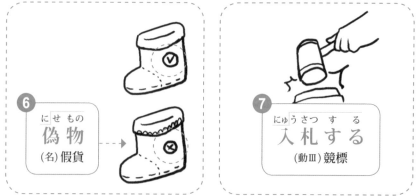

6 にせもの
偽物
(名)假貨

7 にゅうさつする
入札する
(動Ⅲ)競標

❶ 支払い方法は着払いにします。

❷ ５０００円以上の注文で、送料は無料になります。

❸ 銀行振込のみで、クレジットカードは使えません。

❹ 支払いには、オンライン決済が可能です。

❺ 店で商品を受け取る場合、送料は無料となります。

❻ オークションで売られているブランド物の中には、偽物も多いです。

❼ オークションで、商品に入札します。

學更多

	例句出現的		原形／接續原則	意義	詞性
❶	支払い	→	支払い	付款	名詞
	着払いにします	→	名詞＋にする	決定成～	文型
❷	５０００円以上	→	數量詞＋以上	～數量以上	文型
	無料になります	→	名詞＋になる	變成～	文型
❸	銀行振込のみで	→	名詞＋のみで	只有利用～	文型
	クレジットカード	→	クレジットカード	信用卡	名詞
	使えません	→	使える	可以使用	使う的可能形
❹	支払い	→	支払い	付款	名詞
	可能	→	可能	可能、可行	な形
❺	無料となります	→	名詞＋となる	變成～	文型
❻	売られて	→	売られる	被販賣	売る的被動形
	売られている	→	動詞て形＋いる	目前狀態	文型
	ブランド物	→	ブランド物	名牌貨	名詞
❼	オークションで	→	場合＋で	在～場合	文型

中譯

❶ 付款方式選擇貨到付款。

❷ 訂購五千日圓以上就不用運費。

❸ 只能用匯款，不能使用信用卡。

❹ 可以用線上刷卡付款。

❺ 來店取貨不用運費。

❻ 在拍賣上販賣的名牌貨裡，也有很多假貨。

❼ 在拍賣上競標商品。

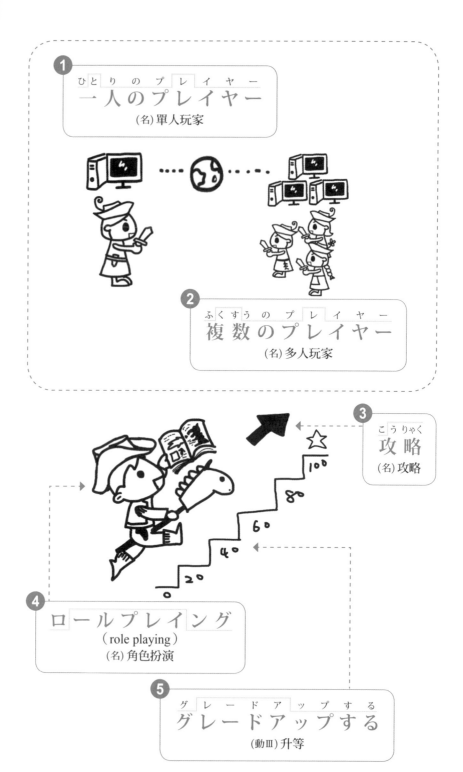

1 ひとりのプレイヤー
一人のプレイヤー
(名) 單人玩家

2 ふくすうのプレイヤー
複数のプレイヤー
(名) 多人玩家

3 こうりゃく
攻略
(名) 攻略

4 **ロールプレイング**
（role playing）
(名) 角色扮演

5 グレードアップする
グレードアップする
(動Ⅲ) 升等

❶ このゲームは、一人のプレイヤーでしか楽しむことができません。

❷ このゲームは、複数のプレイヤーで楽しむことができます。

❸ 人気ゲームの攻略法についての書籍が、たくさん出ています。

❹ 彼は最近、ロールプレイングゲームにはまっています。

❺ ゴールド会員から、プラチナ会員にグレードアップしました。

學更多

	例句出現的		原形／接續原則	意義	詞性
❶	一人のプレイヤーで	→	行動單位＋で	以～行動單位	文型
	しか	→	しか＋否定形	只有～	文型
	楽しむ	→	楽しむ	享受	動Ⅰ
	できません	→	できる	可以	動Ⅱ
❷	複数のプレイヤーで	→	行動單位＋で	以～行動單位	文型
	楽しむことができます	→	動詞辞書形＋ことができる	可以做～	文型
❸	人気ゲーム	→	人気ゲーム	熱門遊戲	名詞
	攻略法について	→	名詞＋について	關於～	文型
	たくさん	→	たくさん	很多	副詞
	出て	→	出る	推出	動Ⅱ
	出ています	→	動詞て形＋いる	目前狀態	文型
❹	はまって	→	はまる	沉溺	動Ⅰ
	はまっています	→	動詞て形＋いる	目前狀態	文型
❺	ゴールド会員	→	ゴールド会員	黃金會員	名詞
	ゴールド会員から	→	名詞＋から	從～	文型
	プラチナ会員	→	プラチナ会員	白金會員	名詞

中譯

❶ 這個遊戲只能讓單人玩家進行。

❷ 這個遊戲可以讓多人玩家同時進行。

❸ 市面上推出了許多熱門遊戲的攻略法則書籍。

❹ 他最近沉迷於角色扮演遊戲。

❺ 從黃金會員升等為白金會員。

114

線上遊戲(2)

MP3 114

1 ポイントカード（point card）(名)點數卡

2 月額料金（げつがくりょうきん）(名)月費

3 登録（する）（とうろく（する））(名・動Ⅲ)註冊

4 会員（かいいん）(名)會員

5 ネットコミュニティー（net community）(名)線上社群

6 サーバー（server）(名)伺服器

7 プラグイン（plug-in）(名)外掛程式

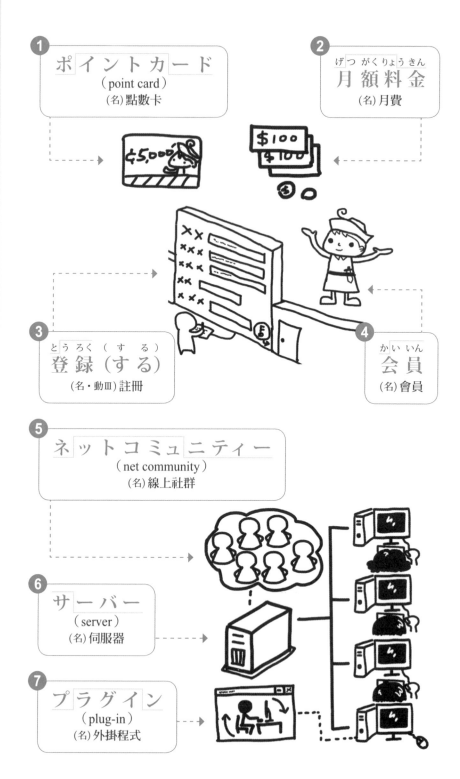

❶ ポイントカードのポイントを貯_ためています。

❷ 月額料金は、クレジットカードで支払_{しはら}うことができます。

❸ このサイトを利用_{りよう}するには、会員登録_{かいいん}が必要_{ひつよう}です。

❹ このサイトは、会員制_{せい}のゲームサイトです。

❺ ゲーム好_ずきの集_{あつ}まるネットコミュニティーに、属_{ぞく}しています。

❻ サーバーがダウンしたようです。

❼ プラグインは、アプリケーションソフトウェアの機能_{きのう}を拡張_{かくちょう}します。

學更多

	例句出現的		原形／接續原則	意義	詞性
❶	貯めて	→	貯める	累積	動Ⅱ
	貯めています	→	動詞て形＋いる	目前狀態	文型
❷	支払う	→	支払う	支付	動Ⅰ
	支払うことができます	→	動詞辭書形＋ことができる	可以做～	文型
❸	利用する	→	利用する	利用	動Ⅲ
	会員登録	→	会員登録	註冊會員	名詞
❹	ゲームサイト	→	ゲームサイト	遊戲網站	名詞
❺	ゲーム好き	→	ゲーム好き	電玩遊戲愛好者	名詞
	集まる	→	集まる	聚集	動Ⅰ
	属して	→	属する	屬於、加入	動Ⅲ
❻	ダウンした	→	ダウンする	當機	動Ⅲ
	ダウンしたよう	→	動詞た形＋よう	好像～	文型
❼	アプリケーションソフトウェア	→	アプリケーションソフトウェア	應用程式	名詞
	拡張します	→	拡張する	擴大	動Ⅲ

中譯

❶ 累積點數卡的點數。

❷ 月費可以用信用卡支付。

❸ 要利用這個網站的功能，必須註冊會員。

❹ 這是採取會員制的遊戲網站。

❺ 我加入了電玩遊戲愛好者聚集的線上社群。

❻ 伺服器好像當機了。

❼ 外掛程式能擴大應用程式的功能。

115

電影幕後(1)

MP3 115

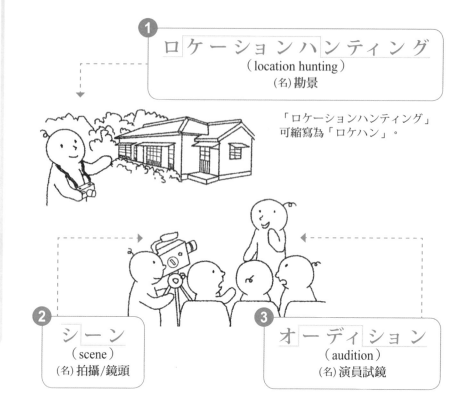

1 ロケーションハンティング
（location hunting）
(名)勘景

「ロケーションハンティング」
可縮寫為「ロケハン」。

2 シーン
（scene）
(名)拍攝/鏡頭

3 オーディション
（audition）
(名)演員試鏡

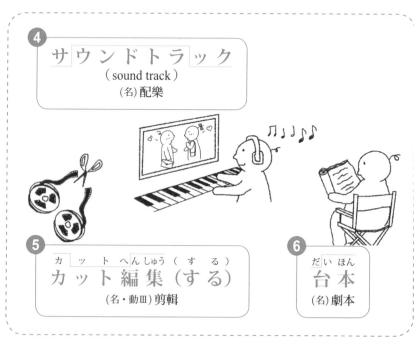

4 サウンドトラック
（sound track）
(名)配樂

5 カット編集（する）
(名・動Ⅲ)剪輯

6 台本（だいほん）
(名)劇本

❶ 海外のロケーションハンティングは、容易ではありません。

❷ 監督はベストなシーンを撮るため、慎重に撮影角度を調整しました。

❸ 舞台のオーディションが行われます。

❹ この映画のサウンドトラックは、絶対に買いたいです。

❺ 多くのシーンをカット編集して、やっと映画が完成しました。

❻ 台本を見て、セリフを覚えます。

學更多

	例句出現的		原形／接續原則	意義	詞性
❶	容易ではありません	→	容易	容易	な形
❷	監督	→	監督	導演	名詞
	ベストなシーン	→	ベスト＋な＋名詞	最佳的～	文型
	撮る	→	撮る	拍攝	動I
	撮るため	→	動詞辭書形＋ため	為了～	文型
	調整しました	→	調整する	調整	動III
❸	行われます	→	行われる	進行	動II
❹	絶対に	→	絶対に	一定	副詞
	買い	→	買う	買	動I
	買いたい	→	動詞ます形＋たい	想要做～	文型
❺	シーン	→	シーン	畫面、鏡頭	名詞
	やっと	→	やっと	終於	副詞
	完成しました	→	完成する	完成	動III
❻	見て	→	見る	看	動II
	セリフ	→	セリフ	台詞	名詞
	覚えます	→	覚える	記住	動II

中譯

❶ 到國外勘景，並不是容易的事情。

❷ 導演為了拍攝最佳鏡頭，細心調整攝影角度。

❸ 進行舞台的演員試鏡。

❹ 我一定要買這部電影的配樂。

❺ 剪輯了許多畫面，整部電影終於完成了。

❻ 看劇本，記下台詞。

116

電影幕後(2)

MP3 116

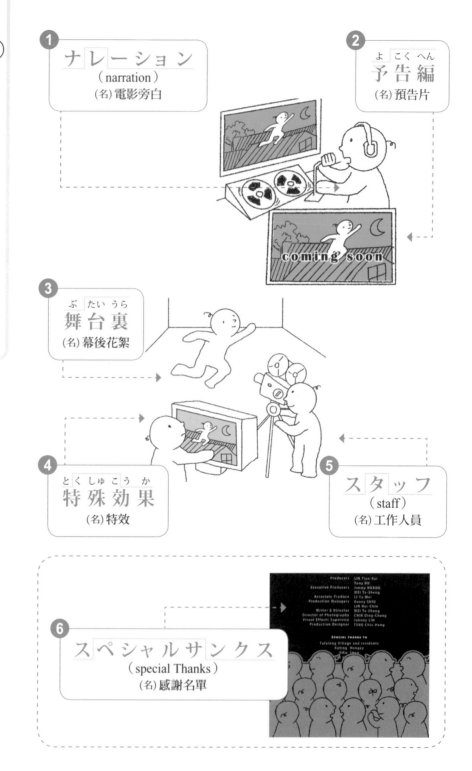

1 ナレーション
（narration）
(名)電影旁白

2 予告編（よこくへん）
(名)預告片

3 舞台裏（ぶたいうら）
(名)幕後花絮

4 特殊効果（とくしゅこうか）
(名)特效

5 スタッフ
（staff）
(名)工作人員

6 スペシャルサンクス
（special Thanks）
(名)感謝名單

❶ ナレーションは、主役（しゅやく）の俳優（はいゆう）が担当（たんとう）しています。

❷ 映画（えいが）の予告編（よこくへん）を見（み）たが、とても面白（おもしろ）そうでした。

❸ 舞台裏（ぶたいうら）で見（み）せる俳優（はいゆう）の素顔（すがお）とは、意外（いがい）にも普通（ふつう）でした。

❹ このシーンでは、特殊効果（とくしゅこうか）を使（つか）っています。

❺ 映画（えいが）の製作（せいさく）には、多（おお）くのスタッフが関（かか）わっています。

❻ 映画（えいが）の最後（さいご）に、スペシャルサンクスが流（なが）れました。

	例句出現的		原形／接續原則	意義	詞性
❶	主役	→	主役	主角	名詞
	俳優	→	俳優	演員	名詞
	担当して	→	担当する	負責、擔任	動Ⅲ
	担当しています	→	動詞て形＋いる	目前狀態	文型
❷	見た	→	見る	看	動Ⅱ
	面白そう	→	面白い	有趣的	い形
	面白そう	→	面白い＋そう	好像很有趣	文型
❸	見せる	→	見せる	展現出	動Ⅱ
	素顔	→	素顔	素顏	名詞
	意外にも	→	意外に＋も	出乎意料地	文型
❹	シーン	→	シーン	畫面	名詞
	使って	→	使う	使用	動Ⅰ
	使っています	→	動詞て形＋いる	目前狀態	文型
❺	関わって	→	関わる	關係到	動Ⅰ
	関わっています	→	動詞て形＋いる	目前狀態	文型
❻	流れました	→	流れる	播放	動Ⅱ

中譯

❶ 電影旁白由主角演員負責。

❷ 看了電影的預告片，好像很有趣。

❸ 在幕後花絮中展現出來的演員素顏，看起來意外地普通。

❹ 這一幕使用了特效。

❺ 電影製作會有許多工作人員參與。

❻ 電影的最後，播放了感謝名單。

117

飯店住宿(1)

MP3 117

1

よやく（する）
予約（する）
(名・動Ⅲ)預訂

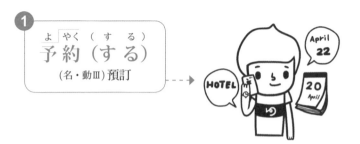

2

ちょうしょくつき
朝食付き
(名)住宿並供早餐

3

チェックイン
（check in）
(名)入住

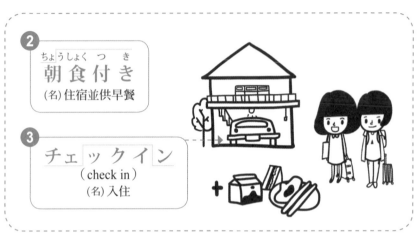

4

れんぱく
連泊
(名)續住

5

チェックアウト
（check out）
(名)退房

❶ 旅行に行く前に、ホテルを予約します。

❷ 駅前のホテルなのに、朝食付きで一泊1万円と、非常にお得です。

❸ チェックインは3時以降です。

❹ 連泊のお客様は割引します。

❺ チェックアウトは、10時までにお願いします。

學更多

	例句出現的		原形／接續原則	意義	詞性
❶	旅行に行く	→	旅行に行く	去旅行	動Ⅰ
	旅行に行く前に	→	動詞辭書形＋前に	做～之前	文型
	ホテル	→	ホテル	飯店	名詞
❷	駅前	→	駅前	車站前	名詞
	ホテルなのに	→	名詞＋な＋のに	明明～、卻～	文型
	朝食付きで	→	場合＋で	在～場合	文型
	一泊	→	一泊	住宿一晚	名詞
	非常に	→	非常に	非常地	副詞
	お得	→	お得	划算	名詞
❸	3時以降	→	時點＋以降	～時點以後	文型
❹	お客様	→	お客様	客人	名詞
	割引します	→	割引する	打折	動Ⅲ
❺	10時までに	→	時點＋までに	在～時點之前	文型
	お願いします	→	お願いする	拜託、請求	動Ⅲ

中譯

❶ 旅行前要先預訂飯店。
❷ 明明是車站前的飯店，住宿並供早餐卻只要一個晚上一萬日圓，真的很划算。
❸ 三點以後入住。
❹ 續住的客人會有折扣。
❺ 請在十點之前退房。

118

MP3 118

1 リゾート
（resort）
(名)渡假村

2 モーテル
（motel）
(名)汽車旅館

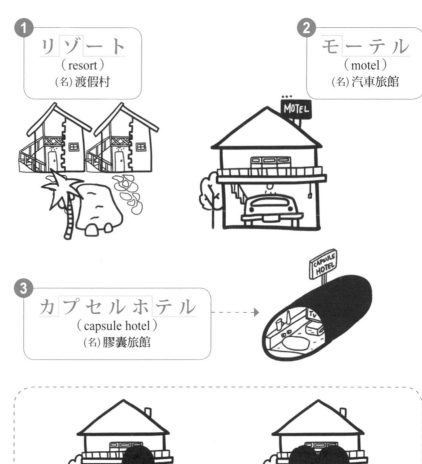

3 カプセルホテル
（capsule hotel）
(名)膠囊旅館

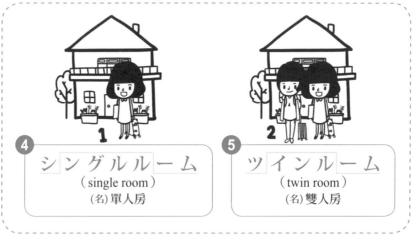

4 シングルルーム
（single room）
(名)單人房

5 ツインルーム
（twin room）
(名)雙人房

6 エキストラベッド
（extra bed）
(名)加床

❶ ここは、まるで海外のビーチにいるかのように思わせるリゾートです。

❷ モーテルに宿泊する時は、安全かどうか見極めることが大切です。

❸ カプセルホテルを体験してみたいと、多くの外国人が泊まりに来ます。

❹ 出張では、いつもシングルルームを利用します。

❺ 友達と旅行するので、ツインルームを予約しました。

❻ 子供がいるので、エキストラベッドをお願いしました。

學更多

	例句出現的		原形／接續原則	意義	詞性
❶	まるで	→	まるで	宛如	副詞
	いる	→	いる	在	動Ⅱ
	いるかのように	→	動詞辭書形＋かのように	好像～一樣地	文型
	思わせる	→	思わせる	使人以為	思う的使役形
❷	宿泊する	→	宿泊する	住宿	動Ⅲ
	安全かどうか	→	名詞＋かどうか	是否～	文型
	見極める	→	見極める	弄清楚	動Ⅱ
❸	体験して	→	体験する	體驗	動Ⅲ
	体験してみたい	→	動詞て形＋みたい	想要做～看看	文型
	泊まりに来ます	→	泊まりに来る	來投宿	動Ⅲ
❹	利用します	→	利用する	使用	動Ⅲ
❺	旅行する	→	旅行する	旅行	動Ⅲ
	旅行するので	→	動詞辭書形＋ので	因為～	文型
	予約しました	→	予約する	預約	動Ⅲ
❻	いる	→	いる	有（人或動物）	動Ⅱ
	いるので	→	動詞辭書形＋ので	因為～	文型
	お願いしました	→	お願いする	拜託、請求	動Ⅲ

中譯

❶ 這裡是一個會讓人以為宛如置身在國外沙灘的渡假村。
❷ 投宿汽車旅館時，確認安全與否是非常重要的事情。
❸ 很多外國人因為想體驗看看膠囊旅館而來投宿。
❹ 出差時，總是睡單人房。
❺ 和朋友一起旅行，所以預約了雙人房。
❻ 因為有孩子同行，請飯店幫忙加床。

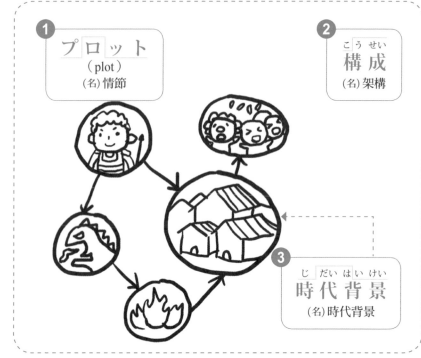

① プロット
（plot）
(名) 情節

② こうせい
構成
(名) 架構

③ じだいはいけい
時代背景
(名) 時代背景

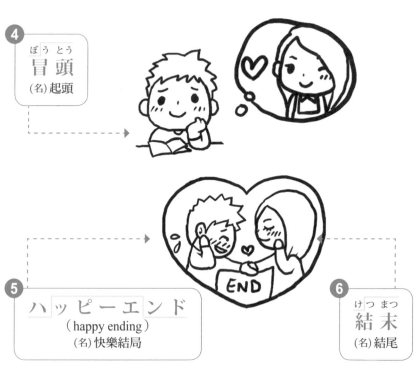

④ ぼうとう
冒頭
(名) 起頭

⑤ ハッピーエンド
（happy ending）
(名) 快樂結局

⑥ けつまつ
結末
(名) 結尾

❶ プロットとは、創作物の枠組み、構成のことです。

❷ 物語の構成を再度検討します。

❸ 主人公の仕事は、時代背景をよく反映しています。

❹ 今回の作品は、冒頭からかなり衝撃的な内容らしいです。

❺ 最後はハッピーエンドを期待したいです。

❻ 物語の思わぬ結末とは如何に…

	例句出現的		原形／接續原則	意義	詞性
❶	プロットとは	→	名詞＋とは	所謂的～	文型
	枠組み	→	枠組み	框架	名詞
❷	物語	→	物語	故事	名詞
	再度	→	再度	再次	名詞
	検討します	→	検討する	研討	動Ⅲ
❸	主人公	→	主人公	主角	名詞
	よく	→	よく	充分地	副詞
	反映して	→	反映する	反映	動Ⅲ
	反映しています	→	動詞て形＋いる	目前狀態	文型
❹	かなり	→	かなり	相當	副詞
	衝撃的な	→	衝撃的	衝擊性的	な形
	内容らしい	→	名詞＋らしい	好像～	文型
❺	期待し	→	期待する	期待	動Ⅲ
	期待したい	→	動詞ます形＋たい	想要做～	文型
❻	思わぬ	→	思わぬ	意想不到的	連體詞
	如何に	→	如何に	怎麼樣	副詞

❶ 所謂的「情節」，是指作品的框架、架構。

❷ 再次討論故事的架構。

❸ 主角的工作，充分反映了時代背景。

❹ 這次的作品，好像從起頭就是充滿衝擊性的內容。

❺ 希望最後是快樂結局。

❻ 讓人意想不到的故事結尾，會是怎樣的內容…

① 悪役
(名) 反派角色

② 主役
(名) 主角

③ 脇役
(名) 配角

④ ドラマ性
(名) 戯劇性

⑤ サスペンス性
(名) 懸疑性

⑤ ベッドタイムストーリー
（bed time story）
(名) 床邊故事

❶ 彼は有数の悪役俳優です。

❷ 過去の出演作品が監督の目に留まり、彼は今回主役に抜擢されました。

❸ オーディションで脇役に選ばれます。

❹ あまりにも単調で、ドラマ性に欠けています。

❺ 推理小説は、サスペンス性に富みます。

❻ この本を読むと眠くなるので、ベッドタイムストーリーに最適です。

學更多

	例句出現的		原形／接續原則	意義	詞性
❶	有数	→	有数	屈指可數	名詞
	俳優	→	俳優	演員	名詞
❷	監督	→	監督	導演	名詞
	目に留まり	→	目に留まる	注意、留下印象	動 I
	抜擢されました	→	抜擢される	被拔擢	抜擢する的被動形
❸	オーディション	→	オーディション	試鏡	名詞
	オーディションで	→	場合＋で	在～場合	文型
	選ばれます	→	選ばれる	被挑選	選ぶ的被動形
❹	あまりにも単調	→	あまりにも＋な形容詞	太過～	文型
	欠けて	→	欠ける	欠缺	動 II
	欠けています	→	動詞て形＋いる	目前狀態	文型
❺	富みます	→	富む	豐富、富含	動 I
❻	読むと	→	動詞辭書形＋と	一～、就～	文型
	眠くなる	→	眠い＋くなる	變成想睡覺	文型
	眠くなるので	→	動詞辭書形＋ので	因為～	文型
	最適	→	最適	最適合	な形

中譯

❶ 他是屈指可數的反派角色演員。

❷ 導演注意到他以前參與演出的作品，這次被拔擢為主角。

❸ 在試鏡中被選為配角。

❹ 太過單調，欠缺戲劇性。

❺ 推理小說充滿懸疑性。

❻ 一看這本書就會讓人想睡覺，最適合當成床邊故事。

颱風天(1)

MP3 121

1 （たいふうが）じょうくうをおおう
（台風が）上空を覆う
(動I)（颱風）籠罩

2 （たいふうが）むきをかえる
（台風が）向きを変える
(動II)（颱風）轉向

3 たいふうのめ
台風の目
(名)颱風眼

4 （たいふうが）じょうりくする
（台風が）上陸する
(動III)（颱風）登陸

5 たいふうのしんろ
台風の進路
(名)颱風路徑

❶ 台風が上空を覆うと、物凄い風雨に襲われます。

❷ 台風が向きを変えて、フィリピンの方に行きました。

❸ 天気図で、台風の目がはっきり見えます。

❹ 台風が明日の午後、九州に上陸します。

❺ 今後の台風の進路の予想図によると、東京を直撃しそうです。

	例句出現的		原形／接續原則	意義	詞性
❶	覆うと	→	動詞辞書形＋と	一～，就～	文型
	物凄い	→	物凄い	驚人的、猛烈的	い形
	風雨	→	風雨	風雨	名詞
	襲われます	→	襲われる	被襲撃	襲う的被動形
❷	フィリピンの方	→	名詞＋の方	～的方向	文型
	行きました	→	行く	去	動Ⅰ
❸	天気図	→	天気図	氣象圖	名詞
	天気図で	→	名詞＋で	利用～	名詞
	はっきり	→	はっきり	清楚	副詞
	見えます	→	見える	看得到	動Ⅱ
❹	午後	→	午後	下午	名詞
❺	予想図	→	予想図	預測圖	名詞
	予想図によると	→	名詞＋によると	根據～	文型
	直撃し	→	直撃する	直接襲擊	動Ⅲ
	直撃しそう	→	動詞ます形＋そう	好像～	文型

❶ 當颱風一籠罩，就會遭受猛烈的風雨。

❷ 颱風轉向，往菲律賓去了。

❸ 透過氣象圖，可以清楚看到颱風眼。

❹ 颱風將於明天下午在九州登陸。

❺ 根據往後的颱風路徑預測圖來看，颱風好像會直接襲擊東京。

1
たい ふう けい ほう
台風警報
(名)颱風警報

2
たい ふう きゅう か
台風休暇
(名)颱風假

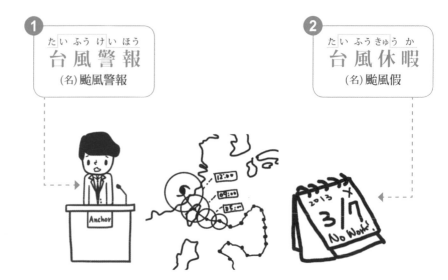

3
ごう う
豪雨
(名)豪雨

4
きょう ふう
強風
(名)強風

5
ふう そく
風速
(名)風速

6
こう う りょう
降雨量
(名)降雨量

① 台風警報が、テレビの画面に表示されます。

② 暴風警報が出たので、今日学校は台風休暇となりました。

③ 最近の台風は、各地に集中豪雨をもたらします。

④ 強風のため、外出は避けます。

⑤ 今回の台風の最大風速を確認します。

⑥ 台風の影響で各地の降雨量はかなりのものとなりそうです。

學更多

	例句出現的		原形／接續原則	意義	詞性
❶	テレビ	→	テレビ	電視	名詞
	表示されます	→	表示される	被顯示	表示する的被動形
❷	出た	→	出る	發出	動Ⅱ
	出たので	→	動詞た形＋ので	因為～	文型
	台風休暇となりました	→	名詞＋となる	變成～	文型
❸	集中豪雨	→	集中豪雨	暴雨	名詞
	もたらします	→	もたらす	帶來	動Ⅰ
❹	強風のため	→	名詞＋のため	因為～	文型
	外出	→	外出	外出	名詞
	避けます	→	避ける	避免	動Ⅱ
❺	確認します	→	確認する	確認	動Ⅲ
❻	影響で	→	名詞＋で	因為	文型
	かなり	→	かなり	相當	副詞
	ものとなり	→	名詞＋となる	變成～	文型
	なりそう	→	動詞ます形＋そう	好像～	文型

中譯

① 電視畫面上，顯示著颱風警報的消息。

② 因為發出了暴風警報，今天學校放颱風假。

③ 最近的颱風，為各地帶來暴雨。

④ 因為刮著強風，要避免外出。

⑤ 確認這次颱風的最大風速。

⑥ 因為颱風的影響，各地的降雨量好像都非常可觀。

123

颱風天(3)

1

たいふうのつよさ
台風の強さ
(名) 颱風強度

2

きゅうじょたい
救助隊
(名) 搜救隊

3

どせきりゅう
土石流
(名) 土石流

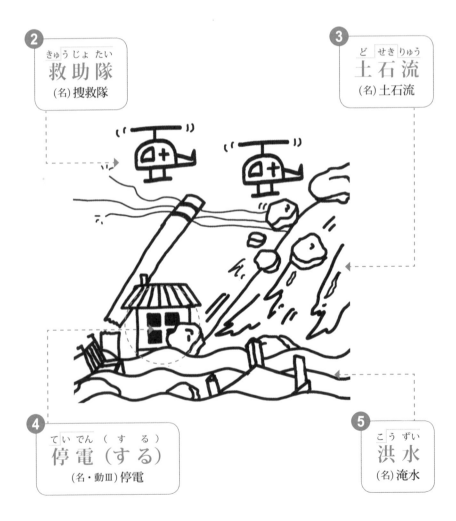

4

ていでん（する）
停電（する）
(名・動Ⅲ) 停電

5

こうずい
洪水
(名) 淹水

❶ 近年災害が大型化し、台風の強さも増してきている気がします。

❷ 救助隊の必死の救助も虚しく、行方不明者は見つかりませんでした。

❸ 土砂災害で、土石流が流れ出しました。

❹ 大型の台風のため、都市の大規模が停電しました。

❺ 河川が氾濫し、大規模な洪水が起きました。

學更多

	例句出現的		原形／接續原則	意義	詞性
❶	大型化し	→	大型化する	大型化	動Ⅲ
	強さも	→	名詞＋も	～也	文型
	増して	→	増す	增長	動Ⅰ
	増してきて	→	動詞て形＋くる	～起來	文型
	増してきている	→	動詞て形＋いる	目前狀態	文型
	増してきている気がします	→	動詞ている形＋気がする	覺得～	文型
❷	必死	→	必死	拼命	な形
	救助	→	救助	搜救	名詞
	虚しく	→	虚しい	徒勞的	い形
	行方不明者	→	行方不明者	失蹤者	名詞
	見つかりませんでした	→	見つかる	找到	動Ⅰ
❸	土砂災害	→	土砂災害	泥沙災害	名詞
	流れ出した	→	流れ出す	流出來	動Ⅰ
❹	台風のため	→	名詞＋のため	因為～	文型
❺	氾濫し	→	氾濫する	氾濫	動Ⅲ
	大規模な洪水	→	大規模＋な＋名詞	大規模的～	文型
	起きました	→	起きる	發生	動Ⅱ

中譯

❶ 我覺得近年來的災害規模都擴大了，颱風強度也增強了。

❷ 搜救隊拼命搜救也沒有任何結果，還是沒有找到失蹤者。

❸ 因為泥沙災害，土石流流出來了。

❹ 因為大型颱風的影響，都市發生大規模停電。

❺ 河川氾濫，發生大規模的淹水。

火災(1)

MP3 124

1 濡れタオル
ぬ れ タ オ ル
(名)濕毛巾

2 二酸化炭素
に さん か たん そ
(名)二氧化碳

3 濃い煙
こ い け むり
(名)濃煙

4 窒息
ちっ そく
(名)窒息

CO²

Exit

5 非常ドア
ひ じょう ド ア
(名)逃生門

6 避難経路
ひ なん けい ろ
(名)疏散路線

❶ やけどしたので、濡れタオルで冷やしました。

❷ 消火器を使用すると、空気中の二酸化炭素濃度が濃くなります。

❸ 濃い煙で、前方が全く見えません。

❹ 一酸化炭素中毒による窒息が、一番怖いです。

❺ 非常ドアは、普段は閉まっています。

❻ 避難経路に従って進みます。

	例句出現的		原形／接續原則	意義	詞性
❶	やけどした	→	やけどする	燙傷	動Ⅲ
	やけどしたので	→	動詞た形＋ので	因為～	文型
	冷やしました	→	冷やす	冰敷	動Ⅰ
❷	使用する	→	使用する	使用	動Ⅲ
	使用すると	→	動詞辭書形＋と	如果～的話，就～	文型
	濃くなります	→	濃い＋くなる	變濃	文型
❸	濃い煙で	→	名詞＋で	因為～	文型
	見えません	→	見える	看得到	動Ⅱ
❹	一酸化炭素中毒	→	一酸化炭素中毒	一氧化碳中毒	名詞
	一酸化炭素中毒による	→	名詞＋による	由於～	文型
	怖い	→	怖い	恐怖的	い形
❺	普段	→	普段	平常	名詞
	閉まって	→	閉まる	關閉	動Ⅰ
	閉まっています	→	動詞て形＋いる	目前狀態	文型
❻	従って	→	従う	遵循	動Ⅰ
	進みます	→	進む	前進	動Ⅰ

中譯

❶ 因為燙傷了，所以用濕毛巾冰敷。

❷ 使用滅火器時，空氣中的二氧化碳濃度就會變濃。

❸ 因為濃煙的緣故，完全看不到前方。

❹ 一氧化碳中毒造成的窒息是最恐怖的事情。

❺ 逃生門平常是關閉的。

❻ 遵循疏散路線前進。

MP3 125

1 自動スプリンクラーシステム
（じどうスプリンクラーシステム）
(名)自動灑水系統

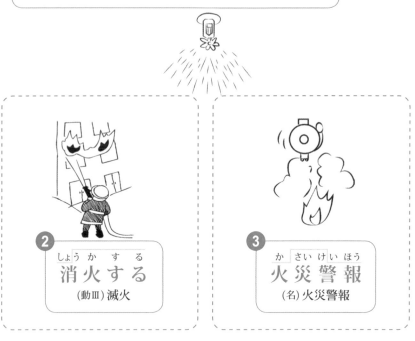

2 消火する
（しょうかする）
(動Ⅲ)滅火

3 火災警報
（かさいけいほう）
(名)火災警報

4 私財損失
（しざいそんしつ）
(名)財物損失

5 放火
（ほうか）
(名)縱火

6 出火場所
（しゅっかばしょ）
(名)起火點

❶ 火災時には、天井の自動スプリンクラーシステムが作動します。

❷ 消防隊が、懸命に消火します。

❸ 煙が察知されたようで、火災警報ベルが鳴り続いています。

❹ 火災による私財損失に備えて、保険に入ります。

❺ 最近この辺りで頻繁に火災が起きており、放火の疑いがあります。

❻ このビルの火災の出火場所は、2階の厨房でした。

	例句出現的		原形／接續原則	意義	詞性
❶	天井	→	天井	天花板	名詞
	作動します	→	作動する	啟動	動Ⅲ
❷	懸命に	→	懸命	拼命	な形
❸	察知された	→	察知される	被察覺	察知する的被動形
	察知されたよう	→	動詞た形＋よう	好像～	文型
	ベル	→	ベル	鈴聲	名詞
	鳴り続いて	→	鳴り続く	持續鳴響	動Ⅰ
	鳴り続いています	→	動詞て形＋いる	目前狀態	文型
❹	火災による	→	名詞＋による	由於～	文型
	備えて	→	備える	防備	動Ⅱ
	保険に入ります	→	保険に入る	投保	動Ⅰ
❺	辺り	→	辺り	附近	名詞
	起きて	→	起きる	發生	動Ⅱ
	起きており	→	動詞て形＋おる	目前狀態	文型
	疑い	→	疑い	嫌疑、懷疑	名詞
❻	ビル	→	ビル	大樓	名詞

中譯

❶ 火災時，天花板上的自動灑水系統就會啟動。

❷ 消防隊拼命地滅火。

❸ 好像察覺到有煙霧，火災警報鈴聲持續鳴響。

❹ 為了防範火災造成的財物損失而投保。

❺ 最近這一帶經常發生火災，有人懷疑是縱火。

❻ 這棟大樓的火災起火點，是在二樓的廚房。

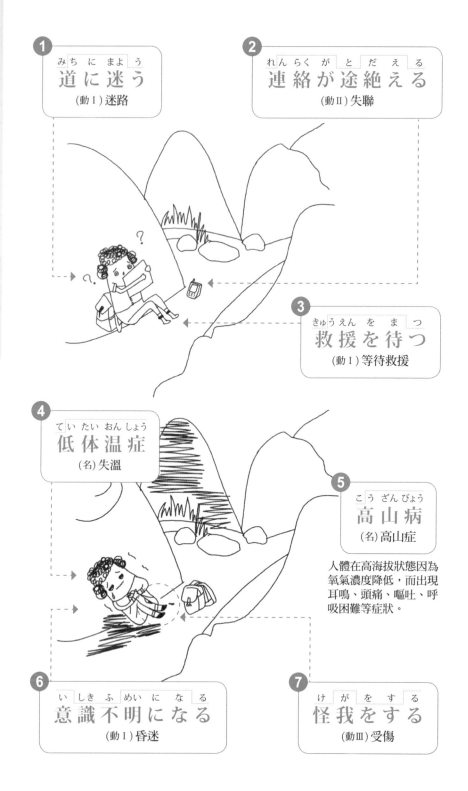

1 道に迷う
みち に まよ う
(動Ⅰ)迷路

2 連絡が途絶える
れん らく が と だ える
(動Ⅱ)失聯

3 救援を待つ
きゅう えん を ま つ
(動Ⅰ)等待救援

4 低体温症
てい たい おん しょう
(名)失溫

5 高山病
こう ざん びょう
(名)高山症

人體在高海拔狀態因為氧氣濃度降低，而出現耳鳴、頭痛、嘔吐、呼吸困難等症狀。

6 意識不明になる
い しき ふ めい に なる
(動Ⅰ)昏迷

7 怪我をする
け が を する
(動Ⅲ)受傷

❶ 山を散歩していて、道に迷います。

❷ 山に登りに行った主人からの連絡が途絶えました。

❸ 救援を待つこと３時間、やっと救助されました。

❹ 冬山では、低体温症に注意すべきです。

❺ 標高が高くなるにつれて、高山病のリスクも増えます。

❻ 酸欠で意識不明になります。

❼ 山道で怪我をします。

學更多

	例句出現的		原形／接續原則	意義	詞性
❶	散歩して	→	散歩する	散歩	動Ⅲ
	散歩していて	→	動詞て形＋いる	目前狀態	文型
❷	山に登りに行った	→	山に登りに行く	去爬山	動Ⅰ
❸	やっと	→	やっと	終於	副詞
	救助されました	→	救助される	被搭救	救助する的被動形
❹	注意すべき	→	注意する＋べき	應該要注意	文型
❺	標高	→	標高	海拔	名詞
	高くなる	→	高い＋くなる	變高	文型
	高くなるにつれて	→	動詞辭書形＋につれて	伴隨～	文型
	リスク	→	リスク	風險	名詞
	増えます	→	増える	增加	動Ⅱ
❻	酸欠	→	酸欠	缺氧	名詞
	酸欠で	→	名詞＋で	因為～	文型
❼	山道	→	山道	山路	名詞

中譯

❶ 在山裡散步，結果迷路了。

❷ 去爬山的丈夫失聯了。

❸ 等待救援三個小時，終於獲救了。

❹ 冬天登山應該要注意失溫問題。

❺ 隨著海拔變高，罹患高山症的風險也跟著增加。

❻ 因為缺氧而陷入昏迷。

❼ 在山路上受傷。

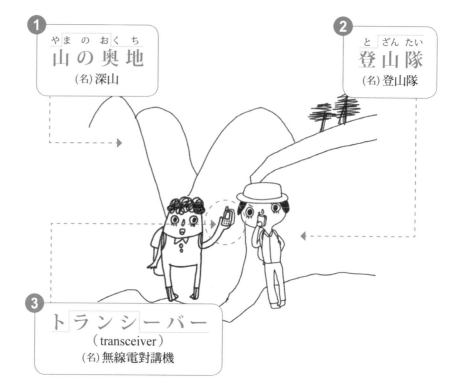

1 山の奥地
(名)深山

2 登山隊
(名)登山隊

3 トランシーバー
（transceiver）
(名)無線電對講機

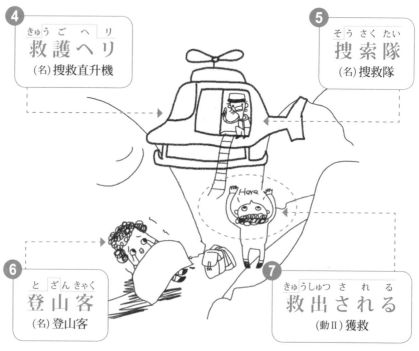

4 救護ヘリ
(名)搜救直升機

5 捜索隊
(名)搜救隊

6 登山客
(名)登山客

7 救出される
(動Ⅱ)獲救

❶ 夢中で歩いていたら、随分山の奥地まで来てしまいました。

❷ 登山隊に属して、各地の山歩きを楽しみます。

❸ 捜索隊が、トランシーバーで連絡を取り合います。

❹ 救護ヘリが出動します。

❺ 捜索隊が山へ救助に向かいます。

❻ 野山の花を見に来る登山客で賑わいます。

❼ 行方不明者が、レスキュー隊によって救出されました。

學更多

	例句出現的		原形／接續原則	意義	詞性
❶	夢中	→	夢中	專注	な形
	歩いて	→	歩く	走路	動I
	歩いていた	→	動詞て形＋いる	目前狀態	文型
	歩いていたら	→	動詞た形＋ら	做〜，結果〜	文型
	来て	→	来る	來	動III
	来てしまいました	→	動詞て形＋しまいました	無法挽回的遺憾	文型
❷	属して	→	属する	加入	動III
	楽しみます	→	楽しむ	享受	動I
❸	連絡を取り合います	→	連絡を取り合う	互相聯繫	動I
❹	出動します	→	出動する	出動	動III
❺	向かいます	→	向かう	前往	動I
❻	見に来る	→	見に来る	來看	動III
	賑わいます	→	賑わう	熱鬧、擁擠	動I
❼	レスキュー隊	→	レスキュー隊	搜救隊	名詞
	レスキュー隊によって	→	名詞＋によって	由〜、被〜	文型

中譯

❶ 專注地走著，結果走到很深的深山裡。

❷ 參加登山隊，享受到各地爬山的樂趣。

❸ 搜救隊透過無線電對講機互相聯繫。

❹ 搜救直升機出動。

❺ 搜救隊前往山上救援。

❻ 因為充滿前來欣賞山野花卉的登山客而熱鬧不已。

❼ 失蹤者因為搜救隊而獲救。

1 かいものぶくろ
買物袋
(名)購物袋

2 さいせいし
再生紙
(名)再生紙

3 ほうそうをはぶく
包装を省く
(動I)減少包裝

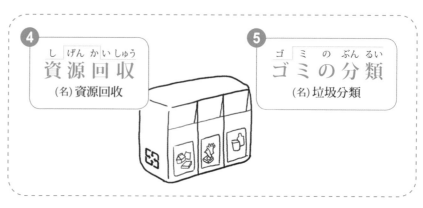

4 しげんかいしゅう
資源回収
(名)資源回收

5 ゴミのぶんるい
ゴミの分類
(名)垃圾分類

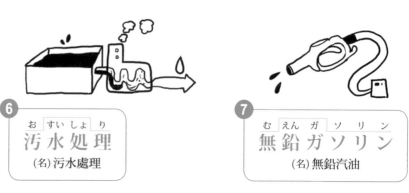

6 おすいしょり
汚水処理
(名)汚水處理

7 むえんガソリン
無鉛ガソリン
(名)無鉛汽油

❶ 環境保護のため、買物袋を持参する人々が増えました。

❷ 再生紙で作った製品には、マークが付いています。

❸ 無駄な包装を省くことで、紙の利用を減らすことができます。

❹ 明日は資源回収日です。

❺ ゴミの分類は、面倒でも必ず行うこと。

❻ 家の近くに汚水処理場があります。

❼ 現在自動車のガソリンは、全て無鉛ガソリンとなっています。

學更多

	例句出現的		原形／接續原則	意義	詞性
❶	環境保護のため	→	名詞＋のため	為了〜	文型
	持参する	→	持参する	自備	動Ⅲ
	増えました	→	増える	增加	動Ⅱ
❷	作った	→	作る	製作	動Ⅰ
	付いて	→	付く	附有	動Ⅰ
	付いています	→	動詞て形＋いる	目前狀態	文型
❸	無駄な包装	→	無駄＋な＋包装	無用的〜	文型
	減らす	→	減らす	減少	動Ⅰ
	減らすことができます	→	動詞辭書形＋ことができる	可以做〜	文型
❹	資源回収日	→	資源回収日	資源回收日	名詞
❺	面倒	→	面倒	麻煩	な形
	面倒でも	→	な形容詞＋でも	即使〜，也〜	文型
	行う	→	行う	進行	動Ⅰ
❻	あります	→	ある	有（事或物）	動Ⅰ
❼	無鉛ガソリンとなっています	→	名詞＋となっている	變成〜	文型

中譯

❶ 為了保護環境，越來越多人自備購物袋。

❷ 用再生紙做的產品，都會有標記。

❸ 減少無用的包裝可以降低紙張的用量。

❹ 明天是資源回收日。

❺ 即使麻煩，也一定要進行垃圾分類。

❻ 住家附近有汙水處理場。

❼ 目前汽車所用的汽油，全都是無鉛汽油。

1
地球
（名）地球

每年的4月22日，
為全球性的環境保
護活動。

2
アースデー
（Earth Day）
（名）世界地球日

3
エネルギー節約
（名）節能

4
二酸化炭素削減
（名）減碳

5
太陽エネルギー
（名）太陽能

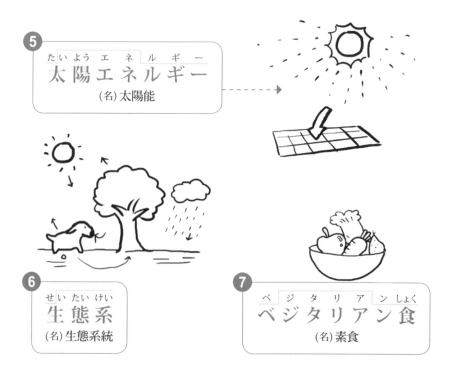

6
生態系
（名）生態系統

7
ベジタリアン食
（名）素食

❶ 地球に優しい製品を買うようにします。

❷ アースデーには、環境保護をテーマとしたイベントが各地で開催されます。

❸ 電気を小まめに消して、エネルギー節約に心がけます。

❹ 節電して、二酸化炭素削減に貢献します。

❺ 太陽エネルギーを利用した家屋が、徐々に増えています。

❻ 環境汚染により、生態系は乱れます。

❼ 私は肉を食べないのでいつもベジタリアン食を買います。

	例句出現的		原形／接續原則	意義	詞性
❶	地球に優しい	→	名詞＋に優しい	不會對～造成影響	文型
	買うようにします	→	動詞辭書形＋ようにする	盡量做～	文型
❷	環境保護をテーマとした	→	名詞＋をテーマとする	以～為主題	文型
	開催されます	→	開催される	被舉辦	開催する的被動形
❸	小まめに	→	小まめ	勤勞	な形
	消して	→	消す	關掉	動 I
	心がけます	→	心がける	注意、留心	動 II
❹	節電して	→	節電する	節約用電	動 III
	貢献します	→	貢献する	貢獻	動 III
❺	利用した	→	利用する	利用	動 III
	増えて	→	増える	增加	動 II
❻	環境汚染により	→	名詞＋による	由於～	文型
	乱れます	→	乱れる	混亂	動 II
❼	食べない	→	食べる	吃	文型
	食べないので	→	動詞ない形＋ので	因為不～	文型

❶ 盡量購買不會對地球造成污染的產品。

❷ 世界地球日當天，各地都舉辦了以保護環境為主題的活動。

❸ 勤於關掉電器用品，對節能多加留意。

❹ 節省電力，對減碳做出貢獻。

❺ 利用太陽能的住宅逐漸增加了。

❻ 生態系統因為環境污染而紊亂。

❼ 我不吃肉，所以總是買素食。

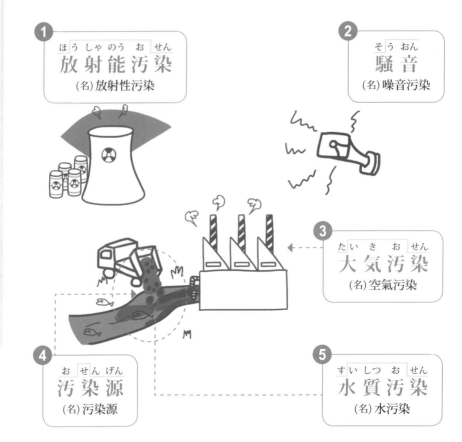

1
ほうしゃのうおせん
放射能汚染
(名)放射性污染

2
そうおん
騒音
(名)噪音污染

3
たいきおせん
大気汚染
(名)空氣污染

4
おせんげん
汚染源
(名)污染源

5
すいしつおせん
水質汚染
(名)水污染

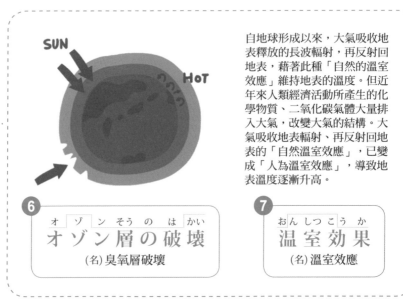

自地球形成以來,大氣吸收地表釋放的長波輻射,再反射回地表,藉著此種「自然的溫室效應」維持地表的溫度。但近年來人類經濟活動所產生的化學物質、二氧化碳氣體大量排入大氣,改變大氣的結構。大氣吸收地表輻射、再反射回地表的「自然溫室效應」,已變成「人為溫室效應」,導致地表溫度逐漸升高。

6
オゾンそうのはかい
オゾン層の破壊
(名)臭氧層破壞

7
おんしつこうか
温室効果
(名)溫室效應

❶ 過去の原子力発電所の事故による放射能汚染は、未だに続いています。

❷ 空港周辺に住む人は、騒音に悩んでいます。

❸ 自動車の排気ガスによる大気汚染が、深刻です。

❹ 汚染源を確定しないことには、汚染は止まりません。

❺ 過去に工場からの排水による水質汚染が、問題になりました。

❻ オゾン層の破壊が進み、オーストラリア上空にはオゾンホールがあります。

❼ 産業革命以降、温室効果ガスの大気中の濃度が上昇し、温室効果が加速しています。

學更多

	例句出現的		原形／接續原則	意義	詞性
❶	事故による	→	名詞＋による	由於～	文型
	続いて	→	続く	持續	動I
	続いています	→	動詞て形＋いる	目前狀態	文型
❷	住む	→	住む	居住	動I
	悩んで	→	悩む	煩惱	動I
❸	排気ガスによる	→	名詞＋による	由於～	文型
❹	確定しない	→	確定する	確定	動III
	止まりません	→	止まる	停止	動I
❺	なりました	→	なる	變成	動I
❻	進み	→	進む	惡化	動I
	あります	→	ある	有（事或物）	動I
❼	温室効果ガス	→	温室効果ガス	溫室氣體	名詞
	上昇し	→	上昇する	上升	動III
	加速して	→	加速する	加速	動III

中譯

❶ 因為以前核能發電廠的意外而造成的放射性污染，依然危害著環境。

❷ 住在機場附近的人，因為噪音污染而苦惱。

❸ 汽車排放的廢氣，使得空氣污染問題很嚴重。

❹ 沒有確定污染源，汙染就無法停止。

❺ 因為以前工廠排出的廢水而造成的水污染，形成一大問題。

❻ 臭氧層破壞持續惡化，澳洲上空出現了臭氧層的破洞。

❼ 工業革命之後，溫室氣體在大氣中的濃度上升，溫室效應加速惡化。

環境汙染(2)

1 二酸化炭素（に さん か たん そ）
(名)二氧化碳

$$CO_2$$

2 排気ガス（はい き ガス）
(名)汽機車廢氣

3 酸性雨（さん せい う）
(名)酸雨

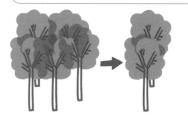

4 熱帯雨林の消失（ねっ たい う りん の しょう しつ）
(名)雨林消失

5 異常気象（い じょう き しょう）
(名)氣候異常

温室效應造成全球氣溫上昇，專家預測在可見的將來北極冰層將完全溶解，危及北極熊的覓食與棲息，可能導致滅絕。

6 動植物の絶滅（どう しょく ぶつ の ぜつ めつ）
(名)物種滅絕

7 水銀中毒（すい ぎん ちゅう どく）
(名)汞中毒

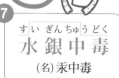

❶ 二酸化炭素を削減するための条約が、締結されました。

❷ 都市部では、自動車の排気ガスによる大気汚染が深刻です。

❸ ヨーロッパでは、酸性雨の被害が深刻です。

❹ アマゾンの焼畑による熱帯雨林の消失は、深刻な問題です。

❺ 異常気象により、夏が異常に暑いです。

❻ 気候や環境の変化による動植物の絶滅は、残念なことです。

❼ 水俣病は、別名水銀中毒です。

學更多

	例句出現的		原形／接續原則	意義	詞性
❶	削減する	→	削減する	削減、減少	動Ⅲ
	削減するため	→	動詞辭書形＋ため	為了〜	文型
	締結されました	→	締結される	被簽訂	締結する的被動形
❷	排気ガスによる	→	名詞＋による	由於〜	文型
	深刻	→	深刻	嚴重的	な形
❸	ヨーロッパでは	→	地點＋では	在〜地點	文型
	被害	→	被害	損害	名詞
❹	アマゾン	→	アマゾン	亞馬遜	名詞
	焼畑	→	焼畑	火耕	名詞
❺	異常気象により	→	名詞＋により	由於〜	文型
❻	気候や環境	→	名詞Ａ＋や＋名詞Ｂ	名詞Ａ或名詞Ｂ	文型
	残念	→	残念	遺憾的	な形
❼	別名	→	別名	別名、別稱	名詞

中譯

❶ 締結了減少二氧化碳排放量的條約。
❷ 在都市地區，因為汽機車廢氣而造成的空氣污染很嚴重。
❸ 在歐洲，酸雨造成的損害很嚴重。
❹ 因為在亞馬遜地區實行火耕而造成的雨林消失，是很嚴重的問題。
❺ 因為氣候異常，夏天異常地酷熱。
❻ 由於氣候或環境變化而造成的物種滅絕，是很讓人遺憾的事情。
❼ 「水俣病」又稱為「汞中毒」。

地震
(1)

MP3 132

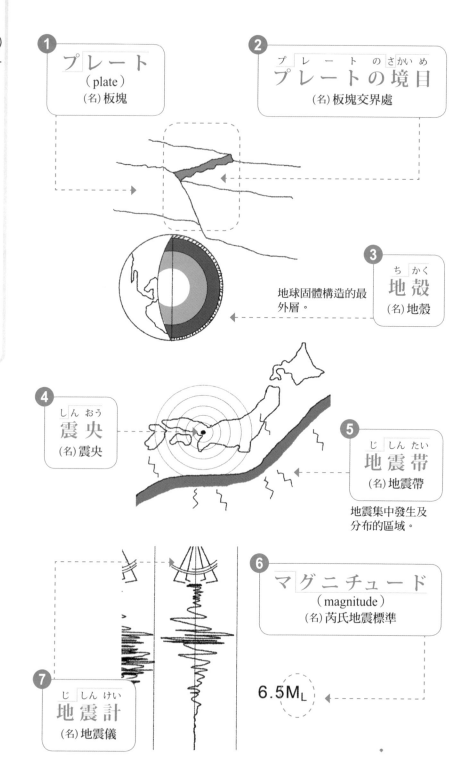

① プレート
（plate）
(名) 板塊

② プレートの境目
(名) 板塊交界處

③ 地殻
(名) 地殻

地球固體構造的最外層。

④ 震央
(名) 震央

⑤ 地震帯
(名) 地震帯

地震集中發生及分布的區域。

⑥ マグニチュード
（magnitude）
(名) 芮氏地震標準

$6.5M_L$

⑦ 地震計
(名) 地震儀

❶ 日本列島の下には、プレートがあります。

❷ ここはプレートの境目で、 将 来地震による 被害が懸念されます。

❸ 地震学者は、地殻の変動に 注 目しました。

❹ 震央から僅か１０ｋｍの 所 に住んでいました。

❺ 日本列島全域に、地震帯が見られます。

❻ マグニチュードは、地震の規模を 表 します。

❼ 地震計とは、地震の 強 度を測る機器です。

	例句出現的		原形／接續原則	意義	詞性
❶	あります	→	ある	有（事或物）	動Ⅰ
❷	プレートの境目で	→	名詞＋で	因為	文型
	地震による	→	名詞＋による	由於〜	文型
	懸念されます	→	懸念される	被擔心	懸念する的被動形
❸	注目しました	→	注目する	關注	動Ⅲ
❹	震央から	→	地點＋から	從〜地點	文型
	僅か	→	僅か	僅僅	副詞
	住んで	→	住む	居住	動Ⅰ
	住んでいました	→	動詞て形＋いました	過去維持的狀態	文型
❺	見られます	→	見られる	可以看見	見る的可能形
❻	表します	→	表す	代表	動Ⅰ
❼	地震計とは	→	名詞＋とは	所謂的〜	文型
	測る	→	測る	測量	動Ⅰ

中譯

❶ 日本列島下方有板塊。

❷ 這裡是板塊交界處，將來因地震而造成的損害令人擔憂。

❸ 地震學家關注著地殼的變動。

❹ 住在距離震央僅僅10公里的地方。

❺ 日本列島的整個區域都可以看到地震帶。

❻ 芮氏地震標準代表地震的規模。

❼ 地震儀是測量地震強度的儀器。

133 地震⑵

MP3 133

1 火山噴火(する)
か ざん ふん か (す る)
(名・動Ⅲ)火山爆發

2 山崩れ
やま くず れ
(名)山崩

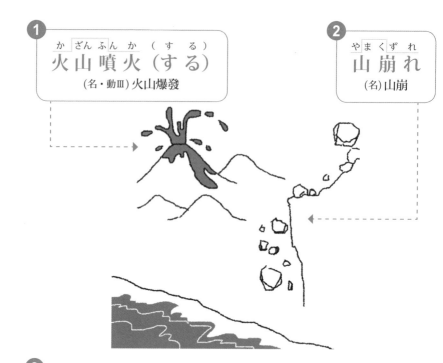

3 震度
しん ど
(名)震度

地震發生時，地表上人們
所感受到的震動程度。

4 揺れる
ゆ れ る
(動Ⅱ)搖晃

5 倒壊する
とう かい す る
(動Ⅲ)倒塌

6 耐震
たい しん
(名)耐震

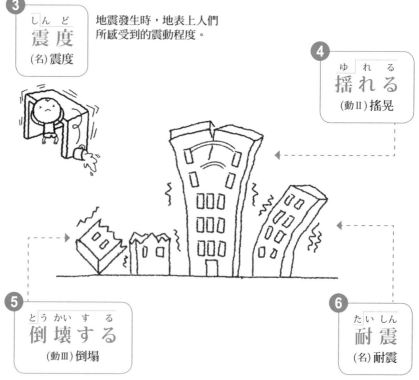

❶ 火山噴火し、火山灰で街が汚れます。

❷ もしもここで地震が起こったら、山崩れが懸念されます。

❸ 震度4だと、かなり揺れます。

❹ 今回の地震では、随分と揺れました。

❺ 地震で家屋が倒壊します。

❻ 最近の住居は普通、耐震設計になっています。

學更多

	例句出現的		原形／接續原則	意義	詞性
❶	火山灰で	→	名詞＋で	因為～	文型
	汚れます	→	汚れる	弄髒	動 II
❷	もしも	→	もしも	如果	副詞
	起こった	→	起こる	發生	動 I
	起こったら	→	動詞た形＋ら	如果～的話	文型
	懸念されます	→	懸念される	被擔心	懸念する的被動形
❸	震度4だと	→	名詞＋だ＋と	如果～的話，就～	文型
	揺れます	→	揺れる	搖晃	動 II
❹	地震では	→	場合＋では	在～場合	文型
	随分と	→	随分と	相當	副詞
❺	地震で	→	名詞＋で	因為～	文型
	家屋	→	家屋	房屋	名詞
❻	住居	→	住居	住宅	名詞
	耐震設計になっています	→	名詞＋になっている	變成～	文型

中譯

❶ 火山爆發，火山灰污染城市。
❷ 這個地方如果發生地震，很擔心會出現山崩。
❸ 震度4級就會搖晃得相當嚴重。
❹ 這次的地震，搖晃得相當嚴重。
❺ 房子因為地震而倒塌。
❻ 現在的住宅一般都是耐震設計。

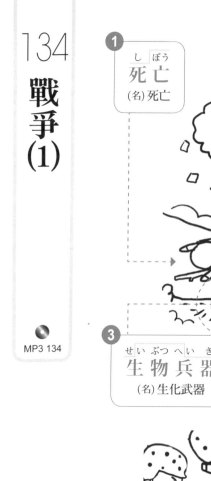

2
は かい てき （ な）
破壊的（な）
(な形)毀滅性的

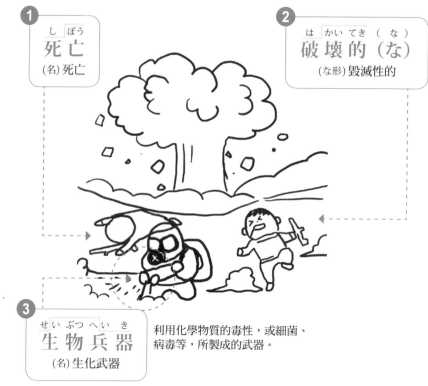

3
せい ぶつ へい き
生物兵器
(名)生化武器

利用化學物質的毒性，或細菌、
病毒等，所製成的武器。

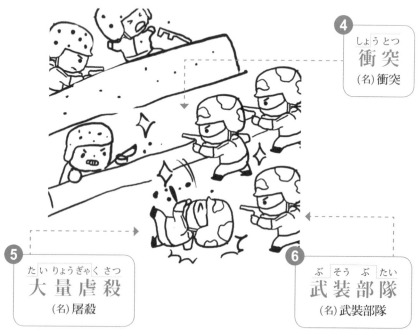

4
しょう とつ
衝突
(名)衝突

5
たい りょうぎゃく さつ
大量虐殺
(名)屠殺

6
ぶ そう ぶ たい
武装部隊
(名)武裝部隊

❶ 現地では、多くの兵士の死亡が確認されました。

❷ 原子爆弾の破壊的威力は、広島や長崎を見れば分かります。

❸ 生物兵器が使われたと言われていますが、本当の所は分かりません。

❹ 今後も、国と国との衝突は避けられません。

❺ 大量虐殺は大問題になります。

❻ 武装部隊が治安維持に当たっています。

學更多

例句出現的		原形／接續原則	意義	詞性
❶ 現地	→	現地	當地	名詞
現地では	→	地點＋では	在～地點	文型
多く	→	多く	多數	名詞
確認されました	→	確認される	被確認	確認する的被動形
❷ 原子爆弾	→	原子爆弾	原子彈	名詞
見れば	→	見れば	如果看的話、～	見る的條件形
分かります	→	分かる	了解、知道	動Ⅰ
❸ 使われた	→	使われる	被使用	使う的被動形
使われたと言われています	→	動詞た形＋と言われている	據說～	文型
分かりません	→	分かる	了解、知道	動Ⅰ
❹ 今後も	→	名詞＋も	～也	文型
国と国との衝突	→	国と国との＋名詞	國與國之間的～	文型
避けられません	→	避けられる	可以避免	避ける的可能形
❺ 大問題になります	→	名詞＋になる	變成～	文型
❻ 当たって	→	当たる	負責、擔任	動Ⅰ
当たっています	→	動詞て形＋いる	目前狀態	文型

中譯

❶ 在當地，有很多士兵已經確認死亡。

❷ 只要看過廣島和長崎，就會了解原子彈毀滅性的威力。

❸ 據說使用了生化武器，但事實如何不得而知。

❹ 今後仍然無法避免國與國之間的衝突。

❺ 屠殺事件是一個很嚴重的問題。

❻ 武裝部隊負責維持治安。

135

戦争(2)

MP3 135

1 ばくげき（する）
爆撃（する）
(名・動Ⅲ) 轟炸

2 せんじょう
戦場
(名) 戰場

3 きしゅうこうげきする
奇襲攻撃する
(動Ⅲ) 突襲

4 せんじゅつ
戦術
(名) 戰術

5 ざんこく（な）
残酷（な）
(な形) 殘酷

6 ぼうりょく
暴力
(名) 暴力

❶ 敵の陣地を爆撃します。

❷ 戦場に兵士が次々と送り込まれます。

❸ 追い詰められた軍隊が、奇襲攻撃しました。

❹ 誰も見たことのない戦術で戦いました。

❺ 戦争は残酷極まりない行為です。

❻ どんな理由があろうとも、暴力は嫌いです。

	例句出現的		原形／接續原則	意義	詞性
❶	敵	→	敵	敵人	名詞
	陣地	→	陣地	陣地	名詞
❷	次々と	→	次々と	接連不斷	副詞
	送り込まれます	→	送り込まれる	被送到	送り込む的被動形
❸	追い詰められた	→	追い詰められる	被逼到絕境	追い詰める的被動形
❹	誰も	→	誰＋も	誰都～	文型
	見た	→	見る	看	動Ⅱ
	見たことのない	→	見た＋ことのない	不曾看過	文型
	戦術で	→	名詞＋で	利用～	文型
	戦いました	→	戦う	作戰	動Ⅰ
❺	残酷極まりない	→	な形容詞＋極まりない	非常～	文型
❻	どんな	→	どんな	什麼樣的	な形
	あろう	→	ある	有（事或物）	動Ⅰ
	あろうとも	→	動詞意向形＋とも	不管～都～	文型
	嫌い	→	嫌い	討厭	な形

❶ 轟炸敵人的陣地。

❷ 士兵被相繼送上戰場。

❸ 被逼到絕境的軍隊突襲了。

❹ 用前所未見的戰術作戰。

❺ 戰爭是非常殘酷的行為。

❻ 不管有什麼理由，暴力都是令人厭惡的。

懷孕
(1)

MP3 136

1 試験管ベビー
（名）試管嬰兒

2 不妊
（名）不孕

3 妊娠テスト
（名）驗孕

4 出生前検診
（名）產檢

5 出産予定日
（名）預產期

6 出産育児休暇
（名）產假

❶ 今では試験管ベビーは、さほど驚くことではありません。

❷ 不妊に悩んだ挙句、治療に踏み切ります。

❸ 妊娠テストの結果は陽性でした。

❹ 妊娠判明後、出生前検診の予約をしてください。

❺ 出産予定日はいつですか？

❻ 女性の出産育児休暇は合計1年です。

	例句出現的		原形／接續原則	意義	詞性
❶	さほど	→	さほど	那麼	副詞
	驚く	→	驚く	驚奇、驚訝	動Ⅰ
❷	悩んだ	→	悩む	煩惱	動Ⅰ
	悩んだ挙句	→	動詞た形＋挙句	做～後・結果～	文型
	踏み切ります	→	踏み切る	決心	動Ⅱ
❸	陽性	→	陽性	陽性	名詞
❹	妊娠判明	→	妊娠判明	確認懷孕	名詞
	妊娠判明後	→	名詞＋後	～之後	文型
	予約をして	→	予約をする	預約	動Ⅲ
	予約をしてください	→	動詞て形＋ください	請做～	文型
❺	いつ	→	いつ	什麼時候	疑問詞
❻	合計	→	合計	總計	名詞
	合計1年	→	合計＋數量詞	總計～數量	文型

中譯

❶ 現在做試管嬰兒，並不是什麼驚訝的事情。
❷ 因為不孕而苦惱，最後決定接受治療。
❸ 驗孕的結果是陽性。
❹ 確定懷孕後，請預約產檢時間。
❺ 預產期是什麼時候？
❻ 女性的產假一共是一年。

1
にんぷ
妊婦
(名)孕婦

2
つわりになる
(動Ⅰ)害喜

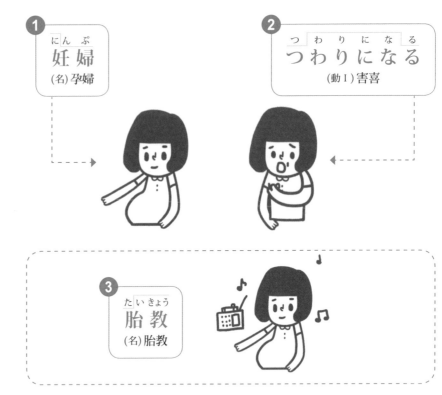

3
たいきょう
胎教
(名)胎教

4
じんつう
陣痛
(名)陣痛

5
ぶんべん
分娩
(名)分娩

6
りゅうざん
流産
(名)流產

7
ちゅうぜつ
中絶
(名)墮胎

❶ 妊婦さんに席を譲ります。

❷ 妊娠前期は、つわりになりました。

❸ クラシック音楽は胎教に良いと聞きます。

❹ 陣痛が10分間隔で始まったので、病院に連絡しました。

❺ 分娩室に移動し、いよいよ出産です！

❻ 流産は、女性にとって肉体的にも精神的にも大変辛い出来事です。

❼ 近年未成年者の妊娠及び中絶が問題となっています。

學更多

	例句出現的		原形／接續原則	意義	詞性
❶	譲ります	→	譲る	禮讓	動Ⅰ
❷	妊娠前期	→	妊娠前期	懷孕初期	名詞
❸	胎教に良い	→	名詞＋に良い	對～很好	文型
	良いと聞きます	→	い形容詞＋と聞く	聽說～	文型
❹	１０分間隔で	→	數量詞＋間隔で	每隔～數量	文型
	始まった	→	始まる	開始	動Ⅰ
	始まったので	→	動詞た形＋ので	因為～	文型
	連絡しました	→	連絡する	聯絡	動Ⅲ
❺	移動し	→	移動する	移動	動Ⅲ
	いよいよ	→	いよいよ	終於	副詞
❻	女性にとって	→	對象＋にとって	對～而言	文型
	辛い	→	辛い	痛苦的	い形
	出来事	→	出来事	事情	名詞
❼	妊娠及び中絶	→	名詞A＋及び＋名詞B	名詞A及名詞B	文型
	問題となっています	→	名詞＋となっている	變成～	文型

中譯

❶ 讓座給孕婦。

❷ 懷孕初期有害喜。

❸ 聽說古典音樂對胎教很好。

❹ 開始每隔10分鐘一次的陣痛，所以跟醫院聯絡了。

❺ 送到分娩室，準備生產了！

❻ 對女性而言，流產在肉體和精神上都是非常痛苦的事情。

❼ 近年來，未成年者懷孕及墮胎形成嚴重的問題。

減肥(1)

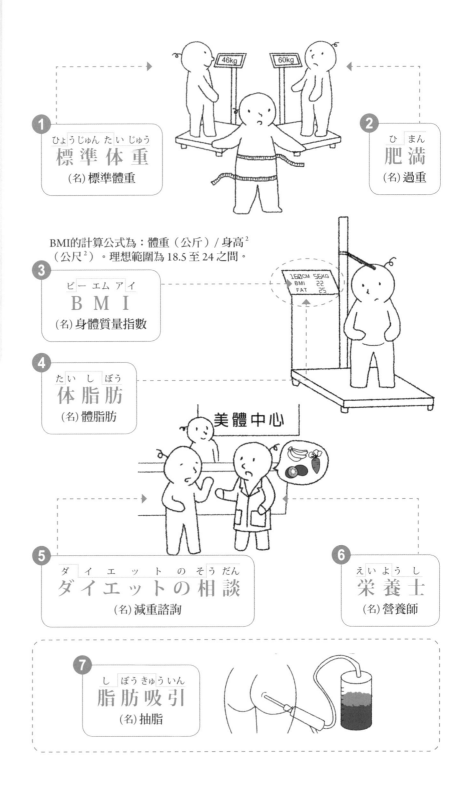

1 ひょうじゅんたいじゅう
標準体重
(名) 標準體重

2 ひまん
肥満
(名) 過重

BMI的計算公式為：體重（公斤）/ 身高^2
（公尺^2）。理想範圍為 18.5 至 24 之間。

3 ビー エム アイ
B M I
(名) 身體質量指數

4 たいしぼう
体脂肪
(名) 體脂肪

美體中心

5 ダ イ エ ッ ト の そうだん
ダイエットの相談
(名) 減重諮詢

6 えいようし
栄養士
(名) 營養師

7 し ぼうきゅういん
脂肪吸引
(名) 抽脂

❶ 多くの女性は、標準体重を下回っているのにまだ痩せたがります。

❷ 父はお酒が好きで、肥満気味です。

❸ 身長と体重からＢＭＩを出します。

❹ 痩せていても、体脂肪率が高い人もいます。

❺ 最近ダイエットの相談に来る人が多いです。

❻ 栄養士の資格を取るために、学校へ行きます。

❼ 脂肪吸引を試してみたいですが、お金がありません。

學更多

	例句出現的		原形／接續原則	意義	詞性
❶	下回って	→	下回る	低於	動Ⅰ
	下回っている	→	動詞て形＋いる	目前狀態	文型
	下回っているのに	→	動詞ている形＋のに	明明～，卻～	文型
	痩せたがります	→	動詞ます形＋たがる	（第三人稱）想要做～	文型
❷	肥満気味	→	名詞＋気味	有點～	文型
❸	出します	→	出す	導出	動Ⅰ
❹	痩せて	→	痩せる	瘦	動Ⅱ
	痩せていて	→	動詞て形＋いる	目前狀態	文型
	痩せていても	→	痩せていて＋も	即使瘦，也～	文型
❺	来る	→	来る	來	動Ⅲ
❻	取る	→	取る	取得	動Ⅰ
	取るために	→	動詞辭書形＋ために	為了～	文型
❼	試して	→	試す	嘗試	動Ⅰ
	試してみたい	→	動詞て形＋みたい	想要做～看看	文型

中譯

❶ 許多女性的體重明明低於標準體重，卻還想要更瘦。

❷ 父親喜歡喝酒，而且體重有點過重。

❸ 從身高和體重導出身體質量指數。

❹ 也有人雖然很瘦，體脂肪率也很高。

❺ 最近有很多人來做減重諮詢。

❻ 為了考取營養師證照而去上學。

❼ 想要試看看抽脂，可是沒有錢。

139

減肥(2)

MP3 139

1
ていカロリー
低カロリー
(名)低卡路里

2
ダイエットレシピ
（diet recipe）
(名)減肥食譜

3
おきかえメニュー
置き換えメニュー
(名)代餐

代餐為取代部分或全部正餐的食物。具高纖、低熱量、有飽足感等特質，可藉此控制食量及熱量。

4
さぎこうこく
詐欺広告
(名)不實廣告

5
ダイエットのくすり
ダイエットの薬
(名)減肥藥

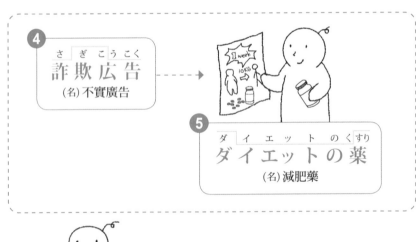

6
かしょくしょう
過食症
(名)貪食症

7
きょしょくしょう
拒食症
(名)厭食症

❶ 低カロリーの食事を心がけます。

❷ インターネットで、ダイエットレシピを見ます。

❸ 置き換えメニューを昼食にします。

❹ 信用し難い内容のダイエットの詐欺広告には、騙されません。

❺ ダイエットの薬は副作用が強いので、注意が必要です。

❻ 彼女は、ストレス性の過食症と診断されました。

❼ 拒食症は、ひどくなると死に至る可能性があります。

	例句出現的		原形／接續原則	意義	詞性
❶	心がけます	→	心がける	留心、注意	動Ⅱ
❷	見ます	→	見る	看	動Ⅱ
❸	昼食にします	→	名詞＋にする	做為〜	文型
❹	信用し	→	信用する	相信	動Ⅲ
	信用し難い	→	動詞ます形＋難い	難以〜	文型
	騙されません	→	騙される	被騙	騙す的被動形
❺	強いので	→	い形容詞＋ので	因為〜	文型
❻	ストレス性	→	ストレス性	壓力性	名詞
	過食症と診断されました	→	名詞＋と診断される	被診斷為〜	文型
❼	ひどくなる	→	ひどい＋くなる	變嚴重	文型
	ひどくなると	→	動詞辭書形＋と	一〜，就〜	文型
	死に至る	→	死に至る	致死	動Ⅰ
	死に至る可能性があります	→	動詞辭書形＋可能性がある	可能會〜	文型

中譯

❶ 小心攝取低卡路里的飲食。
❷ 在網路上參考減肥食譜。
❸ 以代餐做為午餐。
❹ 不要被內容難以置信的減肥不實廣告給騙了。
❺ 減肥藥的副作用很強，服用時要很小心。
❻ 她被診斷出有壓力性的貪食症。
❼ 厭食症一旦惡化，可能會致死。

1
しんちんたいしゃ
新陳代謝
(名)新陳代謝

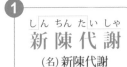

2
じゅうぶん な すいみん
十分 な 睡眠
(名)睡眠充足

3
からだ の けんこう
体 の 健康
(名)生理健康

4
こころ の けんこう
心 の 健康
(名)心理健康

5
たいない どけい
体内時計
(名)生理時鐘

6
けんこうしんだん
健康診断
(名)健康檢查

7
けつあつ
血圧
(名)血壓

❶ 年をとると、新陳代謝が悪くなります。
❷ 健康な体のためには、運動だけでなく、十分な睡眠もとても重要です。
❸ 体の健康は気にしていましたが、心の健康は見落としていました。
❹ あまりストレスの溜まる生活をしていると、心の健康に害を及ぼします。
❺ 時差のせいで、体内時計が狂っているようです。
❻ 一年に一度、会社の健康診断を受けます。
❼ 血圧が高いので、塩分のとりすぎに気をつけています。

學更多

	例句出現的		原形／接續原則	意義	詞性
❶	年をとる	→	年をとる	上年紀	動I
	年をとると	→	動詞辭書形＋と	一～，就～	文型
	悪くなります	→	悪い＋くなる	變差	文型
❷	健康な体のためには	→	名詞＋のためには	為了～	文型
	運動だけでなく	→	名詞＋だけでなく	不只是～	文型
❸	気にして	→	気にする	在意	動III
	見落として	→	見落とす	忽略	動I
❹	溜まる	→	溜まる	累積	動I
	生活をして	→	生活をする	過生活	動III
	害を及ぼします	→	害を及ぼす	危害	動I
❺	時差のせいで	→	名詞＋のせいで	由於～原因（出現負面結果）	文型
	狂って	→	狂う	失常、亂掉	動I
	狂っているよう	→	動詞ている形＋よう	好像～	文型
❻	受けます	→	受ける	接受	動II
❼	気をつけて	→	気をつける	注意	動II

中譯

❶ 年紀一大，新陳代謝就會變差。
❷ 要有健康的身體，不只要運動，睡眠充足也很重要。
❸ 在意生理健康，卻忽略了心理健康。
❹ 如果累積過多的壓力過生活，會危害到心理健康。
❺ 因為時差的關係，生理時鐘好像亂掉了。
❻ 接受公司一年一次的健康檢查。
❼ 血壓很高，所以會注意鹽分過度攝取的問題。

141 健康(2)

MP3 141

1. けんこうしょくひん
健康食品
(名) 健康食品

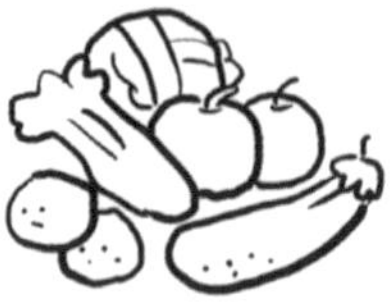

2. ゆうきしょくひん
有機食品
(名) 有機食品

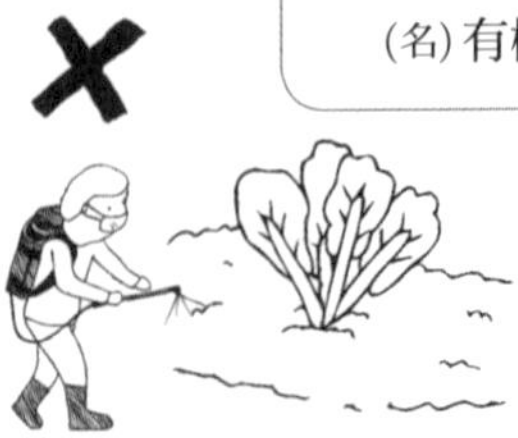

3. えいようのバランス
栄養のバランス
(名) 營養均衡

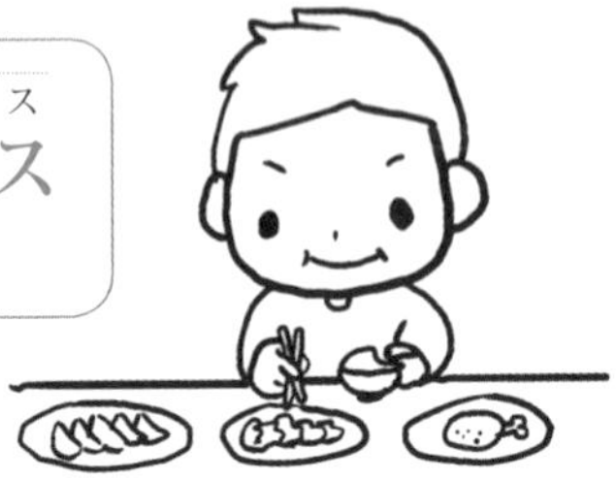

4. たいじゅうせいげん
体重制限
(名) 體重控制

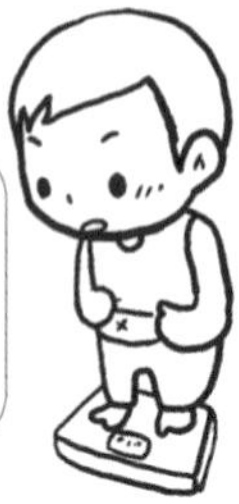

5. タバコをやめる
タバコをやめる
(動 II) 戒煙

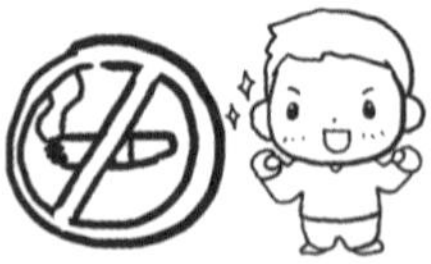

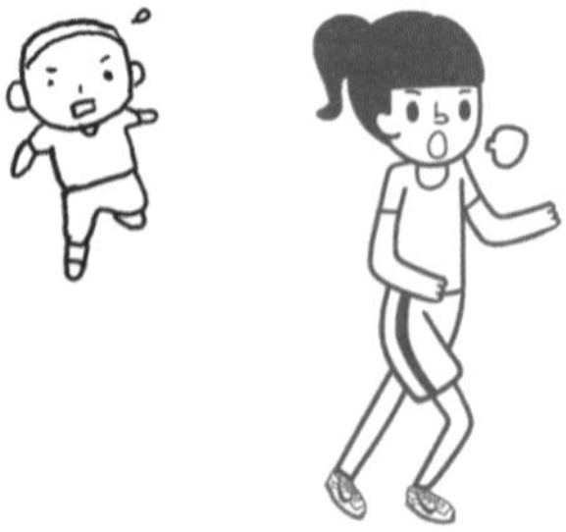

6. ゆうさんそうんどう
有酸素運動
(名) 有氧運動

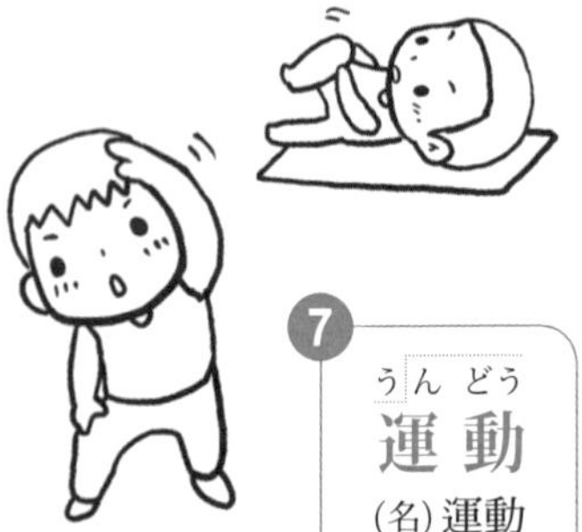

7. うんどう
運動
(名) 運動

❶ 最近先進国を中心として、健康食品ブームです。

❷ 有機栽培した農作物やそれから作られた食品の総称を、有機食品と言います。

❸ 母は、いつも栄養のバランスを考えた食事を作ってくれます。

❹ 乗馬が趣味なので、常に体重制限に気をつけています。

❺ 体に悪いので、タバコをやめることにしました。

❻ 食事に気をつける他、有酸素運動を行うと効果的にダイエットができます。

❼ 毎日適度な運動を心がけています。

	例句出現的		原形／接續原則	意義	詞性
❶	先進国を中心として	→	名詞＋を中心とする	以～為中心	文型
❷	有機栽培した	→	有機栽培する	有機栽培	動Ⅲ
	作られた	→	作られる	被製作	作る的被動形
	有機食品と言います	→	名詞＋と言う	稱為～	文型
❸	作って	→	作る	製作	動Ⅰ
	作ってくれます	→	動詞て形＋くれる	別人為我做～	文型
❹	趣味なので	→	名詞＋な＋ので	因為～	文型
	気をつけて	→	気をつける	注意	動Ⅱ
❺	体に悪い	→	名詞＋に＋悪い	對～不好	文型
	体に悪いので	→	い形容詞＋ので	因為～	文型
	やめることにしました	→	動詞辭書形＋ことにしました	決定做～了	文型
❻	気をつける他	→	動詞辭書形＋他	除了做～	文型
	行う	→	行う	實行	動Ⅰ
	行うと	→	動詞辭書形＋と	如果～的話，就～	文型
❼	心がけて	→	心がける	記在心裡	動Ⅱ

❶ 最近，以先進國家為主，出現了健康食品風潮。

❷ 有機栽培的農作物和以此為原料製成的食品，統稱為「有機食品」。

❸ 母親為我們做飯時，總是會考慮營養均衡的問題。

❹ 騎馬是我的興趣，所以會隨時注意體重控制。

❺ 抽煙對身體不好，所以決定戒煙。

❻ 除了注意飲食之外，做有氧運動也可以有效地減肥。

❼ 記得每天做適度的運動。

142

不健康(1)

MP3 142

1 びょうじゃく（な）
病弱（な）
(な形) 病厭厭

2 しんたいのうりょくのすいじゃく
身体能力の衰弱
(名) 體能衰弱

3 かおいろがわるい
顔色が悪い
(い形) 臉色蒼白

4 しょうかふりょう
消化不良
(名) 消化不良

5 こつそしょうしょう
骨粗鬆症
(名) 骨質疏鬆

❶ 病弱な母に代わって、幼い頃から食事は私が作っていました。

❷ 年をとって寝たきりになったら、急に身体能力の衰弱が進みました。

❸ 大丈夫ですか？何だか顔色が悪いですよ。

❹ 食べすぎで、消化不良になります。

❺ 女性は、骨粗鬆症に気をつけた方がいいです。

學更多

例句出現的		原形／接續原則	意義	詞性
❶ 代わって	→	代わる	代替	動 I
幼い頃	→	幼い頃	小時候	名詞
作って	→	作る	製作	動 I
作っていました	→	動詞て形＋いました	過去維持的狀態	文型
❷ 年をとって	→	年をとる	上年紀	動 I
寝たきり	→	寝たきり	久臥不起	名詞
寝たきりになった	→	名詞＋になる	變成～	文型
寝たきりになったら	→	動詞た形＋ら	如果～的話	文型
急に	→	急に	突然	副詞
進みました	→	進む	惡化	動 I
❸ 何だか	→	何だか	總覺得	副詞
❹ 食べすぎ	→	食べすぎ	吃太多	名詞
食べすぎで	→	名詞＋で	因為～	文型
消化不良になります	→	名詞＋になる	變成～	文型
❺ 気をつけた	→	気をつける	注意	動 II
気をつけた方がいい	→	動詞た形＋方がいい	做～比較好	文型

中譯

❶ 從小我就代替病懨懨的母親做飯。
❷ 年紀增長後，如果老是躺著不動，體能衰弱的情況就會突然惡化。
❸ 你沒事吧？總覺得你臉色蒼白。
❹ 吃太多造成消化不良。
❺ 女性要多注意骨質疏鬆的問題比較好。

143

不健康(2)

MP3 143

① 睡眠不足
(名)睡眠不足

② 偏食
(名)偏食

③ 飲酒
(名)喝酒

④ 喫煙
(名)抽煙

⑤ 高血圧
(名)高血壓

⑥ 高カロリー
(名)高熱量

⑦ 高コレステロール
(名)高膽固醇

❶ 睡眠不足が続いて、とうとう風邪を引いてしまいました。

❷ 彼は、子供の頃から偏食でした。

❸ 飲酒は 週 一回にします。

❹ どうしても、長年の喫煙の 習 慣だけは改善されません。

❺ 高血圧は放って置くと危険です。

❻ ダイエット 中 は、高カロリーの 食品は 極 力 避けるべきです。

❼ 高コレステロールの 食品ばかり食べていると、動 脈 硬化にな
る恐れがあります。

學更多

	例句出現的		原形／接續原則	意義	詞性
❶	続いて	→	続く	持續	動 I
	風邪を引いて	→	風邪を引く	感冒	動 I
	引いてしまいました	→	動詞て形＋しまいました	無法挽回的遺憾	文型
❷	子供の頃	→	子供の頃	小時候	名詞
❸	一回にします	→	名詞＋にする	決定成～	文型
❹	どうしても	→	どうしても	無論如何也～	副詞
	改善されません	→	改善される	被改善	改善する的被動形
❺	放って置く	→	放って置く	放著不管	動 I
	放って置くと	→	動詞辭書形＋と	如果～的話，就～	文型
❻	避ける	→	避ける	避免	動 II
	避けるべき	→	動詞辭書形＋べき	應該做～	文型
❼	食品ばかり	→	名詞＋ばかり	只～、光～	文型
	食べている	→	動詞て形＋いる	目前狀態	文型
	食べていると	→	動詞ている形＋と	如果～的話，就～	文型
	なる恐れがあります	→	動詞辭書形＋恐れがある	可能會～	文型

中譯

❶ 持續睡眠不足，結果感冒了。

❷ 他從小就偏食。

❸ 喝酒一星期一次。

❹ 只有長年的抽煙習慣，是無論如何都改不掉的。

❺ 高血壓如果置之不理是很危險的。

❻ 減肥期間，應該極力避免吃高熱量的食物。

❼ 老是吃高膽固醇的食物，可能會動脈硬化。

MP3 144

①

まばたきをする
（動Ⅲ）眨眼

②

目を閉じる
（動Ⅱ）閉眼

③

目を細める
（動Ⅱ）瞇眼

④

一重まぶた
（名）單眼皮

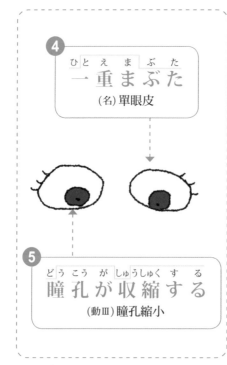

⑤

瞳孔が収縮する
（動Ⅲ）瞳孔縮小

⑥

二重まぶた
（名）雙眼皮

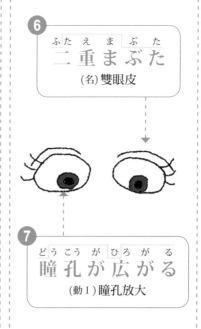

⑦

瞳孔が広がる
（動Ⅰ）瞳孔放大

❶ 太陽が眩しくて、まばたきをします。

❷ 目を閉じてお祈りします。

❸ よく見るために目を細めます。

❹ 一重まぶたのメイクは難しいです。

❺ 怒ると瞳孔が収縮します。

❻ 二重まぶたのぱっちりした目になりたいです。

❼ 好きなものや興味のあるものを見ると、瞳孔が広がります。

學更多

	例句出現的		原形／接續原則	意義	詞性
❶	眩しく	→	眩しい	刺眼的	い形
	眩しくて	→	眩しい＋くて	因為刺眼	文型
❷	お祈り	→	祈る	祈禱	動I
	お祈りします	→	お＋動詞ます形＋します	（動作涉及對方的）做～	文型
❸	見る	→	見る	看	動II
	見るために	→	動詞辭書形＋ために	為了～	文型
❹	メイク	→	メイク	化妝	名詞
❺	怒る	→	怒る	生氣	動I
	怒ると	→	動詞辭書形＋と	一～・就～	文型
❻	ぱっちりした	→	ぱっちりする	眼睛大而水靈	動III
	なり	→	なる	變成	動I
	なりたい	→	動詞ます形＋たい	想要做～	文型
❼	ある	→	ある	有（事或物）	動I
	見ると	→	動詞辭書形＋と	如果～的話，就～	文型

中譯

❶ 太陽太刺眼，所以眨眼。

❷ 閉眼祈禱。

❸ 為了看清楚而瞇眼看。

❹ 單眼皮很難上妝。

❺ 一生氣，就會瞳孔縮小。

❻ 想變成有雙眼皮，水靈靈的大眼睛。

❼ 看到喜歡的或有興趣的東西，就會瞳孔放大。

MP3 145

1

| め | が | は | | れ | る |

目が腫れる

(動Ⅱ)眼皮腫起

2

| め | が | い | た | い |

目が痛い

(い形)眼睛酸痛

3

| め | の | い | ろ |

目の色

(名)眼睛顏色

4

| レ | ー | ザ | ー | しゅ | じゅつ |

レーザー手術

(名)角膜雷射手術

5

| め | を | こ | す | る |

目をこする

(動Ⅰ)揉眼睛

6

| し | りょく | が | お | ち | る |

視力が落ちる

(動Ⅱ)視力衰退

7

| し | せん |

視線

(名)視線/眼光

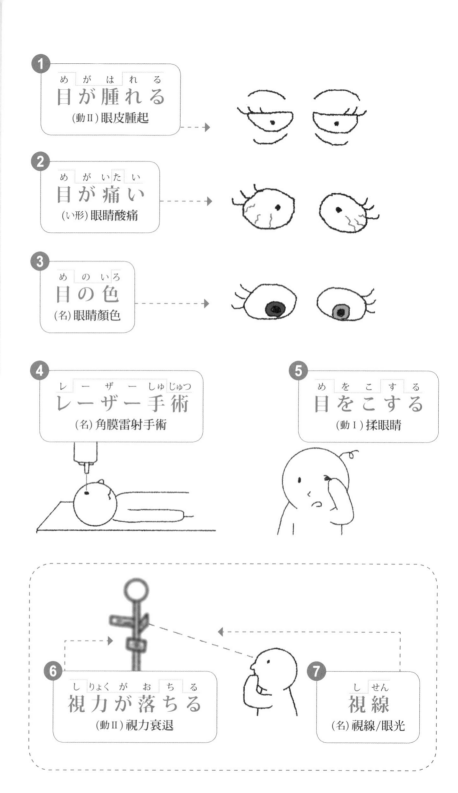

❶ あまり泣きすぎると、目が腫れるよ！

❷ 日焼け止めクリームが目に入って、目が痛いです。

❸ 目の色は遺伝します。

❹ レーザー手術で視力が回復しました。

❺ 眠い目をこすって、朝ごはんを食べます。

❻ テレビゲームばかりしていると、視力が落ちます。

❼ 人の視線を気にします。

學更多

	例句出現的		原形／接續原則	意義	詞性
❶	あまり	→	あまり	太	副詞
	泣きすぎる	→	泣きすぎる	哭得太厲害	動II
	泣きすぎると	→	動詞辭書形＋と	如果～的話，就～	文型
❷	入って	→	入る	進入	動I
❸	遺伝します	→	遺伝する	遺傳	動III
❹	回復しました	→	回復する	恢復	動III
❺	眠い	→	眠い	想睡的	い形
	朝ごはん	→	朝ごはん	早餐	名詞
	食べます	→	食べる	吃	動II
❻	テレビゲームばかり	→	名詞＋ばかり	只～、光～	文型
	して	→	する	做	動III
	している	→	動詞て形＋いる	目前狀態	文型
	していると	→	動詞ている形＋と	如果～的話，就～	文型
❼	気にします	→	気にする	在意	動III

中譯

❶ 哭得太厲害，眼皮會腫起來喔！
❷ 防曬乳跑進眼睛，造成眼睛酸痛。
❸ 眼睛顏色是遺傳的。
❹ 透過角膜雷射手術，讓視力恢復正常。
❺ 揉著想睡的眼睛吃早餐。
❻ 老是打電動的話，會使視力衰退。
❼ 很在乎別人的眼光。

1
さい けつ（ する）
採血（する）
(名・動Ⅲ)抽血

2
けつ えき けん さ
血液検査
(名)驗血

3
ゆ けつ（ する）
輸血（する）
(名・動Ⅲ)輸血

4
ひん けつ
貧血
(名)貧血

5
けつ えき バ ン ク の けつ えき ぶ そく
血液バンクの血液不足
(名)血庫缺血

6
けん けつ（ する）
献血（する）
(名・動Ⅲ)捐血

7
きょ ぜつ はん のう
拒絶反応
(名)排斥現象

醫學上的「移植物抗宿主反應」；俗稱「排斥現象」或「排斥反應」。

❶ アレルギーテストをするために、採血します。

❷ 血液検査で自分の血液型を知ります。

❸ 交通事故でけがをした人に、輸血します。

❹ 鉄分不足で貧血になってしまいました。

❺ 血液バンクの血液不足に協力します。

❻ 献血すると、自分の健康状態も分かります。

❼ 臓器移植をすると、拒絶反応が起きます。

	例句出現的		原形／接續原則	意義	詞性
❶	アレルギーテストをする	→	アレルギーテストをする	做過敏檢測	動Ⅲ
	アレルギーテストをするために	→	動詞辭書形＋ために	為了～	文型
❷	血液検査で	→	名詞＋で	利用～	文型
	知ります	→	知る	知道	動Ⅰ
❸	交通事故で	→	名詞＋で	因為～	文型
	けがをした	→	けがをする	受傷	動Ⅲ
❹	貧血になって	→	貧血になる	變成貧血	動Ⅰ
	貧血になってしまいました	→	動詞て形＋しまいました	無法挽回的遺憾	文型
❺	協力します	→	協力する	協助	動Ⅲ
❻	献血すると	→	動詞辭書形＋と	如果～的話，就～	文型
	分かります	→	分かる	知道	動Ⅰ
❼	臓器移植をする	→	臓器移植をする	做器官移植	動Ⅲ
	臓器移植をすると	→	動詞辭書形＋と	如果～的話，就～	文型
	起きます	→	起きる	發生	動Ⅱ

中譯

❶ 為了做過敏檢測而抽血。
❷ 透過驗血得知自己的血型。
❸ 輸血給車禍受傷的人。
❹ 因為缺鐵造成貧血。
❺ 協助解決血庫缺血的問題。
❻ 捐血也可以知道自己的健康狀況。
❼ 如果進行器官移植，就會產生排斥現象。

MP3 147

1 けつ えき がた
血 液 型
(名)血型

2 まれ な けつ えき がた
稀 な 血 液 型
(名)罕見血型

3 ヘモグロビン
（hemoglobin）
(名)血紅素

内含血紅素，
具有運輸氧氣
的功能。

4 せっ けっ きゅう
赤 血 球
(名)紅血球

紅血球內的帶氧色素。

扮演抵抗外來病菌
入侵的功能。

5 はっ けっ きゅう
白 血 球
(名)白血球

6 ち が で る
血 が 出 る
(動Ⅱ)流血

7 けっ かん
血 管
(名)血管

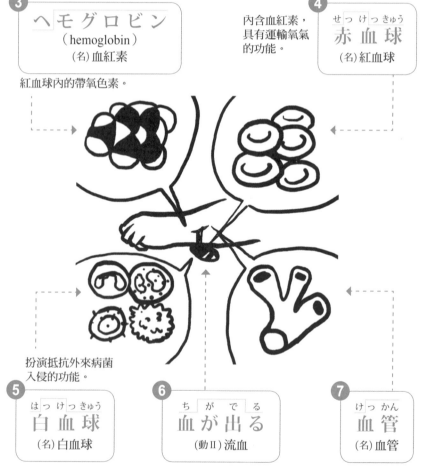

❶ 異なる血液型の血液の取り扱いには、十分注意しなければなりません。

❷ 稀な血液型とは、輸血の際に支障をきたすような極めて発現率の低い血液型のことを言います。

❸ 赤血球の色素は、ヘモグロビンによります。

❹ 赤血球の数が少ないと、貧血になります。

❺ 白血球は、外部から体内に侵入した細菌・ウイルスなどの異物を排除します。

❻ 転んで膝から血が出ます。

❼ 血管に針を刺して、採血します。

	例句出現的		原形／接續原則	意義	詞性
❶	異なる	→	異なる	不同	動Ⅰ
	注意しなければ	→	注意する	注意	動Ⅲ
	注意しなければなりません	→	動詞ない形＋なければならない	必須做〜	文型
❷	支障をきたす	→	支障をきたす	帶來障礙	動Ⅰ
	支障をきたすような	→	支障をきたす＋ような＋名詞	像是會帶來障礙的〜	文型
❸	ヘモグロビンによります	→	名詞＋による	來自於〜	文型
❹	少ないと	→	い形容詞＋と	如果〜的話，就〜	文型
	貧血になります	→	貧血になる	變成貧血	動Ⅰ
❺	侵入した	→	侵入する	侵入	動Ⅲ
	ウイルスなど	→	名詞＋など	〜之類的	文型
	排除します	→	排除する	排除	動Ⅲ
❻	転んで	→	転ぶ	跌倒	動Ⅰ
❼	刺して	→	刺す	刺	動Ⅰ
	採血します	→	採血する	抽血	動Ⅲ

中譯

❶ 處理不同血型的血液時，必須十分小心。

❷ 所謂的罕見血型，是指在輸血時會發生阻礙、發現率極低的血型。

❸ 紅血球的色素，來自於血紅素。

❹ 紅血球數量太少的話，就會貧血。

❺ 白血球會將外部入侵體內的細菌、病毒等異物加以排除。

❻ 跌倒後，膝蓋流血。

❼ 把針刺進血管抽血。

1
病気になる
びょうきになる
(動Ⅰ)生病

2
急診
きゅうしん
(名)急診

3
診察券を受付に出す
しんさつけんをうけつけにだす
(動Ⅰ)掛號

4
点滴を打つ
てんてきをうつ
(動Ⅰ)打點滴

5
医師が紹介状を書いてくれる
いしがしょうかいじょうをかいてくれる
(動Ⅱ)醫生協助轉診

❶ 疲労が重なり、とうとう病気になってしまいました。

❷ 休日だったので、急診の窓口に行きます。

❸ 総合病院に行ったら、まず診察券を受付に出しましょう。

❹ 食欲がなく何も食べることができないので、点滴を打って栄養を補給します。

❺ かかりつけの医者ががん専門医へ紹介状を書いてくれました。

	例句出現的		原形／接續原則	意義	詞性
❶	重なり	→	重なる	累積	動 I
	とうとう	→	とうとう	最終	副詞
	病気になってしまいました	→	動詞て形＋しまいました	無法挽回的遺憾	文型
❷	休日だったので	→	名詞た形＋ので	因為～	文型
	行きます	→	行く	去	動 I
❸	行った	→	行く	去	動 I
	行ったら	→	動詞た形＋ら	如果～的話	文型
	まず	→	まず	首先	副詞
❹	なく	→	ない	沒有	い形
	何も	→	何も	什麼都	副詞
	食べる	→	食べる	吃	動 II
	食べることができない	→	動詞辭書形＋ことができない	無法做～	文型
	食べることができないので	→	食べることができない＋ので	因為無法吃	文型
	補給します	→	補給する	補充	動 III
❺	かかりつけの医者	→	かかりつけの医者	經常就診的醫生	名詞
	がん専門医	→	がん専門医	癌症專門醫生	名詞

中譯

❶ 長期累積疲勞，最後生病了。
❷ 因為正值假日，所以去掛急診。
❸ 到綜合醫院看病時，要先掛號。
❹ 沒有食欲，什麼東西都吃不下，所以打點滴補充營養。
❺ 常看的醫生協助我轉診到癌症專門醫生。

1
しんさつしつ
診察室
(名)診療室

2
しょ ほう する
処方する
(動Ⅲ)開立處方

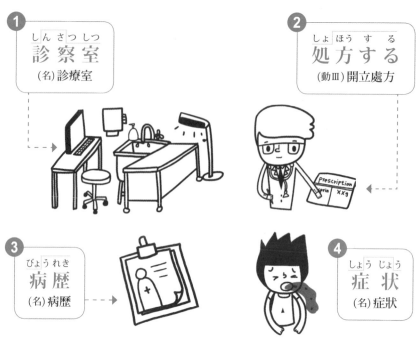

3
びょうれき
病歴
(名)病歴

4
しょうじょう
症状
(名)症狀

5
たい おん を はか る
体温を測る
(動Ⅰ)量體溫

6
ちゅうしゃ を う つ
注射を打つ
(動Ⅰ)打針

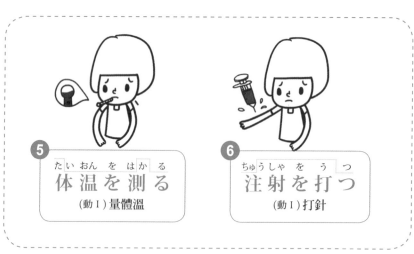

7
や く ぶつ ア レ ル ギ ー
薬物アレルギー
(名)藥物過敏

❶ 診察室は、カーテンで仕切られていました。

❷ 医師が薬を処方します。

❸ 家族の病歴を確認します。

❹ このまま放置すれば、症状は必ず悪化します。

❺ 看護婦が患者の体温を測ります。

❻ 風邪が長引いているので、注射を打ってもらいました。

❼ 患者の薬物アレルギーの有無を確かめます。

	例句出現的		原形／接續原則	意義	詞性
❶	カーテンで	→	名詞＋で	利用～	文型
	仕切られて	→	仕切られる	被隔開	仕切る的被動形
	仕切られていました	→	動詞て形＋いました	過去維持的狀態	文型
❷	薬を処方します	→	薬を処方する	配藥	動Ⅲ
❸	確認します	→	確認する	確認	動Ⅲ
❹	放置すれば	→	放置すれば	如果置之不理的話，就～	放置する的條件形
	悪化します	→	悪化する	惡化	動Ⅲ
❺	看護婦	→	看護婦	護士	名詞
❻	長引いて	→	長引く	拖延	動Ⅰ
	長引いている	→	動詞て形＋いる	目前狀態	文型
	長引いているので	→	動詞ている形＋ので	因為～	文型
	注射を打ってもらいました	→	動詞て形＋もらいました	請別人為我做了～	文型
❼	確かめます	→	確かめる	確認	動Ⅱ

中譯

❶ 用布簾把診療室隔開。

❷ 醫生配藥。

❸ 確認家人的病歷。

❹ 如果這樣置之不理，症狀一定會惡化。

❺ 護士為患者量體溫。

❻ 因為感冒拖很久都沒好，所以請醫生打針。

❼ 確認患者有沒有藥物過敏。

150 心情不好(1)

MP3 150

1 引きこもり（ひきこもり）
(名) 閉門不出

2 話したくない（はなしたくない）
(動 I) 不想說話

3 心を閉ざす（こころをとざす）
(動 I) 自我封閉

4 泣く（なく）
(動 I) 哭泣

5 憂鬱（な）（ゆううつ（な））
(な形) 憂鬱

6 慰める（なぐさめる）
(動 II) 安慰

❶ 外出して人に会うのが億劫で、家に引きこもりがちです。

❷ 思春期に両親と話したくないと思う子供は、少なくありません。

❸ 誰も気持ちを分かってくれないので、次第に心を閉ざしていきました。

❹ 誰でも辛く悲しい時は、泣くものです。

❺ 最近毎日何もすることがなくて、憂鬱です。

❻ 失敗して落ち込んでいる息子を慰めます。

	例句出現的		原形／接續原則	意義	詞性
❶	外出して	→	外出する	出門	動Ⅲ
	億劫	→	億劫	懶得做	な形
	引きこもりがち	→	名詞＋がち	常常～	文型
❷	話し	→	話す	說話	動Ⅰ
	話したくない	→	動詞ます形＋たくない	不想要做～	文型
	話したくないと思う	→	話したくない＋と思う	覺得不想說話	文型
	少なくありません	→	少ない＋くありません	不少	文型
❸	分かって	→	分かる	了解	動Ⅰ
	分かってくれない	→	動詞て形＋くれない	別人不為我做～	文型
	心を閉ざしていきました	→	動詞て形＋いきました	做～下去	文型
❹	誰でも	→	誰＋でも	不論是誰	文型
	辛く	→	辛い	痛苦的	い形
❺	何も	→	何も	什麼都	副詞
	する	→	する	做	動Ⅲ
	なくて	→	ない＋くて	因為沒有	文型
❻	失敗して	→	失敗する	失敗	動Ⅲ
	落ち込んで	→	落ち込む	沮喪	動Ⅰ

中譯

❶ 懶得出門和人見面交際，所以常常閉門不出。

❷ 不少小孩在青春期時，都不想跟父母說話。

❸ 沒有人能了解我的心情，所以漸漸變得自我封閉。

❹ 無論是誰，在痛苦、悲傷時都會哭泣。

❺ 最近每天都沒事做，覺得很憂鬱。

❻ 安慰因失敗而沮喪的兒子。

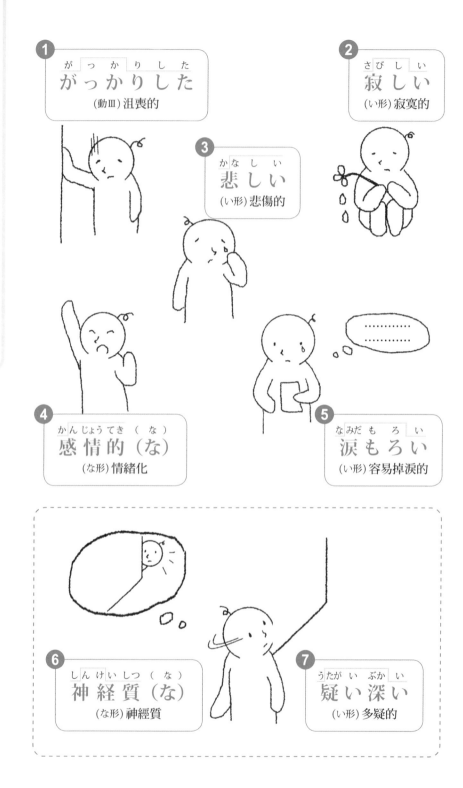

1
がっかりした
(動Ⅲ) 沮喪的

2
寂しい
(い形) 寂寞的

3
悲しい
(い形) 悲傷的

4
感情的（な）
(な形) 情緒化

5
涙もろい
(い形) 容易掉淚的

6
神経質（な）
(な形) 神經質

7
疑い深い
(い形) 多疑的

❶ 彼を信じていたのに、今回の彼の行為には、本当にがっかりさせられました。

❷ 異国で一人で生活していると、非常に寂しいです。

❸ こんなに辛く悲しい思いを、娘にさせたくないです。

❹ 母は、すぐ感情的になって怒ります。

❺ 産後、妙に涙もろくなりました。

❻ 神経質な性格は、母親譲りです。

❼ 妻は嫉妬心が強く、おまけに疑い深いです。

學更多

	例句出現的		原形／接續原則	意義	詞性
❶	信じて	→	信じる	相信	動Ⅱ
	信じていた	→	動詞て形＋いた	過去維持的狀態	文型
	信じていたのに	→	動詞た形＋のに	明明～・卻～	文型
	がっかりさせられました	→	がっかりさせられる	感到沮喪	がっかりする的使役被動形
❷	生活して	→	生活する	生活	動Ⅲ
	生活している	→	動詞て形＋いる	目前狀態	文型
	生活していると	→	動詞ている形＋と	如果～的話，就～	文型
❸	させ	→	させる	讓～感覺到	する的使役形
	させたくない	→	させたい＋くない	不想讓～感覺到	文型
❹	すぐ	→	すぐ	容易、動不動	副詞
	感情的になって	→	感情的になる	變成情緒化	動Ⅰ
	怒ります	→	怒る	生氣	動Ⅰ
❺	涙もろくなりました	→	涙もろい＋くなる	變成容易掉淚	文型
❻	母譲り	→	母譲り	遺傳自母親	名詞
❼	おまけに	→	おまけに	而且	副詞

中譯

❶ 明明很相信他，但他這次的作為真的讓人沮喪。

❷ 在異國獨自生活是非常寂寞的。

❸ 不想讓女兒有這麼痛苦又悲傷的心情。

❹ 母親動不動就情緒化而生氣。

❺ 生產後，奇妙地變得容易掉淚。

❻ 神經質性格，是遺傳自母親。

❼ 妻子嫉妒心很強，而且多疑。

感冒(1)

MP3 152

1 咳（せき）
(名)咳嗽

2 鼻水が出る（はなみずがでる）
(動II)流鼻水

3 めまい（めまい）
(名)暈眩

4 冷え性（ひえしょう）
(名)畏寒

5 発熱（はつねつ）
(名)發燒

❶ 咳がなかなか治らないと思ったら、気管支炎でした。

❷ どうやら鼻風邪を引いたようで、鼻水が出て止まりません。

❸ 原因不明のめまいに悩まされます。

❹ 冷え性に悩まされる女性は、少なくありません。

❺ 子供の急な発熱に効く薬を、教えてください。

	例句出現的		原形／接續原則	意義	詞性
❶	なかなか治らない	→	なかなか＋動詞否定形	不容易做～、一直不做～	文型
	治らない	→	治る	痊癒	動Ⅰ
	治らないと思ったら	→	動詞辭書形＋と思ったら	以為～，原來～	文型
	気管支炎	→	気管支炎	支氣管炎	名詞
❷	どうやら	→	どうやら	總覺得、好像	副詞
	鼻風邪を引いた	→	鼻風邪を引く	罹患輕微感冒	動Ⅰ
	鼻風邪を引いたよう	→	動詞た形＋よう	好像～	文型
	止まりません	→	止まる	停止	動Ⅰ
❸	悩まされます	→	悩まされる	因某事而被迫煩惱	悩む的使役被動形
❹	悩まされる	→	悩まされる	因某事而被迫煩惱	悩む的使役被動形
	少なくありません	→	少ない＋くありません	不少	文型
❺	急な発熱	→	急＋な＋名詞	突然的～	文型
	効く	→	効く	有效	動Ⅰ
	発熱に効く	→	名詞＋に効く	對～有效	文型
	教えて	→	教える	告訴	動Ⅱ
	教えてください	→	動詞て形＋ください	請做～	文型

❶ 以為是咳嗽一直好不了，原來是支氣管炎。
❷ 好像有點輕微感冒，流鼻水流不停。
❸ 為原因不明的暈眩所苦。
❹ 不少女性都為畏寒體質所苦。
❺ 請告訴我小孩突然發燒時，能有效退燒的藥物。

153 感冒(2)

MP3 153

1
い しゃ に か か る
医者にかかる
(動Ⅰ) 看醫生

2
かん じゃ
患者
(名)病患

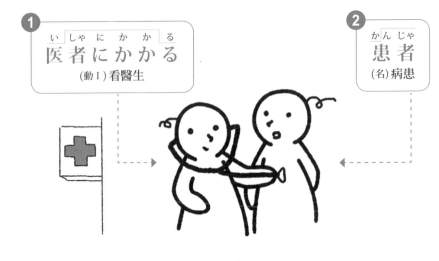

3
せき ど め シ ロ ッ プ
咳止めシロップ
(名)止咳糖漿

4
ワクチン
（Vakzin（德））
(名)疫苗

5
すい ぶん ほ きゅう
水分補給
(名)補充水分

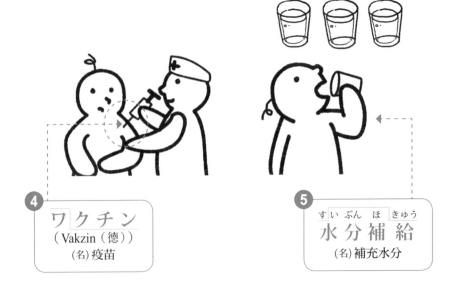

❶ 風邪が全然治らないので、医者にかかることにしました。

❷ 患者の容態が急変しました。

❸ 子供にも飲みやすいタイプの咳止めシロップを買います。

❹ 新生児が、ワクチンを接種します。

❺ 風邪を引いたら、水分補給を忘れずに！

學更多

	例句出現的		原形／接續原則	意義	詞性
❶	全然	→	全然	完全	副詞
	治ならい	→	治る	痊癒	動Ⅰ
	治らないので	→	動詞ない形＋ので	因為不～	文型
	医者にかかることにしました	→	動詞辭書形＋ことにしました	決定做～了	文型
❷	容態	→	容態	病情	名詞
	急変しました	→	急変する	驟變	動Ⅲ
❸	子供にも	→	對象＋にも	對於～對象也	文型
	飲み	→	飲む	服用	動Ⅰ
	飲みやすい	→	動詞ます形＋やすい	容易做～	文型
	タイプ	→	タイプ	類型	名詞
	買います	→	買う	買	動Ⅰ
❹	新生児	→	新生児	新生児	名詞
	接種します	→	接種する	接種	動Ⅲ
❺	風邪を引いた	→	風邪を引く	罹患感冒	動Ⅰ
	風邪を引いたら	→	動詞た形＋ら	如果～的話	文型
	忘れ	→	忘れる	忘記	動Ⅱ
	忘れずに	→	動詞ない形＋ずに	不要～	文型

中譯

❶ 感冒好不了，決定去看醫生。

❷ 病患的病情驟變了。

❸ 購買小孩也容易飲用的止咳糖漿。

❹ 新生兒要接種疫苗。

❺ 如果感冒了，別忘了補充水分！

籃球賽(1)

MP3 154

1 スターティングメンバー
（ starting member ）
(名) 先發球員

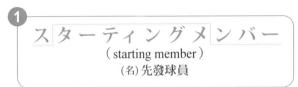

2 スリーポイントシュート
（ three point shoot ）
(名) 三分球

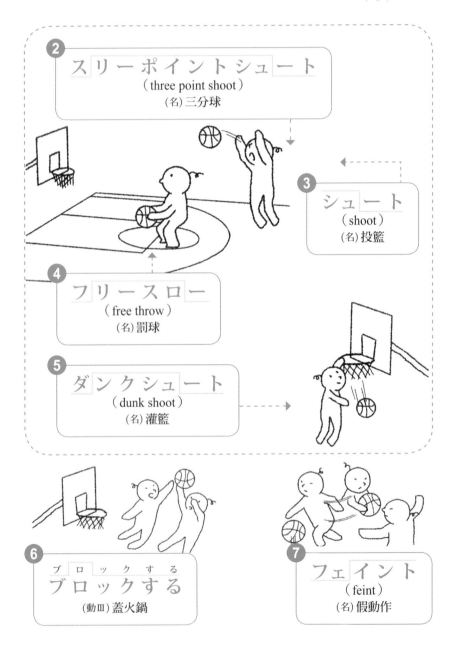

3 シュート
（ shoot ）
(名) 投籃

4 フリースロー
（ free throw ）
(名) 罰球

5 ダンクシュート
（ dunk shoot ）
(名) 灌籃

6 ブロックする
（動III）蓋火鍋

7 フェイント
（ feint ）
(名) 假動作

❶ 明日の試合のスターティングメンバーが発表されました。

❷ スリーポイントシュートの練習に励みます。

❸ 折角のシュートのチャンスを、逃してしまいました。

❹ ファウルがあったので、フリースローになりました。

❺ 黒人選手がダンクシュートを決めました。

❻ 相手チームを徹底的にブロックします。

❼ フェイントをかけて、相手のディフェンスを破ります。

學更多

	例句出現的		原形／接續原則	意義	詞性
❶	発表されました	→	発表される	被發表	発表する的被動形
❷	励みます	→	励む	努力	動Ⅰ
❸	折角	→	折角	難得	名詞
	逃して	→	逃す	錯過	動Ⅰ
	逃してしまいました	→	動詞て形＋しまいました	無法挽回的遺憾	文型
❹	ファウル	→	ファウル	犯規	名詞
	あった	→	ある	有（事或物）	動Ⅰ
	あったので	→	動詞た形＋ので	因為～	文型
	なりました	→	なる	變成	動Ⅰ
❺	ダンクシュートを決めました	→	ダンクシュートを決める	灌籃	動Ⅱ
❻	徹底的に	→	徹底的に	徹底	副詞
❼	フェイントをかけて	→	フェイントをかける	做假動作	動Ⅱ
	破ります	→	破る	突破	動Ⅰ

中譯

❶ 明天賽事的先發球員已經公佈了。

❷ 努力練習投三分球。

❸ 錯過了難得的投籃機會。

❹ 因為犯規所以有罰球的機會。

❺ 黑人選手灌籃了。

❻ 徹底給對方球隊蓋火鍋。

❼ 做假動作，突破對方的防守。

籃球賽(2)

1 ホームチーム
（home team）
(名)地主隊

2 アウェイチーム
（away team）
(名)客隊

3 パス
（pass）
(名)傳球

4 ドリブルする
ドリブルする
(動III)運球

5 えんちょうせん
延長戦
(名)延長賽

6 チアリーダー
（cheerleader）
(名)啦啦隊

7 てんをとる
点を取る
(動I)得分

❶ やっぱり、ホームチームを応援してあげたいです。

❷ アウェイチームの応援団も来ています。

❸ パスを回して繋げます。

❹ ドリブルして、相手をどんどん抜いていきます。

❺ 延長戦に突入したが、未だに点は入りません。

❻ チアリーダーのパフォーマンスは迫力がありました。

❼ 積極的に攻めて、点を取りに行きます。

學更多

例句出現的		原形／接續原則	意義	詞性
❶ 応援して	→	応援する	加油	動Ⅲ
応援してあげる	→	動詞て形＋あげる	為別人做〜	文型
応援してあげたい	→	動詞ます形＋たい	想要做〜	文型
❷ 来て	→	来る	來	動Ⅲ
来ています	→	動詞て形＋いる	目前狀態	文型
❸ 回して	→	回す	傳遞	動Ⅰ
繋げます	→	繋げる	連接	動Ⅱ
❹ 抜いて	→	抜く	穿越	動Ⅰ
抜いていきます	→	動詞て形＋いく	做〜下去	文型
❺ 突入した	→	突入する	闖進	動Ⅲ
突入したが	→	動詞た形＋が	雖然〜，但〜	文型
入りません	→	入る	獲得	動Ⅰ
❻ 迫力	→	迫力	震撼力	名詞
❼ 攻めて	→	攻める	進攻	動Ⅱ
点を取りに行きます	→	点を取りに行く	去得分	動Ⅰ

中譯

❶ 還是想為地主隊加油打氣。
❷ 客隊的加油隊也來了。
❸ 來回地傳球。
❹ 運球，不斷地穿越對方的阻擋。
❺ 雖然闖進延長賽，但目前還沒得分。
❻ 啦啦隊的表演非常有震撼力。
❼ 積極地進攻得分。

156

足球賽(1)

🔘 MP3 156

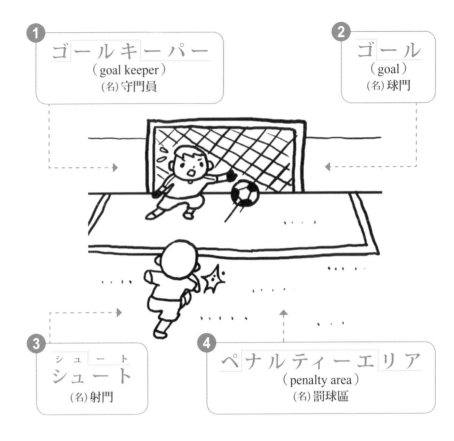

① ゴールキーパー
（ goal keeper ）
(名) 守門員

② ゴール
（ goal ）
(名) 球門

③ シュート
（シュート）
(名) 射門

④ ペナルティーエリア
（ penalty area ）
(名) 罰球區

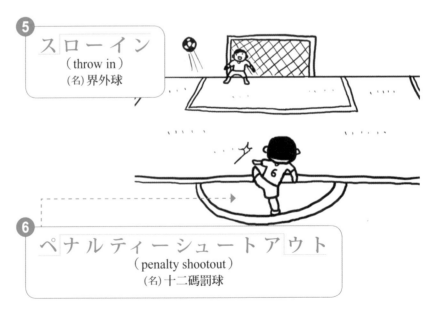

⑤ スローイン
（ throw in ）
(名) 界外球

⑥ ペナルティーシュートアウト
（ penalty shootout ）
(名) 十二碼罰球

❶ 今回の試合には、新人のゴールキーパーを使いました。

❷ チャンスはあっても、なかなかゴールに繋がりません。

❸ 試合の後半に、やっとシュートが決まりました。

❹ ペナルティーエリアはゴールの手前、長方形のスペースのことです。

❺ もしプレイヤーが蹴ったボールがラインを超えてしまったら、相手チームはスローインをすることができます。

❻ ペナルティーシュートアウトを制し、チームは１５年ぶりに優勝しました。

學更多

	例句出現的		原形／接續原則	意義	詞性
❶	使いました	→	使う	使用	動Ⅰ
❷	あって	→	ある	有（事或物）	動Ⅰ
	あっても	→	動詞て形＋も	即使～，也～	文型
	なかなか	→	なかなか＋動詞否定形	不容易做～、一直不做～	文型
	繋がりません	→	繋がる	連接	動Ⅰ
❸	やっと	→	やっと	終於	副詞
	シュートが決まりました	→	シュートが決まる	射門得分	動Ⅰ
❹	手前	→	手前	面前、跟前	名詞
❺	蹴った	→	蹴る	踢	動Ⅰ
	超えて	→	超える	超過	動Ⅱ
	超えてしまった	→	動詞て形＋しまう	無法挽回的遺憾	文型
	スローインをする	→	スローインをする	得到界外球	動Ⅲ
	スローインをすることができます	→	動詞辭書形＋ことができる	可以做～	文型
❻	制し	→	制する	控制	動Ⅲ
	１５年ぶり	→	１５年＋ぶり	隔了１５年	文型
	優勝しました	→	優勝する	得到冠軍	動Ⅲ

中譯

❶ 這次的比賽，用新人當守門員。

❷ 雖然有機會，但是一直不能射入球門得分。

❸ 在比賽的後半段，終於射門得分了。

❹ 罰球區是指球門前的一塊長方形區域。

❺ 如果球員將球踢出場外，另一隊就能獲得一個界外球。

❻ 以十二碼罰球制勝，球隊贏得了睽違１５年的冠軍。

1 ヘディング
（heading）
(名)頭槌

2 キ ッ ク す る
キックする
(動Ⅲ)踢球

3 ス ト ッ ピ ン グ す る
ストッピングする
(動Ⅲ)接球

4 オフサイド
（offside）
(名)越位

裁判用來「將嚴重犯規的球員驅逐出場」的紅色牌子。

5 レッドカード
（red card）
(名)紅牌

裁判用來「警告球員」的黃色牌子。

6 イエローカード
（yellow card）
(名)黃牌

❶ 見事なヘディングで、シュートを決めました。

❷ ゴールキーパーが、ボールを大きくキックしました。

❸ 飛んできたボールをストッピングします。

❹ 私がチームメイトにパスを出す前に、彼は相手チームの最後の
ディフェンダーを追い越したので、オフサイドになりました。

❺ レッドカードを出されたので、退場が決まりました。

❻ イエローカードは、警告を意味します。

學更多

	例句出現的		原形／接續原則	意義	詞性
❶	見事なヘディング	→	見事＋な＋ヘディング	巧妙的～	文型
	ヘディングで	→	名詞＋で	利用～	文型
	シュートを決めました	→	シュートを決める	射門得分	動II
❷	ゴールキーパー	→	ゴールキーパー	守門員	名詞
	ボール	→	ボール	球	名詞
	大きく	→	大きい	大的	い形
❸	飛んで	→	飛ぶ	飛	動I
	飛んできた	→	動詞て形＋くる	～過來	文型
❹	パスを出す	→	パスを出す	傳球	動I
	ディフェンダー	→	ディフェンダー	後衛	名詞
	追い越した	→	追い越す	趕過、超越	動I
	追い越したので	→	動詞た形＋ので	因為～	文型
	オフサイドになりました	→	名詞＋になる	變成～	文型
❺	出された	→	出される	被出示	出す的被動形
	決まりました	→	決まる	規定	動I
❻	意味します	→	意味する	意味、表示	動III

中譯

❶ 以巧妙的頭槌射門得分。

❷ 守門員用力地踢球。

❸ 接住飛過來的球。

❹ 在我傳球給隊友前，他跑過了敵隊最後一個後衛，所以他越位了。

❺ 被出示紅牌，所以確定離場了。

❻ 黃牌表示警告。

158

棒球場(1)

MP3 158

1
ホームランはんていライン
ホームラン判定ライン
(名)全壘打界限

由本壘及一、二、三壘圍成的範圍。

2
ないや
内野
(名)內野

3
がいや
外野
(名)外野

內野的後方。

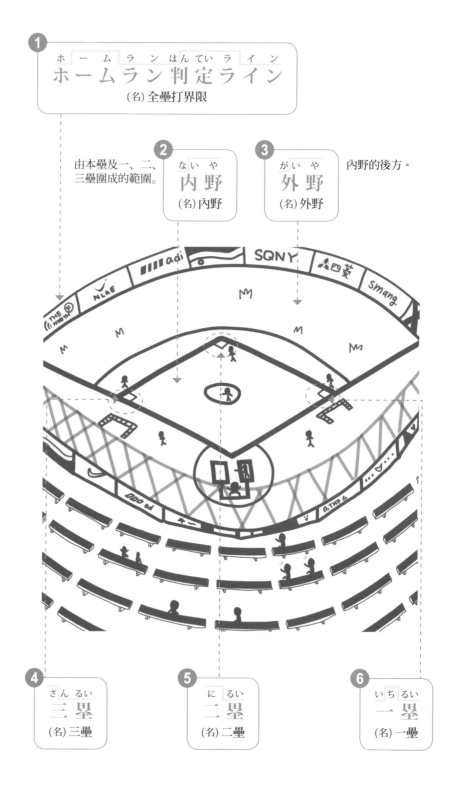

4
さんるい
三壘
(名)三壘

5
にるい
二壘
(名)二壘

6
いちるい
一壘
(名)一壘

❶ 台湾では、ホームラン判定ラインを超えると、ホームランになります。

❷ 内野席の方が、試合がよく見えます。

❸ 外野席の方が、盛り上がるので好きです。

❹ 三塁にランナーがいます。

❺ 彼はピッチャーが見ていない間に二塁へ盗塁しました。

❻ コーチが投手にフォアボールを使って打者を一塁へ送るよう指示しました。

學更多

	例句出現的		原形／接續原則	意義	詞性
❶	超える	→	超える	超過	動Ⅱ
	超えると	→	動詞辭書形＋と	如果～的話，就～	文型
	ホームランになります	→	名詞＋になる	變成～	文型
❷	内野席の方が	→	名詞＋の方が	～比較	文型
	見えます	→	見える	看得到	動Ⅱ
❸	盛り上がる	→	盛り上がる	氣氛熱烈	動Ⅰ
	盛り上がるので	→	動詞辭書形＋ので	因為～	文型
❹	います	→	いる	有（人或動物）	動Ⅱ
❺	見て	→	見る	看	動Ⅱ
	見ていない	→	動詞て形＋いる	目前狀態	文型
	見ていない間	→	見ていない＋間	沒有看到的時候	文型
	盗塁しました	→	盗塁する	盜壘	動Ⅲ
❻	フォアボール	→	フォアボール	四壞球	名詞
	使って	→	使う	使用	動Ⅰ
	送る	→	送る	送到	動Ⅰ
	送るよう	→	動詞辭書形＋よう	要～	文型
	指示しました	→	指示する	指示	動Ⅲ

中譯

❶ 在台灣，球只要飛過全壘打界限，就會判為全壘打。

❷ 內野座位比較能看清楚比賽。

❸ 外野座位比較熱鬧，所以我很喜歡。

❹ 三壘有跑者。

❺ 他趁投手不注意時，盜壘到二壘。

❻ 教練下達指示，要投手用四壞球將打者保送上一壘。

159

棒球場 (2)

MP3 159

1 しゅ しん
主審
(名) 主審

2 サ イ ン
（ sign ）
(名) 暗號

3 ベ ー ス
（ base ）
(名) 壘包

4 ほん るい
本壘
(名) 本壘

5 マ ウ ン ド
（ mound ）
(名) 投手丘

❶ 最後に主審が判定を下しました。

❷ 監督のサインを無視してプレーします。

❸ 本来はセーフだった判定だが、走者の足がベースから離れていることから、アウト判定に 覆 りました。

❹ ランナーが一周 して、本塁に戻ってきました。

❺ マウンドにピッチャーが登場 しました。

	例句出現的		原形／接續原則	意義	詞性
❶	下しました	→	下す	下達	動Ⅰ
❷	監督	→	監督	教練	名詞
	無視して	→	無視する	無視	動Ⅲ
	プレーします	→	プレーする	進行比賽	動Ⅲ
❸	セーフだった判定	→	セーフだった＋判定	當時是安全上壘的判定	文型
	走者	→	走者	跑者	名詞
	離れて	→	離れる	離開	動Ⅱ
	離れている	→	動詞て形＋いる	目前狀態	文型
	離れているから	→	動詞ている形＋から	因為〜	文型
	アウト判定	→	アウト判定	判定出局	名詞
	覆りました	→	覆る	改判、被推翻	動Ⅰ
❹	ランナー	→	ランナー	跑者	名詞
	一周して	→	一周する	繞一圈	動Ⅲ
	戻って	→	戻る	回來	動Ⅰ
	戻ってきました	→	動詞て形＋くる	〜過來	文型
❺	ピッチャー	→	ピッチャー	投手	名詞
	登場しました	→	登場する	上場	動Ⅲ

❶ 最後主審做了判定。
❷ 無視教練的暗號進行比賽
❸ 原本判定安全上壘，但是因為跑者的腳離開壘包而改判出局。
❹ 跑者繞了一圈，奔回本壘。
❺ 投手站上了投手丘。

335

棒球選手

1 セ　ン　タ　ー　がい　や　しゅ
センター外野手
(名) 中外野手

1 レ　フ　ト　がい　や　しゅ
レフト外野手
(名) 左外野手

1 ラ　イ　ト　がい　や　しゅ
ライト外野手
(名) 右外野手

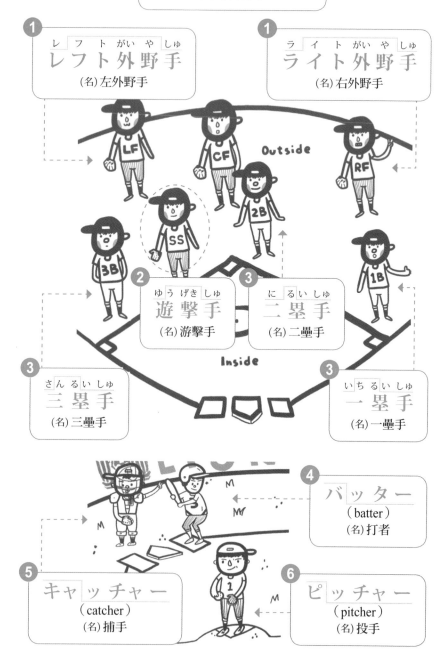

2 ゆう　げき　しゅ
遊撃手
(名) 游撃手

3 に　るい　しゅ
二塁手
(名) 二壘手

3 さん　るい　しゅ
三塁手
(名) 三壘手

3 いち　るい　しゅ
一塁手
(名) 一壘手

4
バッター
（batter）
(名) 打者

5
キャッチャー
（catcher）
(名) 捕手

6
ピッチャー
（pitcher）
(名) 投手

❶ 彼は、守備に優れたセンター/レフト/ライト外野手です。

❷ 二塁と三塁の中間を守るのが遊撃手です。

❸ 一塁手と二塁手、三塁手はベースに近い内野に立っています。

❹ バッターが打席に入ります。

❺ キャッチャーが、的確なサインを送ります。

❻ このピッチャーは左投げなので、打ちにくいです。

	例句出現的		原形／接續原則	意義	詞性
❶	優れた	→	優れる	優秀	動Ⅱ
❷	二塁と三塁の中間	→	名詞A＋と＋名詞B＋の中間	在名詞A和名詞B之間	文型
	守る	→	守る	守備	動Ⅰ
❸	ベース	→	ベース	壘包	名詞
	近い	→	近い	靠近的	い形
	立って	→	立つ	站立	動Ⅰ
	立っています	→	動詞て形＋いる	目前狀態	文型
❹	打席	→	打席	打擊位置	名詞
	入ります	→	入る	進入	動Ⅰ
❺	的確なサイン	→	的確＋な＋名詞	明確的～	文型
	サイン	→	サイン	暗號	名詞
	送ります	→	送る	送出	動Ⅰ
❻	左投げ	→	左投げ	左投	名詞
	左投げなので	→	名詞＋な＋ので	因為～	文型
	打ち	→	打つ	打擊	動Ⅰ
	打ちにくい	→	動詞ます形＋にくい	不容易做～	文型

中譯

❶ 他是守備極佳的中／左／右外野手。
❷ 在二壘和三壘之間擔任守備的是游擊手。
❸ 一壘、二壘和三壘手站在內野，靠近他們的壘包。
❹ 打者走到打擊位置。
❺ 捕手打出明確的暗號。
❻ 這個投手是左投，所以投出的球不好打。

161

運動(1)

MP3 161

1 ジョギング
（jogging）
(名)跑步

2 ウォーキング
（walking）
(名)快走

3 うんどうぐつ
運動靴
(名)運動鞋

4 きんじきゅうりょく
筋持久力
(名)肌耐力

5 しんぱくすう
心拍数
(名)心跳數

72/min

6 しんぱいきのう
心肺機能
(名)心肺功能

❶ ジョギングは、気^きをつけて 行^{おこな}わないと膝^{ひざ}を悪^{わる}くしますよ。

❷ ３０分^{さんじゅっぷん}ウォーキングで汗^{あせ}をかきます。

❸ 息子^{むすこ}に 新^{あたら}しい運動靴^{うんどうぐつ}を買^かってやります。

❹ 年齢^{ねんれい}とともに、筋持久力^{きんじきゅうりょく}の 衰^{おとろ}えを感^{かん}じます。

❺ 持久走^{じきゅうそう}の後^{あと}、心拍数^{しんぱくすう}を測^{はか}ります。

❻ 有酸素運動^{ゆうさんそうんどう}は、心肺機能^{しんぱいきのう}を高^{たか}める効果^{こうか}があります。

<u>學更多</u>

	例句出現的		原形／接續原則	意義	詞性
❶	気をつけて	→	気をつける	注意	動Ⅱ
	行わない	→	行う	進行	動Ⅰ
	行わないと	→	動詞ない形＋と	如果不～的話，就～	文型
	悪くします	→	悪くする	使～變不好	動Ⅲ
❷	汗をかきます	→	汗をかく	流汗	動Ⅰ
❸	新しい	→	新しい	新的	い形
	買って	→	買う	買	動Ⅰ
	買ってやります	→	動詞て形＋やる	為下位立場者做～	文型
❹	年齢とともに	→	名詞＋とともに	伴隨著～	文型
	感じます	→	感じる	感覺	動Ⅱ
❺	持久走	→	持久走	長跑	名詞
	持久走の後	→	名詞＋の後	～之後	文型
	測ります	→	測る	測量	動Ⅰ
❻	高める	→	高める	提高	動Ⅱ
	あります	→	ある	有（事或物）	動Ⅰ

<u>中譯</u>

❶ 跑步時如果沒有注意一點，會使膝蓋受損喔。

❷ 透過快走３０分鐘流汗。

❸ 給兒子買新的運動鞋。

❹ 隨著年齡增加，感覺到肌耐力的衰退。

❺ 長跑後，測量心跳數。

❻ 有氧運動具有提高心肺功能的效果。

1 息切れする
いきぎれする
(動Ⅲ) 喘氣

2 汗を流す
あせをながす
(動Ⅰ) 流汗

3 脂肪を燃やす
しぼうをもやす
(動Ⅰ) 燃脂

4 ダイエット
(diet)
(名) 減肥

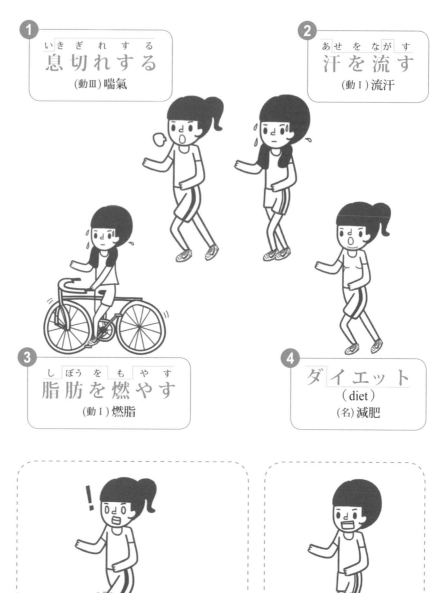

5 スポーツ障害
スポーツしょうがい
(名) 運動傷害

6 筋肉痛
きんにくつう
(名) 肌肉痠痛

❶ 運動不足のせいか、階段を上っただけで息切れします。

❷ 運動して適度な汗を流すことが、彼女のストレス解消法です。

❸ 運動を始めて２０分経って、やっと脂肪を燃やすことができます。

❹ 無理なダイエットをすると、危険です。

❺ 体を温めずに走り出すと、スポーツ障害を引き起こすことがあります。

❻ 昨日張り切って運動しすぎたため、筋肉痛になってしまいました。

學更多

	例句出現的		原形／接續原則	意義	詞性
❶	運動不足のせいか	→	名詞＋のせいか	可能因為～	文型
	上った	→	上る	攀爬	動Ⅰ
	上っただけで	→	動詞た形＋だけで	光做～	文型
❷	運動して	→	運動する	運動	動Ⅲ
❸	始めて	→	始める	開始	動Ⅱ
	経って	→	経つ	經過	動Ⅰ
	脂肪を燃やすことができます	→	動詞辭書形＋ことができる	可以做～	文型
❹	ダイエットをする	→	ダイエットをする	減肥	動Ⅲ
	ダイエットをすると	→	動詞辭書形＋と	如果～的話，就～	文型
❺	体を温め	→	体を温める	熱身	動Ⅱ
	体を温めずに	→	動詞ない形＋ずに	沒有～，就～	文型
	引き起こす	→	引き起こす	引起	動Ⅰ
❻	張り切って	→	張り切る	努力	動Ⅰ
	運動しすぎた	→	運動しすぎる	過度運動	動Ⅱ
	運動しすぎたため	→	動詞た形＋ため	因為～	文型
	筋肉痛になって	→	名詞＋になる	變成～	文型
	なってしまいました	→	動詞て形＋しまいました	無法挽回的遺憾	文型

中譯

❶ 可能是運動不足的關係，光是爬樓梯就會喘氣。

❷ 做運動讓自己適度流汗，是她消除壓力的方法。

❸ 開始運動２０分鐘後，終於有燃脂作用。

❹ 過度減肥是很危險的。

❺ 沒有熱身就跑步的話，會造成運動傷害。

❻ 昨天太過努力運動，結果造成肌肉痠痛。

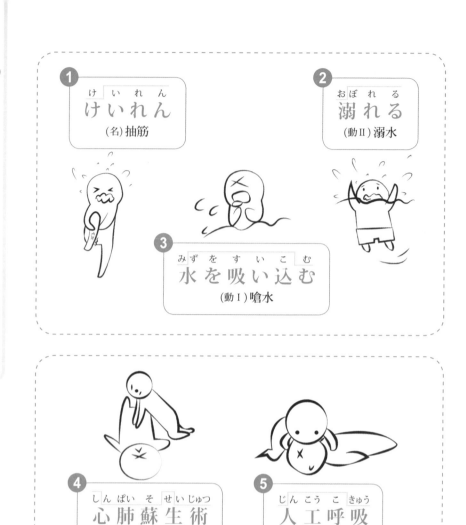

1 けいれん
(名)抽筋

2 溺れる
(動II)溺水

3 水を吸い込む
(動I)嗆水

4 心肺蘇生術
(名)心肺復甦術

5 人工呼吸
(名)人工呼吸

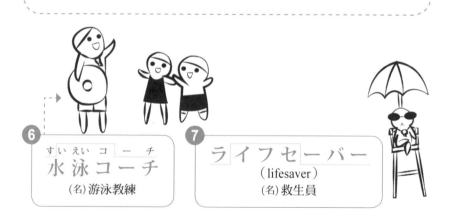

6 水泳コーチ
(名)游泳教練

7 ライフセーバー
（lifesaver）
(名)救生員

❶ 彼はさっきまで普通に泳いでいたのに、突然けいれんを起こしました。

❷ 突然プールが深くなり、危うく溺れるところでした。

❸ 溺れた時に、大量の水を吸い込んでしまったようです。

❹ ライフセーバーは、心肺蘇生術を熟知しています。

❺ 溺れた子供に人工呼吸を行います。

❻ 優しい水泳コーチが、手取り足取り教えてくれます。

❼ ライフセーバーの免許を取得します。

學更多

	例句出現的		原形／接續原則	意義	詞性
❶	泳いで	→	泳ぐ	游泳	動I
	泳いでいた	→	動詞て形＋いた	過去維持的狀態	文型
	泳いでいたのに	→	動詞た形＋のに	明明～・卻～	文型
	起こしました	→	起こす	產生、發生	動I
❷	深くなり	→	深い＋くなる	變深	文型
	危うく	→	危うく	差一點	副詞
	溺れるところでした	→	動詞辭書形＋ところでした	差一點～	文型
❸	水を吸い込んでしまった	→	動詞て形＋しまう	無法挽回的遺憾	文型
	水を吸い込んでしまったよう	→	動詞た形＋よう	可能會～	文型
❹	熟知して	→	熟知する	熟悉	動III
❺	行います	→	行う	進行	動I
❻	手取り足取り	→	手取り足取り	親自	副詞
	教えて	→	教える	教導	動II
	教えてくれます	→	動詞て形＋くれる	別人為我做～	文型
❼	取得します	→	取得する	取得	動III

中譯

❶ 他明明直到剛才都還正常游泳，卻突然發生抽筋的情況。

❷ 泳池突然變深，差一點就溺水了。

❸ 溺水時，可能會大量嗆水。

❹ 救生員很熟悉心肺復甦術。

❺ 對溺水的孩子施行人工呼吸。

❻ 溫柔的游泳教練親自給予教導。

❼ 要取得救生員的執照。

MP3 164

1
ウォーミングアップする
ウォーミングアップする
(動Ⅲ) 暖身

2
とびこむ
飛び込む
(動Ⅰ) 跳水

3
キックする
キックする
(動Ⅲ) 打水

4
みずをかく
水をかく
(動Ⅰ) 划水

5
いきをとめる
息を止める
(動Ⅱ) 憋氣

6
シンクロナイズドスイミング
(synchronized swimming)
(名) 水上芭蕾

7
プールしょうどくざい
プール消毒剤
(名) 池水消毒劑

❶ 泳ぐ前には、ウォーミングアップしましょう。

❷ 飛び込み台からプールに飛び込みます。

❸ 泳ぐ時のキックするタイミングを直すように、練習します。

❹ 蛙のように、手で水をかいて泳ぎます。

❺ 数週間の練習後、弟は水の中で2分間、息を止めることが
できるようになりました。

❻ シンクロナイズドスイミングは、今や女性だけのスポーツでは
ありません。

❼ プール消毒剤は、高濃度で人体にとって有害です。

	例句出現的		原形／接續原則	意義	詞性
❶	泳ぐ	→	泳ぐ	游泳	動Ⅰ
	泳ぐ前には	→	動詞辭書形＋前には	做～之前	文型
❷	飛び込み台から	→	地點＋から	從～地點	文型
❸	泳ぐ時	→	動詞辭書形＋時	做～的時候	文型
	直す	→	直す	修正	動Ⅰ
	直すように	→	動詞辭書形＋ように	為了～	文型
	練習します	→	練習する	練習	動Ⅲ
❹	蛙のように	→	名詞＋のように	像～一樣地	文型
	手で	→	名詞＋で	利用～	文型
❺	水の中で	→	地點＋で	在～地點	文型
	息を止めることができる	→	動詞辭書形＋ことができる	可以做～	文型
	できるようになりました	→	できる＋ようになりました	變成可以做了	文型
❻	女性だけ	→	名詞＋だけ	只有～	文型
❼	人體にとって	→	名詞＋にとって	對～而言	文型

中譯

❶ 游泳前先暖身吧。

❷ 從跳水台上往泳池裡跳水。

❸ 為了修正游泳時的打水時機而練習。

❹ 像青蛙一樣，用手划水來游泳。

❺ 經過幾週的練習後，弟弟可以在水裡憋氣兩分鐘了。

❻ 水上芭蕾現在已經不是專屬女性的運動了。

❼ 池水消毒劑濃度很高，對人體有害。

165 競選(1)

MP3 165

1
りっこうほしゃ
立候補者
(名)候選人

2
せいとう
政党
(名)政黨

3
ばくりょう
幕僚
(名)幕僚

4
せんきょスローガン
選挙スローガン
(名)競選口號

5
せんきょのせんでん
選挙の宣伝
(名)競選文宣

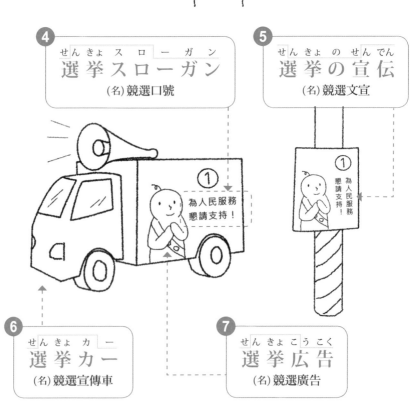

6
せんきょカー
選挙カー
(名)競選宣傳車

7
せんきょこうこく
選挙広告
(名)競選廣告

❶ 街角の立候補者のポスターを見ます。

❷ 国を良くするためには、政党の枠を超えた協力関係が必要です。

❸ 指揮官を補佐する高等武官である幕僚が、しっかりしていません。

❹ 政党の選挙スローガンを見比べます。

❺ 選挙の宣伝には、多大な資金が必要です。

❻ 選挙カーが、町中を回って候補者を宣伝します。

❼ 選挙前に、政党の選挙広告を作成します。

學更多

	例句出現的		原形／接續原則	意義	詞性
❶	ポスター	→	ポスター	海報	名詞
	見ます	→	見る	看	動II
❷	良くする	→	良くする	使～變好	動III
	良くするために	→	動詞辭書形＋ために	為了～	文型
	超えた	→	超える	超越	動II
❸	補佐する	→	補佐する	輔佐	動III
	高等武官である幕僚	→	名詞A＋である＋名詞B	名詞A的名詞B	文型
	しっかりして	→	しっかりする	充分發揮功能	動III
	しっかりしていません	→	動詞て形＋いる	目前狀態	文型
❹	見比べます	→	見比べる	比較	動II
❺	多大な資金	→	多大＋な＋名詞	巨大的～	な形
❻	回って	→	回る	巡迴	動I
	宣伝します	→	宣伝する	宣傳	動III
❼	作成します	→	作成する	製作	動III

中譯

❶ 觀看街角張貼的候選人海報。

❷ 為了使國家變好,必須建立超越政黨界限、攜手合作的關係。

❸ 這名幕僚身為一名輔佐指揮官的高級武官,並沒有勝任職務。

❹ 比較政黨的競選口號。

❺ 競選文宣需要龐大的資金。

❻ 競選宣傳車在街上巡迴,為候選人宣傳。

❼ 選舉前,製作政黨的競選廣告。

競選 (2)

MP3 166

1 せいじけんきん
政治献金
(名) 政治獻金

2 せんきょ を ばいしゅう する
選挙を買収する
(動Ⅲ) 賄選

3 きょうはく の てがみ
脅迫の手紙
(名) 恐嚇信

4 スキャンダル
（scandal）
(名) 醜聞

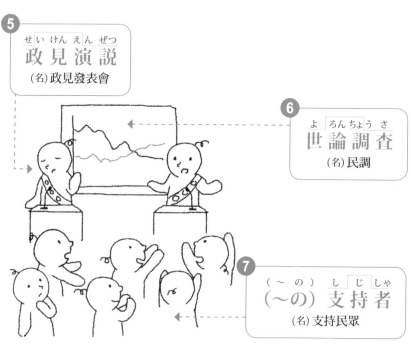

5 せいけんえんぜつ
政見演説
(名) 政見發表會

6 よ ろんちょうさ
世論調査
(名) 民調

7 (～の) しじしゃ
(～の) 支持者
(名) 支持民眾

❶ 国会では、政治献金問題が焦点となりました。

❷ 選挙は公正に行われるべきで、選挙を買収することがあってはなりません。

❸ 倉田議員の事務所に、脅迫の手紙が送りつけられました。

❹ 政治家の女性スキャンダルが、発覚しました。

❺ テレビで選挙前の政見演説を見ます。

❻ 世論調査による支持率は、４０％と落ち込みました。

❼ 今晩は、山口候補の支持者が公園に集まるらしいです。

例句出現的		原形／接續原則	意義	詞性
❶ 国会では	→	地點＋では	在～地點	文型
焦点となりました	→	名詞＋となる	變成～	文型
❷ 行われる	→	行われる	進行	動Ⅱ
行われるべき	→	動詞辭書形＋べき	應該做～	文型
あって	→	ある	有（事或物）	動Ⅰ
あってはなりません	→	動詞て形＋はならない	不能做～	文型
❸ 送りつけられました	→	送りつけられる	被送來	送りつける的被動形
❹ 発覚しました	→	発覚する	暴露	動Ⅲ
❺ 見ます	→	見る	看	動Ⅱ
❻ 世論調査による	→	名詞＋による	根據～	文型
落ち込みました	→	落ち込む	下跌	動Ⅰ
❼ 集まる	→	集まる	聚集	動Ⅰ
集まるらしい	→	動詞辭書形＋らしい	好像～	文型

中譯

❶ 政治獻金問題成為國會中的焦點。

❷ 選舉應該要公平進行，不可以有賄選的行為。

❸ 倉田議員的辦公室收到了恐嚇信。

❹ 政治家牽扯到女性的醜聞曝光了。

❺ 在電視上觀看選舉前的政見發表會。

❻ 根據民調顯示，支持率下降到４０％。

❼ 今晚，山口候選人的支持民眾好像會聚集在公園。

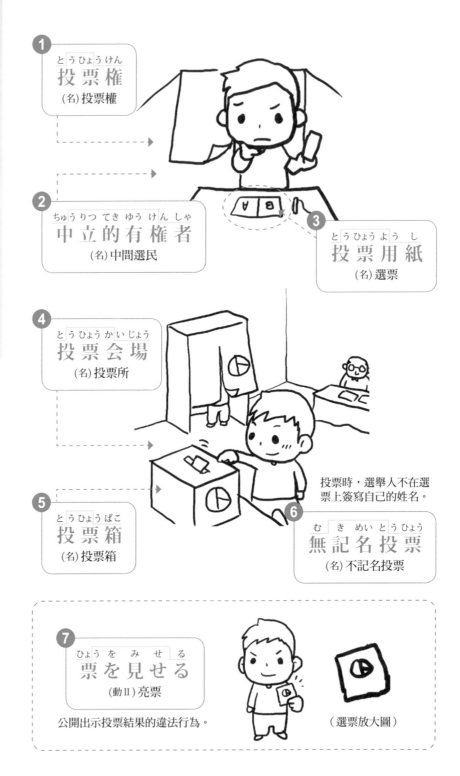

1
とうひょうけん
投票権
(名)投票權

2
ちゅうりつてきゆうけんしゃ
中立的有権者
(名)中間選民

3
とうひょうようし
投票用紙
(名)選票

4
とうひょうかいじょう
投票会場
(名)投票所

5
とうひょうばこ
投票箱
(名)投票箱

6
むきめいとうひょう
無記名投票
(名)不記名投票

投票時，選舉人不在選票上簽寫自己的姓名。

7
ひょうをみせる
票を見せる
(動II)亮票

公開出示投票結果的違法行為。

（選票放大圖）

❶ 投票権を持つ人は、投票に行くべきです。

❷ 中立的有権者の票が誰に行くかで、この選挙は決まります。

❸ 投票用紙に必要事項を記入してください。

❹ 投票会場は小学校の体育館でした。

❺ 投票箱に投票用紙を入れます。

❻ 日本の選挙は全て、無記名投票で行われます。

❼ 一般的に、票を見せることは非道徳的な行為です。

學更多

	例句出現的		原形／接續原則	意義	詞性
❶	持つ	→	持つ	擁有	動Ⅰ
	行く	→	行く	去	動Ⅰ
	行くべき	→	動詞辭書形＋べき	應該做～	文型
❷	行く	→	行く	去	動Ⅰ
	票が誰に行くか	→	票が誰に行く＋か	票會投給誰	文型
	決まります	→	決まる	決定	動Ⅰ
❸	記入して	→	記入する	填寫	動Ⅲ
	記入してください	→	動詞て形＋ください	請做～	文型
❹	小学校	→	小学校	小學	名詞
❺	入れます	→	入れる	放入	動Ⅱ
❻	全て	→	全て	全都	副詞
	無記名投票で	→	名詞＋で	利用～	文型
	行われます	→	行われる	進行	動Ⅱ
❼	非道徳的な行為	→	非道徳的＋な＋行為	不道德～	文型

中譯

❶ 擁有投票權的人，應該要去投票。

❷ 中間選民的票會投給誰，將決定這場選戰的勝負。

❸ 請在選票中填入必要項目。

❹ 投票所設在小學的體育館。

❺ 把選票放進投票箱。

❻ 日本的選舉全都採取不記名投票方式。

❼ 一般而言，亮票是不道德的行為。

MP3 168

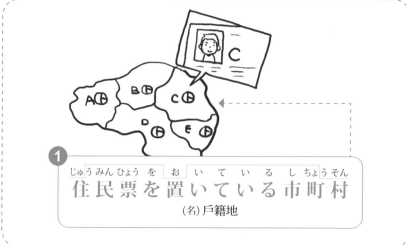

1 じゅうみんひょうをおいているしちょうそん
住民票を置いている市町村
(名) 戸籍地

2 かいひょう
開票
(名) 計票

3 かくとくひょうすう
獲得票数
(名) 得票數

4 むこうひょう
無効票
(名) 廢票

5 ふせいとうひょう
不正投票
(名) 作票

6 ふとうめいなぎょうむ
不透明な業務
(名) 黑箱作業

❶ 住民票を置いている市町村で投票することができない場合、お住まいの市町村で投票することができます。

❷ 公務員の手で、開票が行われました。

❸ 獲得票数が過半数を超えます。

❹ 今回の選挙では、無効票が多かったことからも、国民の意図が読めます。

❺ あの国では、選挙のたびに不正投票が発覚します。

❻ A社に不透明な業務委託をします。

例句出現的		原形／接續原則	意義	詞性
❶ 投票する	→	投票する	投票	動Ⅲ
投票することができない	→	動詞辭書形＋できない	無法做～	文型
お住まい	→	お住まい	居住地	名詞
投票することができる	→	動詞辭書形＋できる	可以做～	文型
❷ 公務員の手で	→	名詞＋で	利用～	文型
行われました	→	行われる	進行	動Ⅱ
❸ 過半数	→	過半数	過半數	名詞
超えます	→	超える	超過	動Ⅱ
❹ 多かった	→	多い	多的	い形
多かったことからも	→	名詞＋からも	從～也	文型
読めます	→	読める	可以解讀	読む的可能形
❺ 選挙のたびに	→	名詞＋のたびに	每當～	文型
発覚します	→	発覚する	暴露	動Ⅲ
❻ 委託をします	→	委託をする	委託	動Ⅲ

中譯

❶ 無法回戶籍地投票時，可以在居住地的市町村投票。

❷ 透過公務員進行計票。

❸ 得票數過半。

❹ 從這次的選舉開出許多廢票一事，也能解讀出人民的想法。

❺ 那個國家每到選舉就有作票事件曝光。

❻ 委託A公司進行黑箱作業。

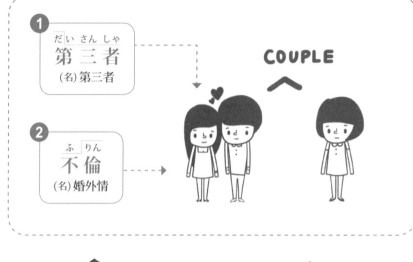

1 だいさんしゃ
第三者
(名)第三者

2 ふりん
不倫
(名)婚外情

COUPLE

3 べっきょ
別居
(名)分居

4 べんごし
弁護士
(名)律師

5 べんごしじむしょ
弁護士事務所
(名)律師事務所

6 きょうぎりこん（する）
協議離婚（する）
(名・動Ⅲ)協議離婚

DIVORCE? ...YES YES.

① 彼らの離婚原因は第三者が現れたことです。

② 不倫は離婚の原因の上位を占めます。

③ 別居状態が続いた後、終に離婚しました。

④ この弁護士は離婚問題を専門とします。

⑤ 重い腰を上げて、弁護士事務所に赴きます。

⑥ 弁護士の助言の下、協議離婚することとなりました。

學更多

	例句出現的		原形／接續原則	意義	詞性
①	彼ら	→	彼ら	他們	指示代名詞
	現れた	→	現れる	出現	動Ⅱ
②	上位	→	上位	上位	名詞
	占める	→	占める	占據	動Ⅱ
③	続いた	→	続く	持續	動Ⅰ
	続いた後	→	動詞た形＋後	做～之後	文型
	終に	→	終に	終於	副詞
	離婚しました	→	離婚する	離婚	動Ⅲ
④	離婚問題を専門とします	→	名詞＋を専門とする	專門～	文型
⑤	重い腰を上げて	→	重い腰を上げる	終於著手處理	動Ⅱ
	赴きます	→	赴く	前往	動Ⅰ
⑥	助言	→	助言	建議	名詞
	助言の下	→	名詞＋の下	在～情況下	文型
	協議離婚することとなりました	→	動詞辭書形＋こととなりました	(非自己一個人)決定成～了	文型

中譯

① 他們離婚是因為出現第三者。

② 婚外情占據離婚原因的上位。

③ 持續分居一段時間後，終於離婚了。

④ 這個律師專門解決離婚問題。

⑤ 終於決定著手處理，前往律師事務所。

⑥ 在律師的建議下，達成協議離婚。

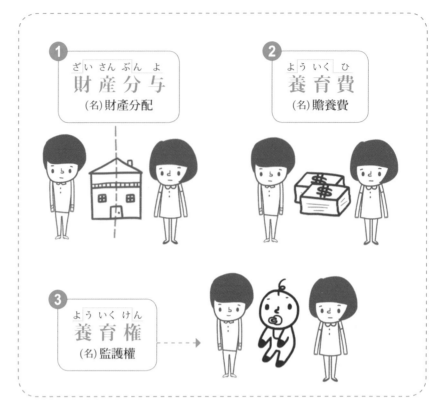

1 ざいさんぶんよ
財産分与
(名)財產分配

2 よういくひ
養育費
(名)贍養費

3 よういくけん
養育権
(名)監護權

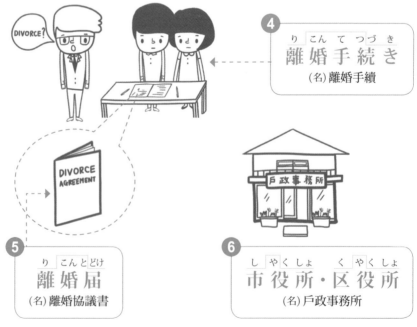

DIVORCE?

4 りこんてつづき
離婚手続き
(名)離婚手續

5 りこんとどけ
離婚届
(名)離婚協議書

DIVORCE AGREEMENT

6 しやくしょ・くやくしょ
市役所・区役所
(名)戶政事務所

❶ 財産分与で揉め、裁判となりました。

❷ 養育費が毎月支払われることとなりました。

❸ 離婚後の養育権は、母親が持ちます。

❹ やっと離婚手続きを始めます。

❺ 弁護士の手で離婚届が作成されました。

❻ 市役所・区役所に離婚届を出します。

學更多

	例句出現的		原形／接續原則	意義	詞性
❶	財産分与で	→	名詞＋で	因為～	文型
	揉め	→	揉める	發生紛爭	動Ⅱ
	裁判となりました	→	名詞＋となる	變成～	文型
❷	支払われる	→	支払われる	被支付	支払う的被動形
	支払われることとなりました	→	支払われる＋こととなりました	決定成需要支付了	文型
❸	持ちます	→	持つ	擁有	動Ⅰ
❹	やっと	→	やっと	終於	副詞
	始めます	→	始める	開始	動Ⅱ
❺	弁護士	→	弁護士	律師	名詞
	弁護士の手で	→	名詞＋で	利用～	文型
	作成されました	→	作成される	被製作	動Ⅲ
❻	離婚届	→	離婚届	離婚協議書	名詞
	出します	→	出す	提出	動Ⅰ

中譯

❶ 因為財產分配問題而起紛爭，最後訴諸審判。
❷ 每個月要支付贍養費。
❸ 母親擁有離婚後的監護權。
❹ 終於開始辦理離婚手續。
❺ 由律師撰寫離婚協議書。
❻ 向戶政事務所提出離婚協議書。

MP3 171

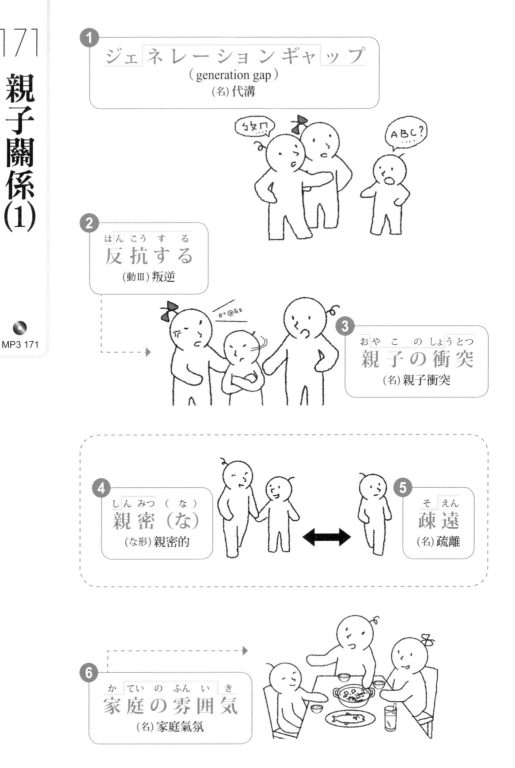

1 ジェネレーションギャップ
(generation gap)
(名) 代溝

2 はんこうする
反抗する
(動Ⅲ) 叛逆

3 おやこ の しょうとつ
親子の衝突
(名) 親子衝突

4 しんみつ（な）
親密（な）
(な形) 親密的

5 そ えん
疎遠
(名) 疏離

6 か てい の ふん い き
家庭の雰囲気
(名) 家庭氣氛

❶ 子供の頃私が見たアニメを彼女は全く知らず、ジェネレーションギャップを感じました。

❷ 思春期に、親や先生にある程度反抗するのは、仕方のないことです。

❸ 反抗期には、親子の衝突は避けられません。

❹ 親密な関係になるまで、1年以上かかりました。

❺ 時間と環境は、人を疎遠にします。

❻ 家庭の雰囲気がいいと、子供の精神面も安定します。

學更多

	例句出現的		原形／接續原則	意義	詞性
❶	見た	→	見る	看	動 II
	アニメ	→	アニメ	動畫	名詞
	知ら	→	知る	知道	動 I
	知らず	→	動詞ない形＋ず	不～	文型
	感じました	→	感じる	感覺	動 II
❷	ある	→	ある	有（事或物）	動 I
	反抗するのは	→	動詞辭書形＋のは	～這件事	文型
	仕方のない	→	仕方のない	沒辦法	い形
❸	避けられません	→	避けられる	可以避免	避ける的可能形
❹	なるまで	→	動詞辭書形＋まで	直到～為止	文型
	かかりました	→	かかる	花費	動 I
❺	疎遠にします	→	疎遠にする	疏離	動 III
❻	いい	→	いい	好的	い形
	いいと	→	い形容詞＋と	如果～的話，就～	文型
	安定します	→	安定する	穩定	動 III

中譯

❶ 我小時候看過的動畫她完全不知道，讓我覺得有代溝。

❷ 青春期時，無可避免地會對父母或老師有某種程度的叛逆行為。

❸ 反抗期時，親子衝突是無法避免的。

❹ 花了一年以上的時間，發展成親密的關係。

❺ 時間和環境會讓人疏離。

❻ 家庭氣氛好，孩子的精神層面也會跟著穩定。

1 コミュニケーション
（communication）
(名) 溝通

2 お たがい の コ ミ ュ ニ ケ ー ション
お互いのコミュニケーション
(名) 互動

3 こうどう
孝道
(名) 孝道

4 しんらい
信頼
(名) 信賴

5 きょういく
教育
(名) 教育

6 できあいする
溺愛する
(動Ⅲ) 寵溺

7 ひとりっこ
一人っ子
(名) 獨生子女

❶ コミュニケーション不足で、大きな誤解が生じます

❷ 彼女と娘のお互いのコミュニケーションは良好で、毎日話をしています。

❸ 孝道とは、父母に対してよく孝行する道のことです。

❹ 強い信頼関係がないと、結婚生活を送ることはできません。

❺ 大卒と高卒では、教育水準が異なります。

❻ 祖父母が孫を溺愛します。

❼ 一人っ子だからと言って、寂しい思いはしたことがありません。

	例句出現的		原形／接續原則	意義	詞性
❶	コミュニケーション不足で	→	名詞＋で	因為～	文型
	生じます	→	生じる	產生	動Ⅱ
❷	話をして	→	話をする	聊天	動Ⅲ
	話をしています	→	動詞て形＋いる	習慣做～	文型
❸	対して	→	対する	對於	動Ⅲ
	孝行する	→	孝行する	孝順	動Ⅲ
❹	ないと	→	い形容詞＋と	如果～的話・就～	文型
	送る	→	送る	度過	動Ⅰ
	送ることはできません	→	動詞辭書形＋ことはできません	無法做～	文型
❺	異なります	→	異なる	不同	動Ⅰ
❻	祖父母	→	祖父母	祖父和祖母	名詞
❼	一人っ子だからと言って	→	名詞＋だからと言って	雖說～・但～	文型
	した	→	する	感覺到	動Ⅲ
	したことがありません	→	動詞た形＋ことがありません	不曾做過～	文型

中譯

❶ 因為溝通不足，產生重大的誤會。
❷ 她和女兒有良好的互動，每天都會聊天。
❸ 所謂的「孝道」，就是對父母盡孝的準則。
❹ 沒有堅定的信賴關係，就無法過婚姻生活。
❺ 大學畢業和高中畢業的教育水準不同。
❻ 祖父母寵溺孫子。
❼ 雖說是獨生子女，卻從未感到寂寞。

1
りょうかい
領海
(名) 領海

2
りょう ど
領土
(名) 領土

3
じん みん
人民
(名) 人民

4
けん ぽう
憲法
(名) 憲法

5
ほう りつ
法律
(名) 法律

❶ 領海内で外国船が 漁 をしていることが明らかになりました。

❷ この島はわが国の領土です。

❸ リンカーンは、人民の人民による人民のための政治を理想としました。

❹ いつまでも国は平和憲法を維持します。

❺ 法律の改正が急がれます。

學更多

	例句出現的		原形／接續原則	意義	詞性
❶	漁をして	→	漁をする	捕魚	動Ⅲ
	漁をしている	→	動詞て形＋いる	目前狀態	文型
	明らか	→	明らか	明朗	な形
	明らかになりました	→	明らか＋になりました	變明朗化了	文型
❷	島	→	島	島嶼	名詞
	わが国	→	我が国	我國	名詞
❸	人民による	→	名詞＋による	透過〜	文型
	人民のため	→	名詞＋のため	為了〜	文型
	政治を理想としました	→	名詞＋を理想とする	以〜為理想	文型
❹	いつまでも	→	いつまでも	永遠	副詞
	維持します	→	維持する	維持	動Ⅲ
❺	改正	→	改正	修改	名詞
	急がれます	→	急がれる	著急	動Ⅱ

中譯

❶ 外籍船隻在領海內捕魚的事情曝光了。

❷ 這座島嶼是我國的領土。

❸ 林肯以民有、民治、民享的政治作為一種理想。

❹ 國家永遠維持和平憲法。

❺ 急需修改法律。

1
せいけんこうたい
政権交代
(名)政黨輪替

2
よとう
与党
(名)執政黨

3
やとう
野党
(名)在野黨

4
いっとうどくせん
一党独占
(名)一黨獨大

5
そうとう / だいとうりょう
総統 / 大統領
(名)總統

兩個單字都是「總統」。

6
とうそう
闘争
(名)鬥爭

7
せいじか
政治家
(名)政治人物

❶ 今度こそ政権交代が期待されます。

❷ いざ与党になったら、政党のこれまでの発言は嘘ばかりだということが分かりました。

❸ 野党の反対で法案が成立しません。

❹ 一党独占政治が幕を閉じます。

❺ 現在の総統（大統領）は誰ですか？

❻ 国内の闘争の歴史を振り返ります。

❼ 家は親子代々政治家です。

學更多

	例句出現的		原形／接續原則	意義	詞性
❶	今度	→	今度	這次	名詞
	今度こそ	→	名詞＋こそ	～正是	文型
	期待されます	→	期待される	被期待	期待する的被動形
❷	いざ	→	いざ	一旦	感嘆詞
	なった	→	なる	變成	動Ⅰ
	なったら	→	動詞た形＋ら	如果～的話	文型
	嘘ばかり	→	名詞＋ばかり	光～、只～	文型
	嘘ばかりだということ	→	嘘ばかり＋だ＋ということ	淨是謊話這樣的事情	文型
	分かりました	→	分かる	知道	動Ⅰ
❸	反対で	→	名詞＋で	因為～	文型
	成立しません	→	成立する	成立	動Ⅲ
❹	閉じます	→	閉じる	關閉	動Ⅱ
❺	誰ですか	→	誰＋ですか	是誰	文型
❻	振り返ります	→	振り返る	回顧	動Ⅰ
❼	代々	→	代々	世世代代	名詞

中譯

❶ 這一次政黨輪替是備受期待的。

❷ 一旦成為執政黨，就知道政黨之前所說的都是謊話。

❸ 因為在野黨反對，法案沒有成立。

❹ 一黨獨大的政治落幕。

❺ 現在的總統是誰？

❻ 回顧國內的鬥爭歷史。

❼ 家裡世代都是政治人物。

175

犯罪行為(1)

🔊 MP3 175

1 ゆうかい
誘拐
(名)綁架

2 みのしろきん
身代金
(名)贖金

3 ゆうかいはん
誘拐犯
(名)綁匪

4 ひとじち
人質
(名)人質

5 ひとじち を さつがい する
人質を殺害する
(動Ⅲ)撕票

6 ごうだつ
強奪
(名)搶劫

7 ぼうこう
暴行
(名)強暴/暴行

❶ 幼児の誘拐事件が多発しています。

❷ 身代金目当ての誘拐事件として捜査を進めます。

❸ 誘拐犯が身代金を要求しました。

❹ 銀行強盗に、人質として身柄を拘束されます。

❺ 犯人は、人質を殺害すると言っています。

❻ ３億円強奪事件の犯人は、未だ捕まっていません。

❼ 容疑者は、子供に食事を与えず、暴行を加えた疑いがあります。

學更多

	例句出現的		原形／接續原則	意義	詞性
❶	多発して	→	多発する	經常發生	動Ⅲ
	多発しています	→	動詞て形＋いる	目前狀態	文型
❷	目当て	→	目当て	目標	名詞
	誘拐事件として	→	名詞＋として	作為～	文型
	進めます	→	進める	進行	動Ⅱ
❸	要求しました	→	要求する	要求	動Ⅲ
❹	拘束されます	→	拘束されます	被束縛	拘束する的被動形
	身柄	→	身柄	身分	名詞
❺	殺害すると言っています	→	動詞辭書形＋と言っている	說了～	文型
❻	捕まって	→	捕まる	被抓住	動Ⅰ
	捕まっていません	→	動詞て形＋いる	目前狀態	文型
❼	与え	→	与える	給予	動Ⅱ
	与えず	→	動詞ない形＋ず	不～	文型
	加えた	→	加える	施加	動Ⅱ

中譯

❶ 幼童綁架事件經常發生。

❷ 當成是索討贖金的綁架案來進行搜查。

❸ 綁匪要求了贖金。

❹ 被銀行搶匪當成人質扣住。

❺ 犯人揚言要撕票。

❻ ３億日圓搶劫事件的犯人，至今尚未逮捕到案。

❼ 嫌疑犯有不給孩子吃飯，同時加以暴行的嫌疑。

176 犯罪行為(2)

MP3 176

1 殺人未遂（さつじんみすい）
(名)殺人未遂

2 殺人（さつじん）
(名)謀殺

3 故殺（こさつ）
(名)過失殺人

4 犯人（はんにん）
(名)嫌犯

5 共犯（きょうはん）
(名)共犯

6 逃走中（とうそうちゅう）
(名)逃亡中

7 令状を出す（れいじょうをだす）
(動Ⅰ)通緝

❶ 殺人未遂事件として捜査します。

❷ これは立派な殺人行為です。

❸ 故殺罪について説明してください。

❹ 犯人の似顔絵が公開されました。

❺ 警察は、犯行には共犯者がいると見て、捜査を進めています。

❻ 犯人は未だ逃走中で、もうすぐ時効を迎えようとしています。

❼ 令状を出し、犯人を逮捕します。

學更多

	例句出現的		原形／接續原則	意義	詞性
❶	殺人未遂事件として	→	名詞＋として	作為～	文型
	捜査します	→	捜査する	捜査	動III
❷	立派な殺人行為	→	立派＋な＋名詞	不折不扣的～	文型
❸	故殺罪について	→	名詞＋について	關於～	文型
	説明して	→	説明する	說明	動III
	説明してください	→	動詞て形＋ください	請做～	文型
❹	公開されました	→	公開される	被公開	公開する的被動形
❺	共犯者がいると見て	→	共犯者がいる＋と見る	視為有共犯	文型
	進めて	→	進める	進行	動II
❻	もうすぐ	→	もうすぐ	快要	副詞
	迎えよう	→	迎える	迎接	動II
	迎えようとしています	→	動詞意向形＋としている	即將～	文型
❼	逮捕します	→	逮捕する	逮捕	動III

中譯

❶ 當成殺人未遂事件來搜查。
❷ 這是不折不扣的謀殺行為。
❸ 請針對過失殺人罪做說明。
❹ 公開嫌犯的肖像素描。
❺ 警方認為這起案件有共犯，正進行搜查。
❻ 犯人仍在逃亡中，追溯期時效快要到了。
❼ 發出通緝，逮捕犯人。

177

社會福利（1）

MP3 177

1 ボランティア
（volunteer）
(名) 志工

在公共、志願團體內，不受報酬貢獻心力的人。

具備專業知識及訓練，協助特定對象改善生活的社會工作人員。

2 ソーシャルワーカー
（social worker）
(名) 社工

3 ほじょ
補助
(名) 補助

失業補助
$

4 しつぎょう
失業
(名) 失業

5 てあて
手当て
(名) 津貼

❶ＮＧＯがボランティアを募集します。

❷ ソーシャルワーカーの資格取得を目指します。

❸ 母子家庭の彼女の世帯は、生活補助を受けて生活します。

❹ 不景気で、街に失業者が溢れます。

❺ 民主党の子供手当てには反対です。

	例句出現的		原形／接續原則	意義	詞性
❶	募集します	→	募集する	招募	動Ⅲ
❷	資格取得	→	資格取得	取得證照	名詞
	目指します	→	目指す	以～為目標	動Ⅰ
❸	母子家庭	→	母子家庭	單親母子家庭	名詞
	世帯	→	世帯	家庭	名詞
	受けて	→	受ける	接受	動Ⅱ
	生活します	→	生活する	生活	動Ⅲ
❹	街	→	街	街道	名詞
	不景気で	→	名詞＋で	因為～	文型
	溢れます	→	溢れる	擠滿	動Ⅱ
❺	子供手当て	→	子供手当て	育兒津貼	名詞
	反対	→	反対	反對	名詞

中譯

❶ ＮＧＯ（非政府組織）要招募志工。
❷ 目標是取得社工證照。
❸ 單親家庭的她，過著接受生活補助的生活。
❹ 因為經濟不景氣，街上都是失業者。
❺ 我反對民主黨的育兒津貼。

178

社會福利(2)

MP3 178

1 き ふ
寄付
(名)捐款

2 ぼ きん
募金
(名)募款

3
ホームレス
（homeless）
(名)遊民

4 め ぐ ま れ な い ひ と びと
恵まれない人々
(名)弱勢族群

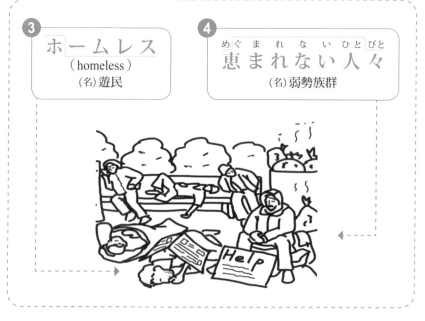

5 じ ぜん こう えん
慈善公演
(名)義演

6 こう えき かつ どう
公益活動
(名)公益活動

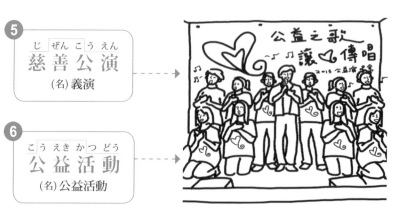

❶ 被災者のために、寄付を募ります。
ひさいしゃ　　　　　　　　　　　　つの

❷ 路上で募金活動を行います。
ろじょう　　　　かつどう　　おこな

❸ ホームレスが駅に寝泊りしています。
えき　ね とま

❹ 恵まれない人々のために、物資を寄付します。
ぶっし　 きふ

❺ オーケストラが、被災地で慈善公演を行います。
ひさいち　　　　　　おこな

❻ 彼は毎年公益活動に参加し、社会に還元しています。
かれ　まいとし　　　　さんか　　しゃかい　かんげん

中譯

❶ 為災民招募捐款。
❷ 在街上舉行募款活動。
❸ 遊民住在車站裡。
❹ 捐贈物資給弱勢族群。
❺ 管弦樂團在災區舉行義演。
❻ 他每年都會參與公益活動，回饋社會。

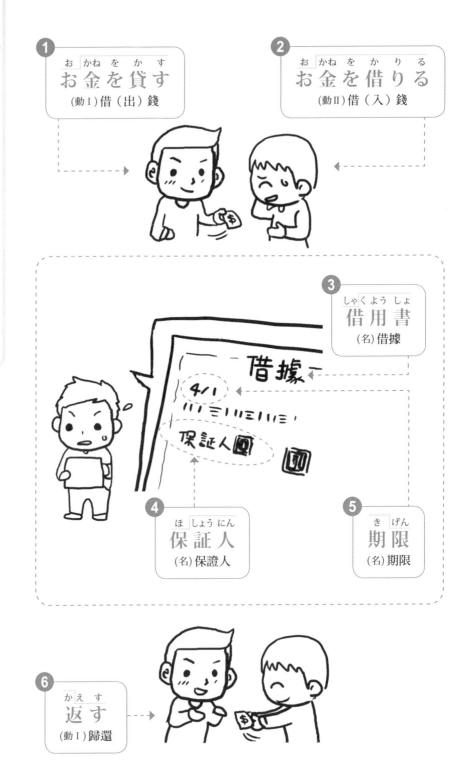

1 お金を貸す
（動I）借（出）錢

2 お金を借りる
（動II）借（入）錢

3 借用書
（名）借據

4 保証人
（名）保證人

5 期限
（名）期限

6 返す
（動I）歸還

❶ どうやら父は、母に内緒で人にお金を貸していたらしいです。

❷ 家を購入する時、父からお金を借ります。

❸ いくら家族間でも、借用書はちゃんと書いた方がいいです。

❹ 借金の保証人となります。

❺ クレジットの返済期限を守ります。

❻ 借りたお金は、きちんと返します。

	例句出現的		原形／接續原則	意義	詞性
❶	どうやら	→	どうやら	好像	副詞
	内緒で	→	内緒＋で	私下	文型
	貸して	→	貸す	借出	動Ⅰ
	貸していた	→	動詞て形＋いた	過去維持的狀態	文型
	貸していたらしい	→	貸していた＋らしい	好像借出了	文型
❷	購入する	→	購入する	購買	動Ⅲ
	父から	→	對象＋から	從～對象	文型
❸	いくら家族でも	→	いくら＋名詞＋でも	即使～，也～	文型
	書いた	→	書く	寫	動Ⅰ
	書いた方がいい	→	動詞た形＋方がいい	做～比較好	文型
❹	借金	→	借金	債務	名詞
	保証人となります	→	名詞＋となる	成為～	文型
❺	返済期限	→	返済期限	償還期限	名詞
	守ります	→	守る	遵守	動Ⅰ
❻	借りた	→	借りる	借入	動Ⅱ
	きちんと	→	きちんと	如期	副詞

❶ 父親好像瞞著母親借錢給人。
❷ 買房時，跟父親借錢。
❸ 就算是家人，還是要確實地寫下借據比較好。
❹ 成為債務的保證人。
❺ 謹守信用卡的還款期限。
❻ 借來的錢會如期歸還。

借貸(2)

MP3 180

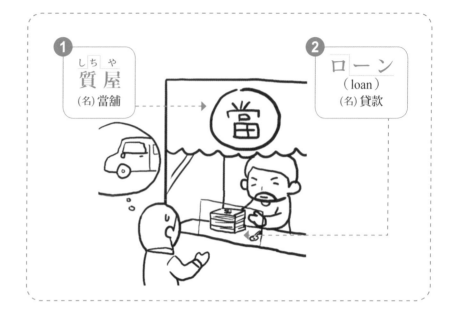

1 しちや
質屋
(名) 當舖

2 ローン
（loan）
(名) 貸款

3 さいむ / しゃっきん
債務 / 借金
(名) 債務

兩個單字都是「債務」。

4 きんせん　トラブル
金銭トラブル
(名) 金錢糾紛

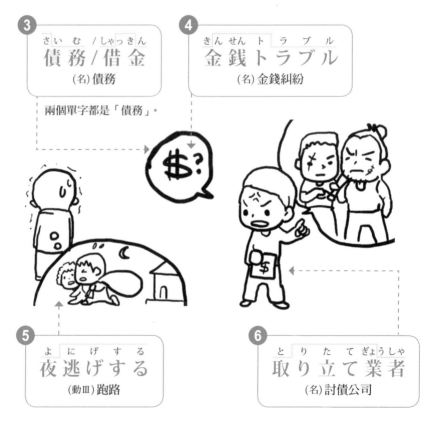

5 よにげする
夜逃げする
(動Ⅲ) 跑路

6 とりたてぎょうしゃ
取り立て業者
(名) 討債公司

❶ 質屋から 借金します。

❷ ローンを組まないと、家を買えません。

❸ ファイナンシャルプランナーに、債務（借金）整理の相談をします。

❹ 彼は、金銭トラブルが原因で離婚しました。

❺ 破産してしまったので、一家で夜逃げします。

❻ 取り立て業者が毎日電話をかけてくるようになりました。

	例句出現的		原形／接續原則	意義	詞性
❶	質屋から	→	名詞＋から	從～	文型
	借金します	→	借金する	借錢	動Ⅲ
❷	ローンを組まない	→	ローンを組む	貸款	動Ⅰ
	ローンを組まないと	→	動詞ない形＋と	如果不～的話，就～	文型
	買えません	→	買える	可以買	買う的可能形
❸	ファイナンシャルプランナー	→	ファイナンシャルプランナー	理財顧問	名詞
	債務整理	→	債務整理	清償債務	名詞
	相談をします	→	相談をする	諮詢	動Ⅲ
❹	離婚します	→	離婚する	離婚	動Ⅲ
❺	破産して	→	破産する	破産	動Ⅲ
	破産してしまった	→	動詞て形＋しまう	無法挽回的遺憾	文型
	破産してしまったので	→	動詞た形＋ので	因為～	文型
	一家で	→	行動單位＋で	以～行動單位	文型
❻	かけてくる	→	かけてくる	打來	動Ⅲ
	かけてくるようになりました	→	動詞辭書形＋ようになりました	逐漸變成～了	文型

中譯

❶ 從當舖借錢。
❷ 不貸款就無法買房子。
❸ 向理財顧問諮詢清償債務問題。
❹ 他因為金錢糾紛而離婚。
❺ 破産了，所以全家跑路。
❻ 討債公司每天打電話來要債。

①
しゅうにゅう
収入
(名)收入

②
し しゅつ
支出
(名)支出

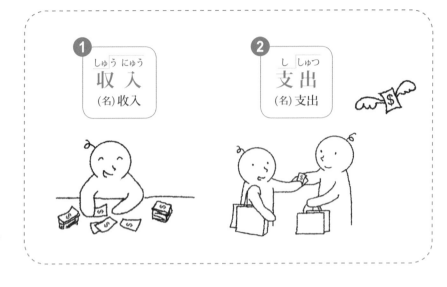

③
お かね を つか う
お金を使う
(動Ⅰ)花錢

④
ちょ きん
貯金
(名)儲蓄/存款

⑤
てい とう に い れる
抵当に入れる
(動Ⅱ)典當

⑥
とう し する
投資する
(動Ⅲ)投資

❶ 現金収入は、山で暮らす一家にとって、非常に重要です。

❷ 今月は、支出ばかりが増えました。

❸ 私は、お金を使うことが好きなタイプです。

❹ 生活が厳しく、貯金を崩しながら生活します。

❺ 宝石を抵当に入れて、お金を借ります。

❻ 投資して老後に備えます。

	例句出現的		原形／接續原則	意義	詞性
❶	山で	→	地點＋で	在～地點	文型
	暮らす	→	暮らす	生活	動Ⅰ
	一家にとって	→	對象＋にとって	對～而言	文型
❷	支出ばかり	→	名詞＋ばかり	光～、只～	文型
	増えました	→	増える	增加	動Ⅱ
❸	使うことが好き	→	動詞辭書形＋ことが好き	喜歡做～	文型
	タイプ	→	タイプ	類型	名詞
❹	厳しく	→	厳しい	嚴酷的	い形
	貯金を崩し	→	貯金を崩す	使用存款	動Ⅰ
	貯金を崩しながら	→	動詞ます形＋ながら	一邊～、一邊～	文型
	生活します	→	生活する	生活	動Ⅲ
❺	お金を借ります	→	お金を借りる	借（入）錢	動Ⅱ
❻	老後	→	老後	晚年	名詞
	備えます	→	備える	準備	動Ⅱ

❶ 現金收入對在山上生活的一家人而言，是非常重要的。

❷ 這個月淨是支出增加。

❸ 我是屬於喜歡花錢的類型。

❹ 生活嚴峻，要使用存款過生活。

❺ 典當寶石來借錢。

❻ 進行投資，為晚年做準備。

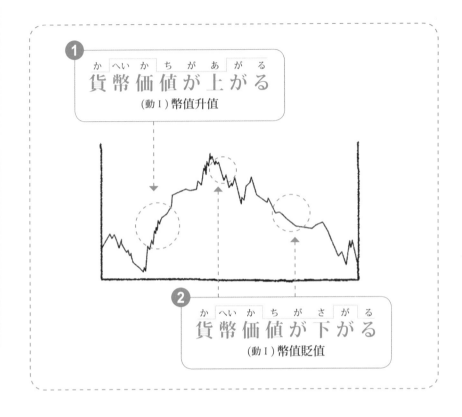

1 貨幣価値が上がる
(動I) 幣值升值

2 貨幣価値が下がる
(動I) 幣值貶值

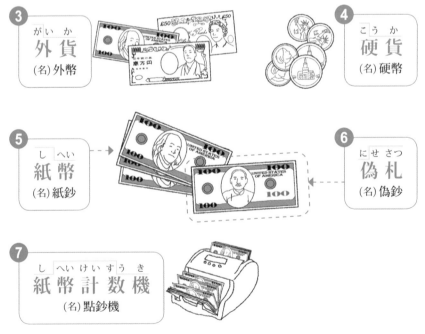

3 外貨
(名) 外幣

4 硬貨
(名) 硬幣

5 紙幣
(名) 紙鈔

6 偽札
(名) 偽鈔

7 紙幣計数機
(名) 點鈔機

❶ 円の貨幣価値が上がります。

❷ ドルの貨幣価値が下がります。

❸ 製品を輸出して、外貨を稼ぎます。

❹ 外国の硬貨を集めます。

❺ 偽の紙幣が街で数枚発見されました。

❻ 偽札が街中に出回ります。

❼ 紙幣計数機を使って紙幣を数えます。

學更多

	例句出現的		原形／接續原則	意義	詞性
❶	円	→	円	日圓	名詞
❷	ドル	→	ドル	美金	名詞
❸	製品	→	製品	產品	名詞
	輸出して	→	輸出する	出口	動Ⅲ
	稼ぎます	→	稼ぐ	賺取	動Ⅰ
❹	集めます	→	集める	收集	動Ⅱ
❺	偽	→	偽	假冒、偽造	名詞
	街で	→	地點＋で	在～地點	文型
	発見されました	→	発見される	被發現	発見する的被動形
❻	街中	→	街中	街上	名詞
	出回ります	→	出回る	充斥、上市	動Ⅰ
❼	使って	→	使う	使用	動Ⅰ
	数えます	→	数える	計算	動Ⅱ

中譯

❶ 日圓的幣值升值。
❷ 美金的幣值貶值。
❸ 出口產品，賺取外幣。
❹ 收集外國硬幣。
❺ 在市面上發現幾張偽造的紙鈔。
❻ 偽鈔在市面上大量出現。
❼ 使用點鈔機計算紙鈔張數。

儲蓄(1)

MP3 183

1 こうざ
口座
(名)帳戶

2 こうざをひらく
口座を開く
(動Ⅰ)開戶

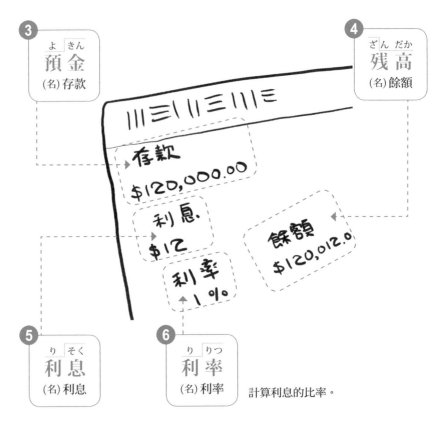

3 よ きん
預金
(名)存款

4 ざん だか
残高
(名)餘額

5 り そく
利息
(名)利息

6 り りつ
利率
(名)利率　計算利息的比率。

存款
$120,000.00

利息
$12

利率
1%

餘額
$120,012.0

❶ この口座には、１００万が入っています。

❷ 銀行で息子のために口座を開きます。

❸ 預金通帳と印鑑をお持ちください。

❹ ＡＴＭで残高を確認します。

❺ ここ数年、利息はないに等しいです。

❻ 外国に比べて、利率は極めて低いです。

學更多

	例句出現的		原形／接續原則	意義	詞性
❶	入って	→	入る	含有	動Ⅰ
	入っています	→	動詞て形＋いる	目前狀態	文型
❷	銀行で	→	地點＋で	在～地點	文型
	息子のために	→	名詞＋のために	為了～	文型
❸	預金通帳	→	預金通帳	存款簿	名詞
	お持ち	→	持つ	攜帶	動Ⅰ
	お持ちください	→	お＋動詞ます形＋ください	請您做～	文型
❹	ＡＴＭで	→	名詞＋で	利用～	文型
	確認します	→	確認する	確認	動Ⅲ
❺	ここ	→	ここ	目前、最近	指示代名詞
	ない	→	ない	沒有	い形
	等しい	→	等しい	相等的	い形
❻	比べて	→	比べる	比較	動Ⅱ
	極めて	→	極めて	非常	副詞
	低い	→	低い	低的	い形

中譯

❶ 這個帳戶裡，存有100萬日圓。

❷ 替兒子在銀行開戶。

❸ 請您攜帶存款簿和印鑑。

❹ 利用ＡＴＭ確認餘額。

❺ 這幾年等同於沒有利息。

❻ 和外國相較之下，利率非常低。

184

儲蓄(2)

MP3 184

1 かいやくする
解約する
(動Ⅲ)解約

2 ていきよきん（する）
定期預金（する）
(名・動Ⅲ)定期存款

3 いちねんかん
一年間
(名)一年期

4 ふつうよきん（する）
普通預金（する）
(名・動Ⅲ)活期存款

5 ちょきんばこ
貯金箱
(名)撲滿

6 しゅうにゅうがぞうかする
収入が増加する
(動Ⅲ)增加收入

7 しょうひがへる
消費が減る
(動Ⅰ)減少消費

❶ 急にお金が必要となり、定期預金を解約します。

❷ 定期預金しても、利息は知れています。

❸ とりあえず、一年間だけの定期預金にします。

❹ 普通預金なので、いつでもお金を下ろせます。

❺ 子供が貯金箱にお金を貯めます。

❻ 出世して収入が増加します。

❼ 不景気で、みんなの消費が減ります。

	例句出現的		原形／接續原則	意義	詞性
❶	急に	→	急に	突然	副詞
	必要となり	→	必要＋となる	變成有需要	文型
❷	定期預金しても	→	動詞て形＋も	即使～，也～	文型
	知れている	→	知れて＋いる	大家都知道的	文型
❸	一年間だけ	→	期間＋だけ	只有～期間	文型
	定期預金にします	→	名詞＋にする	決定成～	文型
❹	普通預金なので	→	名詞＋な＋ので	因為～	文型
	下ろせます	→	下ろせる	可以提取	下ろす的可能形
❺	貯めます	→	貯める	積存	動Ⅱ
❻	出世して	→	出世する	出人頭地	動Ⅲ
❼	不景気で	→	名詞＋で	因為～	文型
	みんな	→	みんな	大家	名詞

中譯

❶ 突然需要用錢，要將定期存款解約。
❷ 即使定期存款，利息（很少）是大家都知道的。
❸ 總之，先存款只有一年期的定期存款。
❹ 因為是活期存款，所以隨時都可以領錢。
❺ 孩子把錢存進撲滿裡。
❻ 出人頭地後增加收入。
❼ 因為經濟不景氣，大家都減少消費。

①

<ruby>株<rt>かぶ</rt></ruby><ruby>式<rt>しき</rt></ruby><ruby>資<rt>し</rt></ruby><ruby>本<rt>ほん</rt></ruby>
(名)股本

②

<ruby>投<rt>とう</rt></ruby><ruby>資<rt>し</rt></ruby><ruby>者<rt>しゃ</rt></ruby>
(名)投資人

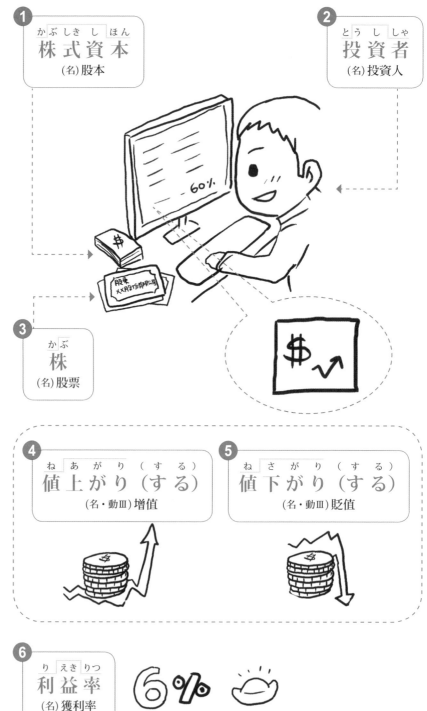

③

<ruby>株<rt>かぶ</rt></ruby>
(名)股票

④

<ruby>値<rt>ね</rt></ruby><ruby>上<rt>あ</rt></ruby>がり（する）
(名・動Ⅲ)增值

⑤

<ruby>値<rt>ね</rt></ruby><ruby>下<rt>さ</rt></ruby>がり（する）
(名・動Ⅲ)貶值

⑥

<ruby>利<rt>り</rt></ruby><ruby>益<rt>えき</rt></ruby><ruby>率<rt>りつ</rt></ruby>
(名)獲利率

❶ 株式資本とは、株を資本としているという意味です。

❷ 会社が、投資者宛てに案内を送ります。

❸ 株が下落します。

❹ 斬新な商品を世に送り出すＡ社の株だけは、不景気知らずで値上がりを続けています。

❺ 本日は、多くの株価が値下がりしました。

❻ 私が去年買った投資信託は、１０％の利益率があります。

	例句出現的		原形／接續原則	意義	詞性
❶	株式資本とは	→	名詞＋とは	所謂的～	文型
	資本としている	→	名詞＋としている	作為～	文型
	資本としているという意味	→	資本としている＋という意味	作為資本的意思	文型
❷	投資者宛て	→	名詞＋宛て	～寄送地址	文型
	送ります	→	送る	寄送	動Ⅰ
❸	下落します	→	下落する	下跌	動Ⅲ
❹	斬新な商品	→	斬新＋な＋名詞	嶄新的～	文型
	世に送り出す	→	世に送り出す	使～面世	動Ⅰ
	Ａ社の株だけ	→	名詞＋だけ	只有～	文型
	不景気知らずで	→	不景気＋知らずで	因為不受不景氣影響	文型
	続けて	→	続ける	繼續	動Ⅱ
	続けています	→	動詞て形＋いる	目前狀態	文型
❺	多く	→	多く	多數	名詞
❻	買った	→	買う	買	動Ⅰ
	あります	→	ある	有（事或物）	動Ⅰ

❶「股本」是指「以股票作為資本」。

❷ 公司寄送通知給投資人。

❸ 股票下跌。

❹ 只有推出嶄新產品的A公司的股票不受不景氣的影響，不斷地增值。

❺ 今天很多股票的股價貶值了。

❻ 我去年買的共同基金，有百分之十的獲利率。

186

投資(2)

MP3 186

1 かぶしきしじょう
株式市場
(名)股市

2 しょうけんとりひきじょ
証券取引所
(名)證交所

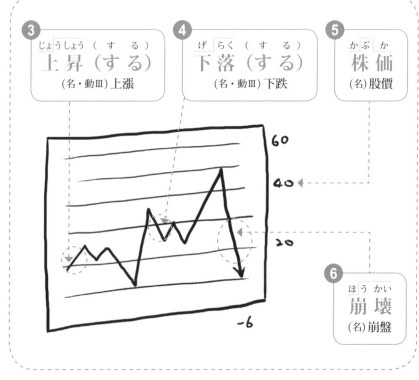

3 じょうしょう（する）
上昇（する）
(名・動Ⅲ)上漲

4 げらく（する）
下落（する）
(名・動Ⅲ)下跌

5 かぶか
株価
(名)股價

6 ほうかい
崩壊
(名)崩盤

❶ 円高ドル安で、株式市場が混乱します。

❷ 証券取引所の仕事は、ストレスの溜まる仕事です。

❸ 最近の株式市場は、上昇気味です。

❹ 昨日の取引量は1 ％ 近く増加したが、今日は2 ％ 下落しました。

❺ 株価の値下がりを受けて、株式市場は混乱しました。

❻ バブル崩壊後、依然として景気は良くなってはいません。

	例句出現的		原形／接續原則	意義	詞性
❶	円高	→	円高	日幣升值	名詞
	ドル安	→	ドル安	美金貶值	名詞
	ドル安で	→	名詞＋で	因為～	文型
	混乱します	→	混乱する	混亂	動Ⅲ
❷	溜まる	→	溜まる	累積	動Ⅰ
❸	上昇気味	→	名詞＋気味	有點～	文型
❹	１％近く	→	數量詞＋近く	將近～數量	文型
	増加した	→	増加する	增加	動Ⅲ
	増加したが	→	動詞た形＋が	雖然～，但是～	文型
❺	値下がり	→	値下がり	下滑	名詞
	受けて	→	受ける	遭受	動Ⅱ
	混乱しました	→	混乱する	混亂	動Ⅲ
❻	依然として	→	依然として	仍然	連語
	良くなって	→	良くなる	變好	動Ⅰ
	良くなって	→	良くなって＋は＋いません	沒有好轉	文型

中譯

❶ 日幣升值、美金貶值，造成股市混亂。

❷ 證交所的工作是會累積壓力的工作。

❸ 最近的股市有點上漲的趨勢。

❹ 昨天的交易量增加了將近百分之一，但是今天又下跌了百分之二。

❺ 因為股價下滑，股市陷入混亂。

❻ 泡沫經濟崩盤後，景氣依然沒有好轉。

1 財テク
ざいテク
(名)理財（方法）

2 貯蓄
ちょちく
(名)儲蓄

3 保険
ほけん
(名)保険

4 生命保険
せいめいほけん
(名)壽険

5 退職金
たいしょくきん
(名)養老金

6 ファイナンシャルプランナー
（financial planner）
(名)理財顧問

7 ファイナンシャルツール
（financial tool）
(名)理財工具

❶ 彼はお金を貯めることが趣味で、財テクの達人と言えます。

❷ ３５歳までに家を買うのに十分な貯蓄を準備します。

❸ 万一に備えて、保険に入ります。

❹ 主人に生命保険をかけます。

❺ 退職金を一括で受け取ります。

❻ ファイナンシャルプランナーの助言を聞き、株は売らずに手元に取っておくことにしました。

❼ 投資に必要なファイナンシャルツールを使います。

	例句出現的		原形／接續原則	意義	詞性
❶	お金を貯める	→	お金を貯める	存錢	動Ⅱ
	達人と言えます	→	名詞＋と言える	可以說是～	文型
❷	買う	→	買う	買	動Ⅰ
	準備します	→	準備する	準備	動Ⅲ
❸	備えて	→	備える	防備	動Ⅱ
	保険に入ります	→	保険に入る	加入保險	動Ⅰ
❹	生命保険をかけます	→	生命保険をかける	投保壽險	動Ⅱ
❺	受け取ります	→	受け取る	領取	動Ⅰ
❻	聞き	→	聞く	聽	動Ⅰ
	売ら	→	売る	賣	動Ⅰ
	売らずに	→	動詞ない形＋ずに	不要～	文型
	取っておく	→	取っておく	留存起來	動Ⅰ
	取っておくことにしました	→	動詞辭書形＋ことにしました	決定做～了	文型
❼	使います	→	使う	使用	動Ⅰ

❶ 他的興趣是存錢，可說是理財高手。

❷ 要在３５歲之前買房，需要準備足夠的儲蓄。

❸ 為防萬一，加入保險。

❹ 幫老公投保壽險。

❺ 一次提領養老金。

❻ 聽從理財顧問的建議，決定不出售股票，要留在手邊。

❼ 使用投資所需的理財工具。

MP3 188

1 じこしょうかい
自己紹介
(名)自我介紹

2 じじょでん / じぶんし
自叙伝/自分史
(名)自傳

兩個單字都是「自傳」。

3 がくれき
学歴
(名)學歷

4 りれきしょ
履歴書
(名)履歷表

5 しょうしょ の コ ピ ー
証書のコピー
(名)證照影本

6 すいせんじょう
推薦状
(名)推薦函

❶ 自己紹介では、自分をアピールすることも大切です。

❷ 作文用紙に自叙伝（自分史）をまとめます。

❸ 彼の場合、学歴は申し分ありません。

❹ 会社の求人を見て、履歴書を用意します。

❺ 卒業証書のコピーを添付します。

❻ 指導教官に推薦状を書いてもらいます。

學更多

	例句出現的		原形／接續原則	意義	詞性
❶	自己紹介では	→	場合＋では	在～場合	文型
	アピールする	→	アピールする	宣傳	動Ⅲ
	大切	→	大切	重要的	な形
❷	まとめます	→	まとめる	歸納	動Ⅱ
❸	申し分	→	申し分	缺點	名詞
	申し分ありません	→	申し分＋ありません	無可挑剔	文型
❹	求人	→	求人	徵人廣告	名詞
	見て	→	見る	看	動Ⅱ
	用意します	→	用意する	準備	動Ⅲ
❺	添付します	→	添付する	附上	動Ⅲ
❻	指導教官	→	指導教官	指導老師	名詞
	書いて	→	書く	寫	動Ⅰ
	書いてもらいます	→	動詞て形＋もらう	請別人為我做～	文型

中譯

❶ 自我介紹時，宣傳自己也很重要。
❷ 在作文紙上寫自傳。
❸ 以他的情況而言，學歷部分是無可挑剔的。
❹ 看到公司的徵人廣告，準備履歷表。
❺ 附上畢業證書影本。
❻ 請（大學的）指導老師寫推薦函。

面試(2)

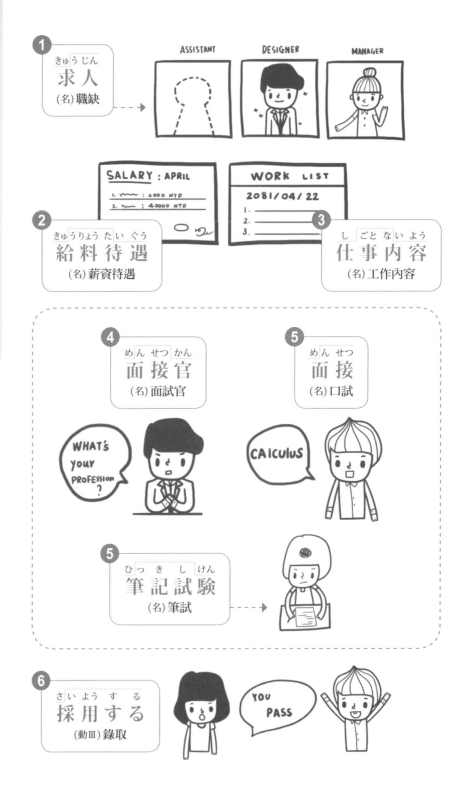

1 きゅうじん
求人
(名)職缺

2 きゅうりょうたいぐう
給料待遇
(名)薪資待遇

3 しごとないよう
仕事内容
(名)工作内容

4 めんせつかん
面接官
(名)面試官

5 めんせつ
面接
(名)口試

5 ひっきしけん
筆記試験
(名)筆試

6 さいようする
採用する
(動Ⅲ)錄取

❶ 不景気で、どの会社も求人が減りました。

❷ 面接の時に、給料待遇について聞かされます。

❸ 仕事内容について、説明を受けます。

❹ 面接官と向き合って座ります。

❺ 面接/筆記試験の結果を待ちます。

❻ 経験があり、即戦力となる人材を採用することにします。

學更多

	例句出現的		原形／接續原則	意義	詞性
❶	不景気で	→	名詞＋で	因為～	文型
	どの会社も	→	どの＋会社＋も	每一間公司都	文型
	減りました	→	減る	減少	動Ⅰ
❷	給料待遇について	→	名詞＋について	關於～	文型
	聞かされます	→	聞かされる	被逼問	聞く的使役被動形
❸	仕事内容について	→	名詞＋について	關於～	文型
	説明を受けます	→	説明を受ける	聽對方說明	動Ⅱ
❹	面接官と	→	對象＋と	和～對象	文型
	向き合って	→	向き合う	面對面	動Ⅰ
	座ります	→	座る	坐	動Ⅰ
❺	待ちます	→	待つ	等待	動Ⅰ
❻	あり	→	ある	有（事或物）	動Ⅰ
	即戦力となる	→	即戦力＋となる	有即戰力	文型
	採用することにします	→	動詞辭書形＋ことにする	決定做～	動Ⅲ

中譯

❶ 因為經濟不景氣，每家公司的職缺都減少了。

❷ 面試時，被問到關於薪資待遇的問題。

❸ 聽對方說明工作內容。

❹ 和面試官相對而坐。

❺ 等待口試／筆試的結果。

❻ 決定錄取有經驗、有即戰力的人才。

MP3 190

1
かいぎ
会議
(名)開會

2
しゅっちょう
出張
(名)出差

3
くんれん
訓練
(名)培訓

4
しょうかくする
昇格する
(動Ⅲ)升遷

5
ざんぎょう（する）
残業（する）
(名・動Ⅲ)加班

6
きゅうりょう
給料
(名)薪水

❶ 会議の前に打ち合わせします。

❷ 海外出張は楽しいが疲れます。

❸ 新人の訓練を引き受けます。

❹ 彼は今回部長に昇格しました。

❺ 残業しても、手当てはつきません。

❻ 給料、待遇ともに悪くないです。

	例句出現的		原形／接續原則	意義	詞性
❶	会議の前に	→	名詞＋の前に	在～之前	文型
	打ち合わせします	→	打つ合わせする	商量	動Ⅲ
❷	海外	→	海外	國外	名詞
	楽しい	→	楽しい	有趣的	い形
	楽しいが	→	い形容詞＋が	雖然～，但是～	文型
	疲れます	→	疲れる	疲累	動Ⅱ
❸	引き受けます	→	引き受ける	接受	動Ⅱ
❹	今回	→	今回	這次	名詞
❺	残業しても	→	動詞て形＋も	即使～，也～	文型
	手当て	→	手当て	津貼	名詞
	つきません	→	つく	附加	動Ⅰ
❻	給料、待遇ともに	→	給料、待遇＋ともに	薪水和待遇都～	文型
	悪くない	→	悪い	不好的	い形

中譯

❶ 開會前先商討。

❷ 出國出差雖然有趣，但是很累人。

❸ 接下培訓新人的工作。

❹ 這一次，他升遷為部長。

❺ 即使加班，也沒有津貼。

❻ 薪水和待遇都不差。

MP3 191

1 タイムカードを押す
タイムカードを押す
(動I)打卡

2 きゅうかをとる
休暇をとる
(動I)請假

3 ちょうききゅうしょく（する）
長期休職（する）
(名・動III)留職停薪

4 むだんけっきん（する）
無断欠勤（する）
(名・動III)曠職

5 うわさばなしをする
噂話をする
(動III)八卦

6 セクハラ
セクハラ
(名)性騷擾

❶ 出勤時にタイムカードを押します。

❷ 休暇をとって、家族旅行に行きます。

❸ 長期休職して、カナダに留学することになりました。

❹ 彼が無断欠勤するなんて、おかしいです。

❺ 女性社員が、トイレで噂話をしています。

❻ 上司に、セクハラまがいの事を言われました。

學更多

	例句出現的		原形／接續原則	意義	詞性
❶	出勤時	→	出勤時	出勤時	名詞
❷	家族旅行	→	家族旅行	家庭旅行	名詞
❸	カナダ	→	カナダ	加拿大	名詞
	留学する	→	留学する	留學	動Ⅲ
	留学することになりました	→	動詞辭書形＋ことになりました	(非自己一個人)決定做～了	文型
❹	無断欠勤するなんて	→	無断欠勤する＋なんて	竟然曠職	文型
	おかしい	→	おかしい	奇怪的	い形
❺	女性社員	→	女性社員	女性員工	名詞
	トイレで	→	地點＋で	在～地點	文型
	噂話をしている	→	動詞て形＋いる	目前狀態	文型
❻	上司	→	上司	上司	名詞
	セクハラまがい	→	名詞＋まがい	近似於～	文型
	言われました	→	言われる	被說	言う的被動形

中譯

❶ 出勤時要打卡。

❷ 請假跟家人一起去旅行。

❸ 辦理留職停薪，決定去加拿大留學。

❹ 他竟然曠職，真是奇怪。

❺ 女性員工在洗手間八卦。

❻ 被上司說了類似性騷擾的話。

1 時間通り じかんどおり
(名)準時

2 遅刻する ちこくする
(動Ⅲ)遅到

3 開会通知 かいかいつうち
(名)開會通知

4 会議室 かいぎしつ
(名)會議室

5 テレビ会議 テレビかいぎ
(名)視訊會議

6 書面の資料 しょめんのしりょう
(名)書面資料

7 議事録 ぎじろく
(名)會議記錄

❶ バスが時間通りに発着します。

❷ 彼は毎日決まって遅刻します。

❸ 開会通知をメールで配布します。

❹ 会議室は只今使用中です。

❺ テレビ会議で、海外支社の従業員と会話します。

❻ 会議でみんなに配布する書面の資料を作成します。

❼ 参加者各自が議事録をつけます。

學更多

	例句出現的		原形／接續原則	意義	詞性
❶	発着します	→	発着する	出發和到達	動Ⅲ
❷	決まって	→	決まって	一定	副詞
❸	メールで	→	名詞＋で	利用～	文型
	配布します	→	配布する	分發	動Ⅲ
❹	只今	→	只今	現在	名詞
	使用中	→	使用中	使用中	名詞
❺	支社	→	支社	分公司	名詞
	従業員	→	従業員	工作人員	名詞
	従業員と	→	對象＋と	和～對象	文型
	会話します	→	会話する	對話	動Ⅲ
❻	会議で	→	場合＋で	在～場合	文型
	配布する	→	配布する	分發	動Ⅲ
	作成します	→	作成する	製作	動Ⅲ
❼	つけます	→	つける	記錄	動Ⅱ

中譯

❶ 巴士準時出發和到達。

❷ 他每天都一定會遲到。

❸ 透過郵件發出開會通知。

❹ 會議室目前有人在使用。

❺ 透過視訊會議，和國外分公司的工作人員對話。

❻ 製作在會議中要發給大家的書面資料。

❼ 參與者各自做會議記錄。

1
プレゼンをする
（動Ⅲ）做簡報

2
挨拶を述べる
（動Ⅱ）致詞

3
提案
（名）提案

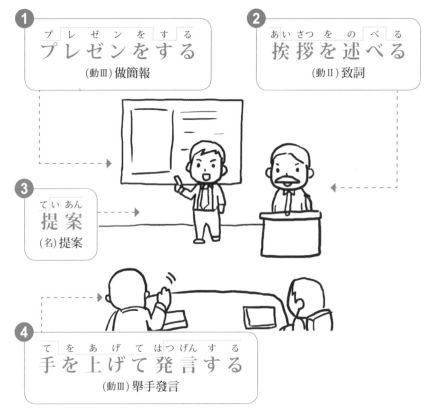

4
手を上げて発言する
（動Ⅲ）舉手發言

5
投票による表決
（名）投票表決

6
意見
（名）意見

7
討論
（名）討論

❶ 本年度の営業方針について、プレゼンをします。
<small>ほんねん ど　　えいぎょうほうしん</small>

❷ はじめに司会者が挨拶を述べます。
<small>し かいしゃ</small>

❸ 今日は私どもより提案があります！
<small>きょう　　わたし</small>

❹ ご意見・ご質問は、手を上げて発言してください。
<small>い けん　　しつもん</small>

❺ 議論が続きましたが、最後には投票による表決になりました。
<small>ぎ ろん　　つづ　　　　　　さい ご</small>

❻ 社員同士が、意見を交換し合います。
<small>しゃいんどう し　　　　　　こうかん　あ</small>

❼ 株主が、公開討論を聞きます。
<small>かぶぬし　　こうかい　　　　き</small>

學更多

	例句出現的		原形／接續原則	意義	詞性
❶	営業方針について	→	名詞＋について	關於～	文型
❷	はじめに	→	はじめに	首先	副詞
	司会者	→	司会者	司儀	名詞
❸	私ども	→	私ども	我們	指示代名詞
	私どもより	→	名詞＋より	由～	文型
	あります	→	ある	有（事或物）	動Ⅰ
❹	発言してください	→	動詞て形＋ください	請做～	文型
❺	続きました	→	続く	持續	動Ⅰ
	投票による表決になりました	→	名詞＋になりました	變成～了	文型
❻	社員同士	→	對象＋同士	～之間、～夥伴	文型
	交換し合います	→	交換し合う	互相交換	動Ⅰ
❼	株主	→	株主	股東	名詞
	聞きます	→	聞く	聽	動Ⅰ

中譯

❶ 針對本年度的營業方針做簡報。
❷ 首先由司儀致詞。
❸ 今天有我們提出的提案！
❹ 有意見和問題的人，請舉手發言。
❺ 爭論持續進行，最後以投票表決。
❻ 公司職員們交換彼此的意見。
❼ 股東聽取公開的討論內容。

194

一般電腦操作(1)

MP3 194

1 でんげんをいれる
電源を入れる
(動II) 開機

2 クラッシュする
クラッシュする
(動III) 當機

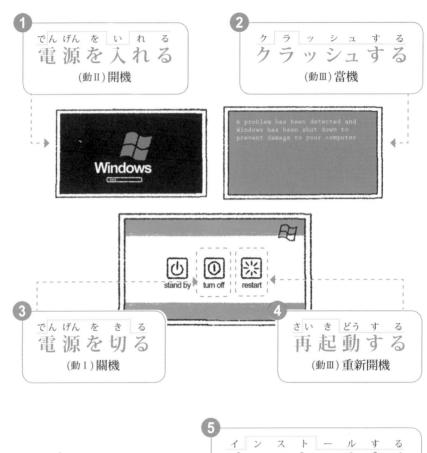

Windows

A problem has been detected and
Windows has been shut down to
prevent damage to your computer

stand by　turn off　restart

3 でんげんをきる
電源を切る
(動I) 關機

4 さいきどうする
再起動する
(動III) 重新開機

5 インストールする
インストールする
(動III) 安裝

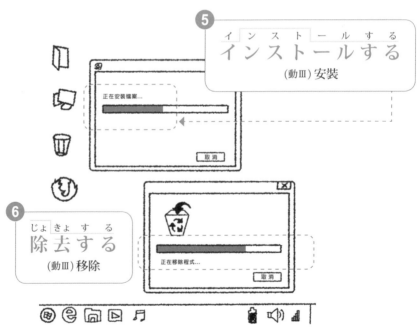

正在安裝檔案...

取消

6 じょきょする
除去する
(動III) 移除

正在移除程式...

取消

❶ パソコンの電源を入れます。

❷ どのボタンを押しても反応がなく、クラッシュしたようです。
　　（お）（はんのう）

❸ コンピューターの電源を切ります。

❹ プログラムをインストール後、コンピューターを再起動します。
　　　　　　　　　　　　　　（ご）

❺ フリーソフトウェアをインターネットよりダウンロードして、
　パソコンにインストールします。

❻ ウイルスを除去します。

學更多

	例句出現的		原形／接續原則	意義	詞性
❶	パソコン	→	パソコン	個人電腦	名詞
❷	どの	→	どの	哪一個	連體詞
	ボタン	→	ボタン	按鍵	名詞
	押して	→	押す	按壓	動 I
	押しても	→	動詞て形＋も	即使～・也～	文型
	反応	→	反応	反應	名詞
	なく	→	ない	沒有	い形
	クラッシュしたよう	→	動詞た形＋よう	好像～	文型
❸	コンピューター	→	コンピューター	電腦	名詞
❹	プログラム	→	プログラム	程式	名詞
	インストール後	→	インストール後	安裝後	名詞
❺	フリーソフトウェア	→	フリーソフトウェア	免費軟體	名詞
	インターネットより	→	名詞＋より	從～	文型
	ダウンロードして	→	ダウンロードする	下載	動Ⅲ
❻	ウイルス	→	ウイルス	病毒	名詞

中譯

❶ 將電腦開機。
❷ 不管按哪一個按鍵都沒有反應，好像當機了。
❸ 將電腦關機。
❹ 安裝程式後，把電腦重新開機。
❺ 從網路下載免費軟體，安裝在電腦裡。
❻ 移除病毒。

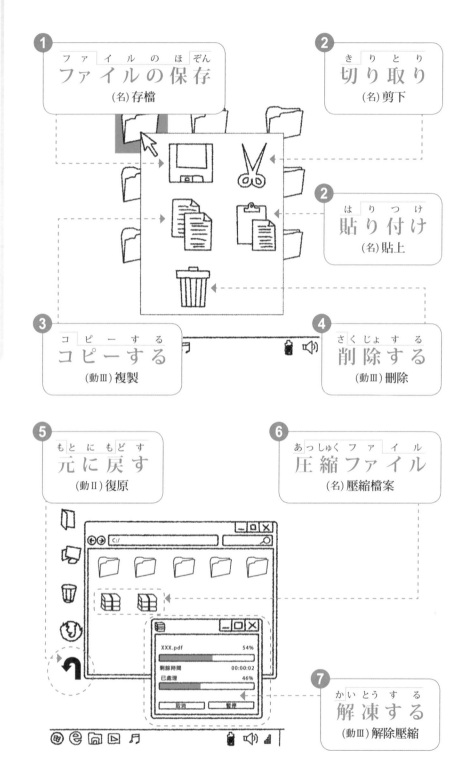

①
ファイルのほぞん
ファイルの保存
(名)存檔

②
きりとり
切り取り
(名)剪下

②
はりつけ
貼り付け
(名)貼上

③
コピーする
コピーする
(動Ⅲ)複製

④
さくじょする
削除する
(動Ⅲ)刪除

⑤
もとにもどす
元に戻す
(動Ⅱ)復原

⑥
あっしゅくファイル
圧縮ファイル
(名)壓縮檔案

XXX.pdf　54%
剩餘時間　00:00:02
已處理　46%
取消　　暫停

⑦
かいとうする
解凍する
(動Ⅲ)解除壓縮

❶ ファイルの保存の仕方が分からないので、教えてください。

❷ 切り取り/貼り付けの仕方をマスターします。

❸ 再度入力するのが面倒なので、コピーします。

❹ 不要なファイルを削除します。

❺ 元に戻すをクリックすると、ひとつ前の操作段階に戻ります。

❻ ファイルが大きいので、圧縮ファイルにして送ります。

❼ 圧縮ファイルを解凍するソフトウェアを、インストールします。

學更多

	例句出現的		原形／接續原則	意義	詞性
❶	分からない	→	分かる	知道	動Ⅰ
	分からないので	→	動詞ない形＋ので	因為不～	文型
	教えて	→	教える	教導	動Ⅱ
	教えてください	→	動詞て形＋ください	請做～	文型
❷	マスターします	→	マスターする	學習、掌握	動Ⅲ
❸	入力する	→	入力する	輸入	動Ⅲ
	面倒なので	→	形容動詞＋な＋ので	因為～	文型
❹	不要なファイル	→	不要＋な＋ファイル	不需要的～	文型
❺	クリックする	→	クリックする	點選	動Ⅲ
	クリックすると	→	動詞辭書形＋と	如果～的話，就～	文型
	戻ります	→	戻る	返回	動Ⅰ
❻	大きいので	→	い形容詞＋ので	因為～	文型
	圧縮ファイルにして	→	名詞＋にする	做成～	文型
	送ります	→	送る	送出	動Ⅰ
❼	インストールします	→	インストールする	安裝	動Ⅲ

中譯

❶ 我不知道存檔的方法，請教我。

❷ 學習剪下/貼上的方法。

❸ 重新輸入太麻煩了，所以用複製的。

❹ 刪除不必要的檔案。

❺ 點選復原就可以回到上一個操作階段。

❻ 因為檔案太大，所以做成壓縮檔案送出。

❼ 安裝解除壓縮的軟體。

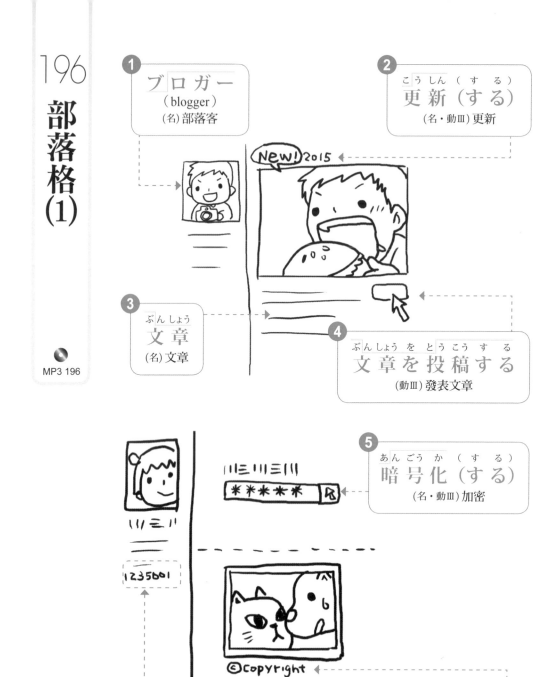

1 ブロガー
（blogger）
(名)部落客

2 こうしん（する）
更新（する）
(名・動Ⅲ)更新

3 ぶんしょう
文章
(名)文章

4 ぶんしょう を とうこう する
文章を投稿する
(動Ⅲ)發表文章

5 あんごうか（する）
暗号化（する）
(名・動Ⅲ)加密

6 ほうもんしゃすう
訪問者数
(名)點閱人數

7 ちてきざいさんけん
知的財産権
(名)智慧財產權

❶ 人気のブロガーのサイトをチェックします。

❷ ホームページの更新履歴を確認します。

❸ ブログで文章を書く機会が増えました。

❹ ネット上に文章を投稿します。

❺ クレジットカードの番号が暗号化されます。

❻ サイトの訪問者数が、終に一万人を超えました。

❼ 特許は、知的財産権を守る上で非常に重要です。

學更多

	例句出現的		原形／接續原則	意義	詞性
❶	チェックします	→	チェックする	檢視	動Ⅲ
❷	更新履歴	→	更新履歴	更新記錄	名詞
	確認します	→	確認する	確認	動Ⅲ
❸	ブログで	→	地點＋で	在～地點	文型
	書く	→	書く	寫	動Ⅰ
	増えました	→	増える	增加	動Ⅱ
❹	ネット上	→	ネット上	網路上	名詞
❺	クレジットカード	→	クレジットカード	信用卡	名詞
	暗号されます	→	暗号される	被加密	暗号する的被動形
❻	終に	→	終に	終於	副詞
	超えました	→	超える	超過	動Ⅱ
❼	特許	→	特許	專利	名詞
	守る	→	守る	保護	動Ⅰ
	守る上で	→	動詞辭書形＋上で	在～方面	文型

中譯

❶ 檢視人氣部落客的網站。

❷ 確認個人網站的更新記錄。

❸ 在部落格上寫文章的機會增加了。

❹ 在網路上發表文章。

❺ 信用卡號碼是經過加密的。

❻ 網站的點閱人數終於突破一萬人了。

❼ 在保護智慧財產權方面，專利是非常重要的一環。

1 タグ
（tag）
(名)標籤

2 ホームページ
（homepage）
(名)個人首頁

3 ブログスキン
（blog skin）
(名)網誌面版

4 ブログ広告
(名)部落格廣告

5 メッセージボード
（message board）
(名)留言板

6 （インターネットの）フォトアルバム
(名)網路相簿

❶ 記事投稿時のタグの設定方法について学びます。

❷ ホームページ上で、写真を公開します。

❸ 無料でダウンロードできる写真を、ブログスキンに利用します。

❹ ブログ広告で収入を得ます。

❺ ブログのメッセージボードに、メッセージを残します。

❻ インターネットのフォトアルバムに、写真を追加します。

學更多

	例句出現的		原形／接續原則	意義	詞性
❶	記事投稿時	→	記事投稿時	發表文章時	名詞
	設定方法について	→	名詞＋について	關於～	文型
	学びます	→	学ぶ	學習	動Ⅰ
❷	ホームページ上	→	ホームページ上	個人首頁上	名詞
	ホームページ上で	→	地點＋で	在～地點	文型
	公開します	→	公開する	公開	動Ⅲ
❸	無料で	→	名詞＋で	利用～	文型
	ダウンロードできる	→	ダウンロードできる	可以下載	ダウンロードする的可能形
	利用します	→	利用する	利用	動Ⅲ
❹	ブログ広告で	→	名詞＋で	利用～	文型
	得ます	→	得る	得到	動Ⅱ
❺	メッセージ	→	メッセージ	留言	名詞
	残します	→	残す	留下	動Ⅰ
❻	インターネット	→	インターネット	網路	名詞
	追加します	→	追加する	追加	動Ⅲ

中譯

❶ 學習如何在發文時設定標籤。
❷ 將相片公開在個人首頁上。
❸ 將可以免費下載的相片，放到網誌面版上。
❹ 透過部落格廣告獲得收入。
❺ 在部落格的留言板上留言。
❻ 把相片加到網路相簿。

198

電子郵件(1)

MP3 198

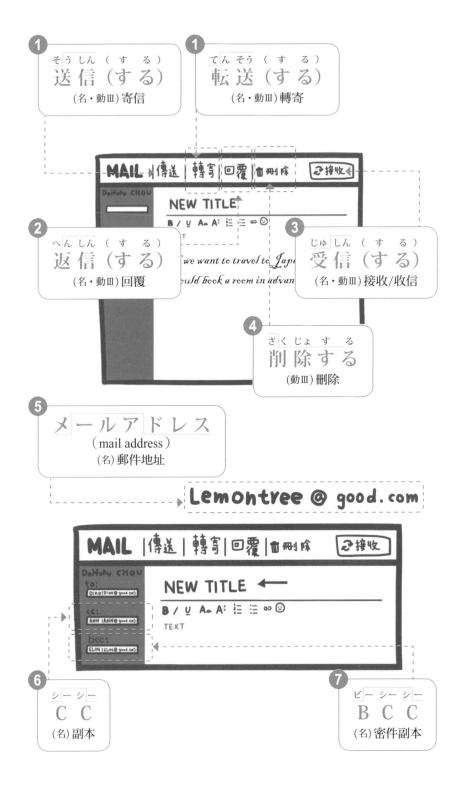

1 そうしん（する）
送信（する）
（名・動Ⅲ）寄信

1 てんそう（する）
転送（する）
（名・動Ⅲ）轉寄

2 へんしん（する）
返信（する）
（名・動Ⅲ）回覆

3 じゅしん（する）
受信（する）
（名・動Ⅲ）接收/收信

4 さくじょ する
削除する
（動Ⅲ）刪除

5 メールアドレス
（mail address）
（名）郵件地址

Lemontree @ good.com

6 シー シー
ＣＣ
（名）副本

7 ビー シー シー
ＢＣＣ
（名）密件副本

❶ メールの基本操作である、送信/転送方法を学びます。

❷ メールをもらったら、すぐに返信します。

❸ メッセージの受信中です。

❹ 間違って、大切なメールを削除してしまいました。

❺ お互いにメールアドレスを交換します。

❻ CCは、英語のCarbon Copyの略です。

❼ BCCは、英語のBlind Carbon Copyの略です。

學更多

	例句出現的		原形／接續原則	意義	詞性
❶	基本操作である送信方法	→	名詞A＋である＋名詞B	名詞A的名詞B	文型
	学びます	→	学ぶ	學習	動Ⅰ
❷	もらった	→	もらう	收到	動Ⅰ
	もらったら	→	動詞た形＋ら	做～之後	文型
	すぐに	→	すぐに	立刻	副詞
❸	受信中	→	受信中	正在接收	名詞
❹	間違って	→	間違う	搞錯	動Ⅰ
	大切なメール	→	大切＋な＋名詞	重要的～	文型
	削除してしまいました	→	動詞て形＋しましました	無法挽回的遺憾	文型
❺	お互いに	→	お互いに	彼此	副詞
	交換します	→	交換する	交換	動Ⅲ
❻	英語	→	英語	英文	名詞
❼	略	→	略	簡稱	名詞

中譯

❶ 學習電子郵件寄信／轉寄的基本操作。
❷ 收到信件後，立刻回覆。
❸ 正在接收訊息。
❹ 搞錯郵件，不小心把重要郵件刪除了。
❺ 彼此交換郵件地址。
❻ ＣＣ（副本）是英文「Carbon Copy」的簡稱。
❼ ＢＣＣ（密件副本）是英文「Blind Carbon Copy」的簡稱。

199

電子郵件(2)

MP3 199

1
<ruby>ア<rt>ア</rt>ド<rt>ド</rt>レ<rt>レ</rt>ス<rt>ス</rt>帳<rt>ちょう</rt></ruby>
(名)通訊錄

2
<ruby>受<rt>じゅ</rt>信<rt>しん</rt>箱<rt>ばこ</rt></ruby>
(名)收件匣

3
<ruby>送<rt>そう</rt>信<rt>しん</rt>済<rt>ず</rt>みメール<rt>み メール</rt></ruby>
(名)寄件備份

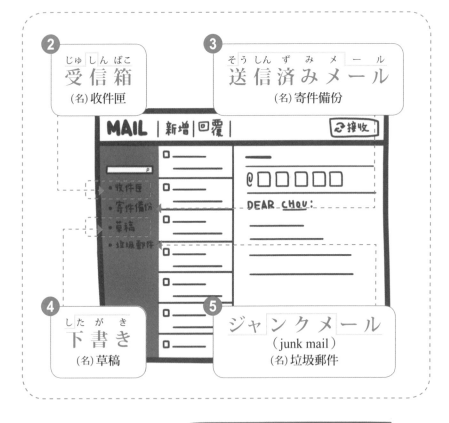

4
<ruby>下<rt>した</rt>書<rt>が</rt>き<rt>き</rt></ruby>
(名)草稿

5
ジャンクメール
（junk mail）
(名)垃圾郵件

6
<ruby>送<rt>そう</rt>信<rt>しん</rt>失<rt>しっ</rt>敗<rt>ぱい</rt></ruby>
(名)寄送失敗

❶ アドレス帳に連絡先を入力します。

❷ 受信箱に溜まったメールを、定期的に整理します。

❸ 送信済みメールは、保存していません。

❹ メールの下書きを保存します。

❺ 最近、ジャンクメールに悩まされています。

❻ ネットの接続が悪く、送信失敗になりました。

學更多

	例句出現的		原形／接續原則	意義	詞性
❶	連絡先	→	連絡先	聯絡人	名詞
	入力します	→	入力する	輸入	動Ⅲ
❷	溜まった	→	溜まる	積存	動Ⅰ
	定期的に	→	定期的に	定期	副詞
	整理します	→	整理する	整理	動Ⅲ
	保存して	→	保存する	保存	動Ⅲ
❸	保存していません	→	動詞て形＋いる	目前狀態	文型
❹	保存します	→	保存する	保存	動Ⅲ
❺	悩まされて	→	悩まされる	因某事而被迫煩惱	悩む的使役被動形
	悩まされています	→	動詞て形＋いる	目前狀態	文型
❻	接続	→	接続	連線	名詞
	悪く	→	悪い	不好的	い形
	送信失敗になりました	→	名詞＋になりました	變成～了	文型

中譯

❶ 把聯絡人輸進通訊錄。
❷ 定期整理存放在收件匣裡的郵件。
❸ 沒有保存寄件備份。
❹ 保存郵件的草稿。
❺ 最近，垃圾郵件讓人很困擾。
❻ 網路連線不佳，信件寄送失敗。

1 概念（がいねん）
(名)概念

2 構図（こうず）
(名)構圖

3 コンピューターグラフィック
（computer graphic）
(名)電腦繪圖

4 デッサン（する）
(名・動Ⅲ)（打）草稿

5 作品を完成する（さくひんをかんせいする）
(動Ⅲ)完稿

6 色を塗る（いろをぬる）
(動Ⅰ)上色

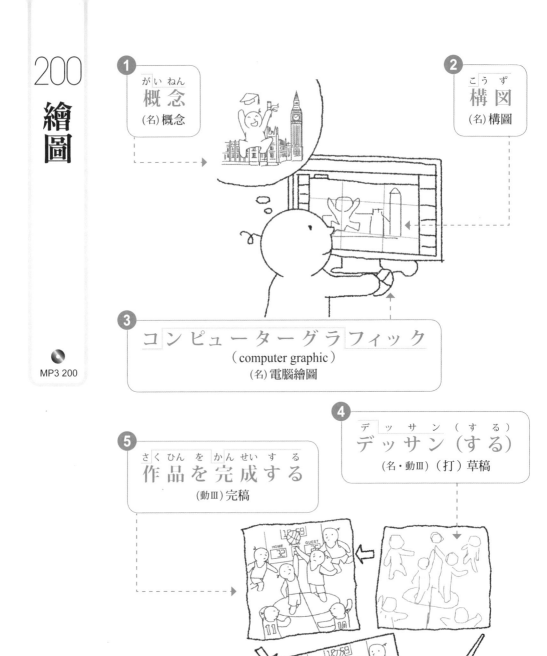

❶ 所変われば、美の概念も異なります。

❷ 最も美しい構図を考えて、山の景色を描きます。

❸ コンピューターグラフィックの授業を取ります。

❹ 鉛筆でデッサンするのが趣味です。

❺ いい作品を完成するには、時間がかかります。

❻ 仕上げに色を塗ると、作品が一層素晴らしいものとなります。

	例句出現的		原形／接續原則	意義	詞性
❶	変われば	→	変われば	如果改變的話，～	変わる的條件形
	異なります	→	異なる	不同	動Ⅰ
❷	最も	→	最も	最	副詞
	考えて	→	考える	思考	動Ⅱ
	描きます	→	描く	畫	動Ⅰ
❸	授業を取ります	→	授業を取る	上課	動Ⅰ
❹	鉛筆で	→	名詞＋で	利用～	文型
❺	いい	→	いい	好的	い形
	作品を完成するには	→	動詞辭書形＋には	在～方面	文型
	かかります	→	かかる	花費	動Ⅰ
❻	仕上げ	→	仕上げ	最後階段	名詞
	色を塗ると	→	動詞辭書形＋と	如果～的話，就～	文型
	一層	→	一層	更加	副詞
	素晴らしい	→	素晴らしい	出色的	い形
	素晴らしいものとなります	→	名詞＋となる	變成～	文型

❶ 場所改變的話，美的概念也會不同。

❷ 思索最美麗的構圖，畫出山景。

❸ 上電腦繪圖的課程。

❹ 用鉛筆打草稿是我的興趣。

❺ 好的完稿需要花費時間。

❻ 在最後階段上色，作品就會更加完美。

201

攝影(1)

MP3 201

1 こうかく レンズ
広角レンズ
(名)廣角鏡頭

2 オートフォーカス
（auto focus）
(名)自動對焦

3 しょうてん きょ り
焦点距離
(名)焦距

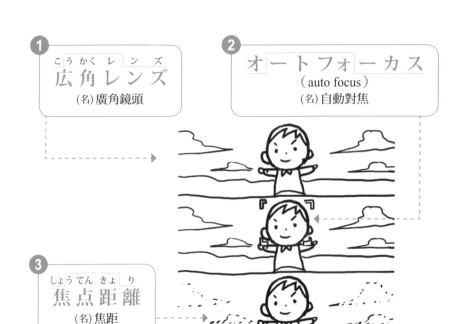

4 カメラ の ほう を みる
カメラの方を見る
(動Ⅱ)看鏡頭

5 シャッター を きる
シャッターを切る
(動Ⅰ)按快門

6 ごうせい しゃ しん
合成写真
(名)合成相片

7 デジタルカメラ
（digital camera）
(名)數位相機

❶ 広角レンズを使えば、より広い空間を撮影することができます。
❷ オートフォーカス機能を使うと、自動的にピントが合うので便利です。
❸ どれくらい大きく撮影できるかという基準は、焦点距離で比較します。
❹ 写真を撮りますので、カメラの方を見てください。
❺ 決定的瞬間を撮るために、夢中でシャッターを切りました。
❻ 二枚の写真を合わせて合成写真を作ります。
❼ 今や、デジタルカメラを持っていない若者はいません。

學更多

	例句出現的		原形／接續原則	意義	詞性
❶	使えば	→	使えば	如果使用的話，～	使う的條件形
	撮影することができます	→	動詞辭書形＋ことができる	可以做～	文型
❷	使う	→	使う	使用	動Ⅰ
	使うと	→	動詞辭書形＋と	如果～的話，就～	文型
	ピントが合う	→	ピントが合う	對焦	動Ⅰ
❸	どれくらい	→	どれくらい	多少	副詞
	撮影できる	→	撮影できる	可以拍攝	撮影する的可能形
	撮影できるか	→	撮影できる＋か	可以拍攝呢	文型
❹	撮ります	→	撮る	拍攝	動Ⅰ
	撮りますので	→	動詞ます形＋ので	因為～	文型
❺	撮るために	→	動詞辭書形＋ために	為了～	文型
	夢中で	→	夢中＋で	拼命	文型
❻	合わせて	→	合わせる	合併	動Ⅱ
❼	持って	→	持つ	擁有	動Ⅰ
	持っていない	→	動詞て形＋いる	目前狀態	文型

中譯

❶ 使用廣角鏡頭，就可以拍出更加寬廣的空間。
❷ 使用自動對焦的功能，就能自動對焦，所以很方便。
❸ 可以把畫面放到多大來攝影，是用焦距作為比較的標準。
❹ 因為要拍照，所以請看鏡頭。
❺ 為了拍下決定性的瞬間，拼命地按快門。
❻ 把兩張相片合起來，做成合成相片。
❼ 現在已經是每個年輕人都有數位相機的情況了。

MP3 202

1 夜間撮影モード
（名）夜拍模式

2 フラッシュ
（flash）
（名）閃光燈

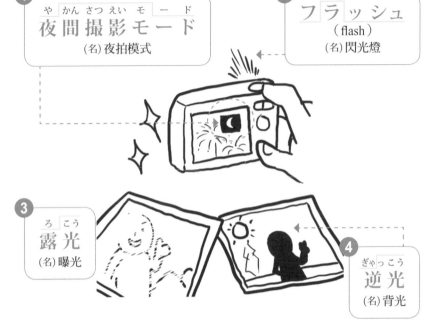

3 露光
（名）曝光

4 逆光
（名）背光

5 暗室
（名）暗房

沖洗照片時，為讓底片或相紙不曝光，
經特別設計具遮光效果的房間。

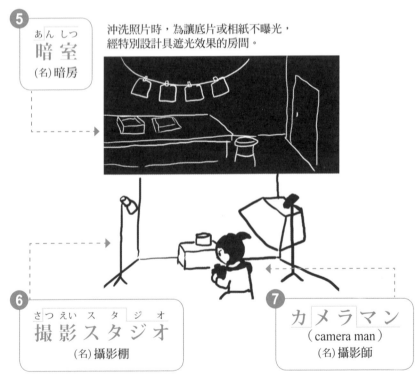

6 撮影スタジオ
（名）攝影棚

7 カメラマン
（camera man）
（名）攝影師

420

❶ 夜間撮影モードで夜行動物を撮影します。

❷ フラッシュをオフにして、夜景を撮影します。

❸ 長時間露光撮影で、幻想的な写真を撮ります。

❹ 逆光なので、方向を変えて撮影し直します。

❺ 写真が趣味なので、暗室を持つのが夢です。

❻ 撮影スタジオで記念写真を撮ります。

❼ カメラマンが次々とシャッターを切りました。

學更多

	例句出現的		原形／接續原則	意義	詞性
❶	夜間撮影モードで	→	名詞＋で	利用～	文型
	撮影します	→	撮影する	拍攝	動Ⅲ
❷	オフにして	→	オフにする	關掉	動Ⅲ
❸	長時間露光撮影で	→	名詞＋で	利用～	文型
	幻想的な写真	→	幻想的＋な＋名詞	幻想的～	文型
	撮ります	→	撮る	拍攝	動Ⅰ
❹	逆光なので	→	名詞＋な＋ので	因為～	文型
	変えて	→	変える	改變	動Ⅱ
	撮影し	→	撮影する	拍攝	動Ⅲ
	撮影し直します	→	動詞ます形＋直す	重新做～	文型
❺	持つ	→	持つ	擁有	動Ⅰ
❻	撮影スタジオで	→	地點＋で	在～地點	文型
❼	次々	→	次々	接連不斷	副詞
	シャッターを切りました	→	シャッターを切る	按快門	動Ⅰ

中譯

❶ 用夜拍模式來拍攝夜行性動物。

❷ 關掉閃光燈，拍攝夜景。

❸ 用長時間曝光的方式，拍攝充滿幻想氛圍的相片。

❹ 因為背光，所以換個方向重新拍攝。

❺ 我對拍照有興趣，所以夢想擁有一間暗房。

❻ 在攝影棚拍攝紀念照。

❼ 攝影師不斷地按下快門。

MP3 203

1 インスピレーション
（inspiration）
(名)靈感

2 ゆ き づ ま る
行き詰まる
(動I)遭遇瓶頸

3 そ う ぞ う り ょ く
想像力
(名)想像力

4 し め き り
締め切り
(名)截稿日

5 しゅうせい す る
修正する
(動III)修改

6 し た が き
下書き
(名)草稿

7 と う こ う す る
投稿する
(動III)投稿

❶ 執筆には、インスピレーションが大事です。

❷ これまで順調に来ていましたが、終に行き詰まってしまいました。

❸ 想像力をかきたてられるような物語を、書いてみたいです。

❹ 原稿の締め切りが迫ります。

❺ 語調を何度も修正して、書き直します。

❻ とりあえず、原稿用紙に下書きをはじめます。

❼ 雑誌にエッセイを投稿します。

學更多

	例句出現的		原形／接續原則	意義	詞性
❶	大事	→	大事	重要的	な形
❷	来て	→	来る	進展	動Ⅲ
	来ていました	→	動詞て形＋いました	過去維持的狀態	文型
	行き詰まってしまいました	→	動詞て形＋しまいました	無法挽回的遺憾	文型
❸	かきたてられる	→	かきたてられる	可以激發	かきたてる的可能形
	かきたてられるような物語	→	かきたてられる＋ような＋名詞	像可以激發一樣的～	文型
	書いて	→	書く	寫	動Ⅰ
	書いてみたい	→	動詞て形＋みたい	想要做～看看	文型
❹	迫ります	→	迫る	逼近、臨近	動Ⅰ
❺	何度も	→	何度も	好幾次	副詞
	書き	→	書く	寫	動Ⅰ
	書き直します	→	動詞ます形＋直す	重新做～	文型
❻	はじめます	→	はじめる	開始	動Ⅱ
❼	エッセイ	→	エッセイ	散文、隨筆	名詞

中譯

❶ 寫作時，靈感是很重要的。

❷ 在這之前都進行得很順利，但最後終於遭遇瓶頸。

❸ 想嘗試寫個可以激發人們想像力的故事。

❹ 稿子的截稿日快到了。

❺ 多次修改語氣，重新書寫。

❻ 總之，先在稿紙上開始寫草稿。

❼ 把散文投稿到雜誌上。

204

寫作(2)

MP3 204

1 美辞麗句（びじれいく）
(名)詞藻

2 文章（ぶんしょう）
(名)文章

3 文章スタイル（ぶんしょうスタイル）
(名)寫作風格

4 創作（そうさく）
(名)創作

5 構想（こうそう）
(名)架構

6 作者（さくしゃ）
(名)作者

7 テーマ
（Thema（德））
(名)主題

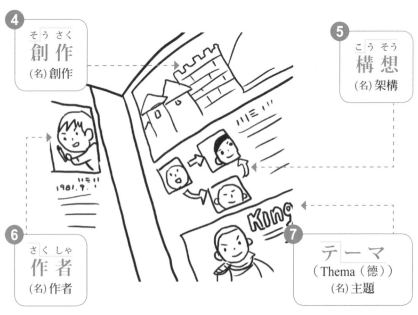

❶ 彼女のコメントは、上辺だけの美辞麗句を並べているにすぎません。

❷ 文章力をつけるには、読書が一番です。

❸ 文章スタイルから、彼女が書いたものだと分かりました。

❹ 育児休暇の後、再び創作活動を再開します。

❺ 旅をしながら小説の構想を練ります。

❻ この小説の作者はどんな人ですか？

❼ 卒論のテーマが、なかなか決まりません。

	例句出現的		原形／接續原則	意義	詞性
❶	上辺だけ	→	上辺＋だけ	只有表面	文型
	並べて	→	並べる	排列	動II
	並べている	→	動詞て形＋いる	目前狀態	文型
	並べているにすぎません	→	並べている＋にすぎません	只不過是排列而已	文型
❷	つける	→	つける	培養	動II
	一番	→	一番	最好	名詞
❸	書いた	→	書く	寫	動I
	書いたものだと分かりました	→	名詞＋だ＋と分かりました	知道～	文型
❹	再開します	→	再開する	重新進行	動III
❺	旅をし	→	旅をする	旅行	動III
	旅をしながら	→	動詞ます形＋ながら	一邊～，一邊～	文型
	練ります	→	練る	推敲、琢磨	動II
❻	どんな	→	どんな	什麼樣的	な形
❼	なかなか決まりません	→	なかなか＋動詞否定形	不容易做～、一直不做～	副詞
	決まりません	→	決まる	決定	動I

❶ 她的評論，只不過是一連串的空洞詞藻而已。

❷ 要培養寫文章的能力，看書是最好的方法。

❸ 從寫作風格就可以知道是出自她筆下。

❹ 休完育兒假後，再度開始進行創作。

❺ 一邊旅行一邊琢磨小說的架構。

❻ 這本小說的作者，是什麼樣的人？

❼ 遲遲無法決定畢業論文的主題。

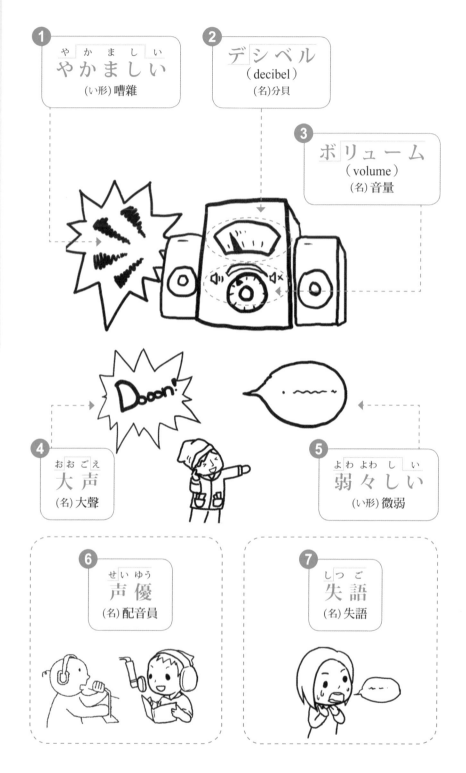

1 やかましい
（い形）嘈雜

2 デシベル
（decibel）
（名）分貝

3 ボリューム
（volume）
（名）音量

4 大声
（名）大聲

5 弱々しい
（い形）微弱

6 声優
（名）配音員

7 失語
（名）失語

❶ パーティー会場は、ガヤガヤしていてやかましいです。

❷ デシベルとは、音の大きさを表す単位です。

❸ 全体的に、もっとボリュームを上げてください。

❹ 酔っ払いが、夜中に大声を出して街を歩きます。

❺ 今日の声は、元気がなくて弱々しいです。

❻ 女優が、今回の映画で声優に挑戦しています。

❼ あるショックな出来事をきっかけに、失語症に苦しむ人がいます。

學更多

	例句出現的		原形／接續原則	意義	詞性
❶	ガヤガヤして	→	ガヤガヤする	吵吵鬧鬧	動Ⅲ
	ガヤガヤしていて	→	動詞て形＋いる	目前狀態	文型
❷	デシベルとは	→	名詞＋とは	所謂的～	文型
	表す	→	表す	表示	動Ⅰ
❸	上げて	→	上げる	調高	動Ⅱ
	上げてください	→	動詞て形＋ください	請做～	文型
❹	出して	→	出す	發出	動Ⅰ
❺	元気がなくて	→	元気がない	沒有精神	い形
❻	挑戦して	→	挑戦する	挑戰	動Ⅲ
❼	ショックな出来事	→	ショック＋な＋名詞	衝擊的～	文型
	出来事	→	出来事	變故	名詞
	出来事をきっかけに	→	名詞＋をきっかけに	以～為契機	文型
	苦しむ	→	苦しむ	痛苦	動Ⅰ

中譯

❶ 派對會場鬧哄哄的，非常嘈雜。

❷ 所謂的「分貝」，就是表示聲音大小的單位。

❸ 請把整體的音量再調大一點。

❹ 醉漢在深夜裡發出大聲咆哮，在街上閒晃。

❺ 今天的聲音沒有精神，聽起來很微弱。

❻ 女演員在這次的電影，挑戰配音員的工作。

❼ 有人因為遭遇衝擊性事件而患了失語症，為此所苦。

1
カ ボ チ ャ の ラ ン プ
カボチャのランプ
(名) 南瓜燈籠

2
カ ボ チ ャ
カボチャ
(名) 南瓜

3
トリック・オア・トリート
（Trick or Treat）
(名) 不給糖就搗蛋

10月31日（萬聖夜）當晚，小孩們做特殊的裝扮或戴上面具，逐戶按門鈴並大叫「Trick or Treat」，主人家便會拿出糖果或小禮物。

4
お ば け
お化け
(名) 鬼魂

5
キ ョ ン シ ー
キョンシー
(名) 殭屍

6
が い こ つ
骸骨
(名) 骷髏

7
あ く ま
悪魔
(名) 惡魔

❶ カボチャを彫って、カボチャのランプを作ってみます。

❷ アメリカでは１０月は、どこに行ってもカボチャが飾ってあります。

❸ ハロウィンの夜は、コスチュームを着てトリック・オア・トリートに出かけます。

❹ 可愛いお化けのマスコット等が、店に出回ります。

❺ 彼はハロウィンパーティーの仮装でキョンシーの恰好をしました。

❻ 骸骨を庭の芝生の上に置いている家もあります。

❼ スイッチを押すと、恐ろしい声がする悪魔の人形を玄関に吊るします。

	例句出現的		原形／接續原則	意義	詞性
❶	彫って	→	彫る	雕刻	動Ⅰ
	作って	→	作る	製作	動Ⅰ
	作ってみます	→	動詞て形＋みる	做～看看	文型
❷	行って	→	行く	去	動Ⅰ
	行っても	→	動詞て形＋も	即使～・也～	文型
	飾って	→	飾る	裝飾	動Ⅰ
	飾ってあります	→	動詞て形＋ある	有目的的存在狀態	文型
❸	着て	→	着る	穿	動Ⅱ
	出かけます	→	出かける	出門	動Ⅱ
❹	出回ります	→	出回る	上市	動Ⅰ
❺	恰好をしました	→	恰好をする	裝扮	動Ⅲ
❻	置いて	→	置く	放置	動Ⅰ
❼	押す	→	押す	按壓	動Ⅰ
	声がする	→	声がする	發出聲音	動Ⅲ
	吊るします	→	吊るす	懸掛	動Ⅰ

❶ 雕刻南瓜，試著做南瓜燈籠。

❷ 在美國的十月，不論到什麼地方都有南瓜裝飾。

❸ 萬聖節的夜裡，穿著變裝衣服到外面去玩不給糖就搗蛋的遊戲。

❹ 可愛的鬼魂吉祥物吊飾等商品，在商店上市了。

❺ 他在萬聖節的變裝派對中打扮成殭屍。

❻ 也有把骷髏擺放在家裡院子草坪上的人家。

❼ 在玄關懸掛一個按下按鈕，就會發出可怕聲音的惡魔人偶。

207

萬聖節(2)

MP3 207

1 魔女
<ruby>魔<rt>ま</rt></ruby><ruby>女<rt>じょ</rt></ruby>
(名)女巫

2 妖精
<ruby>妖<rt>よう</rt></ruby><ruby>精<rt>せい</rt></ruby>
(名)妖精

3 お化け屋敷
<ruby>お<rt></rt></ruby><ruby>化<rt>ば</rt></ruby><ruby>け<rt>け</rt></ruby><ruby>屋<rt>や</rt></ruby><ruby>敷<rt>しき</rt></ruby>
(名)鬼屋

4 黒猫
<ruby>黒<rt>くろ</rt></ruby><ruby>猫<rt>ねこ</rt></ruby>
(名)黑貓

5 コウモリ
(名)蝙蝠

6 フクロウ
(名)貓頭鷹

7 ハロウィンコスチューム
（Halloween costume）
(名)萬聖節服飾

430

❶ 母は黒い服を着て、とんがり帽子をかぶった魔女になりました。

❷ 娘はドレスを着て、可愛い妖精になりました。

❸ 今年も街にお化け屋敷がやって来ましたが、かなり怖いので小さな子供は入れません。

❹ 黒猫も、ハロウィンには欠かすことができません。

❺ コウモリの形をしたクッキーを作りました。

❻ 子供にフクロウの着ぐるみを着せます。

❼ ハロウィンコスチュームは、ハロウィンを過ぎると安くなります。

學更多

	例句出現的		原形／接續原則	意義	詞性
❶	着て	→	着る	穿	動Ⅱ
	とんがり帽子	→	とんがり帽子	尖的帽子	名詞
	かぶった	→	かぶる	戴	動Ⅰ
	魔女になりました	→	名詞＋になりました	變成～了	文型
❷	ドレス	→	ドレス	洋裝	名詞
❸	やって来ました	→	やって来る	來	動Ⅲ
	怖いので	→	い形容詞＋ので	因為～	文型
	入れません	→	入れる	讓人進去	動Ⅱ
❹	欠かす	→	欠かす	缺少	動Ⅰ
	欠かすことができません	→	動詞辭書形＋ことができません	無法做～	文型
❺	コウモリの形をした	→	名詞＋の形をする	做成～形狀	文型
❻	着せます	→	着せる	給～穿上	動Ⅱ
❼	過ぎる	→	過ぎる	經過	動Ⅱ
	過ぎると	→	動詞辭書形＋と	一～，就～	文型
	安くなります	→	安い＋くなる	變便宜	文型

中譯

❶ 母親穿上黑色衣服、戴上尖帽，變身成女巫。

❷ 女兒穿上洋裝，變身成可愛的妖精。

❸ 今年城鎮上也有鬼屋設施，因為相當恐怖，所以不讓小孩子進去。

❹ 黑貓也是萬聖節不可或缺的角色。

❺ 製作蝙蝠形狀的餅乾。

❻ 讓孩子穿上貓頭鷹的玩偶服。

❼ 過了萬聖節，萬聖節服飾就會變便宜。

208

農曆春節(1)

MP3 208

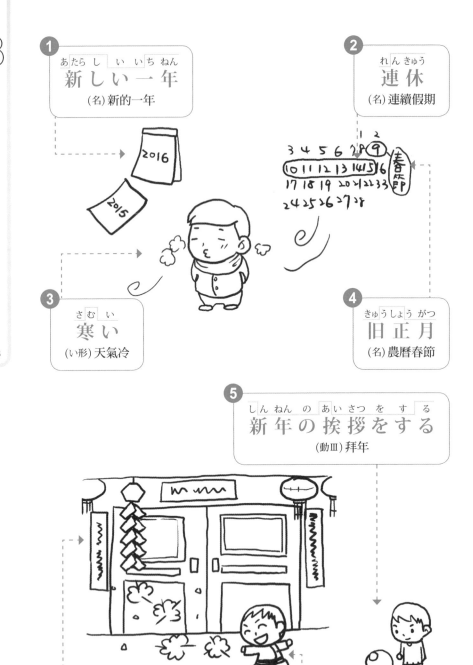

1 あたらしい いち ねん
新しい一年
(名)新的一年

2 れん きゅう
連休
(名)連續假期

3 さむ い
寒い
(い形)天氣冷

4 きゅうしょう がつ
旧正月
(名)農曆春節

5 しん ねん の あい さつ を する
新年の挨拶をする
(動Ⅲ)拜年

6 ふう ぞく しゅう かん
風俗習慣
(名)習俗

7 でん とう
伝統
(名)傳統

❶ 今年ももう終わりで、新しい一年がまた始まります。

❷ 連休はどこへ行っても混雑しています。

❸ 寒いので、家の中でじっとしています。

❹ 中国語圏の人々は、旧正月を祝います。

❺ 年賀状を出して、新年の挨拶をします。

❻ 各国の風俗習慣は異なりますが、新年の訪れを喜ぶ気持ちは万国共通です。

❼ 新年の飾りをするのが伝統です。

學更多

	例句出現的		原形／接續原則	意義	詞性
❶	もう	→	もう	快要	副詞
	始まります	→	始まる	開始	動Ⅰ
❷	行って	→	行く	去	動Ⅰ
	行っても	→	動詞て形＋も	即使～，也～	文型
	混雑して	→	混雑する	擁擠	動Ⅲ
	混雑しています	→	動詞て形＋いる	目前狀態	文型
❸	寒いので	→	い形容詞＋ので	因為～	文型
	じっとして	→	じっとする	待著、一動不動	動Ⅲ
❹	祝います	→	祝う	慶祝	動Ⅰ
❺	出して	→	出す	寄出	動Ⅰ
❻	異なります	→	異なる	不同	動Ⅰ
	喜ぶ	→	喜ぶ	喜悅	動Ⅰ
	万国共通	→	万国共通	全世界都一樣	名詞
❼	飾りをする	→	飾りをする	裝飾	動Ⅲ

中譯

❶ 今年就要結束了，新的一年又將開始。

❷ 連續假期不論去哪裡都很擁擠。

❸ 天氣冷，所以待在家裡。

❹ 華語圈的人們會慶祝農曆春節。

❺ 寄出賀年卡拜年。

❻ 各國的習俗都不一樣，但是迎接新年來臨的喜悅之情是一樣的。

❼ 布置新年裝飾是一種傳統。

1
おおみそか
大晦日
(名)除夕夜

台灣是農曆 12 月 30 日的夜晚；
日本是國曆 12 月 31 日的夜晚。

2
か ぞく が あつ まる
家族が集まる
(動Ⅰ)團圓

3
お せ ち りょう り
おせち料理
(名)年夜飯

除夕夜家人團聚，徹夜不眠地
玩牌、談天說笑等，據傳有祈
求雙親長壽之意。

4
ね ず に とし を こ す
寝ずに年を越す
(動Ⅰ)守歲

5
お とし だま
お年玉
(名)紅包

❶ 大晦日には年越しそばを食べます。

❷ お正月は、家族が集まるのが恒例です。

❸ 毎年母と祖母が、一緒におせち料理を作っていました。

❹ この日ばかりは、子供も寝ずに年を越します。

❺ 子供の頃は、両親や親戚からたくさんお年玉をもらいました。

學更多

	例句出現的		原形／接續原則	意義	詞性
❶	年越しそば	→	年越しそば	跨年蕎麥麵	名詞
	食べます	→	食べる	吃	動 II
❷	お正月	→	お正月	新年	名詞
	恒例	→	恒例	慣例	名詞
❸	母と祖母	→	名詞A＋と＋名詞B	名詞A和名詞B	文型
	一緒に	→	一緒に	一起	副詞
	作って	→	作る	製作	動 I
	作っていました	→	動詞て形＋いました	過去維持的狀態	文型
❹	この日ばかり	→	名詞＋ばかり	光～、只～	文型
	子供も	→	名詞＋も	～也	文型
❺	子供の頃	→	子供の頃	小時候	名詞
	両親や親戚	→	名詞A＋や＋名詞B	名詞A和名詞B	文型
	親戚から	→	對象＋から	從～對象	文型
	たくさん	→	たくさん	很多	副詞
	もらいました	→	もらう	得到	動 I

中譯

❶ 除夕夜要吃跨年蕎麥麵。

❷ 新年時家人團圓在一起是慣例。

❸ 每年母親和祖母會一起做年夜飯。

❹ 就只有這一天，孩子們也要守歲。

❺ 小時候，從父母和親戚那裡得到許多紅包。

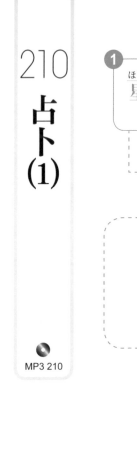

1
ほしうらない
星占い
(名)占星

2
タロット
（tarot）
(名)塔羅牌

3
ゆめうらない
夢占い
(名)解夢

4
れんあいうらない
恋愛占い
(名)戀愛占卜

5
くじ
くじ
(名)籤卜

6
トランプうらない
トランプ占い
(名)紙牌卜卦

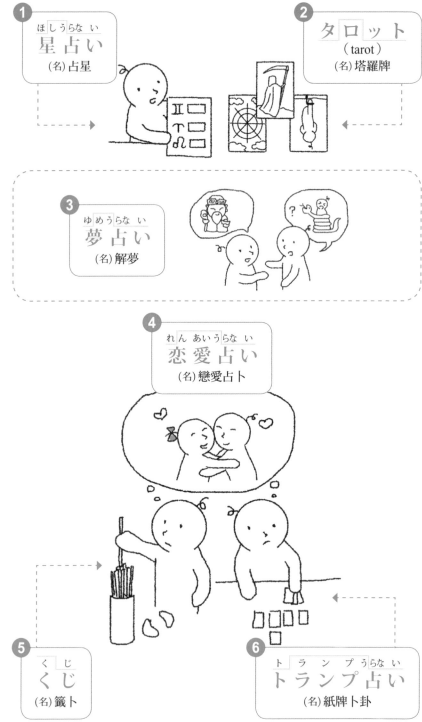

❶ 誕生日で見る星占いが、インターネットで人気です。

❷ タロット占いは信じますか？

❸ 夢占いというのが、よく当たるらしいです。

❹ インターネットで生年月日を入力するだけで、恋愛占いが楽しめます。

❺ くじを引いて占ってもらいます。

❻ トランプ占いのやり方を習います。

	例句出現的		原形／接續原則	意義	詞性
❶	誕生日で	→	名詞＋で	利用～	文型
	見る	→	見る	評斷	動Ⅱ
	インターネットで	→	場合＋で	在～場合	文型
❷	信じます	→	信じる	相信	動Ⅱ
❸	夢占いというの	→	名詞＋というの	～這種事情	文型
	当たる	→	当たる	靈驗	動Ⅰ
	当たるらしい	→	動詞辭書形＋らしい	好像～	文型
❹	入力する	→	入力する	輸入	動Ⅲ
	入力するだけ	→	動詞辭書形＋だけ	只要做～	文型
	楽しめます	→	楽しめる	可以享受	楽しむ的可能形
❺	引いて	→	引く	抽	動Ⅰ
	占って	→	占う	占卜	動Ⅰ
	占ってもらいます	→	動詞て形＋もらう	請別人為我做～	文型
❻	やり方	→	やり方	做法	名詞
	習います	→	習う	學習	動Ⅰ

❶ 利用生日來評斷運勢的占星，在網路上很受歡迎。
❷ 你相信塔羅牌占卜嗎？
❸ 解夢好像非常靈驗。
❹ 只要在網路上輸入出生年月日，就可以享受戀愛占卜的樂趣。
❺ 抽籤卜來占卜。
❻ 學習紙牌卜卦的方法。

211

占卜 (2)

MP3 211

1
うらない
占い
(名) 算命

2
ぜん ちょう
前兆
(名) 預兆

3
うらな い し
占い師
(名) 算命師

4
めい しん
迷信
(名) 迷信

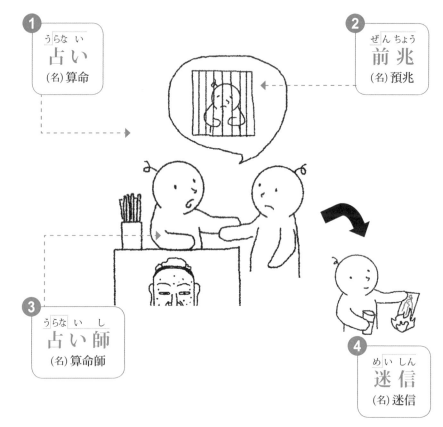

5
よ げん しゃ
預言者
(名) 預言家

6
よ げん
予言
(名) 預言

7
せ かい の しゅうえん
世界の終焉
(名) 世界末日

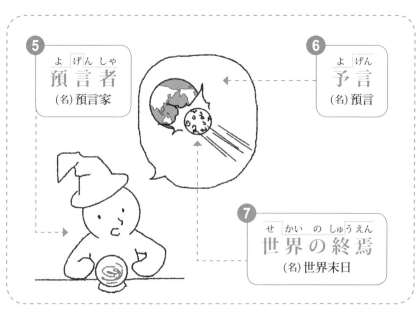

❶ 占いは、いいことは信じますが、悪いことは信じません。

❷ 手相から不幸の前兆が見えると言われます。

❸ この辺に、良く当たると評判の占い師がいます。

❹ そんなの絶対迷信だから、信じない方がいいですよ。

❺ 世界の偉大な預言者が、今回の災害を予言していました。

❻ 恐ろしい予言内容に、人々の反応は様々です。

❼ ノストラダムスは、１９９９年に世界の終焉が来ると言っていました。

學更多

	例句出現的		原形／接續原則	意義	詞性
❶	信じます	→	信じる	相信	動 II
	信じません	→	信じる	相信	動 II
❷	見える	→	見える	看得到	動 II
	見えると言われます	→	見える＋と言われる	據說看得到	文型
❸	当たる	→	当たる	靈驗	動 I
	良く当たると評判	→	良く当たる＋と評判	聽說很靈驗	文型
❹	そんなの	→	そんな＋の	那種事情	文型
	迷信だから	→	名詞＋だ＋から	因為～	文型
	信じない	→	信じる	相信	動 II
	信じない方がいい	→	動詞否定形＋方がいい	不要做～比較好	文型
❺	予言して	→	予言する	預言	動 III
	予言していました	→	動詞て形＋いました	過去維持的狀態	文型
❻	恐ろしい	→	恐ろしい	可怕的	い形
❼	来る	→	来る	到來	動 III
	来ると言っていました	→	来る＋と言っていました	說會來	文型

中譯

❶ 算命時只相信好事，不相信壞事。

❷ 據說從手相可以看出不幸的預兆。

❸ 聽說這附近有一個很靈驗的算命師。

❹ 那種事情絕對是迷信，所以不要相信比較好喔。

❺ 世上最偉大的預言家預言了這次的災害。

❻ 人們對於可怕的預言內容，反應各不相同。

❼ 諾斯特拉達姆斯（預言家）曾說過１９９９年將是世界末日。

1 花婿付添い人
は な む こ つ き そ い にん
(名)伴郎

2 花嫁付添い人
は な よめ つき そ い にん
(名)伴娘

3 新郎
しん ろう
(名)新郎

4 新婦
しん ぷ
(名)新娘

5 新婚
しん こん
(名)新婚

6 ハネムーン
（honeymoon）
(名)蜜月

HONEY MOON

❶ 花婿付添い人は、花婿の学生時代の野球仲間です。

❷ 花嫁付添い人には、花嫁の親しい友人が選ばれました。

❸ 新郎側の友人による結婚式のパフォーマンスは、非常に面白かったです。

❹ 新婦の父が結婚式で泣いていました。

❺ 新婚生活は、色々と大変だが楽しいです。

❻ 式の後、直接ハネムーンでヨーロッパへ向かいます。

	例句出現的		原形／接續原則	意義	詞性
❶	仲間	→	仲間	夥伴	名詞
❷	親しい	→	親しい	親近的	い形
	選ばれました	→	選ばれる	被選擇	選ぶ的被動形
❸	新郎側	→	名詞＋側	～的那一方	文型
	友人による	→	名詞＋による	由～	文型
	パフォーマンス	→	パフォーマンス	表演	名詞
	面白かった	→	面白い	有趣的	い形
❹	泣いて	→	泣く	哭泣	動Ⅰ
	泣いていました	→	動詞て形＋いました	過去維持的狀態	文型
❺	色々と	→	色々と	各式各樣	副詞
	大変	→	大変	辛苦	な形
	大変だが	→	形容動詞＋だ＋が	雖然～，但是～	文型
❻	ハネムーンで	→	ハネムーン＋で	度蜜月	文型
	ヨーロッパへ	→	地點＋へ	往～地點	文型
	向かいます	→	向かう	前往	動Ⅰ

中譯

❶ 伴郎是新郎學生時代的棒球隊友。

❷ 新娘的親密友人被選為伴娘。

❸ 新郎的朋友在婚禮上的表演非常有趣。

❹ 新娘的父親在婚禮上哭了。

❺ 新婚生活雖然手忙腳亂，但是很快樂。

❻ 婚禮之後，直接到歐洲渡蜜月。

婚禮(2)

MP3 213

1
こんいん
婚姻
(名)婚姻/結婚

2
ひ ろうえん
披露宴
(名)婚宴

3
（けっ こんしき の ）しょうたいじょう
(結婚式の)招待状
(名)喜帖

4
ウエディングドレス
（wedding dress）
(名)婚紗

5
ブーケ
（bouquet（法））
(名)捧花

6
けっこんゆびわ
結婚指輪
(名)結婚戒指

❶ 市役所で婚姻手続きを終えます。

❷ 披露宴は、有名なホテルで行われました。

❸ 親友の結婚式の招待状を受け取ります。

❹ 憧れのウエディングドレスを身にまといます。

❺ 花嫁は、友人の作った手作りのブーケを持ちます。

❻ 結婚指輪を交換します。

學更多

	例句出現的		原形／接續原則	意義	詞性
❶	市役所	→	市役所	市公所	名詞
	市役所で	→	地點＋で	在～地點	文型
	婚姻手続き	→	婚姻手続き	結婚手續	名詞
	終えます	→	終える	完成	動Ⅱ
❷	ホテルで	→	地點＋で	在～地點	文型
	行われました	→	行われる	舉行	動Ⅱ
❸	受け取ります	→	受け取る	收到	動Ⅰ
❹	憧れ	→	憧れ	憧憬	名詞
	身にまといます	→	身にまとう	穿上	動Ⅰ
❺	花嫁	→	花嫁	新娘	名詞
	作った	→	作る	製作	動Ⅰ
	手作り	→	手作り	親手製作	名詞
	持ちます	→	持つ	拿	動Ⅰ
❻	交換します	→	交換する	交換	動Ⅲ

中譯

❶ 在市公所完成結婚手續。
❷ 在有名的飯店舉行婚宴。
❸ 收到好友的喜帖。
❹ 身穿憧憬的婚紗。
❺ 新娘捧著朋友親手做的捧花。
❻ 交換結婚戒指。

214

幸運(1)

MP3 214

1
けい かく そう てい がい
計画想定外
(名) 不在計劃內

2
い がい （ な ）
意外（な）
(な形) 意外的

3
よ そう がい （ な ）
予想外（な）
(な形) 出乎意料

4
おどろ き よろこ ぶ
驚き喜ぶ
(動I) 驚喜

5
ラッ キ ー な ひと
ラッキーな人
(名) 幸運兒

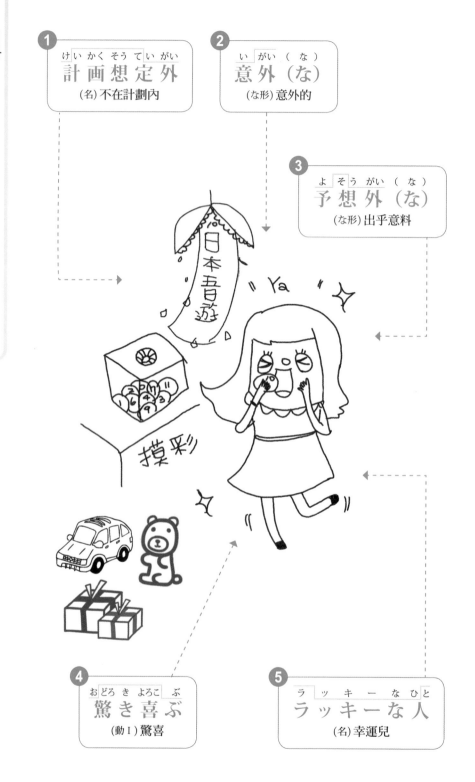

444

❶ 今回は、計画想定外の大規模な工事となりました。

❷ 意外な展開になりました。

❸ このような結末になるとは、全く予想外です。

❹ 結婚の報告に、驚き喜びます。

❺ 宝くじが当たるなんて、ラッキーな人なんだろう！

學更多

	例句出現的		原形／接續原則	意義	詞性
❶	大規模な工事	→	大規模＋な＋名詞	大規模的～	文型
	工事	→	工事	工程	名詞
	工事となりました	→	名詞＋となりました	變成～了	文型
❷	展開	→	展開	發展	名詞
	展開になりました	→	名詞＋になりました	變成～了	文型
❸	このような結末	→	このような＋名詞	這種～	文型
	結末	→	結末	結局	名詞
	このような結末になるとは	→	名詞＋になるとは	變成～是～	文型
	全く	→	全く	完全	副詞
❹	報告	→	報告	報告、消息	名詞
❺	宝くじ	→	宝くじ	彩券	名詞
	当たる	→	当たる	中（彩券）	動 I
	宝くじが当たるなんて	→	宝くじが当たる＋なんて	竟然中彩券	文型
	ラッキーな人なんだろう	→	名詞＋な＋んだろう	表示強調	文型

中譯

❶ 這次的工程是不在計劃內的大規模工程。

❷ 變成了意外的發展。

❸ 會有這種結局，完全是出乎意料。

❹ 為結婚的消息感到驚喜。

❺ 竟然能中彩券，真是個幸運兒啊！

幸
運
(2)

MP3 215

①
よ ちょう
予兆
(名)預兆/前兆

②
よ げん（ する）
予言（する）
(名・動Ⅲ)預言

You will meet ....

③
よ そう で き ない
予想できない
(動Ⅱ)無法預測

④
ぐう ぜん の いっ ち
偶然の一致
(名)巧合

Lady

⑤
うん めい づ け られ て いる
運命づけられている
(動Ⅱ)命中註定

❶ 彼女に、そんな予兆は全く見られませんでした。

❷ 災害が来ることを予言します。

❸ 未来は、誰にも予想できないものです。

❹ 夢の内容との偶然の一致でした。

❺ 誰もが生まれながらにして運命づけられている部分はあります。

	例句出現的		原形／接續原則	意義	詞性
❶	そんな	→	そんな	那樣的	な形
	全く	→	全く	完全	副詞
	見られませんでした	→	見られる	可以看見	見る的可能形
❷	災害	→	災害	災害	名詞
	来る	→	来る	到來	動Ⅲ
❸	誰にも	→	誰＋にも	對誰都～	文型
	予想できない	→	予想できる	可以預言	予想する的可能形
❹	内容との偶然の一致	→	名詞＋との偶然の一致	和～形成巧合	文型
❺	誰も	→	誰＋も	任何人都～	文型
	生まれながらにして	→	生まれながら＋にして	天生	文型
	運命づけられて	→	運命づけられる	命中註定	動Ⅱ
	あります	→	ある	有（事或物）	動Ⅰ

中譯

❶ 完全看不出她有那種前兆。

❷ 預言將有災害到來。

❸ 未來是任何人都無法預測的。

❹ 和夢境內容形成巧合。

❺ 任何人都會有某些部分，是天生就命中註定的。

1
じぶんのねがい
自分の願い
(名)我的志願

2
やしん
野心
(名)野心

3
みらい
未来
(名)未來

4
もくひょう
目標
(名)目標

5
けいかく
計画
(名)計劃

6
もくひょうたっせい
目標達成
(名)達成目標

7
ゆめがかなう
夢が叶う
(動I)夢想成真

❶ 自分の願いは、家族が元気で仲良く暮らしていけること、それだけです。

❷ 彼は、大きな野望を抱く野心家です。

❸ 彼女の未来のお婿さんは誰なんだろう？

❹ 自転車で世界一周という目標を掲げます。

❺ 今後の人生計画を立てます。

❻ 大学合格の目標達成、おめでとうございます！

❼ 終に彼女のアメリカ留学の夢が叶います。

學更多

	例句出現的		原形／接續原則	意義	詞性
❶	元気で	→	元気で	健康，而且～	文型
	仲良く	→	仲良く	感情很好	副詞
	暮らして	→	暮らす	生活	動I
	暮らしていける	→	動詞て形＋いける	可以做～下去	文型
❷	野望	→	野望	野心	名詞
	抱く	→	抱く	懷抱	動I
❸	お婿さん	→	お婿さん	夫婿	名詞
	誰なんだろう	→	誰＋な＋んだろう	是誰呢？	文型
❹	自転車で	→	名詞＋で	利用～	文型
	世界一周という目標	→	名詞＋という目標	～這樣的目標	文型
	掲げます	→	掲げる	立下	動II
❺	立てます	→	立てる	擬定	動II
❻	おめでとうございます	→	おめでとうございます	恭喜	招呼語
❼	終に	→	終に	終於	副詞

中譯

❶ 我的志願就只是希望家人都能健康、感情和睦地生活下去。

❷ 他是一個懷有強烈野心的野心家。

❸ 她未來的夫婿會是誰呢？

❹ 立下騎腳踏車環繞世界一周的目標。

❺ 擬定今後的人生計劃。

❻ 恭喜考上大學，達成目標！

❼ 終於，她到美國留學的夢想成真。

夢想(2)

MP3 217

1
げん そう
幻想
(名)幻想

2
く う ろん
空論
(名)空談

3
じっ さい に そ ぐ わ な い
実際にそぐわない
(動 I)不切實際

4
けっ しん
決心
(名)決心

5
き りょく
気力
(名)毅力

6
ゆう き
勇気
(名)勇氣

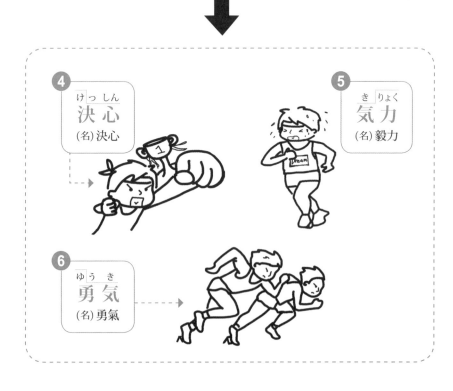

❶ 夢や幻想ばかり描いていないで、ちゃんと現実も見なさい！

❷ 彼の言う解決策は、実質性を伴わない机上の空論にすぎません。

❸ 記事の内容は、実際にそぐいません。

❹ 人生の一大決心をします。

❺ 実力には欠けていても、気力だけはあります。

❻ 勇気を出して告白します。

	例句出現的		原形／接續原則	意義	詞性
❶	幻想ばかり	→	名詞＋ばかり	光～、只	文型
	描いて	→	描く	描繪	動Ⅰ
	描いていない	→	動詞て形＋いる	目前狀態	文型
	描いていないで	→	描いている＋ないで	不要描繪	文型
	見	→	見る	看	動Ⅱ
	見なさい	→	動詞ます形＋なさい	表示命令	文型
❷	伴わない	→	伴う	伴隨	動Ⅰ
	机上の空論	→	机上の空論	紙上空談	名詞
	机上の空論にすぎません	→	名詞＋にすぎない	只不過是～	文型
❸	そぐいません	→	そぐう	相稱	動Ⅰ
❹	一大	→	一大	一大	接頭辭
	決心をする	→	決心をする	下定決心	動Ⅲ
❺	欠けて	→	欠ける	欠缺	動Ⅱ
	欠けていて	→	動詞て形＋いる	目前狀態	文型
	欠けていても	→	欠けていて＋も	即使欠缺，也～	文型
❻	出して	→	出す	拿出	動Ⅰ
	告白します	→	告白する	告白	動Ⅲ

❶ 別老是在心裡夢想或幻想，也要好好看清現實！

❷ 他提出的解決方案，只不過是欠缺實際性的紙上空談而已。

❸ 報導的內容不切實際。

❹ 下定人生的一大決心。

❺ 即使缺乏實力，卻很有毅力。

❻ 拿出勇氣告白。

詞性分類 × 50 音排序

詞性分類 × 50 音排序

詞性分類 × 50 音排序

詞性分類 × 50 音排序

詞性分類 × 50 音排序

詞性分類 × 50 音排序

詞性分類 × 50 音排序

詞性分類 × 50 音排序

詞性分類 × 50 音排序

詞性分類 × 50 音排序

檸檬樹出版社
Lemon Tree Publishing House

赤系列 26

圖解生活實用日語：腦中延伸的人事物（附 1MP3）

初版 1 刷　2015 年 9 月 25 日

作者	檸檬樹日語教學團隊
日語例句	鷲津京子、福長浩二、松村リナ
插畫	許仲綺、陳博深、陳琬瑜、吳怡萱、鄭菀書、周奕伶、葉依婷、朱珮瑩、沈諭、巫秉旂、王筑儀
封面設計	陳文德
版型設計	洪素貞
日語錄音	川合理惠
責任主編	邱顯惠
責任編輯	方靖淳・沈祐禎・黃冠禎
發行人	江媛珍
社長・總編輯	何聖心
出版者	檸檬樹國際書版有限公司 檸檬樹出版社 E-mail：lemontree@booknews.com.tw 地址：新北市 235 中和區中安街 80 號 3 樓 電話・傳真：02-29271121・02-29272336
會計・客服	方靖淳
法律顧問	第一國際法律事務所 余淑杏律師 北辰著作權事務所 蕭雄淋律師
全球總經銷・印務代理	知遠文化事業有限公司
網路書城	http://www.booknews.com.tw 博訊書網 電話：02-26648800　傳真：02-26648801 地址：新北市222深坑區北深路三段155巷25號5樓
港澳地區經銷	和平圖書有限公司 電話：852-28046687　傳真：850-28046409 地址：香港柴灣嘉業街12號百樂門大廈17樓
定價	台幣 450 元／港幣 150 元
劃撥帳號・戶名	19726702・檸檬樹國際書版有限公司 ・單次購書金額未達300元，請另付40元郵資 ・信用卡・劃撥購書需7-10個工作天

圖解生活實用日語：腦中延伸的人事物 / 檸
檬樹日語教學團隊著. -- 初版. -- 新北市：檸
檬樹, 2015.09
面；　公分. -- (赤系列；26)
ISBN 978-986-6703-94-2 (平裝附光碟片)
1. 日語　2. 詞彙
803.12　　　　　　　　　　　　104013171